Ο άγαμος

Translated to Greek from the English version of
The Celibate

Varghese V Devasia

Ukiyoto Publishing

Όλα τα παγκόσμια εκδοτικά δικαιώματα κατέχονται από

Ukiyoto Publishing

Δημοσιεύθηκε στις 28 Αυγούστου 2023

Πνευματικά δικαιώματα © Varghese V Devasia

ISBN 9789358460261

Όλα τα δικαιώματα διατηρούνται.

Κανένα μέρος της παρούσας έκδοσης δεν επιτρέπεται να αναπαραχθεί, να μεταδοθεί ή να αποθηκευτεί σε σύστημα ανάκτησης, σε οποιαδήποτε μορφή με οποιοδήποτε μέσο, ηλεκτρονικό, μηχανικό, φωτοτυπικό, ηχογραφημένο ή άλλο, χωρίς την προηγούμενη άδεια του εκδότη.

Τα ηθικά δικαιώματα του συγγραφέα έχουν κατοχυρωθεί.

Πρόκειται για έργο φαντασίας. Τα ονόματα, οι χαρακτήρες, οι επιχειρήσεις, οι τόποι, τα γεγονότα, οι τοποθεσίες και τα περιστατικά είναι είτε προϊόντα της φαντασίας του συγγραφέα είτε χρησιμοποιούνται με φανταστικό τρόπο. Οποιαδήποτε ομοιότητα με πραγματικά πρόσωπα, ζωντανά ή νεκρά, ή πραγματικά γεγονότα είναι καθαρά συμπτωματική.

Το παρόν βιβλίο πωλείται υπό τον όρο ότι δεν θα δανειστεί, μεταπωληθεί, εκμισθωθεί ή κυκλοφορήσει με οποιονδήποτε άλλο τρόπο, χωρίς την προηγούμενη συγκατάθεση του εκδότη, σε οποιαδήποτε μορφή βιβλιοδεσίας ή εξωφύλλου εκτός από αυτό στο οποίο έχει εκδοθεί.

www.ukiyoto.com

Νόμιζα ότι αυτή τη φορά θα ήταν μια ολοκληρωμένη ερωτική ιστορία, αλλά κατέληξε να είναι ποιήματα.

ΠΡΟΣ

Τους γονείς μου, Mary και Varghese Joseph Vayalamannil,
με γοήτευσαν απεριόριστα με την αγάπη τους ο ένας για τον άλλον,
από τους οποίους έμαθα να αγαπώ και να σέβομαι τους άλλους.

Ευχαριστίες

Οι Ιησουίτες με ενέπνευσαν να δω τη ζωή από μια διαφορετική οπτική γωνία, και η επαφή μου μαζί τους, σε κάποιο βαθμό, με ενέπνευσε να γράψω αυτό το μυθιστόρημα. Είχα την ευκαιρία να παρατηρήσω τους Aghori Sadhus- οι μαγικές και μυστηριώδεις συμπεριφορές τους με καθήλωσαν να διερευνήσω το νόημα της ανθρώπινης ύπαρξης. Έμαθα ότι οι Ιησουίτες και οι Aghori Sadhus ήταν εγγενώς ίδιοι, με παρόμοιες μεταφυσικές και οντολογικές πεποιθήσεις, παρόλο που εξωτερικά φαίνονται διαφορετικοί- ο ένας έχει εμμονή με τα ρούχα και ο άλλος λατρεύει τη γύμνια. Τους είμαι ευγνώμων.

Είμαι ευγνώμων στη Violet De Monte, τον Jerome Drinan και τον Bob Grib, τους καθηγητές Αγγλικών μου, που μου δημιούργησαν μια μόνιμη αγάπη για τη λογοτεχνία. Σε πολλές περιπτώσεις σε αυτό το μυθιστόρημα, έχω ενσωματώσει σχόλια των περίπλοκων κοινωνικών και ψυχολογικών αλληλεπιδράσεων των μαθητών και των συναδέλφων μου για να αναλύσω την ανθρώπινη συμπεριφορά από τη θέση του συμμετέχοντος παρατηρητή.

Οι Gilsi Varghese, Gracy Johny John, Mary Joseph, Jills Varghese και Joby Clement διάβασαν το χειρόγραφο, και τους είμαι υπόχρεη.

Περιεχόμενα

Ένας άνθρωπος από το Μαλαμπάρ	1
Grace	16
Ένα σπίτι στη Γκόα	41
Απέναντι από το Mandovi	62
Τραγούδια του διαχωρισμού	78
Η αγαπημένη	95
Ανάμεσα στους άγαμους	109
Οι άθεοι του Θεού	125
Emma	146
Θεά της Kamakhya	168
Γέφυρα πάνω από το Hooghly	190
Γυμνός μοναχός του Prayag	207
Σχετικά με τον συγγραφέα	*224*

Ένας άνθρωπος από το Μαλαμπάρ

Η Γκρέις ήταν ο λόγος που ο Έιμπ παρέμεινε άγαμος και δεν άγγιξε ποτέ γυναίκα, επειδή αγαπούσε αφάνταστα τη Γκρέις, αλλά η Γκρέις δεν τον είχε επιμείνει ούτε μια φορά να απέχει από το σεξ. Μπορεί ο Έιμπ να το φαντάστηκε αυτό ή να μην κατάφερε να διακρίνει τι ήταν πραγματικό και τι εξωπραγματικό στα λόγια της, γεγονός ή μύθος. Μπορεί να ήταν ανίκανος να διαβάσει το μυαλό της αγαπημένης του, η οποία είχε τη δική της φωνή.

Μια γυναίκα, που απολάμβανε την ελευθερία της, πάντα αναβράζουσα, η Γκρέις δεν ξέχασε ποτέ να γιορτάσει την ισότητά της. Ευαίσθητη, έξυπνη, ευγενική και στοργική, δεν ήταν σε καμία περίπτωση σεμνότυφη, καθώς ο ενθουσιασμός της ήταν μεταδοτικός. Οι χειρονομίες της, τα βλέμματά της, τα εκφρασμένα συναισθήματα, τα λόγια της και η ίδια η παρουσία της ήταν μια συγκινητική εμπειρία. Όμως ο Έιμπ συγκλονίστηκε όταν άκουσε από έναν Αγκόρι Σαντού, έναν γυμνό μοναχό, να λέει: "Το σεξ είναι η μόνη αλήθεια". Αρνούμενος στον εαυτό του να βιώσει τις χαρές της ζωής, ο Άμπε είχε ονειρευτεί πολλές φορές, ακόμα και τις ώρες που ήταν ξύπνιος, να έχει μια στενή σχέση με την αγαπημένη του, αλλά δεν είχε το θάρρος να το δεχτεί. Δύο πρόσωπα υπήρχαν μέσα του, το ένα τον έσπρωχνε προς τα εμπρός, διατυμπανίζοντας την αγαμία του εν μέσω εκατομμυρίων πειρασμών, και το άλλο απολάμβανε κρυφά την άσβεστη σχέση. Μια συνεχής πάλη μεταξύ των δύο τον διέλυε. Και ο Έιμπ άρχισε να φοράει πολλαπλές μάσκες.

Παρέχοντας δικαιολογίες για την αποκήρυξη βαθιά ριζωμένων επιθυμιών και ορμών, ο Άμπε έπλεκε περίτεχνα με τη φαντασία πολλές υποθέσεις. Η ένωση με μια γυναίκα, που τον αγαπούσε, την έκανε να φοβάται τον περιορισμό της ελευθερίας της και την παραμόρφωση της αξιοπρέπειάς της. Αλλά ο Αγκόρι Σαντού συνέτριψε τις πεποιθήσεις του. Το σεξ είναι, στην πραγματικότητα, μια ταντρική εμπειρία και σε κάνει θεό- σε βοηθά να αποκτήσεις όλες τις υπερφυσικές, μαγικές δυνάμεις. Είναι ένα μάντρα, το ελιξίριο, για την αιωνιότητα. Όλοι οι θεοί και οι θεές ήταν βαθιά μπλεγμένοι σε μια σταθερή σχέση. Ένας άνθρωπος, που δεν έζησε ποτέ με μια γυναίκα, είναι σαν ένα πτώμα που απορρίπτεται και πετιέται έξω, για να μην καεί στην πυρά, στην όχθη του ιερού ποταμού Γκάνγκα στο Βαρανάσι, για να το φάνε τα σκυλιά και τα όρνεα.

Ο Sadhu κάθισε μπροστά στον Abe ενώ ζωγράφιζε τη γυμνή φιγούρα του μοναχού. Ο ζητιάνος, ντυμένος με στάχτη, και τα τυλιγμένα ματ μαλλιά του έμοιαζαν με νεογέννητες κόμπρες που ξεπροβάλλουν από εκκολαπτόμενα αυγά. Ο Sadhu βρισκόταν στο ναό Kamakhya για να προσκυνήσει τον κόλπο της θεάς Shakti, που ήταν τοποθετημένος στο ιερό. Ο Έιμπ ήταν σίγουρος ότι ο μοναχός δεν τον διέψευδε με γλυκερές δηλώσεις. Ο γυμνός μοναχός έμοιαζε με έναν επώνυμο χαρακτήρα από τη Μαχαμπαράτα, και τα λόγια του ήταν μια επιφοίτηση για τον Έιμπ.

Γνωρίζοντας από τον Σάντου ότι το σεξ ήταν μια μυστικιστική εμπειρία που μεταμορφώνει δύο άτομα σε συγχώνευση, ο Έιμπ είχε μια ξαφνική ανάγκη να πει στη Γκρέις, την οποία λάτρευε τόσο βαθιά, ότι την αγαπούσε και ότι την αναζητούσε εδώ και πολλά χρόνια.

Ένας άγαμος αρνιόταν την άνθηση των ζωτικών δυνάμεων αρνούμενος την πληρότητα της ύπαρξής του. Ένα τέτοιο άτομο δεν θα βίωνε ποτέ τη Σαγιούτζια, την απελευθέρωση με ικανοποίηση. Η ψυχή του θα περιπλανιόταν αιώνια, αναζητώντας μια θεά, αλλά μάταια, τα λόγια του Σαντού βροντοφώναζαν στον εσώτερο εαυτό του Έιμπ.

Ένας άγαμος ήταν δειλός, αδύναμος και αλαζόνας. Αρνιόταν να αποδεχτεί την ουσία του παρουσιάζοντας τον εαυτό του ως ανίκανο πρόσωπο μπροστά σε μια γυναίκα. Οι υποκρισίες τον έπειθαν να εγκαταλείπει τις υπαρξιακές του ανάγκες διαρκώς. Άλλωστε, ο άγαμος ήταν υποκριτής καθώς επέτρεπε στον εαυτό του να εξελίσσεται σε συναισθηματικό ερείπιο. Ο γυμνός μοναχός στο ναό Kamakhya μίλησε στον Abe ενώ πόζαρε για έναν πίνακα. Τα λόγια του σταχτοφορεμένου περιπλανώμενου ενοχλούσαν τρομερά τον Άμπε για μήνες ολόκληρους, ακόμη και μετά την ολοκλήρωση του πίνακα.

Παρ' όλα αυτά, ζωγράφισε τη γυναίκα που αγαπούσε περισσότερο σε διάφορες διαθέσεις, χρώματα, θέματα και στυλ για να τη λατρέψει όπως ένας Σαντού λατρεύει τη θεά της Καμάκια.

Όμως, μετά από είκοσι χρόνια, η ξαφνική συνάντηση της αγαπημένης του τρόμαξε τον Άμπε.

"Χάρη", ξεστόμισε. Ήταν σίγουρος- εκείνη δεν τον είχε ακούσει, όπως δεν ήθελε να ακούσει το κάλεσμά του. Ήταν απλώς για να ικανοποιήσει τη βαθιά επιθυμία και να σβήσει τον ξαφνικό ενθουσιασμό που είχε ανάψει στο μυαλό του επειδή νόμιζε ότι ήταν εκείνη. Ήταν η δύναμη μέσα του να αναζητήσει το νόημα της ζωής, ο στόχος στον προορισμό του, ο λόγος που παρέμεινε άγαμος, ένα πρόσωπο που του ζήτησε να μην αγγίξει γυναίκα με κακή πρόθεση. Εξαιτίας της, συνέχισε να είναι ένας άνδρας που δεν έκανε ποτέ σεξ.

Ο Έιμπ αρνήθηκε στον εαυτό του την οικειότητα με μια γυναίκα, την ενότητα με την αγαπημένη του. Όμως, παραδόξως, έγινε η λατρευτή του, καθώς ταυτιζόταν μαζί της τα προηγούμενα είκοσι χρόνια. Και υπήρχε μια έντονη λαχτάρα να τη συναντήσει, να τη δει και να παρατηρήσει πώς εμφανιζόταν. Μια βαθιά επιθυμία τον ανάγκαζε να κοιτάζει τα νωχελικά, σκούρα μάτια της για ώρες μαζί, να ακούει τις μαγευτικές, υποβλητικές ομιλίες της. Και μεταμορφώθηκε σε υπναρά.

Ποτέ δεν τη μίσησε επειδή τον παρέσυρε να απέχει από τη σωματική οικειότητα με μια γυναίκα- την αγάπησε και τη σεβάστηκε επειδή τον έπεισε να είναι άγαμος. Ο Έιμπ συνειδητοποίησε ότι η εγκράτεια είχε μια γοητεία, μια αιθέρια ομορφιά, αυθεντικότητα, ένταση, εξουσία πάνω στο σώμα, έλεγχο πάνω στα συναισθήματα και κυριαρχία πάνω στις σκέψεις. Η ζωή του στη Γκόα μαζί της ήταν μετανόηση με την πραγματική έννοια, και το ήξερε. Η προσωπικότητα της Γκρέις και η βαθιά παρουσία που βίωσε τα προηγούμενα είκοσι χρόνια ήταν ανεξιχνίαστη.

Όταν είσαι άγαμος, τα μάτια σου λάμπουν και υπάρχει μια ελαφρότητα σε κάθε σου βήμα, οι χτύποι της καρδιάς σου έχουν διαφορετικό ρυθμό και μετατρέπονται σε αδιάκοπη ευεξία στην ίδια σου την ύπαρξη. Βιώνετε την αξιοπρέπεια όλων όσων συναντάτε- τους σέβεστε και τους αγαπάτε, μια αγάπη πέρα από το φυσικό, όχι το μεταφυσικό. Ένα πάθος σας οδηγεί σε ατελείωτους ορίζοντες χωρίς να επιθυμείτε να αποκτήσετε μια γυναίκα. Δεν θέλεις να την αγγίξεις αλλά αγαπάς να αγκαλιάσεις την προσωπικότητα, την ομορφιά, τη γοητεία και την αξιοπρέπειά της.

Ο άγαμος είναι ένας ήρωας που έχει ξεπεράσει τη θλίψη του να μην έχει την εγγύτητα μιας γυναίκας, έχει απορρίψει τις ανησυχίες του να μην βιώνει την οικειότητα και δεν αναπτύσσει άγχη για τη διατήρηση μιας σωματικής σχέσης. Σε καθιστά ελεύθερο από τα δεσμά του να είσαι με τον άλλον. Η χαρά κυριαρχεί στην εμφάνισή σας και η πληρότητα στο όραμά σας, που είναι η εμπειρία του να είστε ικανοποιημένοι με τον εαυτό σας και να συμπεριφέρεστε σε όλους όσους συναντάτε χωρίς πειρασμό ή επιθυμία. Χρειάζεστε χρόνια εκπαίδευσης, διαλογισμού και αυτοελέγχου για να φτάσετε σε αυτό το στάδιο για να αποκτήσετε τη δόξα της αποχής στη ζωή. Τελικά, γίνεστε ένας Βούδας, ένας Χριστός.

Για τον Άμπε, η αγαμία ήταν μια γιορτή της ζωής.

Η χάρη ήταν ένα θαύμα, γοητευτική, ελκυστική, απόλυτα σαγηνευτική, αλλά όχι σαγηνευτική. Είχε τη δύναμη των νέων ιδεών και μια εμμονή με την αγνότητα του σώματός της, καθώς μπορεί να πίστευε ότι το σεξ μειώνει την εσωτερική ομορφιά και την ηρεμία ενός ανθρώπου. Επιπλέον, η αγάπη πρέπει να είναι διαρκής, αιώνια και περιεκτική. Το σεξ δεν μπορεί να είναι για μια στιγμιαία απόλαυση- δεν πρέπει να είναι μια υπόθεση δύο λεπτών, μια στενή επαφή των γεννητικών οργάνων. Ένα άτομο που απέχει από το σεξ για στιγμιαία ευχαρίστηση θα μπορούσε να αποκτήσει ψυχική δύναμη. Υπήρχε μια δυναμική δύναμη και ζωτικότητα σε ένα τέτοιο άτομο. Η αποχή θα μπορούσε να τον βοηθήσει να αιωρήσει το σώμα του και να ελέγξει τις σκέψεις και τα συναισθήματά του με την ορμή και τον σκοπό της ζωής που συχνά φαντάζεται ο Abe.

Ήταν ένα σύστημα αξιών- ποτέ δεν προσποιήθηκε την κουφή μπροστά στην εγκυρότητα των επιχειρημάτων που προβάλλονταν ενάντια στο ανεπιθύμητο άγγιγμα. Η Γκρέις ήταν έτοιμη να συντρίψει την κενότητα των επιχειρημάτων των άλλων σχετικά με τις ψευδαισθήσεις του να ζει κανείς μια ζωή χωρίς να αγγίζει κάποιον μέχρι να συναντήσει την αδελφή ψυχή. Υπήρχαν άλλες γυναίκες που αντιπαθούσαν το εφήμερο σεξ, τη σωματική οικειότητα και τις εφήμερες χαρές, αναρωτιόταν συχνά ο Έιμπ όταν σκεφτόταν τη Γκρέις. Δεν ήταν μήπως ένας αμυντικός μηχανισμός, μια έγκριση για να προστατευτεί κανείς από επικίνδυνα περιβάλλοντα όπου οι άνδρες συμπεριφέρονταν άσχημα και βάναυσα; Οι ιδέες της δεν είχαν ίχνος φανατισμού. Από τις προσπάθειές της απουσίαζε κάθε προσπάθεια να τη διαχωρίσει από τους άνδρες και να βρίσκεται σε έναν αποκλειστικό θύλακα, καθώς απολάμβανε να αναμειγνύεται με τους άνδρες χωρίς καμία αποσύνδεση ή δυσφορία. Ωστόσο, υπερασπιζόταν σθεναρά την ιδιωτική της ζωή και αγωνιζόταν αμείλικτα για την προστασία των προτύπων της, παρόλο που διακατέχονταν από μια γοητευτική όψη, καθώς ήταν η πιο χαριτωμένη γυναίκα που είχε γνωρίσει ποτέ ο Έιμπ. Η ζωή της είχε ένα μοναδικό άρωμα, που περιβάλλεται από αποκαλυπτικές ωραίες πεποιθήσεις με απόλυτη φροντίδα, χωρίς να δημιουργεί ούτε τον παραμικρό κυματισμό. Η χάρη γινόταν και αγαπούσε τη ζωή της- έτσι, αποτελούσε παράδειγμα για τον Έιμπ.

Η γυναίκα, σκέφτηκε ο Έιμπ Γκρέις, στεκόταν λίγο πιο μακριά από αυτόν, περιτριγυρισμένη από ένα μικρό ελίτ πλήθος, όχι λιγότερο από μια ντουζίνα άνδρες, κομψά ντυμένους. Φαινόταν ότι ήταν το επίκεντρο, το πιο σημαντικό και σημαίνον πρόσωπο. Περισσότερες από μια ντουζίνα BMW με σοφέρ εμφανίστηκαν ξαφνικά στη βεράντα αυτού του ξενοδοχείου επτά αστέρων και ο Έιμπ την είδε να μπαίνει σε μια μαύρη λιμουζίνα. Ωστόσο, πώς θα μπορούσε να είναι η Γκρέις, παρόλο που της έμοιαζε; Δεν ήταν επίσης σίγουρος αν ήταν εκείνη, ένα κορίτσι από μια φτωχογειτονιά, ένα άτομο που έκανε περιστασιακές δουλειές για το καθημερινό ψωμί και την επιβίωσή του, ένα ορφανό, που περπατούσε ζωηρά στην ακτή κουβαλώντας καλάθια γεμάτα ψάρια. Βοηθούσε τους αγρότες να ταξινομούν τα λάχανα και τα καρότα, τα κουνουπίδια και τα μαρούλια, τα φασόλια και τα μπριντζάλια, τα όκρα και τα κρεμμύδια στην αγορά λαχανικών. Δύο δεκαετίες θα μπορούσαν να έχουν αλλάξει σημαντικά ένα άτομο, σωματικά και διανοητικά, συναισθηματικά, ακόμα και από άποψη κατάστασης, συμπεριλαμβανομένων των αξιών, των προοπτικών και της φιλοσοφίας ζωής, πάνω απ' όλα της οικονομικής κατάστασης, σε μια κοινωνία που επικεντρώνεται στο χρήμα. Η Γκρέις δεν θα μπορούσε να είναι αυτή, όπως ένας αμόρφωτος άνθρωπος δεν θα μπορούσε να ανέβει στην κορυφή μιας σκάλας, παρόλο που ήταν έξυπνη, έξυπνη στο δρόμο και μπορούσε να μιλήσει εύγλωττα. Ωστόσο, η Γκρέις απαιτούσε πάντα σεβασμό- ως ανθισμένη δεσποινίδα, δεν ήταν συνηθισμένη, παρόλα αυτά ασχολείτο με χειρωνακτική εργασία. Όμως τα αιώνια ερυθρά ιδανικά της παρέμεναν στην καρδιά του Έιμπ σαν σπινθηροβόλο. Και ο Έιμπ κατασκεύασε μέσα του ένα παραποτάμιο σεράγι, όσο πιο άνετο γινόταν, για να την τοποθετεί και να τη λατρεύει.

Ο Abe ήρθε στο ξενοδοχείο στη Βομβάη για να εκθέσει τον πίνακα του "Το φιλί" στη γκαλερί τέχνης που ήταν προσαρτημένη σε αυτό, την πιο διάσημη της χώρας, αφού τον είχε παρουσιάσει στο Μητροπολιτικό Μουσείο Τέχνης της Νέας Υόρκης. Αποκάλυψε το The Hug στο The Padro στη Μαδρίτη, στην γκαλερί Ουφίτσι στη Φλωρεντία και στο Rijksmuseum στο Άμστερνταμ. Ήδη ο πίνακάς του είχε γίνει διεθνώς γνωστός και υπήρχαν διθυραμβικές κριτικές στα ισπανικά, ιταλικά και ολλανδικά μέσα ενημέρωσης, που συνέκριναν το έργο του με την Αγκαλιά του Έντουαρντ Μουνκ. Αφού έδωσε όρκο αγαμίας στην Κοινωνία του Ιησού, όλους τους πίνακές του τους υπέγραψε με την υπογραφή Celibate. Έκανε έκθεση του The Hug στην Ουάσινγκτον και ένας δισεκατομμυριούχος τεχνοκράτης από τη Ρωσία το αγόρασε για μια περιουσία. Το έργο συγκρίθηκε με τους Τρεις μουσικούς του Πικάσο στις ΗΠΑ, παρόλο που ο καλλιτέχνης προσπάθησε να συγχωνεύσει δύο αντίθετα στυλ, τον ιμπρεσιονισμό και τον κυβισμό, τις αιχμηρές ακμές ενός γυναικείου σώματος απέναντι στις απαλές κινήσεις μιας ανδρικής φιγούρας.

Η γυναίκα αγκάλιαζε έναν άνδρα: το δεξί της μάτι, μέρος του προσώπου και το προεξέχον δεξί στήθος, καθώς και τα χέρια που σφίγγονταν ήταν ορατά. Ο άντρας δεν ήταν αισθητός εκτός από τη γυμνή του πλάτη. Μια ερωτική διάθεση ενίσχυε τα συναισθήματα, ενώ εστίαζε στη δομή του χώρου και της εξερεύνησης. Ο πίνακας ανέδειξε αυτό που συνέβαινε και τον τρόπο με τον οποίο παρουσιαζόταν, ο οποίος ήταν σχεδόν ονειρικός. Το κοινό αισθανόταν ότι βρισκόταν πίσω από τον άνδρα στον πίνακα, παρακολουθώντας τον έντονο έρωτα της γυναίκας. Το σκηνικό ήταν γαλήνιο και εξαιρετικό και υπήρχε μια ατμόσφαιρα χαλάρωσης και ειρήνης. Δημιουργήθηκε η εντύπωση ότι η γυναίκα στον πίνακα ήταν βαθιά ερωτευμένη με τον άνδρα σε μια απίστευτα ακίνητη θέση και σε ένα δυναμικό σκηνικό που συγχωνεύει δύο διαφορετικά στάδια της φύσης και της ζωής.

Ανεξάρτητα από αυτό, το The Kiss ήταν διαφορετικό. Υπήρχε άγχος στο πρόσωπο της γυναίκας που απεικονιζόταν στον καμβά, απόρροια της ασυνεννοησίας του περιβάλλοντός της. Ο ζωγράφος χρησιμοποίησε ζωηρά χρώματα για να εκφράσει τον εσωτερικό της πόνο και το αίσθημα της απώλειας ήταν σαφές. Θα μπορούσε να είναι μια κοινωνική κριτική των ανθρώπινων σχέσεων και της επακόλουθης αποξένωσης που βιώνει η γυναίκα. Μια έμμεση οικειότητα υπήρχε επίσης στα καμπυλωτά χείλη της. Τα εξαίσια συναισθήματα στα μάτια της και τα διακριτικά χρώματα στα μάγουλά της δημιουργούσαν μια βαθιά σιωπή σε έναν κόσμο γεμάτο θόρυβο και ο ζωγράφος έστρεφε την προσοχή του θεατή προς τα συναισθήματά της. Οι εκφράσεις της και η άγνωστη ταυτότητά της δημιούργησαν μια αίσθηση περιέργειας, ωστόσο το απαλό φως στο φόντο και το πρόσωπο της γυναίκας έδειχνε ότι ήταν ερωτευμένη. Ήταν μια τυχαία εμπειρία για το κοινό.

Την τρίτη ημέρα, η γυναίκα αυτή ήρθε να δει τον πίνακα, και όταν τον επισκέφθηκε, ο Abe δεν ήταν στη γκαλερί- έπαιρνε έναν υπνάκο στη σουίτα του στον έβδομο όροφο του ίδιου ξενοδοχείου, και όταν επέστρεφε, εκείνη έφευγε. Η εικόνα στον καμβά της έμοιαζε, και για τον καλλιτέχνη ήταν αυτή της Γκρέις. Η εικόνα μιας γυναίκας στον καμβά, που φιλούσε ένα αόρατο πρόσωπο, φαινόταν φυσική, ζωντανή και αισθησιακή. Ο πίνακας προσέλκυε μια συνεχή ροή ανθρώπων από τις εννέα το πρωί έως τις οκτώ το βράδυ. Ήταν ένας πρωτόγνωρος ενθουσιασμός να βιώνει κανείς την ανεξήγητη ομορφιά και την αγωνία που αντανακλούσε ο πίνακας. Οι κριτικές στις εφημερίδες και τα τηλεοπτικά κανάλια επαινούσαν την εξαιρετική τέχνη και τη συνέκριναν με τους καλύτερους πίνακες ζωγραφικής. Υπήρχαν υποθέσεις, προαισθήματα για την αόρατη εικόνα στον καμβά, και η άγνωστη μορφή ήταν του Ιησού για κάποιους κριτικούς. Στον Μυστικό Δείπνο του Λεονάρντο ντα Βίντσι, η κρυμμένη φιγούρα ήταν η Μαρία Μαγδαληνή, που καθόταν στο πλευρό του Ιησού. Στο Φιλί, η αόρατη εικόνα ήταν ο Ιησούς. Ορισμένοι κριτικοί πίστευαν ότι ο πίνακας απεικόνιζε τον Ιησού να φιλάει τη Μαρία Μαγδαληνή μετά την ανάστασή του στη σιλουέτα του άδειου τάφου.

Μήπως ο αναστημένος Ιησούς ταξίδεψε με τη Μαρία Μαγδαληνή στην Ανατολή; Ένας κριτικός δημοσίευσε ένα ερώτημα σε μια εφημερίδα. Για έναν άλλο, ο αναστημένος Ιησούς είπε στη Μαρία Μαγδαληνή ότι δεν μπορούσε να παντρευτεί και να κάνει σεξ μαζί της, καθώς ήταν άγαμος. "Ποιο ήταν το συναίσθημα της Μαρίας;" Ο κριτικός έθεσε ένα ερώτημα. Μπορεί να βίωσε αφάνταστο πόνο και η καρδιά της να έσπασε σε κομμάτια. Παρόλο που όλοι οι μαθητές, εκτός από τον Ιωάννη, έφυγαν μακριά από τον Ιησού, η Μαρία Μαγδαληνή στάθηκε σαν βράχος κατά τη διάρκεια της δίκης και της σταύρωσής του- ήταν στο πλευρό του για μέρες ολόκληρες. Η αγάπη της για τον Ιησού ήταν απέραντη και πέρασε τρεις μέρες και τρεις νύχτες στο στόμιο του τάφου, πιστεύοντας ότι ο Ιησούς θα αναστηθεί από τον θάνατο. Τότε σηκώθηκε και η Μαρία Μαγδαληνή ήταν το πρώτο πρόσωπο που συνάντησε ο Ιησούς και τη φίλησε στα χείλη. "Το Φιλί αφορά την ιστορία αγάπης της Μαρίας Μαγδαληνής και του Ιησού από τη Ναζαρέτ", εξήγησε ένας παρουσιαστής σε ένα τηλεοπτικό στούντιο.

"Κύριε, η Anasuya Jain ήταν εδώ για να δει τον πίνακά σας. Ρώτησε για εσάς", είπε ο διευθυντής της στοάς τέχνης.

"Anasuya Jain!" αναφώνησε ο Abe.

"Μάλιστα, κύριε. Είναι η ιδιοκτήτρια του ξενοδοχείου και της γκαλερί τέχνης", πρόσθεσε ο διευθυντής.

Ο Έιμπ ήξερε ότι η Anasuya Jain ήταν μια πλούσια βιομήχανος στην πόλη- της ανήκαν πολλά ξενοδοχεία, εστιατόρια, νοσοκομεία και εταιρείες πληροφορικής. Αλλά έμοιαζε με τη Γκρέις, εκείνο το ορφανό κορίτσι στην παραλία Σινγκερίμ κοντά στο φρούριο Αγκουάντα στη Γκόα.

"Έιμπ, πιστεύεις χωρίς αμφιβολία. Τα πάντα έχουν μια διαφορετική διάσταση. Όταν αγοράζω ψάρια το πρωί στην παραλία, και αν η τιμή είναι πολύ χαμηλή, δεν τα αγοράζω γιατί ξέρω ότι δεν θα τα πουλήσω, καθώς υπάρχουν αρκετά ψάρια στην αγορά. Πρέπει να αξιολογείς τα υπέρ και τα κατά πριν αποφασίσεις", είπε η Grace στον Abe μια από εκείνες τις πρώτες μέρες που έμεναν μαζί σε μια μικροσκοπική καλύβα σε μια φτωχογειτονιά δίπλα στο φρούριο Aguada στο Singuerim.

"Μου λες ότι πρέπει να κοιτάξω πέρα από την ονομαστική αξία. Ισχύει αυτό και για σένα;" ρώτησε ο Abe.

"Βεβαίως, αυτό που λέω μπορεί να έχει διαφορετικό νόημα. Το νόημα κάποιου πράγματος εξαρτάται από τα συμφραζόμενα", διευκρίνισε η Γκρέις.

Ήξερε ότι η Γκρέις μιλούσε για την εμπειρία της, την οποία απέκτησε πολεμώντας ενάντια στη σκληρή πραγματικότητα της ζωής, δουλεύοντας με άνδρες και γυναίκες από ωμή σάρκα και αίμα που πάντα σκέφτονταν τα προσωπικά οφέλη και την επιβίωση. Ο Έιμπ έμαθε πολλά πράγματα από την Γκρέις, πολύ περισσότερα από όσα έμαθε στο Ινδιάνικο Ινστιτούτο Τεχνολογίας επί τέσσερα χρόνια και δύο χρόνια μετά την αποφοίτησή του στο Τεχνολογικό Πανεπιστήμιο Nanyang της Σιγκαπούρης. Το λυγερό βλέμμα της Γκρέις ήταν πλούσιο- οι εύκαμπτες κινήσεις της ήταν γεμάτες από ομορφιά, οι καλοκαιρινές εκφράσεις της σαν συνδυασμός πλούσιων χρωμάτων, αλλά οι πρακτικές της γνώσεις ζωηρές. Ο Abe την αγάπησε με την πρώτη ματιά.

"Υποσχέσου μου ότι δεν θα δείξεις ασέβεια σε μια γυναίκα- ποτέ δεν θα την αγγίζεις χωρίς τη συγκατάθεσή της και ποτέ δεν θα την αναγκάζεις να κάνει κάτι. Τότε θα είμαι φίλος σου για πάντα", είπε η Γκρέις την πρώτη μέρα.

"Γκρέις, εξαιτίας σου είμαι αυτό που είμαι. Σε νιώθω μέσα μου. Με βοήθησες να εξελίξω την προσωπικότητά μου", μουρμούρισε ο Έιμπ. Η Γκρέις ήταν φίλη και ευεργέτης. Ήταν η πιο τρυφερή και διακριτική, και μερικές φορές συμπεριφερόταν σαν δασκάλα, παρόλο που ήταν ίσως ένα χρόνο μικρότερη από εκείνον. Εκείνο το βράδυ, για πολλή ώρα, ο Έιμπ σκεφτόταν την Γκρέις. Ήταν στην παραλία Καλανγκούτ που την πρωτογνώρισε.

"Κύριοι, σας καλωσορίζουμε στην τράπεζά μας ως επικεφαλής του τμήματος AI. Την ημέρα που θα ενταχθείτε στην υπηρεσία, γίνεστε ένας από εμάς και θα διαμορφώσετε το μέλλον της τράπεζας μαζί μας. Ας την κάνουμε ένα σπουδαίο ίδρυμα που θα αποφασίζει για την οικονομική ανάπτυξη και την κοινωνική κατάσταση της χώρας όπου εργαζόμαστε. Διορίζεστε στο κεντρικό μας γραφείο στη Νότια Ασία, στη Βομβάη, και μπορείτε να αναλάβετε καθήκοντα εντός είκοσι μίας ημερών", δήλωσε ο πρόεδρος της επιτροπής επιλογής στην πανεπιστημιούπολη στο τέλος της συνέντευξης στο Πανεπιστήμιο Nanyang.

Επρόκειτο για μια διεθνούς κύρους τράπεζα που προσέφερε ελκυστικές αποδοχές και φανταστικές εγκαταστάσεις. Ο Abe ήταν ευτυχής με τη δουλειά του, καθώς πολλά χρόνια επίσημων σπουδών είχαν τελειώσει και μια άλλη φάση της ζωής του ξεκινούσε. Τα κεντρικά γραφεία της τράπεζας βρίσκονταν στο Nariman Point της Βομβάης, και κοντά σε αυτά του παραχωρήθηκε ένα δωρεάν διαμέρισμα τριών υπνοδωματίων.

Οι γονείς του τον αποκαλούσαν Abe. Στα αρχεία του σχολείου, ήταν ο Abraham Lily Thomas Puthen. Σύμφωνα με τη συριακή χριστιανική παράδοση στην Κεράλα, το όνομα του παππού του ήταν το δικό του. Lily ήταν το όνομα της μητέρας του, Thomas ήταν το όνομα του πατέρα του και Puthen ήταν το οικογενειακό του όνομα. Οι στενοί του φίλοι τον φώναζαν Abe- ενώ στο σχολείο και στο κολέγιο ήταν Abraham Puthen.

Πριν πάρει μια πτήση από τη Σιγκαπούρη για το Καλικούτ, ενημέρωσε τους γονείς του για τα καλά νέα, τη δελεαστική προσφορά εργασίας μιας αξιόπιστης τράπεζας. Οι γονείς του ήταν ενθουσιασμένοι που τον γνώρισαν και για δέκα ημέρες περπατούσαν μαζί του στις όμορφες παραλίες, κοντά στο σχολείο του Αγίου Ιωσήφ, το alma mater του Abe, τις βραδινές ώρες. Ταξίδεψε στο Wayanad, το πατρικό σπίτι του πατέρα του και το Αyyankunnu της μητέρας του. Πολλά εστιατόρια σε πόλεις του Malabar που παρείχαν το καλύτερο φαγητό γιόρτασαν τη συντροφιά τους. "Το φαγητό στο Calicut, το Thalassery και το Kannur είναι εξίσου καλό ή και καλύτερο από τις κουζίνες που παίρνεις στα καλύτερα εστιατόρια στην Ιταλία, την Ισπανία ή τη Γαλλία", έλεγε συχνά ο πατέρας του, ο οποίος ήταν επισκέπτης καθηγητής για πολλά χρόνια σε μερικά πανεπιστήμια στην Ιταλία, την Ισπανία και τη Γαλλία. Η Λίλι απολάμβανε επίσης να τρώει έξω με τον Έιμπ και τον σύζυγό της, και τα εξαιρετικά παρασκευασμένα αρνίσια παϊδάκια-Μαλαμπάρ-Μπιριάνι ήταν το αγαπημένο της. Ο Τόμας και η Λίλι ήταν πολύ καλοί φίλοι και αντιμετώπιζαν τον Έιμπ ως τον καλύτερό τους φίλο- έπαιζε συχνά σκάκι με τους γονείς του, οι οποίοι ήταν καθηγητές πανεπιστημίου και του άρεσε να περνάει πολλές ώρες μαζί τους.

Ο Thomas Abraham Puthen δίδασκε υπαρξιακή φιλοσοφία, κυρίως του Soren Kierkegaard, του Friedrich Nietzsche, του Martin Heidegger και του Franz Kafka. Για το διδακτορικό του στην Οξφόρδη ερεύνησε τον υπαρξισμό και τη φαινομενολογία στα γραπτά του Μάρτιν Χάιντεγκερ και του Έντμουντ Χούσερλ. Η Λίλι ειδικεύτηκε στην έννοια της ελευθερίας στην υπαρξιακή λογοτεχνία. Η διδακτορική της διατριβή ήταν μια συγκριτική μελέτη για τον Ξένο του Αλμπέρ Καμύ και τη Ναυτία του Ζαν-Πολ Σαρτρ στο Πανεπιστήμιο της Σορβόννης. Ο Thomas και η Lily μιλούσαν πάντα για την επιρροή του υπαρξισμού, της φαινομενολογίας και του ανθρωπισμού και την επίδρασή τους στη λογοτεχνία στο σπίτι. Έτσι, ο Έιμπ εκτιμούσε βαθιά τον ανθρωπισμό και ζωγράφισε δώδεκα πίνακες με θέμα την ανθρώπινη ύπαρξη. Όταν θέλησε να ενταχθεί σε ένα κολλέγιο τέχνης για να μάθει ζωγραφική, οι γονείς του τον ενθάρρυναν να ασχοληθεί με την τεχνολογία με ειδίκευση στην επιστήμη των υπολογιστών. Του είπαν ότι θα μπορούσε να κάνει ανώτερες σπουδές και έρευνα πάνω στην τεχνητή νοημοσύνη, κάτι που θα τον βοηθούσε να κάνει αφηρημένους αλλά σουρεαλιστικούς πίνακες. Ο Abe ερεύνησε την τεχνητή νοημοσύνη σε μεταπτυχιακό επίπεδο στη Σιγκαπούρη και ζωγράφισε μεταμοντέρνα πορτραίτα με πινέλο και χρώματα, με την υποστήριξη της τεχνητής νοημοσύνης σε εκπληκτικά σχέδια που ανέπτυξε ο υπολογιστής του.

Ο Άμπε μεγάλωσε σε μια μη θρησκευτική, κοσμική ατμόσφαιρα, καθώς οι γονείς του ήταν άθεοι. Δεν μιλούσαν ποτέ για τον Θεό ή τον διάβολο στο σπίτι και έδιναν στον Έιμπ απόλυτη ελευθερία να αποφασίζει για την προσωπική του ζωή. Όταν γεννήθηκε ο Abe, ο παππούς του, ο Abraham Joseph Puthen, είπε στη σύζυγό του ότι ο εγγονός του έμοιαζε με το γυμνό βρέφος Ιησού. Ήθελε να βαφτίσει το μωρό σε μια καθολική εκκλησία Syro-Malabar και το βαπτιστικό του όνομα θα ήταν Ιησούς. Ο παππούς επέμενε να γίνει ο εγγονός του καθολικός στην εκκλησία που ίδρυσε ο Απόστολος Θωμάς και πήγε το μωρό στην τοπική ενοριακή εκκλησία για βάφτιση.

Παρ' όλα αυτά, ο ιερέας της ενορίας τον ενημέρωσε ότι δεν υπήρχε παράδοση να δίνεται το όνομα του Κυρίου στα παιδιά μεταξύ των Σύρων Καθολικών της Κεράλα. Ο Abraham Joseph Puthen επέτρεψε απρόθυμα στον ιερέα της ενορίας να ονομάσει το μωρό Αβραάμ. Συνέχισε όμως να αποκαλεί τον εγγονό του "Ιησού". Ο Abe έλαβε την Πρώτη Θεία Κοινωνία και τον Χρίσμα στα εννέα του χρόνια και οι παππούδες του ήταν και στις δύο πλευρές όταν ο επίσκοπος ζωγράφισε το σημείο του σταυρού με αγιασμένο λάδι στο μέτωπό του. Ο Abe αγαπούσε τους παππούδες και τις γιαγιάδες του και ταξίδευε μαζί τους σε όλη την Κεράλα. Ο παππούς του ήθελε να του δείξει τις επτά εκκλησίες που ίδρυσε ο Άγιος Θωμάς στην ακτή Malabar όταν ήρθε από το Ισραήλ για να κηρύξει το Ευαγγέλιο του Ιησού. Κανονικά, αυτές οι εκκλησίες έγιναν σταδιακά γνωστές ως Συρο-Μαλαμπάρ και βρίσκονταν υπό τον Πατριάρχη της Αντιόχειας. Η επίσημη γλώσσα που χρησιμοποιούνταν στη λειτουργία ήταν η αραμαϊκή. Ο παππούς εξέφρασε την επιθυμία του ο εγγονός του να ενταχθεί σε ιερατική σχολή και να γίνει ιερέας και επίσκοπος. Αλλά μετά τον θάνατό του, ο Έιμπ μεγάλωσε χωρίς καμία προσήλωση στον χριστιανισμό. Η μητέρα του, Λίλι, και ο πατέρας του, Τόμας Αβραάμ, θεώρησαν ότι ο Έιμπ θα μπορούσε να απολαύσει μεγαλύτερη ελευθερία και να ζήσει μια ζωή βασισμένη στους λόγους και την επιστήμη ως μη θρησκευόμενο άτομο.

Ο Έιμπ πήρε την πρωτοβάθμια εκπαίδευσή του σε σχολείο που διοικούνταν από τους Ιησουίτες. Η εκπαίδευσή τους έγινε υγιής ενθαρρύνοντας τους μαθητές να αναπτύξουν τα έμφυτα ταλέντα και τις ικανότητές τους σε διάφορους τομείς της ζωής. Ο Abe συνειδητοποίησε ότι η εκπαίδευση των Ιησουιτών που βασιζόταν στο Ratio Studiorum τον βοήθησε και τον βελτίωσε- ανέπτυξε αγάπη για τα μαθηματικά, τη φυσική και τη ζωγραφική. Οι Ιησουίτες επικεντρώθηκαν στην ανθρωποκεντρική εκπαίδευση του Abe, όπως η ολοκληρωμένη, η βασισμένη στις αξίες, η επιδίωξη της αριστείας, η προσαρμογή για την καταλληλότητα, η συμμετοχικότητα και η δημιουργία μιας δίκαιης κοινωνίας. Ιγνατιανή παιδαγωγική διαδικασία, όπως την αποκαλούσαν οι Ιησουίτες, και ο Abe ενστερνίστηκε όλες αυτές τις αξίες και συχνά εξέφραζε την ευτυχία του ως μαθητής ιησουιτικού σχολείου. Έμαθε από αυτούς, διαμόρφωσε ανάλογα την προσωπικότητά του και πάντα φύλαγε έναν σιωπηλό και σιωπηλό σεβασμό προς τους Ιησουίτες, κυρίως για το όραμα και την αποστολή τους στην εκπαίδευση.

Στο γυμνάσιο, ο Abe άρχισε να εκθέτει τους πίνακές του στην πινακοθήκη της πόλης λόγω της υποστήριξης και της ενθάρρυνσης από τον καθηγητή της τάξης του, έναν Ιησουίτη ιερέα, ο οποίος τον βοήθησε να μάθει τα βασικά μαθήματα ζωγραφικής. Ο Abe μπορούσε να κάνει μοντέρνους αφηρημένους πίνακες μέσα σε δύο χρόνια, τους οποίους οι λάτρεις της τέχνης εκτιμούσαν πολύ, και οι Ιησουίτες τον βοήθησαν να τους εκθέσει στο Bengaluru και στο Chennai. Ένα από τα εκθέματα είχε τον τίτλο "Ο γυμνός Ιησούς", ο οποίος δημιούργησε πολλές συζητήσεις και αντιπαραθέσεις μεταξύ των φίλων της τέχνης και του κοινού. Ο Abe ήθελε να το ονομάσει "Ο Αναστημένος Κύριος", αλλά ο δάσκαλος της τάξης του, ο Ιησουίτης ιερέας, πρότεινε το όνομα "Ο Γυμνός Ιησούς".

Στο Ινδικό Ινστιτούτο Τεχνολογίας, ο Άμπε δεν μπόρεσε να αναπτύξει τη γοητεία του για τη ζωγραφική. Αλλά στη Σιγκαπούρη, γράφτηκε για δύο εξάμηνα σε μαθήματα ζωγραφικής στη Σχολή Ζωγραφικής, τα οποία τον βοήθησαν να μάθει τις τεχνοτροπίες που χρησιμοποιούν οι μεγάλοι δάσκαλοι της ζωγραφικής, εκτός από τις βασικές αρχές του ιμπρεσιονισμού, του κυβισμού και του υπερρεαλισμού. Περισσότερο από έναν μάγο υπολογιστών που ήταν απασχολημένος με την ανάπτυξη αλγορίθμων για την τεχνητή νοημοσύνη, ο Abe θεωρούσε τον εαυτό του ζωγράφο των ανθρώπινων αγώνων και των συναισθημάτων από τα θέματά του, και ένας ζωγράφος παραμόνευε στη συνείδησή του.

Μετά τις διακοπές του στη Γκόα, στους βασικούς πίνακές του, μόνο μια εικόνα ήταν ορατή: Η Γκρέις, και τη ζωγράφισε με διάφορους τρόπους εκφράζοντας τα συναισθήματα, τις διαθέσεις και τα συναισθήματά της. Ωστόσο, το πρόσωπο της Anasuya Jain τον ενοχλούσε καθώς το Φιλί, η Αγκαλιά και η Γυναίκα σκακίστρια- τα θέματα της έμοιαζαν. Δεν θέλησε ποτέ να ζωγραφίσει άλλη γυναίκα εκτός από την Grace και, αργότερα, την Emma, αλλά την Anasuya Jain, το πρόσωπο της οποίας ήταν αντίγραφο του θέματος που ζωγράφισε. Στη Γυναίκα σκακίστρια, μια πανέμορφη γυναίκα φαίνεται να παίζει σκάκι.

Ο πίνακας εστίαζε σε μια γυναίκα μπροστά από τη σκακιέρα σε μια παραλία, ενώ πίσω της η γαλήνια γαλάζια θάλασσα, που έμοιαζε με κολοσσιαία σκακιέρα. Ωστόσο, τα πάντα ήταν ακόμα γύρω της, αλλά ένας εγγενής δυναμισμός και σφρίγος. Παραδόξως, μόνο ένας σκακιστής υποδήλωνε ότι η Γκρέις έπαιζε εναντίον του κόσμου, και οι κινήσεις της ήταν καλά υπολογισμένες και ακριβείς. Θα μπορούσε να νικήσει τον κόσμο, καθώς είχε τη σοφία, την οξυδέρκεια, τη θέληση και την αντοχή να ξεπεράσει όλες τις αντιξοότητες. Ο Abe εξέθεσε τον πίνακα στην Εθνική Πινακοθήκη στην Ουάσινγκτον για τρεις ημέρες και υπήρξαν εξαιρετικές κριτικές για το ύφος και την επίδρασή του. Την πρώτη ημέρα, ένας άγνωστος Ρώσος δισεκατομμυριούχος τον αγόρασε για ένα άγνωστο ποσό.

Η Anasuya Jain ενόχλησε τον Abe και το πρόσωπό της παρέμεινε στο μυαλό του όλη μέρα και νύχτα. Το πρωί της επόμενης ημέρας, μετά το πρωινό, υπήρξε ένα τηλεφώνημα από τον διευθυντή του ξενοδοχείου:

"Κύριε, μια επιστολή από την κα Anasuya Jain, την πρόεδρό μας. Να έρθω στη σουίτα σας για να σας το παραδώσω;" Ρώτησε.

"Ναι, παρακαλώ", απάντησε ο Abe.

Ο διευθυντής έφτασε στη σουίτα μέσα σε πέντε λεπτά και παρέδωσε έναν κομψό φάκελο που απευθυνόταν στον Celibate. Ο Έιμπ άνοιξε τον φάκελο και άρχισε να διαβάζει την επιστολή με το επιστολόχαρτό της και όχι της προέδρου της Jain Industries. Χωρίς φιοριτούρες, οι λέξεις ήταν ακριβείς, απευθυνόμενες σε αυτόν ως "κ. Σελιμπέιτ", αυτό που είχε καταχωρήσει στο μητρώο του ξενοδοχείου. Είχε γράψει ότι αγαπούσε τον πίνακα, ο οποίος δημιουργούσε "ανεξήγητες δονήσεις στην καρδιά της, καθώς φαινόταν μοναδικός και εξαίσιος και την οδηγούσε στο παρελθόν της". Τον ενημέρωσε ακόμη ότι αν ο πίνακας δεν είχε ήδη αποκτηθεί από κάποιον, θα ήθελε πολύ να τον αγοράσει ως "προσωπικό της θησαυρό, καθώς είναι ένα ανεκτίμητο κόσμημα ανάμεσα στους σύγχρονους πίνακες". Έγραψε ότι ήθελε να τον συναντήσει, ζητώντας του να της δώσει ραντεβού για το επόμενο απόγευμα στη σουίτα του για να συζητήσουν τα τυπικά της αγοράς.

Του ζήτησε να την ενημερώσει για τη συνάντηση τηλεφωνικά ή με μήνυμα μέσω του διευθυντή του ξενοδοχείου. Η επιστολή υπογραφόταν από την "Anasuya Jain".

Anasuya Jain, είσαι η Grace; αναρωτήθηκε ο Έιμπ στο μυαλό του. Διαφορετικά, γιατί ο πίνακας να σε οδηγήσει στο παρελθόν σου, συζήτησε ο Έιμπ. Ενημέρωσε τον διευθυντή του ξενοδοχείου ότι η Anasuya Jain ήταν ευπρόσδεκτη να τον συναντήσει την επόμενη μέρα στις τέσσερις το απόγευμα πάνω από ένα φλιτζάνι τσάι στη σουίτα του.

Ο Έιμπ ήθελε να μάθει περισσότερα για την Jain Industries και την Anasuya Jain. Ζήτησε από τον διευθυντή του ξενοδοχείου να του στείλει ένα αντίγραφο του καταλόγου της Jain Industries από τη βιβλιοθήκη του ξενοδοχείου. Υπήρχαν δεκάδες σελίδες αφιερωμένες στην προέλευση και την ανάπτυξη της Jain Industries. Ιδρυτής της ήταν ο Aatman Jain, ένα ορφανό από την Udaipur του Rajasthan που μετανάστευσε στη Βομβάη. Ξεκίνησε να εργάζεται σε ένα κοσμηματοπωλείο και άνοιξε το κοσμηματοπωλείο του απέναντι από τον τερματικό σταθμό Victoria μέσα σε πέντε χρόνια. Μέσα σε δέκα χρόνια, ίδρυσε άλλα τρία καταστήματα κοσμημάτων σε όλη την πόλη. Όταν ήταν πιθανώς είκοσι οκτώ ετών, γεννήθηκε ο μοναχογιός του Aadinath το δεκαεννέα σαράντα εννέα. Ανέλαβε την επιχείρηση από τον πατέρα του με τον θάνατό του το δεκαεννιακόσια εξήντα πέντε. Ο Aadinath ήταν πολύ δυναμικός και τολμηρός. Επέκτεινε το επάγγελμά του στον κλάδο της φιλοξενίας, ξεκίνησε τρία ξενοδοχεία επτά αστέρων μέσα σε δέκα χρόνια στη Βομβάη και σταδιακά άνοιξε εξαιρετικά επιτυχημένα εστιατόρια και νοσοκομεία. Το δεκαεννιακόσια εβδομήντα τρία γεννήθηκε ο γιος του Ajey.

Το δεκαεννιακόσια εβδομήντα πέντε γεννήθηκε ο Anasuya. Πήρε την πρωτοβάθμια και τη δευτεροβάθμια εκπαίδευσή της σε ένα σχολείο που διοικούσαν οι καθολικές μοναχές της πόλης και αποφοίτησε από το Κολέγιο του Αγίου Ξαβιέ. Εντάχθηκε στο London School of Economics για το μεταπτυχιακό της και πήρε MBA από το Wharton μέσα σε δύο χρόνια. Επιστρέφοντας στην Ινδία, έζησε και εργάστηκε σε μια φτωχογειτονιά της Γκόα ινκόγκνιτο για ένα χρόνο, κάνοντας χειρωνακτικές εργασίες. Ήταν μια διαδικασία εκμάθησης τακτικών επιβίωσης. Ο Abe σταμάτησε ξαφνικά να διαβάζει.

Γκρέις, έχεις αλλάξει πολύ. Αλλά δεν είσαι η Γκρέις μου, την οποία γνώρισα στο Calangute και έμεινα μαζί σου στο Singuerim κοντά στο φρούριο Aguada για περίπου εννέα μήνες. Ποτέ δεν πίστεψα ότι ήσουν ένα διαφορετικό άτομο. Ήσουν έξυπνη, πνευματώδης και θαρραλέα, αλλά ποτέ δεν αποκάλυψες ότι ήσουν πολύ μορφωμένη. Δεν μιλούσες καθόλου για το οικογενειακό, οικονομικό και εκπαιδευτικό σου υπόβαθρο και υπέθεσα ότι ήσουν ένα κορίτσι χωρίς μεγάλη μόρφωση, ένα ορφανό. Πόσο παραπλανητικό ήταν αυτό. Παρόλο που ποτέ δεν έκανες κάτι εναντίον μου, ποτέ δεν με έβαλες σε δυσκολίες, ποτέ δεν εμπόδισες την καριέρα μου ή κατέστρεψες το μέλλον μου. Όλες οι αποφάσεις που πήρα ήταν δικές μου, καθώς ποτέ δεν είπα τίποτα για το παρελθόν μου, καθώς δεν μας ενδιέφερε το παρελθόν ή το μέλλον μας, παρά μόνο το παρόν. Αισθάνομαι άσχημα επειδή δεν κατάφερες να αποκαλύψεις την πραγματική σου ταυτότητα, παρόλο που εγώ δεν μπορούσα να δείξω τη δική μου. Ξεκινήσαμε από εκεί που γνωριστήκαμε και τελειώσαμε εκεί που χωρίσαμε. Ξέρω ότι δεν θα έπρεπε να σε κατηγορήσω ή να σε κατηγορήσω. Ήσουν πάντα αξιοπρεπής, διακριτικός και ευγενικός μαζί μου- με αγαπούσες και το ένιωθα σε πολλές περιπτώσεις. Απολάμβανες την παρέα μου, όπως κι εγώ αγαπούσα την παρουσία και την εγγύτητά σου.

Η Anasuya Jain παρέμεινε σε μια φτωχογειτονιά του Goan για να βιώσει τη σκληρή πραγματικότητα της ζωής και να μάθει πώς να αντιμετωπίζει τη ζωή σε ακραίες καταστάσεις. Δεν έπαιρνε χρήματα μαζί της και δεν διατηρούσε τραπεζικό λογαριασμό- δεν αποκάλυψε ποτέ σε κανέναν, ούτε καν στους γονείς της, πού βρίσκονταν. Δεν έστειλε email σε κανέναν και δεν επικοινώνησε σε κανένα μέσο κοινωνικής δικτύωσης. Ήταν μια εκμάθηση cum ανάπτυξη δεξιοτήτων και αυτή η εμπειρία ενός έτους την έμαθε να αντιμετωπίζει τους ανθρώπους και τη βοήθησε να αγωνιστεί για να επιτύχει χωρίς να δεχτεί την ήττα. Ήταν μια εσωτερίκευση των αξιών και των προτύπων της κοινωνίας, προστατεύοντας όμως τις δικές της. Για την Anasuya Jain, ήταν η πιο πολύτιμη εμπειρία στη ζωή της. Αφού διάβασε περαιτέρω, η Abe σταμάτησε για ένα λεπτό.

Γκρέις, ήμουν το πειραματόζωό σου- με χρησιμοποίησες για μάθηση και ανάπτυξη δεξιοτήτων, χωρίς ποτέ να σκεφτείς την ατομικότητα, την προσωπικότητα και την αξιοπρέπειά μου. Με χρησιμοποίησες.

Όχι, Γκρέις, ποτέ δεν με αντιμετώπισες ως πιόνι. Μου έδειξες σεβασμό και φροντίδα. Αποδέχτηκα την πρόσκλησή σας να μείνω μαζί σας- ήταν απόφαση κυρίου και δεν θα έπρεπε να σας κατηγορήσω για τις συνέπειες.

Όταν ο πατέρας της πέθανε το δύο χιλιάδες δέκα, η Anasuya Jain έγινε πρόεδρος της Jain Industries. Ο αδελφός της Ajey απέρριψε τον κόσμο ως Digambar sanyasi, ένας περιπλανώμενος γυμνός επαίτης Jain. Η Anasuya Jain ακολούθησε τα βήματα του πατέρα της και απέκτησε δύο ακόμη ξενοδοχεία, ίδρυσε ένα υπερσύγχρονο νοσοκομείο, μια αλυσίδα σούπερ μάρκετ και δύο εταιρείες πληροφορικής στις δυτικές περιοχές της Ινδίας.

Η Γκρέις ήταν πανέξυπνη. Τον Ιούνιο του ενενήντα εννέα, ο Έιμπ τη γνώρισε- δεν θα μπορούσε ποτέ να ξεχάσει εκείνη τη μέρα ή το πρόσωπό της. Περνώντας περίπου ένα δεκαπενθήμερο με τους γονείς του στο Καλικούτ, ο Έιμπ πήγε στη Γκόα για πέντε ημέρες, σκεπτόμενος να πάει στη Βομβάη μετά από σύντομες διακοπές εκεί. Πήρε μια πτήση για το αεροδρόμιο Dabolim της Γκόα από το Calicut και αφού προσγειώθηκε, πήγε να δει τη χρυσή παραλία στο Calangute για να περάσει εκεί μια νύχτα. Ο Abe πήρε ένα λεωφορείο από το αεροδρόμιο για το Calangute, κρατώντας το σακίδιο κάτω από το κάθισμα. Σε αυτό υπήρχε ένα πορτοφόλι που περιείχε μετρητά, μια πιστωτική κάρτα, μια χρεωστική κάρτα, ένα κινητό τηλέφωνο, μια άδεια οδήγησης, δύο ζευγάρια ρούχα και είδη καθημερινής ανάγκης. Φτάνοντας στο Calangute, ο Abe συνειδητοποίησε ότι το σακίδιο του έλειπε και ότι είχε χάσει τα πάντα. Ο εισπράκτορας του λεωφορείου ήταν ανήμπορος και είπε στον Abe ότι ήταν δική του ευθύνη να φροντίσει τα πράγματά του- η εταιρεία λεωφορείων δεν ήταν υπεύθυνη για την κλοπή, καθώς ο Abe ήταν απρόσεκτος με το σακίδιό του.

Grace

Ο Abe δεν πήγε στο αστυνομικό τμήμα για να διαμαρτυρηθεί, καθώς δεν είχε χρήματα για να δωροδοκήσει τον αστυνομικό επιθεωρητή και τους αστυφύλακες. Δεν είχε νόημα να καταγγείλει καθώς ήταν αδύνατο να πάρει πίσω τα μετρητά του, τις πιστωτικές και χρεωστικές του κάρτες και το δίπλωμα οδήγησης. Αργότερα, έμαθε από την Grace ότι τοπικές και διεθνείς ομάδες μαφίας που δρουν στη Γκόα συνήθιζαν να κλέβουν τα υπάρχοντα των τουριστών και να κάνουν κατάχρηση των πιστωτικών και χρεωστικών καρτών τους και των αδειών οδήγησης.

Από το μεσημέρι ο Έιμπ περιπλανήθηκε στην παραλία, σκεπτόμενος να φτάσει στη Βομβάη για να ενταχθεί στην τράπεζα. Γύρω στις τρεις, πήγε στο χώρο στάθμευσης των φορτηγών για να διαπιστώσει αν θα μπορούσε να πάρει δωρεάν μεταφορικό μέσο για τη Βομβάη, πείθοντας έναν οδηγό, αλλά κανείς δεν ήταν πρόθυμος να τον πάρει, φοβούμενος ότι μπορεί να είναι μέλος εγκληματικής συμμορίας. Στη συνέχεια, ο Abe πήγε στο σταθμό λεωφορείων γύρω στις έξι μ.μ. Κανένας οδηγός δεν ήταν πρόθυμος να τον πάει στη Βομβάη χωρίς να πληρώσει το εισιτήριο, παρόλο που μίλησε σε μισή ντουζίνα. Ο Abe παρατήρησε ότι μια νεαρή γυναίκα τον παρατηρούσε.

"Θα πας στη Βομβάη", ρώτησε.

"Ναι", είπε.

"Γιατί δεν ταξιδεύετε κατά τη διάρκεια της ημέρας; Είναι πιο ασφαλές", είπε εκείνη.

"Αλήθεια;"

"Ναι, σίγουρα. Είναι περίπου πεντακόσια ενενήντα χιλιόμετρα- αν πάρετε λεωφορείο, μπορεί να φτάσετε στη Βομβάη σε λίγο περισσότερο από δώδεκα ώρες", πρόσθεσε.

"Αλλά ζήτησα από κάποιους οδηγούς να με μεταφέρουν δωρεάν".

"Γιατί;" ρώτησε.

"Οι αποσκευές μου έχουν κλαπεί. Έχασα τα μετρητά μου, τις πιστωτικές και χρεωστικές κάρτες, την άδεια οδήγησης και τα ρούχα μου", διηγήθηκε.

"Αυτό είναι πολύ κακό. Άρα, δεν έχετε χρήματα για να αγοράσετε εισιτήριο", έκανε τη δήλωση η γυναίκα.

"Ναι".

"Οπότε, αν δεν πας σήμερα, ανησυχείς ότι δεν έχεις πού να κοιμηθείς", είπε ως ερώτηση.

"Καταλάβατε το πρόβλημά μου", απάντησε.

"Μην ανησυχείτε. Μπορείς να μείνεις μαζί μου για μια νύχτα και θα σου δώσω το εισιτήριο του λεωφορείου- μπορείς να μου το επιστρέψεις αργότερα", είπε χαμογελώντας.

"Να μείνω μαζί σου; Πού;"

"Φοβάσαι;" Έκανε μια αντερώτηση.

"Όχι, δεν φοβάμαι κανέναν. Αντιμετωπίζω την πραγματικότητα και τις καταστάσεις όπως είναι και προσπαθώ να βρω λύσεις γι' αυτές".

"Αυτό είναι υπέροχο. Εκτιμώ ανθρώπους σαν εσένα, που αντιμετωπίζουν τα προβλήματα όπως είναι, βρίσκουν λύσεις χωρίς να δείχνουν φόβο, δεν δέχονται την ήττα, δεν τρέχουν μακριά από τις δυσκολίες", ήταν ακριβής.

"Φαίνεται ότι είστε πρακτικός. Έχεις ταλέντο στην επίλυση προβλημάτων", είπε ο Έιμπ.

"Βεβαίως. Μαθαίνω να αντιμετωπίζω τις δύσκολες καταστάσεις. Πρέπει να ξεμάθω πολλά πράγματα- πρέπει να δω τις συνθήκες από μια νέα οπτική γωνία, να τις αξιολογήσω και να βρω λύσεις", τα λόγια της νεαρής γυναίκας εξέπεμπαν αυτοπεποίθηση.

Ο Έιμπ την κοίταξε για να καταλάβει το νόημα και το πλαίσιο της εξήγησής της. Ένιωσε περιέργεια και ταυτόχρονα επιφυλακτικότητα. Μπορούσε να κατανοήσει την κατάσταση στην οποία ζούσε και να την περιγράψει με διαύγεια. Δεν ήταν μια συνηθισμένη κοπέλα, που μιλούσε έξυπνα χωρίς αναστολές.

"Είσαι; Πού μένεις;" Ρώτησε.

"Μένω κοντά στο φρούριο Αγκουάντα. Έλα, θα σου δείξω το Φρούριο από την κατοικία μου και αύριο το πρωί μπορείς να πας στη Βομβάη και μέχρι το βράδυ θα είσαι στην πόλη που δεν κοιμάται ποτέ", είπε με αυτοπεποίθηση.

"Σας εμπιστεύομαι", είπε εκείνος.

"Δεν υπάρχει τίποτα που να μπορείς να εμπιστευτείς. Δεν θα σε φάω. Μπορείς να δειπνήσεις μαζί μου και να κοιμηθείς καλά", προσπάθησε η Γκρέις να πείσει τον Έιμπ.

Ήταν αρκετά ψηλή, φορούσε χοντρό τζιν και μπλουζάκι. Είχε ένα καστανό καπέλο και τα μαλλιά της δεν φαίνονταν έξω, γεγονός που της έδινε μια σωματικά δραστήρια και ψυχολογικά σίγουρη εμφάνιση. Μπορεί να ήταν γύρω στα είκοσι τέσσερα χρόνια- μπορεί να ήταν ένα χρόνο μικρότερη από εκείνον.

"Θα έρθω μαζί σου", είπε.

"Ωραία, ας πάρουμε ένα τοπικό λεωφορείο, το οποίο χρειάζεται μόνο δεκαπέντε με είκοσι λεπτά για να φτάσει στο σπίτι μου".

Έτρεξε προς ένα λεωφορείο και εκείνος την ακολούθησε. Ήταν ιδιωτικό λεωφορείο και πήραν τις δύο τελευταίες θέσεις. Φαίνεται ότι ο οδηγός βιαζόταν, καθώς ήθελε να μαζέψει περισσότερους επιβάτες και υψηλότερη προμήθεια από την εταιρεία του. Μέσα σε πέντε λεπτά, το λεωφορείο γέμισε με επιβάτες, πολλοί από τους οποίους ήταν όρθιοι. Καθώς ήταν υπερβολικά γεμάτο, βρήκαν δύσκολη τη συζήτηση μέσα στο λεωφορείο. Μέσα σε είκοσι λεπτά, έφτασαν στο φρούριο Aguada.

"Ας κατέβουμε. Φτάσαμε στην παραλία Singuerim", είπε στο αυτί του. Με μεγάλη δυσκολία, βγήκαν από το λεωφορείο. Όταν κατέβηκαν, του έδειξε το οχυρό-μαμούθ Aguada ενάντια στον σκοτεινό ουρανό.

"Μένω στην άλλη πλευρά του Φρουρίου. Πρέπει να περπατήσουμε για περίπου δέκα λεπτά. Περπάτα δίπλα μου", είπε.

Ήταν ευκίνητη και περπατούσε πολύ γρήγορα. Υπήρχε μεγάλη αποφασιστικότητα σε κάθε της βήμα, παρατήρησε ο Έιμπ.

"Κάθε πρωί και βράδυ περπατάω σε αυτόν τον δρόμο. Βλέπετε, ο δρόμος δεν έχει ασφαλτοστρωθεί σωστά, με αποτέλεσμα να βλέπετε παντού λακκούβες. Αλλά αυτό δεν είναι πρόβλημα. Πρέπει να περπατήσουμε και να καλύψουμε την απόσταση- αυτός είναι ο στόχος μας", του μιλούσε και εκείνος την άκουγε σιωπηλός.

Ο δρόμος δεν είχε αρκετό φως. Αλλά πολλοί άνθρωποι πηγαινοέρχονταν, κυρίως εργάτες.

Ξαφνικά έφτασαν σε μια παραγκούπολη γεμάτη με μικρές παράγκες αλλά κάπως καθαρές.

"Εδώ μένω και αυτό είναι το σπίτι μου. Υπάρχουν περίπου εκατό σπίτια εδώ", του έδειξε μια μικρή παράγκα καλυμμένη με φύλλα πολυαιθυλενίου.

"Καλώς ήρθατε στο σπίτι μου", είπε χαμογελώντας ενώ άνοιγε την κλειδαριά.

Ο Έιμπ σοκαρίστηκε. Ποτέ δεν πίστευε ότι έμενε σε μια τέτοια παράγκα και δεν θα πήγαινε μαζί της αν το ήξερε. Αλλά δεν είπε τίποτα, καθώς ήταν πολύ αργά για να επιστρέψει.

Ήταν ένα μικρό δωμάτιο. Υπήρχε ένα μεγάλο σταθερό ράντζο φτιαγμένο από στύλους μπαμπού. Η κουζίνα βρισκόταν δίπλα του, με ένα φύλλο γρανίτη τοποθετημένο πάνω σε ξύλινα πόδια και μια σόμπα υγραερίου. Μπορούσε να δει μια βρύση τρεχούμενου νερού δίπλα στο τραπέζι της κουζίνας και ένα μικρό ψυγείο που άγγιζε το τραπέζι της κουζίνας. Το δωμάτιο δεν είχε κανένα έπιπλο, εκτός από δύο πλαστικές καρέκλες.

"Πώς σε λένε;" Ενώ έβγαζε το καπέλο της, ρώτησε.

"Με λένε Έιμπ".

"Εγώ είμαι η Γκρέις", είπε εκείνη.

Παρατήρησε ότι είχε κοντά σκούρα μαλλιά, ίσα ίσα με τους λοβούς των αυτιών της, και το πρόσωπό της ήταν σαν σμιλεμένο μαρμάρινο άγαλμα ελληνικής θεάς. Δεν είχε δει ποτέ του μια τόσο καλοσχηματισμένη και όμορφη γυναίκα.

"Φοράω πάντα αυτό το καπέλο όποτε βγαίνω έξω. Με προστατεύει", είπε η Γκρέις παρατηρώντας τα μάτια του Έιμπ που τον κοιτούσαν επίμονα.

" Ορισμένα πράγματα που χρησιμοποιούμε επίτηδες μας δίνουν μια διαφορετική εμφάνιση", σχολίασε ο Έιμπ.

"Έχεις δίκιο. Είναι πρόκληση να συνειδητοποιείς την πραγματικότητα με την πρώτη ματιά, η οποία είναι ενδιαφέρουσα. Άλλωστε, ο καθένας φτιάχνει μια διαφορετική αλήθεια, γιατί ο καθένας δημιουργεί αυτό που βλέπει", είπε η Γκρέις.

Ο Έιμπ κοίταξε την Γκρέις έκπληκτος. Τα λόγια της είχαν ένα βαθύ νόημα. Μιλούσε από εμπειρία, η οποία περιείχε πολλή σοφία, αλλά ήταν ακριβείς.

"Υπάρχει μια τουαλέτα σε εκείνη τη γωνία- μπορείς να κάνεις ένα μπάνιο, και μπορώ να σου φτιάξω ζεστό νερό", είπε ενώ ζέσταινε το νερό στη σόμπα αερίου.

"Ευχαριστώ, Γκρέις".

Τον κοίταξε όταν τον άκουσε να την αποκαλεί με το όνομά της.

"Ακούγεται καλό. Μόνο πολύ λίγοι άνθρωποι γνωρίζουν το όνομά μου. Οι άλλοι με φωνάζουν κορίτσι με καφέ σκούφο", χαμογέλασε η Γκρέις ενώ διηγούνταν την ιστορία.

"Έχεις ένα όμορφο όνομα και ένα αντρικό καπέλο".

Τον κοίταξε και χαμογέλασε ξανά.

"Δεν υπάρχει βρύση μέσα στο μπάνιο- πρέπει να πάρεις έναν κουβά νερό από αυτή τη βρύση", είπε ενώ έριχνε το ζεστό νερό σε έναν κουβά.

"Βεβαίως", απάντησε εκείνος.

"Μπορείς να φορέσεις αυτό το lungi και το μπλουζάκι μετά το μπάνιο. Και τα δύο είναι δικά μου, πλυμένα και στεγνά", είπε δίνοντάς του τα ρούχα.

"Σας ευχαριστώ, Γκρέις- είστε πολύ διακριτική", σχολίασε εκείνος.

"Μην σχηματίζεις γνώμη για μένα τόσο σύντομα", γέλασε η Γκρέις απαντώντας.

"Είναι γεγονός".

"Μπορείτε να πλύνετε τα ρούχα σας και να τα βάλετε στην κρεμάστρα για να στεγνώσουν. Μπορώ να τα σιδερώσω το πρωί πριν φύγεις", είπε η Γκρέις.

Ο Έιμπ έκανε μπάνιο με ζεστό νερό. Παρόλο που το μπάνιο ήταν πολύ μικρό, ένιωθε άνετα και βολικά. Η Γκρέις γέλασε από καρδιάς όταν βγήκε μετά το ντους, φορώντας το lungi και το μπλουζάκι.

"Φαίνεσαι διαφορετικός, ναι, ξαφνικά έχεις αλλάξει. Πόσο γρήγορα αλλάζουν οι άνθρωποι και προσαρμόζονται σε νέες καταστάσεις", σχολίασε.

"Αυτό είναι αλήθεια, αλλά νιώθω άνετα με το lungi και το μπλουζάκι σου, αν και το μπλουζάκι είναι μάλλον στενό και κοντό για μένα. Αλλά είναι γεγονός- είναι η πρώτη φορά που φοράω γυναικεία ρούχα".

"Είσαι ψηλότερος από μένα. Άλλωστε, τα ρούχα που αγόρασα για μένα δεν σκέφτηκα ποτέ ότι θα τα φορέσει μια μέρα ένας άντρας. Αλλά τώρα βλέπεις τον κόσμο μέσα από την ενδυμασία μου", ενώ πήγαινε έναν κουβά με ζεστό νερό στο μπάνιο, η Γκρέις έκανε μια παρατήρηση.

Ο Έιμπ κάθισε στην πλαστική καρέκλα. Είναι μάλλον αστείο να βρίσκεσαι εκεί. Ο Έιμπ δεν είχε φανταστεί ποτέ ένα τέτοιο μέρος και μια τέτοια κατάσταση. Το να βρίσκεται με μια νεαρή γυναίκα σε μια μικροσκοπική παράγκα στη μέση μιας παραγκούπολης, να φοράει τα ρούχα της και να τη σκέφτεται ήταν όχι μόνο αστείο αλλά και γελοίο. Ο Έιμπ σκέφτηκε να πάρει ένα πρωινό λεωφορείο για τη Βομβάη, το οποίο θα έφτανε εκεί μετά από περίπου δώδεκα ώρες. Το διαμέρισμα που του είχε παραχωρηθεί ήταν κοντά στην τράπεζα και ο οικονόμος θα ήταν εκεί και θα του άνοιγε το σπίτι. Το να δειπνήσει σε ένα κοντινό εστιατόριο, να κοιμηθεί μέχρι τις οκτώ το πρωί της επόμενης ημέρας και να παρουσιαστεί στην τράπεζα μέχρι τις εννέα, παρόλο που θα έφτανε στην τράπεζα τρεις μέρες νωρίτερα, ήταν εντάξει.

"Γεια σου, πώς αισθάνεσαι", ρώτησε η Γκρέις βγαίνοντας από το μπάνιο.

"Υπέροχα", απάντησε.

Ο Έιμπ πρόσεξε ότι η Γκρέις φορούσε ένα πολύχρωμο λούντζι με ένα μπλουζάκι με θάμνο. Έδειχνε γοητευτική, πράγματι όμορφη, με αυτό το απλό φόρεμα.

"Ας φάμε το δείπνο μας", είπε ενώ έπαιρνε μερικά τρόφιμα από το μικρό ψυγείο της.

Ζέστανε το φαγητό ένα προς ένα στη σόμπα υγραερίου. Υπήρχαν κομμάτια κοτόπουλου, τηγανητά ψάρια, μια σαλάτα λαχανικών και τσαπάτι.

"Φάε αρκετά- μπορεί να πεινάς", είπε δίνοντάς του ένα πιάτο.

Η Γκρέις και ο Έιμπ πήραν το κρέας και το ψάρι από τα τηγάνια. Το Τσαπάτι ήταν σε μια κατσαρόλα και η σαλάτα στην πιατέλα με τη σαλάτα.

Κρατώντας τα πιάτα με το φαγητό στα χέρια τους, κάθισαν πρόσωπο με πρόσωπο στην καρέκλα. Ο Έιμπ γοητεύτηκε από την ταχύτητα με την οποία η Γκρέις έκανε τη δουλειά της. Παρατήρησε επίσης ότι το σπίτι της ήταν τακτοποιημένο- η κουζίνα που χρησιμοποιούσε ήταν καλοδιατηρημένη και καθαρή.

"Πώς είναι το φαγητό;" Ενώ έτρωγε, η Γκρέις ρώτησε.

"Πλούσιο και νόστιμο", απάντησε.

"Συνήθως, τρώω ένα καλό δείπνο επειδή το πρωινό μου είναι νωρίς το πρωί πριν πάω στη δουλειά, το οποίο δεν είναι τόσο χορταστικό. Το μεσημεριανό γεύμα είναι πάντα λιτό, καθώς τρώω ό,τι υπάρχει στο πεζοδρόμιο, καθώς δεν έχω την οικονομική δυνατότητα να τρώω κάθε μέρα φαγητό από εστιατόριο. Αλλά είμαι πολύ προσεκτική στο να έχω σωστή και καθαρή διατροφή".

Ο Έιμπ την άκουσε με μεγάλο ενδιαφέρον.

Φάε λίγο ακόμα κοτόπουλο και ψάρι", είπε ενώ τοποθετούσε στο πιάτο του τηγανητά πόδια κοτόπουλου και ψάρια.

"Σ' ευχαριστώ, Γκρέις", απάντησε εκείνος.

"Πεθαίνω της πείνας και τώρα, είμαι χορτάτος. Το δείπνο που μαγείρεψες είναι εξαιρετικό, το καλύτερο που έχω φάει τον τελευταίο καιρό", την επαίνεσε.

"Επαινείς πολύ, πράγμα που είναι σημάδι αθωότητας και φιλικότητας", απάντησε η Γκρέις.

"Τα λόγια σου είναι ευγενικά", σχολίασε.

"Φαίνεται ότι είστε ήπιος στις κρίσεις σας", είπε η Γκρέις.

"Δεν με ξέρεις. Κατά καιρούς μπορώ να γίνω πολύ βιαστική, πεισματάρα και παράλογη", είπε.

"Είναι καλό να έχεις μια αντικειμενική γνώμη για τον εαυτό σου. Αλλά οι περισσότεροι άνθρωποι είναι παράλογοι στην καθημερινή τους ζωή", σχολίασε.

Μετά το δείπνο, ο Έιμπ συμμετείχε με τη Γκρέις στο πλύσιμο των πιάτων, των κουταλιών, των πιρουνιών και των πιάτων. Στη συνέχεια καθάρισε το τραπέζι της κουζίνας και σκούπισε και σφουγγάρισε το δωμάτιο, συμπεριλαμβανομένου του μπάνιου.

Συνήθως, τι ώρα πέφτεις για ύπνο", ρώτησε ενώ σφουγγάριζε το πάτωμα.

"Κοιμάμαι γύρω στις δέκα και τριάντα", απάντησε.

"Κοιμάμαι στις δέκα και σηκώνομαι γύρω στις τέσσερις το πρωί, ώστε να μπορώ να μαγειρέψω, να πλύνω τα ρούχα μου και να φύγω για τη δουλειά γύρω στις επτά", πρόσθεσε η Γκρέις.

"Κι εγώ σηκώνομαι γύρω στις τέσσερις το πρωί και ολοκληρώνω όλη μου τη δουλειά", είπε κοιτάζοντας τη Γκρέις.

Εκείνη όμως δεν τον ρώτησε τι δουλειά έκανε. Δεν ήταν περίεργη γι' αυτόν.

"Έιμπ, μπορεί να αναρωτιέσαι πού κοιμάσαι. Αλλά μην ανησυχείς, κοιμάσαι μαζί μου", είπε ενώ έπλενε τη σφουγγαρίστρα μετά το καθάρισμα του πατώματος.

"Μαζί σου;" Εκείνος εξεπλάγη.

"Δεν υπάρχει άλλος χώρος εκτός από αυτό το ράντζο. Αλλά υπό έναν όρο: μην με αγγίζεις επίτηδες. Θέλω να πω ότι καμία συμπεριφορά που δεν αναμένεται από έναν τζέντλεμαν δεν είναι αποδεκτή όσο κοιμάσαι, καθώς και όταν είσαι ξύπνιος", είπε η Γκρέις, καθισμένη στην καρέκλα και κοιτώντας τον στα μάτια.

Ο Έιμπ ένιωθε ότι ήταν σοβαρή, θανάσιμα σοβαρή.

"Πίστεψέ με, δεν θα σε αγγίξω ποτέ κακόβουλα", απάντησε.

"Το περιμένω αυτό. Ας σεβαστούμε ο ένας την αξιοπρέπεια του άλλου", τα λόγια της Γκρέις ήταν ξεκάθαρα και αιχμηρά.

"Από την παιδική μου ηλικία έμαθα να σέβομαι την ελευθερία των άλλων και ποτέ δεν ανακατεύτηκα στις δουλειές των άλλων. Δεν χρειάζεται να με φοβάστε", ήταν κατηγορηματικός ο Έιμπ.

"Ωραία απόφαση, μια τολμηρή απόφαση", είπε ενώ αφαιρούσε το κάλυμμα του κρεβατιού και τοποθετούσε ένα ακόμη μαξιλάρι που προοριζόταν για τον Έιμπ.

"Καλύψτε το σώμα σας για να μην κρυώνετε, κοιμηθείτε στο κρεβάτι κοντά στον τοίχο, ώστε να μπορώ να σηκωθώ χωρίς να σας ενοχλήσω", τον συμβούλεψε ενώ του έδινε ένα βαμβακερό σεντόνι και μια ελαφριά μάλλινη κουβέρτα.

"Βέβαια", απάντησε εκείνος.

Η Γκρέις κλείδωσε την πόρτα από μέσα, έσβησε το φως και έβαλε το μηδενικό λαμπάκι. Και έπειτα ξάπλωσαν ο ένας δίπλα στον άλλο.

"Καληνύχτα, Έιμπ", του ευχήθηκε να κοιμηθεί καλά.

"Σ' ευχαριστώ, Γκρέις, για το δείπνο και τη διευθέτηση του ύπνου. Καληνύχτα".

Ο Έιμπ κοιμήθηκε ευχάριστα. Όταν ξύπνησε γύρω στις τέσσερις και μισή, είδε ότι η Γκρέις σιδέρωνε τα ρούχα του, απλώνοντας τα πάνω στο κρεβάτι, τα οποία είχε πλύνει το προηγούμενο βράδυ και τα είχε βάλει στην κρεμάστρα για να στεγνώσουν.

"Τελειώσαμε", είπε ενώ δίπλωνε το παντελόνι του.

"Καλημέρα, Γκρέις, και σ' ευχαριστώ που σιδερώνεις τα ρούχα μου. Αλλά θα μπορούσα να το είχα κάνει κι εγώ. Κανονικά δεν περιμένω από κανέναν άλλον να κάνει τη δουλειά μου", σχολίασε.

"Καλημέρα, Έιμπ. Έκανα το σιδέρωμα καθώς φεύγετε το πρωί. Αν είχες μείνει μαζί μου, δεν θα το επαναλάμβανα ποτέ", εξήγησε.

Εκείνος την κοίταξε αλλά δεν είπε τίποτα.

"Τι προτιμάς να πιεις, τσάι ή καφέ", ρώτησε.

"Οτιδήποτε μου κάνει- μου αρέσουν και τα δύο", απάντησε εκείνος.

"Ας πιούμε λοιπόν καφέ", είπε εκείνη.

Η Γκρέις ετοίμασε έναν αχνιστό κρεβάτι καφέ και τον έριξε σε δύο μεγάλες κούπες.

"Έιμπ, πιες τον καφέ σου", είπε.

Είναι πεντανόστιμος", σχολίασε εκείνος ενώ ρουφούσε τον καυτό καφέ.

"Σ' ευχαριστώ, Έιμπ, για την εκτίμησή σου".

"Λατρεύω τον ζεστό καφέ σαν αυτόν", πρόσθεσε.

"Κι εγώ λατρεύω τον ζεστό καφέ. Ετοιμάζω μια κούπα κάθε πρωί μόλις ξυπνήσω και τον απολαμβάνω σε βάθος και σχεδιάζω το πρόγραμμα της δουλειάς μου πίνοντας αυτό το υπέροχο ρόφημα", είπε χαμογελώντας η Γκρέις.

Στον Έιμπ άρεσε ο τρόπος που χαμογελούσε. Είχε μια σπάνια ομορφιά και έλξη, και του άρεσε να τη βλέπει να χαμογελά ξανά, καθώς είχε μια μαγευτική γοητεία. Κρατούσε την κούπα με το αριστερό του χέρι και ρουφούσε αργά τον καφέ.

Τότε άνοιξε το πορτοφόλι της, πήρε πέντε χαρτονομίσματα των εκατό ρουπιών, τα έβαλε στο δεξί χέρι του Έιμπ και είπε "Ορίστε τα χρήματα για το εισιτήριο του λεωφορείου σας", μιλώντας χαμογέλασε ξανά.

"Γκρέις", φώναξε ξαφνικά.

"Ναι, Έιμπ", απάντησε εκείνη κοιτάζοντάς τον.

"Έχω τέσσερις μέρες στο χέρι μου μέχρι να φτάσω στη Βομβάη. Έτσι, θα δουλέψω μαζί σου για τρεις μέρες και θα βγάλω αρκετά χρήματα για τα εισιτήρια του λεωφορείου. Επιτρέψτε μου να μείνω μαζί σας για τρεις ακόμη ημέρες. Θα πληρώσω για το φαγητό και τα άλλα έξοδα", ενώ επέστρεφε τα χρήματα, εξήγησε.

Η Γκρέις τον κοίταξε έκπληκτη. Θέλεις να μείνεις μαζί μου; Σε αυτή την παράγκα, σε αυτή τη φτωχογειτονιά;"

"Ναι, Γκρέις. Άσε με να βγάλω χρήματα για τα έξοδά μου. Δεν πρέπει να σου είμαι βάρος. Καθώς είμαι υγιής, μπορώ να κάνω οποιαδήποτε δουλειά και να απολαμβάνω την εργασία. Θα μπορούσα να κερδίζω περίπου διακόσιες ρουπίες την ημέρα", διαβεβαίωσε.

"Έχεις δίκιο. Βγάζω περίπου διακόσιες πενήντα ρουπίες την ημέρα, που μου αρκούν για μια ευτυχισμένη ζωή", εξήγησε.

"Επιτρέψτε μου λοιπόν να μείνω μαζί σας για τρεις ακόμη ημέρες", παρακάλεσε.

"Όπως επιθυμείς", είπε εκείνη.

Αφού αποθήκευσε νερό σε δοχεία, η Γκρέις και ο Έιμπ ετοίμασαν πρωινό, σάντουιτς με λαχανικά, ομελέτες και χυλό. Στη συνέχεια έφαγαν το πρωινό τους φαγητό, έπλυναν τα πιάτα, καθάρισαν το τραπέζι της κουζίνας και το μπάνιο και πήγαν για δουλειά γύρω στις έξι και μισή. Η Γκρέις κλείδωσε το σπίτι από έξω, κράτησε το κλειδί στην εσωτερική τσέπη του τζιν της και ρύθμισε το καπέλο της ώστε να μπορεί να κινεί άνετα το κεφάλι της. Έδωσε ένα εφεδρικό κλειδί του σπιτιού στον Έιμπ και του ζήτησε να το φυλάξει.

Η Γκρέις περπατούσε γρήγορα σαν αθλήτρια και ο Έιμπ ήταν στο πλευρό της, καθώς θυμόταν ότι η Γκρέις του ζήτησε να πατάει από τη δεξιά πλευρά της και όχι να περπατάει από πίσω. Κατάλαβε ότι αυτό τους βοηθούσε να μιλούν καλύτερα ενώ περπατούσαν, κοιτάζοντας ο ένας το πρόσωπο του άλλου όποτε χρειαζόταν.

"Ο πρωινός και ο βραδινός περίπατος είναι καλή άσκηση. Βοηθάει τους μυς να είναι δυνατοί και υγιείς. Μας βοηθά επίσης να αναπνέουμε σωστά, διατηρώντας το σώμα να αντιστέκεται στις κοινές ασθένειες", δήλωσε η Grace,

"Γκρέις, περπατάς σαν στρατιώτης", είπε ο Έιμπ.

"Το κάνω επίτηδες, και το καπέλο μου με βοηθάει να φαίνομαι τέτοιος", εξήγησε.

Βρίσκονταν ήδη στο σταθμό λεωφορείων και ένα λεωφορείο περίμενε να ξεκινήσει.

'Θα είμαστε στην παραλία Calangute μέσα σε δεκαπέντε με είκοσι λεπτά', είπε μπαίνοντας στο λεωφορείο.

"Τι θα κάνουμε σήμερα;" ρώτησε ενώ καθόταν δίπλα της.

"Πιθανότατα, θα δουλέψουμε στην ψυχρή αποθήκη ψαριών. Πρέπει να σπρώχνουμε το καρότσι γεμάτο με φρέσκα ψάρια στην ψυκτική αποθήκη. Ορισμένες μέρες, οι ψαράδες έχουν καλύτερη ψαριά και δεν μπορούν να πουλήσουν τα πάντα στην αγορά. Αν όλα πωλούνταν την ίδια μέρα, η τιμή θα κατέρρεε και οι ψαράδες, οι μεσάζοντες, οι επιχειρηματίες και οι έμποροι λιανικής πώλησης ψαριών θα υποστούν μεγάλη ζημιά, εξ ου και η ψυκτική αποθήκη. Τα φρέσκα ψάρια θα μπορούσαν να αποθηκευτούν εκεί για μέρες μαζί", εξήγησε η Grace.

"Σου αρέσει αυτή η δουλειά;" ρώτησε ο Έιμπ.

"Βεβαίως. Την έχω επιλέξει. Μου δίνει τα προς το ζην και ζω μια αξιοπρεπή ζωή εξαιτίας αυτής της δουλειάς. Άλλωστε, κάθε δουλειά είναι σπουδαία και μας κάνει ανθρώπους, καθώς μεταμορφωνόμαστε εξαιτίας της δουλειάς μας. Κοιτάξτε γύρω σας, και αυτό που βλέπετε είναι το αποτέλεσμα των ανθρώπινων προσπαθειών- βάζουμε τα μυαλά και τα χέρια μας μαζί για να χτίσουμε έναν κόσμο βιώσιμο για όλους, διαμορφώνοντας έτσι το περιβάλλον μας. Η εργασία είναι το αποτέλεσμα της αγάπης, της εμπιστοσύνης και της πίστης μας. Ανυπομονώ για τη δουλειά της επόμενης ημέρας όταν φτάνω στο σπίτι κάθε βράδυ. Δεν το αισθάνεστε;" Έθεσε μια ερώτηση στον Άμπε.

"Σίγουρα, απολαμβάνω να κάνω τη δουλειά μου, αλλά επιλέγω τη δουλειά. Αλλά τώρα μπορεί να απολαμβάνω να δουλεύω μαζί σου", είπε κοιτάζοντας τη Γκρέις.

"Φυσικά, συμφωνώ μαζί σου. Σταδιακά πρέπει να επιλέγουμε τη δουλειά μας. Αλλά πρέπει να έχουμε εμπειρία σε όλα τα είδη εργασίας, που θα μας δώσει θάρρος, αυτοπεποίθηση και εμπιστοσύνη για να αντιμετωπίσουμε το μέλλον. Τότε μπορείτε να επιλέξετε τη δουλειά σας ανάλογα με τις ικανότητες και τις δυνατότητές σας", εξήγησε η Γκρέις.

"Έχεις δίκιο", παρατήρησε.

"Έλα, έχουμε ήδη φτάσει στο Calangute", είπε η Grace ενώ σηκωνόταν.

Σύντομα έφτασαν στην παραλία.

Σήμερα, η ψαριά είναι εξαιρετική. Κοίτα, υπάρχουν πολλά ψάρια, ποικιλίες ψαριών", συνέχισε.

Έτσι, έχουμε αρκετή δουλειά', παρατήρησε.

"Ναι, μπορούμε να βγάλουμε περισσότερα χρήματα σήμερα, τουλάχιστον τριακόσιες ρουπίες ο καθένας", ήταν πληθωρική.

Ο διευθυντής της ψυκτικής αποθήκης βρισκόταν στην παραλία και γύρω του βρίσκονταν μισή ντουζίνα εργάτες.

"Καλημέρα, κύριε Ντ' Σόουζα", τον χαιρέτησε η Γκρέις.

"Καλημέρα, η κοπέλα με το καφέ καπέλο. Χρειαζόμαστε περισσότερους εργάτες για να μεταφέρουμε τα αλιεύματα στην ψυκτική αποθήκη-τουλάχιστον πέντε ακόμα", λέγοντας ο Ντ' Σόουζα κοίταξε τον Έιμπ.

"Είναι ο Έιμπ, ο φίλος μου, και θα δουλέψει μαζί μας για τρεις μέρες", είπε η Γκρέις.

"Καλώς ήρθατε, κύριε Έιμπ", είπε ο Ντ' Σόουζα σφίγγοντας το χέρι του Έιμπ.

"Κύριε D' Souza, χρειαζόμαστε υψηλότερη αμοιβή σήμερα, καθώς θα κάνουμε περισσότερη δουλειά", απαίτησε η Grace.

"Πόσα περιμένετε", ρώτησε ο D' Souza.

"Τουλάχιστον τριακόσιες πενήντα ρουπίες", είπε ο Γκρέις.

"Είναι πολύ υψηλό", είπε ο D'Souza.

"Υπάρχει περισσότερη δουλειά, άρα υψηλότερη αμοιβή", ήταν ανένδοτη.

"Τριακόσια πληρώνω, αλλά πρέπει να με βοηθήσεις μέσα στην ψυκτική αποθήκη μετά τη μετατόπιση των ψαριών", είπε ο D' Souza.

"Σύμφωνοι", είπε η Γκρέις.

Στη συνέχεια η Γκρέις μίλησε με όλους τους άλλους εργάτες. Ήταν έξι. Ήταν φιλική και ευγενική προς όλους, και εκείνοι της έδειχναν ρητό σεβασμό ενώ μιλούσαν.

"Όλοι σας θα πάρετε μεγαλύτερο μισθό σήμερα", τους είπε.

"Είναι εξαιτίας σας", είπαν.

Αμέσως άρχισαν να εργάζονται. Η Γκρέις ανέθεσε σε δύο εργάτες να γεμίζουν τα ψάρια σε μικρά καλάθια ανάλογα με την ποικιλία τους, και δύο εργάτες μετέφεραν τα καλάθια και τα γέμιζαν στα καροτσάκια που φυλάσσονται στον τσιμεντόδρομο, περίπου πενήντα μέτρα από την παραλία. Δύο εργάτες μαζί με τον Abe και την Grace έσπρωχναν το καρότσι στην ψυκτική αποθήκη, περίπου διακόσια μέτρα μακριά. Ο Abe δυσκολεύτηκε πολύ να σπρώξει το καρότσι γεμάτο ψάρια, ενώ η Grace το μετακίνησε με ευκολία. Καθώς η Grace είδε τον Abe να παλεύει με το καρότσι, έδειξε πώς να χειρίζεται το όχημα χωρίς μεγάλη πίεση.

"Πρέπει να μάθεις την ικανότητα να σπρώχνεις το καρότσι, αλλά θα το καταφέρεις με λίγη εξάσκηση και μέσα σε μια ώρα θα είσαι ο μάστορας του σπρώξιμου", του είπε η Γκρέις δείχνοντάς του τα κόλπα για να το μετακινεί με ευκολία.

"Αν χρησιμοποιήσω τον σωστό τρόπο για να το σπρώξω, θα αναπτύξω τις δεξιότητες για να το κάνω με ευκολία", είπε ο Έιμπ.

"Για τα πάντα, πρέπει να υποβληθούμε στην κατάλληλη ανάπτυξη δεξιοτήτων και εξάσκηση, και όλες οι θέσεις στη ζωή απαιτούν αυτό", είπε η Γκρέις.

"Τώρα μπορώ να το κάνω", είπε ο Άμπε με αυτοπεποίθηση.

"Αυτό είναι το πνεύμα. Έχεις τη θέληση να το μάθεις και την ικανότητα να το κατακτήσεις. Όταν η ικανότητα και η δεξιότητα συνδυάζονται, πετυχαίνεις σπουδαία πράγματα", εξήγησε κοιτάζοντας τον Έιμπ Γκρέις.

Μέχρι τη μία το μεσημέρι έσπρωξαν περίπου εκατό καρότσια γεμάτα με διάφορες ποικιλίες ψαριών στην ψυκτική αποθήκη και κανένα ψάρι δεν έμεινε στην παραλία που δημοπρατήθηκε από τον D' Souza.

"Δουλέψαμε για έξι ώρες χωρίς κανένα διάλειμμα. Όλοι σας κάνατε σπουδαία δουλειά. Μετά το μεσημεριανό γεύμα, θα εργαστούμε εντός της ψυκτικής αποθήκης για τρεις ώρες. Ελάτε, πάμε για φαγητό", είπε η Γκρέις στους συναδέλφους της.

Η Γκρέις και ο Έιμπ αγόρασαν συσκευασμένες ζεστές τσαπάτες με πουρέ πατάτας και τηγανητά ψάρια. Κάθισαν σε ένα οχετό και το έφαγαν αργά. Υπήρχαν τέσσερα τσαπάτι με λαχανικά και δύο κομμάτια ψάρι συσκευασμένα σε ασημένια φυλλάδια. Η Γκρέις άνοιξε το σακίδιό της, πήρε δύο μπουκάλια νερό που είχε τυλίξει πριν φύγει από το σπίτι και έδωσε το ένα μπουκάλι στον Έιμπ.

"Έιμπ, πώς αισθάνεσαι; Πώς πάει η δουλειά;" ρώτησε η Γκρέις.

"Είναι βαριά, κάτι άγνωστο για μένα. Αλλά μπορώ να το σηκώσω", απάντησε ο Έιμπ.

"Πρόκειται για μια διαδικασία εκμάθησης", σχολίασε.

Ο Έιμπ την κοίταξε σαν να αμφισβητούσε τη λέξη "μάθηση".

"Μάθηση για ποιο λόγο;" Έθεσε ένα ερώτημα.

"Μαθαίνω για τη ζωή. Κάθε δράση σε βοηθάει να γίνεις καλύτερος άνθρωπος και να ξεπεράσεις τα εμπόδια που μπορεί να αντιμετωπίσεις στη ζωή σου. Η δουλειά που κάνουμε τώρα είναι ένα μίνι σκηνικό για την ευρύτερη κατάσταση, θέση ή περιβάλλον που μπορεί να συναντήσουμε αργότερα στη ζωή μας. Έτσι, κάθε πράξη, κάθε λέξη είναι ένα εργαλείο ανάπτυξης δεξιοτήτων", είπε κοιτάζοντας τον Abe.

Είχε έναν προσανατολισμό προς τον στόχο. Τα λόγια και οι πράξεις της ήταν πάντα στοχευμένες, οδηγούσαν σε κάτι άλλο για την κορύφωση ενός νέου αποτελέσματος, καθώς προετοιμαζόταν να αντιμετωπίσει ένα ευρύτερο πεδίο της ζωής.

"Ο D' Souza είναι ένας πρακτικός άνθρωπος. Διευθύνει αυτή την ψυκτική αποθήκη για να βγάλει χρήματα. Ο D' Souza δημοπρατεί ψάρια σε μεγάλες ποσότητες όταν υπάρχει καλύτερη ψαριά και πληρώνει μια ελαφρώς υψηλότερη τιμή, παρόλο που υπάρχει αφθονία και οι ψαράδες είναι ευχαριστημένοι. Πληρώνει οριακά καλύτερους μισθούς στους εργάτες του, οι οποίοι χαίρονται που δουλεύουν μαζί του. Είναι η πρώτη τους προτίμηση. Σήμερα, μας προσέλαβε, μας έδωσε υψηλότερες αμοιβές και μας ζήτησε να τον βοηθήσουμε μέσα στην ψυκτική αποθήκη το απόγευμα. Θα μπορούσαμε να αρνηθούμε, αλλά το κάναμε, καθώς μας πλήρωνε υψηλότερο μισθό. Τώρα είμαστε ευχαριστημένοι και αυτός είναι ευχαριστημένος. Αυτό είναι το μυστικό μιας κερδοφόρας επιχείρησης, το κέρδος για όλα τα μέρη. Αυτό είναι ένα γνήσιο συναίσθημα, ένα φυσικό ενδιαφέρον για όλους. Υπάρχει ένας ανθρώπινος παράγοντας στην εργασία- η ευημερία του κάθε ανθρώπου διευθύνει μια επιχείρηση, και οι εργαζόμενοι εργάζονται για τον ιδιοκτήτη και περιμένουν υψηλότερες αποδοχές. Αυτό είναι το νόημα του κέρδους, το οποίο είναι μια γέφυρα διπλής κατεύθυνσης", εξήγησε η Grace το μυστικό μιας επιτυχημένης επιχείρησης.

Ο Abe έμεινε έκπληκτος ακούγοντας τη σοφία της. Η Γκρέις ήταν πολύ πιο πέρα από τις γνώσεις και τις πρακτικές πτυχές της ζωής απ' ό,τι νόμιζε για εκείνη. Ταυτόχρονα ήταν και συνετή. Εκτός από το ότι στεκόταν σε σταθερές αξίες, ήταν αναλυτική στην εμπειρία της και στις ανθρώπινες ανησυχίες της.

"Στην πραγματική ζωή, πρέπει να είμαστε σε εγρήγορση και αντικειμενικοί. Η διαπραγμάτευση των παροχών είναι μέρος αυτής της εγρήγορσης, αυτής της αντικειμενικότητας. Τα πράγματα δεν θα συμβούν όπως είναι, όπως πρέπει να τα δρομολογήσει κανείς. Τα πράγματα δεν θα αναπτυχθούν αυθόρμητα- πρέπει κανείς να τα ποτίσει. Διαπραγματευτήκαμε για καλύτερη αμοιβή σήμερα, επειδή έπρεπε να κάνουμε περισσότερη δουλειά. Ο D' Souza ήταν έτοιμος να πληρώσει υψηλότερα καθώς συνειδητοποίησε ότι έπρεπε να ολοκληρώσει τη δουλειά και να μεταφέρει τα ψάρια στην ψυκτική του αποθήκη το συντομότερο δυνατό. Έτσι, ήταν έτοιμος να μας πληρώσει τριακόσια δολάρια τον καθένα. Αν δεν είχαμε διαπραγματευτεί, ο D' Souza θα μας πλήρωνε μόνο διακόσια πενήντα. Ακόμη και σε αυτή την περίπτωση, θα νιώθαμε ευτυχείς, καθώς θα μπορούσαμε να σκεφτούμε ότι πήραμε αμοιβή για την εργασία μιας ημέρας. Το να πληρώσουμε λιγότερα δεν ήταν εξαπάτηση, καθώς το άλλο μέρος δεν διεκδικούσε υψηλότερη αμοιβή. Έτσι, πρέπει να διεκδικούμε το μερίδιό μας σε κάθε περίπτωση. Είναι εγγενές δικαίωμά μας. Η καλή αμοιβή είναι μια εγγενής ανάγκη του εργάτη και οι απαιτήσεις αυτές αλλάζουν ανάλογα με τις καταστάσεις, τον τόπο και τους ανθρώπους, καθώς τίποτα δεν είναι στατικό. Εμείς δημιουργούμε νόημα, στόχους και σκοπούς, και καθένας από αυτούς είναι για την ευημερία των ανθρώπων και το όφελος για εμάς τους ανθρώπους", είπε η Γκρέις και τα λόγια της δημιούργησαν λεπτές αντιδράσεις στο μυαλό του Άμπε.

Ξεκίνησαν να εργάζονται μέσα στην ψυκτική αποθήκη βοηθώντας τους τεχνικούς να αποθηκεύουν τα ψάρια ανάλογα με την ποικιλία και το μέγεθός τους από τις δύο το μεσημέρι. Η εργασία συνεχίστηκε μέχρι τις τέσσερις το απόγευμα. Μετά από αυτό, καθάριζαν για μία ώρα το πάτωμα της ψυκτικής αποθήκης, το έπλυναν με απορρυπαντικά, σκούπισαν και απομάκρυναν τα απορρίμματα, το αποστείρωσαν και τέλος το σφουγγάρισαν. Η Grace σταμάτησε την εργασία στις πέντε και ζήτησε από τους εργάτες να παραλάβουν τα δεδουλευμένα τους από τον διευθυντή. Έλεγξε αν κάθε εργάτης πήρε τριακόσιες ρουπίες και στο τέλος ζήτησε από τον Abe να πάρει τα χρήματά του. Εκείνος ενθουσιάστηκε που πήρε τριακόσιες ρουπίες σαν να τις θεωρούσε θησαυρό και δεν τις συνέκρινε ποτέ με την ακαθάριστη αμοιβή επταψήφιου ποσού που θα έπαιρνε από την τράπεζα. Τελικά, η Γκρέις πήρε το μισθό της.

"Σε ευχαριστώ, η γυναίκα με το καφέ καπέλο, για την καλή δουλειά", είπε ο Ντ' Σόουζα.

"Σας ευχαριστώ, κύριε D' Souza, που μας δίνετε δουλειά", απάντησε η Grace.

"Τα λέμε αύριο", της υπενθύμισε τη δουλειά της επόμενης ημέρας.

"Τα λέμε", είπε η Γκρέις.

"Ελάτε, ας ξεκινήσουμε", είπε στον Έιμπ.

Περπάτησαν γρήγορα. Διασχίζοντας πολλούς δρόμους έφτασαν σε έναν άντρα που πουλούσε στο πεζοδρόμιο καινούργια ρούχα που είχαν απορριφθεί από την ποιότητα εξαγωγής σε χαμηλή τιμή.

"Έλα, ας σου αγοράσουμε μερικά ρούχα εργασίας, καθώς δεν μπορείς να φοράς το παντελόνι σου και ένα μακρυμάνικο πουκάμισο σε μια ψαραγορά", είπε η Γκρέις.

Η Γκρέις έψαξε για το κατάλληλο νούμερο του Έιμπ και ξεχώρισε τέσσερα ζευγάρια από το μεγάλο απόθεμα τζιν και μπλουζών.

"Διάλεξε το καλύτερο από αυτά για σένα", του ζήτησε.

Ο Έιμπ διάλεξε ένα ζευγάρι από αυτά.

Στη συνέχεια, η Γκρέις διάλεξε ένα σετ πιτζάμες και ένα νυχτικό για τον Έιμπ.

"Πόσο κοστίζει;" ρώτησε η Γκρέις τον καταστηματάρχη.

"Εννιακόσια ογδόντα", απάντησε εκείνος.

"Εμείς πληρώνουμε πεντακόσια πενήντα", είπε η Γκρέις.

"Πληρώστε εξακόσια- αυτό είναι οριστικό", είπε ο καταστηματάρχης.

"Έγινε", είπε η Γκρέις.

Ο Έιμπ παρακολούθησε με ευχαρίστηση τη διαδικασία διαπραγμάτευσης μεταξύ της Γκρέις και του καταστηματάρχη.

Η Γκρέις έβγαλε από το πορτοφόλι της χαρτονομίσματα των εξακοσίων ρουπιών και τα έδωσε στον καταστηματάρχη.

"Γκρέις, θα πληρώσω από τον μισθό μου", επέμεινε ο Έιμπ.

"Αυτό είναι ένα δώρο από μένα", απάντησε η Γκρέις.

"Αλλά δεν έχω τίποτα να σου δώσω σε αντάλλαγμα", είπε ο Έιμπ.

"Το έχεις ήδη δώσει", είπε η Γκρέις.

Ξαφνικά ο Έιμπ κοίταξε το πρόσωπό της και την είδε να χαμογελάει, το πιο γοητευτικό της χαμόγελο, σαν αυτό της Μόνα Λίζα.

"Να πάμε στην αγορά να αγοράσουμε μερικές προμήθειες", τον ρώτησε.

"Βεβαίως", είπε εκείνος.

Πήγαν στο μαγαζί και αγόρασαν δύο κιλά επεξεργασμένο κοτόπουλο και ψάρι.

"Θα πληρώσω εγώ", είπε ο Abe, παίρνοντας δύο χαρτονομίσματα.

"Είσαι φιλοξενούμενός μου για τέσσερις ημέρες. Γι' αυτό, άσε με να πληρώσω εγώ", επέμεινε η Γκρέις.

Από την αγορά λαχανικών, διάλεξε μερικές μπάμιες, λάχανο και κουνουπίδι. Στη συνέχεια, περπάτησαν μέχρι το σταθμό των λεωφορείων και πήραν το λεωφορείο για την παραλία Σινγκουερίμ, και η Γκρέις πλήρωσε τα εισιτήρια και κάθισε δίπλα στον Έιμπ.

"Αισθάνεσαι καλά, Έιμπ;" ρώτησε η Γκρέις.

"Είμαι καλά, Γκρέις. Δεν αισθάνομαι κουρασμένος- αισθάνομαι αναζωογονημένος. Ήταν μια υπέροχη εμπειρία. Το να κερδίζεις χρήματα μετά από σκληρή δουλειά είναι μια σπουδαία εμπειρία, και η αξία αυτών των χρημάτων είναι μεγάλη και δεν μπορείς να την υπολογίσεις με αριθμούς. Είναι μια ποιοτική εμπειρία".

"Έχεις δίκιο, Έιμπ. Τα χρήματα ενός φτωχού έχουν πολύ μεγαλύτερη αξία από τα χρήματα ενός πλούσιου. Το κέρδος μιας ημέρας ενός ημερομίσθιου εργάτη, ένα ποσό διακοσίων ρουπιών, ισοδυναμεί με τις διακόσιες χιλιάδες ρουπίες ενός δισεκατομμυριούχου. Έτσι, το χρήμα δεν έχει αξία κλίμακας αναλογίας, καθώς το εισόδημα ενός φτωχού ανθρώπου είναι πολύ πιο πολύτιμο από αυτό ενός πλούσιου", εξήγησε η Γκρέις.

Ήταν μια νέα αποκάλυψη για τον Έιμπ, καθώς μετρούσε τα χρήματα σε απόλυτη αξία, και τώρα, συνειδητοποίησε ότι το ένα συν ένα ενός φτωχού είναι δέκα και το ένα συν ένα ενός πλούσιου είναι πάντα δύο.

Όταν έφτασαν στη στάση τους, παρατήρησαν ότι το φρούριο της Αγκουάντα έλαμπε, καθώς ήταν καλά φωτισμένο και φωταγωγημένο.

"Κάποιες γιορτές;" Ο Έιμπ έκανε μια δήλωση σαν ερώτηση.

"Μια συγκέντρωση των μελών του κυβερνώντος πολιτικού κόμματος. Συχνά κάνουν γιορτές εκεί", ενώ περπατούσαν προς την παραγκούπολη, η Γκρέις αντέδρασε.

"Βλέπετε, σήμερα υπάρχει αρκετό φως σε αυτόν τον δρόμο λόγω του φωτός που αντανακλάται από το φρούριο", συνέχισε η Γκρέις.

"Μπορούμε να δούμε καθαρά τα αυλάκια", είπε ο Άμπε.

Μπορούσαν να δουν πολλούς ανθρώπους έξω από τις παράγκες τους όταν έφτασαν στο σπίτι τους.

"Κι αυτοί, επίσης, γιορτάζουν γιατί υπάρχει αρκετό φως τώρα. Κανονικά η παραγκούπολη βρίσκεται στο σκοτάδι μετά τις έξι το απόγευμα. Καθώς είναι το πιο σκοτεινό μέρος, κανείς δεν νοιάζεται για τους ανθρώπους που ζουν εδώ", είπε η Γκρέις.

Γεια σας, Laxmi, Susheela, Aisha", χαιρέτησε η Grace τους γείτονές της έξω από τις παράγκες τους.

"Γεια σας", απάντησαν.

"Γεια σου, ένα κορίτσι με καφέ σκούφο", την φώναξαν κάποια παιδιά.

Γεια σου Κρίσνα, γεια σου Παλλάβι", τους ευχήθηκε σε όλους.

"Πώς είσαι, Γκρέις", την φώναξε η κυρία Βίβιαν Μοντέιρο δύο σπίτια πιο πέρα.

"Καλά είμαι, κυρία Μοντέιρο. Πώς είστε;" Η Γκρέις είπε.

Ο Έιμπ έπλυνε τα ρούχα του με ζεστό νερό, έβαλε λίγο απορρυπαντικό και στη συνέχεια έκανε ένα αναζωογονητικό μπάνιο με ζεστό νερό.

"Οι πιτζάμες και το νυχτικό σου πάνε καλά", είπε η Γκρέις όταν βγήκε από το μπάνιο.

"Είναι το δώρο σου", απάντησε.

Η Γκρέις χαμογέλασε. Ο Άμπε μπορούσε να τη δει να χαμογελάει ενώ στεκόταν μπροστά στη σόμπα. Η φλόγα αντανακλούσε στα μάγουλά της και χόρευε σε όλο της το πρόσωπο, και έδειχνε υπέροχη. Η Γκρέις ήταν μία στα εκατομμύρια.

"Έιμπ, ας φάμε ρύζι, κοτόπουλο κάρυ και ντααλ με μπάμιες για δείπνο. Τι λες;" πρότεινε η Γκρέις.

"Βεβαίως", απάντησε ο Έιμπ.

"Τώρα, άσε με να κάνω ένα μπάνιο- μετά από αυτό, θα αρχίσουμε να μαγειρεύουμε", είπε η Γκρέις.

Ο Έιμπ άνοιξε το πακέτο με τα ρούχα του και του άρεσε το τζιν και ένα μπλουζάκι, καθώς έδειχναν ωραία. Αυτά είναι για τρεις μέρες, σκέφτηκε. Πώς θα έχει δει μέσα σε αυτά, αναρωτήθηκε; Ποτέ στη ζωή του δεν είχε γοητευτεί τόσο πολύ με ένα καινούργιο σετ ρούχων. Πόσο πολύτιμα έμοιαζαν,

Η πόρτα του μπάνιου άνοιξε και η Γκρέις ήταν εκεί. Φορούσε ένα πολύχρωμο νυχτικό με κόκκινα και κίτρινα λουλούδια από τριαντάφυλλα και πράσινα φύλλα.

"Γκρέις, είσαι εκπληκτική", είπε κοιτάζοντάς την ο Έιμπ.

"Σ' ευχαριστώ, Έιμπ, για την εκτίμησή σου. Μερικές φορές υπάρχει μια λαχτάρα να ακούω τέτοια λόγια. Ωστόσο, συχνά δεν υπάρχει κανείς να εκτιμήσει, κανείς να ταξιδέψει μαζί", αντέδρασε.

"Αυτό είναι αλήθεια, Γκρέις", είπε ο Έιμπ ενώ περπατούσε προς τη σόμπα. Παρακολουθούσε με ανυπομονησία πώς έφτιαχνε το κάρυ κοτόπουλου. Το άρωμα της μασάλα απλωνόταν σε όλο το δωμάτιο.

"Ήμουν χορτοφάγος. Πριν από τρία χρόνια, όταν ήμουν κάπου αλλού, άρχισα να τρώω κρέας, ψάρι και αυγά, συνειδητοποιώντας ότι ήταν απαραίτητα για την υγεία μου, ώστε να διατηρήσω τις δυνάμεις μου", η Γκρέις άπλωσε μπροστά του ένα κομμάτι από το παρελθόν της.

"Ήμουν κρεατοφάγος από την αρχή. Η μητέρα μου και ο πατέρας μου συνήθιζαν να μαγειρεύουν όλα τα είδη και τις ποικιλίες κρέατος, ψαριών και αυγών. Μου άρεσε το φαγητό που μαγείρευαν. Μου άρεσε να στέκομαι στο πλευρό της μητέρας όταν μαγείρευε", είπε στέκεται στο πλευρό της Γκρέις Έιμπ.

"Είναι ο λόγος που στέκεσαι στο πλευρό μου;" ρώτησε η Γκρέις με ένα χαμόγελο.

Κοίταξαν ο ένας τον άλλον και οι δυο τους χάιδεψαν μια αύρα μεταξύ τους που μπορούσαν να βιώσουν αλλά δεν μπορούσαν να εξηγήσουν. Ήταν σαν ένα ηλεκτρικό ρεύμα, αόρατο αλλά ισχυρό, διασυνδεδεμένο, παλλόμενο και γεμάτο ζωή. Αυτό τους συνέδεε και δεν τους επέτρεπε να χωρίσουν, σαν να ήταν μια δύναμη που τους τραβούσε απείρως μαζί. Υπήρχε μια χαρά στο να στέκονται μαζί, κοντά, αλλά χωρίς να αγγίζουν ο ένας τον άλλον. Σε εκείνο το στάδιο, το άγγιγμα ήταν ανάθεμα. Δεν ήταν ζωτικής σημασίας να αγγίξει κανείς τον άλλον, καθώς η εγγύτητα ήταν ζωογόνος, διεγερτική και τυχαία. Ένιωθαν αποπλάνηση, μια αναζήτηση που ήταν στασιαστική για να βρεθούν με κάποιον που μπορούσε να προκαλέσει διαρκείς προσδοκίες περιβαλλόμενες από εκπλήρωση.

Τότε η χύτρα ρυζιού σφύριξε και ο Έιμπ γέλασε.

Ήταν σαν η καρδιά του να σφύριζε, να πανηγύριζε και να διαλαλούσε. Το σφύριγμα ήταν μια διακήρυξη, ένας οιωνός ότι απολάμβανε την ύπαρξή του, την ίδια την ύπαρξή του καθ' εαυτήν και με τη Χάρη. Η ομορφιά και η ενότητα αυτής της επίγνωσης ήταν άπειρες, και ταξίδευε από μακρινές γωνιές του σύμπαντος με τη Χάρη. Πετούσαν πλάι-πλάι στο απύθμενο διάστημα, που έλαμπε από τη λάμψη των αστεριών. Απέφευγαν τις Μαύρες Τρύπες και κατευθύνονταν προς την αιώνια ευτυχία. Ο Έιμπ μπορούσε να αγγίξει και να νιώσει τους γαλαξίες, τους πλανήτες, τους ωκεανούς, τα βουνά, τα δάση, τα ποτάμια, τα λιβάδια και τις κοιλάδες γεμάτες λουλούδια. Δεν ήξερε τι να πει στη Γκρέις ή πώς να της εξηγήσει τα συναισθήματά του.

"Να κόψω τις μπάμιες;" Τη ρώτησε ξαφνικά.

"Βεβαίως, αλλά μη ζητάς την αδειά μου- είναι το σπίτι μας και μαγειρεύουμε το φαγητό μας", είπε η Γκρέις.

Όταν ο Έιμπ έκοψε τις μπάμιες σε μικρά κομμάτια, η Γκρέις άρχισε να μαγειρεύει το ντάαλ σε μια κατσαρόλα, και όταν μισοψήθηκε, ο Έιμπ έριξε μέσα τα κομμάτια των μπάμιων και πρόσθεσε λίγο λάδι, ντομάτα σε φέτες, πάστα τζίντζερ και σκόρδου και μια πρέζα αλάτι.

"Φαίνεται ότι μαγειρεύεις καλά", σχολίασε η Γκρέις.

"Το έμαθα από τη μητέρα μου. Μου έμαθε πολλά πράγματα, ιδίως πώς να συμπεριφέρομαι στις γυναίκες", εξήγησε ο Έιμπ.

"Τα αγόρια που μαθαίνουν από τις μητέρες γίνονται πολιτισμένοι και καλλιεργημένοι άντρες", έκανε μια δήλωση η Γκρέις.

"Συμφωνώ μαζί σου. Το μεγαλύτερο μέρος της κοινωνικοποίησης και της εσωτερίκευσης των αξιών οφείλεται στις γυναίκες, παρόλο που δεν πιστεύω σε ρόλους συγκεκριμένων φύλων", εξήγησε.

"Το δείπνο είναι έτοιμο", ανακοίνωσε η Γκρέις.

Κάθισαν στην καρέκλα και άρχισαν να τρώνε ρύζι, κάρυ κοτόπουλου και τηγανητές μπάμιες cum daal.

"Το κοτόπουλο κάρυ σου είναι πολύ ελκυστικό και νόστιμο", είπε ο Έιμπ.

"Λατρεύω τις τηγανητές σου μπάμιες με ντάαλ", απάντησε η Γκρέις.

"Γκρέις, πώς καταφέρνεις πάντα να διατηρείς ένα χαρούμενο πρόσωπο", διερωτήθηκε ο Έιμπ.

"Αγαπώ τη ζωή. Αγαπώ τα πάντα που σχετίζονται με τη ζωή. Για μένα, η ζωή είναι φως. Η φιλοσοφία μου είναι να γίνομαι φως για τους άλλους κάποιες μέρες και δεν ντρέπομαι να δανειστώ φως από τους άλλους όταν βρίσκομαι στο σκοτάδι. Το φως οδηγεί στην ελπίδα και η ελπίδα οδηγεί στην αγάπη. Η απουσία της αγάπης είναι κόλαση και γι' αυτό λέμε ότι δεν υπάρχει φως στην κόλαση", χαμογέλασε η Γκρέις και τα λευκά της δόντια έλαμψαν. Ο Έιμπ μπορούσε να δει ένα σπάνιο φως στα μάτια της.

"Αυτή είναι μια σπουδαία φιλοσοφία και επιτρέψτε μου να τη δανειστώ από εσάς", είπε.

"Είμαι έτοιμη να σου τη δώσω για μια ζωή", είπε η Γκρέις με ειλικρίνεια, κοίταξε τον Έιμπ και χαμογέλασε ξανά.

"Όταν υπάρχει ελπίδα, η ζωή γίνεται πιο εύκολη. Η ζωή είναι δύσκολη χωρίς ελπίδα και η επιβίωση γίνεται σοβαρή υπόθεση. Οπότε, φως, ελπίδα και αγάπη, αυτά τα τρία είναι η ουσία μιας ευτυχισμένης και ικανοποιητικής ζωής, και το πιο πολύτιμο είναι η αγάπη, γιατί περιέχει φως και ελπίδα", η Γκρέις ήταν σκεπτόμενη.

"Συμφωνώ μαζί σου, Γκρέις".

Μετά το δείπνο, έπλυναν τα πιάτα και σκούπισαν και σφουγγάρισαν το σπίτι. Υπήρχε άπλετο φως στην παραγκούπολη και μέσα στην καλύβα τους.

"Έιμπ, παίζεις σκάκι; Παίζω μόνος μου μια στο τόσο μετά το δείπνο", ρώτησε η Γκρέις.

"Βεβαίως, το έπαιζα τακτικά με τους γονείς μου, στο σχολείο και σπάνια όταν ήμουν στο κολέγιο", απάντησε ο Έιμπ.

"Αυτές τις μέρες, το έπαιζα μόνος μου. Ήταν ενδιαφέρον να παίζω και για τις δύο πλευρές", ενώ η Γκρέις έβγαλε τη σκακιέρα και τα πιόνια από ένα κουτί που φυλασσόταν κάτω από το ράντζο.

Άπλωσε τη σκακιέρα στο ράντζο και κάθισε στην ίδια πλευρά του κρεβατιού, κοιτάζοντας τον Έιμπ.

"Αφού είσαι καλεσμένος μου, εσύ θα παίξεις με τα λευκά και εγώ με τα μαύρα", επέμεινε η Γκρέις.

"Οτιδήποτε μου κάνει", είπε ο Έιμπ.

Τα κομμάτια ήταν από ξύλο και η σανίδα ήταν από χοντρό πλαστικό, το οποίο ο Έιμπ μπορούσε να διπλώσει από τη μέση.

Ο Έιμπ έκανε μια διπλή κίνηση το πιόνι του από την πλευρά των βασιλιάδων, και η Γκρέις μετακίνησε το πιόνι της από την πλευρά της βασίλισσας δύο τετράγωνα. Έπειτα έσπρωξαν το επόμενο πιόνι τους, ένα διάστημα υπερασπιζόμενοι το πρώτο πιόνι. Μετά από αυτό, ο Άμπε μετακίνησε τον ίππο του και η Γκρέις τον αξιωματικό της. Στην έκτη κίνηση, ο Abe συνειδητοποίησε ότι η Grace ήταν μια τρομερή παίκτρια, καθώς έπιασε το πρώτο του πιόνι με τον ίππο της. Στη δέκατη κίνηση, ο Έιμπ πήρε το πιόνι της. Αλλά στο επόμενο βήμα, η Γκρέις έκανε σαχ με τον αξιωματικό της και ο Έιμπ αμύνθηκε με τον ίππο του. Στη δέκατη όγδοη κίνηση, η Γκρέις επιτέθηκε στο βασιλιά του Άμπε με τη βασίλισσά της, και ο Άμπε δεν μπόρεσε να προστατεύσει το βασιλιά του, και έγινε ματ.

Ο Άμπε καθόταν σιωπηλός, αναλογιζόμενος τις πέντε τελευταίες κινήσεις που έκανε, και δεν μπορούσε να πιστέψει ότι η Γκρέις μπορούσε να κάνει ματ με τη βασίλισσά της, καθώς δεν το περίμενε. Η ενέργειά της ήταν ξαφνική αλλά καλά σχεδιασμένη και υπολογισμένη.

"Συγχαρητήρια, Γκρέις, είσαι καλή παίκτρια και δεν περίμενα ποτέ ότι θα έπαιζες τόσο κομψά και έξυπνα", είπε ο Έιμπ εκτιμώντας την Γκρέις.

Η Γκρέις έπαιξε με τα λευκά στην επόμενη παρτίδα και μετακίνησε δύο πιόνια μαζί. Ο Abe έκανε μια διπλή κίνηση του πιόνι του στην πλευρά της βασίλισσας. Ο Γκρέις έπιασε το πιόνι του στην έβδομη κίνηση και ο Άμπε κέρδισε το πιόνι του Γκρέις στην όγδοη κίνηση. Ο Abe μπόρεσε να πιάσει έναν ίππο του αντιπάλου του στη δωδέκατη κίνηση, κάτι που θεώρησε απροσδόκητο για την Grace από τις εκφράσεις της. Στη δέκατη τέταρτη κίνηση, η Γκρέις έπιασε άλλο ένα πιόνι του Έιμπ. Ο Άμπε έκανε καστράρισμα στο επόμενο βήμα και η Γκρέις μετακίνησε τη βασίλισσά της διαγώνια τέσσερα τετράγωνα. Αυτό άνοιξε το χώρο για τον Abe, και έκανε ματ με τον ίππο του, προστατευόμενος από το πιόνι και τον αξιωματικό του.

"Συγχαρητήρια, Έιμπ, έπαιξες καλά. Η επίθεσή σου ήταν εξαιρετική, αλλά η άμυνά μου ήταν αδύναμη", είπε η Γκρέις. Αλλά ο Έιμπ είχε μια λανθάνουσα αμφιβολία ότι η Γκρέις είχε θυσιάσει τον ίππο της εν γνώσει της.

"Είναι ήδη δέκα- ας πάμε για ύπνο. Αύριο πάλι, θα δουλέψουμε με τον Ντ' Σόουζα μεταφέροντας τα ψάρια στην ψυκτική αποθήκη ή μέσα στο ψυγείο, ανάλογα με την ψαριά", είπε η Γκρέις.

"Καληνύχτα, Γκρέις", είπε και πήγε για ύπνο. Αλλά πριν πέσει σε βαθύ ύπνο, ανέλυσε ξανά τις επτά τελευταίες κινήσεις που είχε κάνει. Μήπως η Γκρέις θυσίασε τον ίππο της, βοηθώντας τον να κερδίσει;

Την επόμενη μέρα, ξεκίνησαν στις επτά και έφτασαν στην παραλία Καλαγκούτε μέσα σε μισή ώρα, και ο Ντ' Σόουζα τους περίμενε με έναν μικρό λόφο ψάρια που είχαν αλιευθεί νωρίς το πρωί.

"Αν δεν υπήρχαν αλιεύματα για την επόμενη εβδομάδα, θα ήμουν πλούσιος άνθρωπος", είπε ο D' Souza.

"Αν δεν υπήρχαν αλιεύματα, πού θα πηγαίναμε να δουλέψουμε;" Η Γκρέις έθεσε ένα αντερώτημα.

"Θα δώσω δουλειά και για τους δυο σας για τις επόμενες δύο ημέρες- μετά από αυτό, πρέπει να βρείτε τη δουλειά για εσάς αν δεν υπήρχε αλίευση για την επόμενη εβδομάδα", εξήγησε ο D' Souza.

"Εντάξει. Ας ξεκινήσουμε τη δουλειά μας. Πόσοι εργάτες σήμερα;" ρώτησε η Γκρέις.

"Ο ίδιος αριθμός με χθες", απάντησε ο D' Souza.

"Άρα, ο ίδιος αριθμός με τους μισθούς, αλλά δεν υπάρχει δουλειά στην ψυκτική αποθήκη σήμερα", είπε η Γκρέις.

"Σύμφωνοι", είπε ο D' Souza.

Αμέσως άρχισαν να εργάζονται. Δύο εργάτες γέμισαν τα καλάθια με ψάρια, δύο τα ανέβασαν στα καροτσάκια και τέσσερα άτομα, μεταξύ των οποίων η Grace και ο Abe, έσπρωξαν τα καροτσάκια μέσα στην ψυκτική αποθήκη.

Ο Abe βρήκε εύκολο το σπρώξιμο του καροτσιού καθώς απέκτησε εμπειρία στο χειρισμό του. Εξάλλου, ήταν πολύ πιο άνετη η εργασία του φορώντας τζιν και μπλουζάκι παρά παντελόνι και μακρυμάνικο πουκάμισο. Τώρα ο Έιμπ έμοιαζε με πραγματικό εργάτη. Πάνω απ' όλα, απολάμβανε να δουλεύει με τη Γκρέις και ήξερε ότι δεν θα έπαιρνε τέτοια αγνή χαρά πουθενά αλλού, ακόμη και στα όρια του άνετου γραφείου του σε αυτή τη διεθνή τράπεζα. Και ο Έιμπ λάτρευε να είναι με την Γκρέις.

"Έιμπ, είσαι υπέροχος σήμερα με το τζιν σου και το μπλουζάκι σου", του είπε η Γκρέις ενώ έσπρωχνε το καροτσάκι γεμάτο ψάρια.

"Είναι δική σου επιλογή και μου αρέσει", είπε ο Έιμπ.

Κατά τη διάρκεια του μεσημεριανού διαλείμματος, περπάτησαν μέχρι ένα παραδοσιακό πορτογαλικό εστιατόριο στην άλλη πλευρά του δρόμου, κοντά στην εκκλησία του Ξαβιέ.

"Σήμερα, θα σου δώσω ένα κέρασμα", είπε η Γκρέις.

"Γιατί θέλεις να μου κάνεις κέρασμα;" ρώτησε ο Έιμπ.

"Επειδή μεθαύριο θα είναι η τελευταία σου εργάσιμη μέρα μαζί μου", είπε η Γκρέις.

"Σε αυτή την περίπτωση, άσε με να σου δώσω μια λιχουδιά", προσπάθησε να την πείσει ο Έιμπ.

"Μα είσαι καλεσμένη μου", απάντησε η Γκρέις.

Τότε η Γκρέις παρήγγειλε Caldo Verde, μια σούπα από πατάτα, τεμαχισμένα λαχανικά κολλαρίδας, κομμάτια chourico και πικάντικο πορτογαλικό λουκάνικο. Μισή μερίδα Cozido, ένα πιάτο Portuguesa από όλα τα είδη κρέατος για κυρίως πιάτο, και μισή μερίδα Arroz Caldoza com Peixe, ζωηρό ρύζι λαχανικών με χτυπημένο φρέσκο ψάρι.

"Φαίνεται υπέροχο", όταν σερβίρεται, είπε ο Abe.

"Έιμπ, είσαι πολύ καλό παιδί και μου αρέσεις πολύ. Είσαι ευγενικός και διακριτικός και σέβεσαι την αξιοπρέπεια των άλλων", είπε η Γκρέις ενώ έτρωγε το φαγητό της.

Τα λόγια της ήταν ευγενικά και ζεστά, και ο Έιμπ ένιωσε ευτυχισμένος που την άκουγε να μιλάει. Αλλά δεν σχολίασε αυτά που είπε.

"Μεθαύριο θα είναι η τελευταία μου εργάσιμη μέρα μαζί σας και μετά θα φύγω. Δεν ξέρω αν θα μπορέσω να σε ξανασυναντήσω. Αλλά σίγουρα θα σας σκέφτομαι, τα δώρα σας και τη φιλοξενία σας. Πουθενά αλλού δεν θα μπορούσα να πάρω τόσο πολύτιμα δώρα ή να συναντήσω κάποιον σαν εσάς. Είχατε το τεράστιο θάρρος να βοηθήσετε έναν ξένο σαν εμένα, καλώντας με στο σπίτι σας, όπου μένετε μόνος σας. Εκτός αυτού, μου επιτρέψατε να κοιμηθώ στο ίδιο ράντζο όπου κοιμόσασταν και κανείς σε αυτόν τον κόσμο δεν θα πίστευε την απλότητα, την ειλικρίνεια και το άνοιγμα μιας τέτοιας πράξης. Είναι το αποκορύφωμα της εμπιστοσύνης που πηγάζει από το φως, την ελπίδα και την αγάπη. Μου μαγείρεψες φαγητό, μου έφτιαξες ζεστό νερό για να κάνω μπάνιο, μου έδωσες τα ρούχα σου να φορέσω, έπαιξες σκάκι μαζί μου και έχασες επίτηδες μια παρτίδα για να σώσεις το πρόσωπό μου".

"Όχι, Έιμπ, είσαι ένας καλός, εξαιρετικός σκακιστής. Μου αρέσει να παίζω μαζί σου ξανά και ξανά", είπε χαμογελώντας η Γκρέις.

'Σήμερα, θα παίξουμε σαν επαγγελματίες. Καμία επίδειξη συναισθημάτων, καμία θυσία για να βοηθήσουμε τον άλλον να κερδίσει", πρότεινε ο Έιμπ.

"Έιμπ, είσαι ένας πραγματικός επαγγελματίας, ο τίμιος. Είναι χαρά μου να είμαι μαζί σου", είπε η Γκρέις.

Μετά το γεύμα, ήπιαν ζεστό καφέ.

Στις δύο το απόγευμα, άρχισαν να δουλεύουν ξανά, και μέχρι τις τρεις και μισή, μπορούσαν να ολοκληρώσουν τη μετατόπιση ολόκληρου του ψαριού στην ψυκτική αποθήκη.

Στη συνέχεια εισέπραξαν από τον D' Souza τριακόσιες ρουπίες ο καθένας. Ο Γκρέις ήταν πολύ προσεκτικός στο να πληρώνει το ίδιο ποσό σε όλους τους άλλους εργάτες.

Η Grace και ο Abe πήγαν σε ένα προσωρινό κατάστημα για να αγοράσουν ρύζι, σκόνη σιταριού, μαγειρικό λάδι και μασάλες. Η Grace ζήτησε από τον καταστηματάρχη να συσκευάσει τα εφόδια σε δύο ξεχωριστές σακούλες μεταφοράς, καθώς ήταν πιο εύκολο να τα μεταφέρει.

"Αισθάνομαι ωραία να κρατάω την τσάντα μεταφοράς, καθώς δείχνει ότι πηγαίνουμε σπίτι, το δικό μας σπίτι", δήλωσε ο Abe. Και η Γκρέις χαμογέλασε, ακούγοντας αυτά που είπε ο Έιμπ.

Ως συνήθως, πήραν ένα τοπικό λεωφορείο για το Σινγκουερίμ, και το λεωφορείο ήταν σχεδόν άδειο, και άκουσαν τον οδηγό να βρίζει τον εαυτό του επειδή δεν είχε αρκετούς επιβάτες σε αυτό το ταξίδι. Δεν υπήρχε φωτισμός στο φρούριο Αγκουάντα, ο δρόμος ήταν σκοτεινός και ήταν δύσκολο να δεις τις λακκούβες. Η φτωχογειτονιά ήταν σιωπηλή και τα παιδιά έκαναν τα μαθήματά τους κάτω από αμυδρά φώτα μέσα στις παράγκες τους.

Ο Έιμπ έπλυνε τα ρούχα του σε ζεστό νερό με απορρυπαντικό και έκανε μπάνιο με ζεστό νερό. Μετά ήταν η σειρά της Γκρέις. Μετά από αυτό, ετοίμασαν ένα απλό χορτοφαγικό γεύμα για δείπνο. Καθισμένοι δίπλα-δίπλα, με τα πιάτα στα χέρια, μιλούσαν για πολλά πράγματα και ο Έιμπ απολάμβανε να ακούει την Γκρέις να μιλάει. Η συντροφικότητά τους είχε εξαιρετική ομορφιά, απλότητα και αυθεντικότητα. Ήθελε να ρωτήσει τη Γκρέις γιατί έμενε μόνη της και την έκανε να είναι τόσο αφοσιωμένη στα καθήκοντά της. Τι την ανάγκαζε να είναι τόσο δραστήρια και γιατί ήταν γεμάτη με τόση θετική ενέργεια; Αλλά δεν τη ρώτησε, καθώς αυτές οι ερωτήσεις ήταν άσχετες.

Ο Έιμπ λαχταρούσε κάποιον και δεν μπορούσε να εξηγήσει ποιος ήταν αυτός ο άνθρωπος. Αλλά βίωσε ηρεμία και χαρά στην παρουσία της Γκρέις. "Γκρέις, είσαι διαφορετική, είσαι μοναδική", είπε στο μυαλό του.

Ένα σπίτι στη Γκόα

Η Γκρέις και ο Έιμπ δεν έπαιξαν σκάκι μετά το δείπνο, καθώς η Γκρέις του είπε ότι θα τραγουδήσει μερικά παλιά τραγούδια από ταινίες Χίντι προς τιμήν του Έιμπ. Κάθισε στο κρεβατάκι, στηρίζοντας την πλάτη της στον τοίχο, τεντώνοντας τα πόδια της προς το μέρος του. Παρατήρησε ότι είχε ασημένια δαχτυλίδια και στους δύο δείκτες των ποδιών της και ήθελε να αγγίξει τα δαχτυλίδια, αλλά αντιστάθηκε στον πειρασμό του.

"Abe, θα σου τραγουδήσω δύο τραγούδια- το πρώτο είναι το "Kabhi Kabhi Mere Dil Mei", γραμμένο από τον Sahir Ludhianvi, τη μουσική έδωσε ο Khayyam και το τραγούδησε ο Mukesh", του παρουσίασε το τραγούδι η Grace.

Στη συνέχεια πήρε μια βαθιά ανάσα και, μετά από μια παύση, άρχισε να τραγουδάει. Ξαφνικά ο Έιμπ βρέθηκε σε έναν νέο κόσμο ρομαντισμού και λεπτών πόνων του χωρισμού και της μνήμης. Η φωνή της ήταν μελωδική- συγκίνησε την καρδιά και το κεφάλι του και κάθισε ακίνητος. Ο Έιμπ ήταν μαγεμένος, και όταν τελείωσε το τραγούδι, κοίταξε την Γκρέις για αρκετή ώρα χωρίς να πει τίποτα.

"Το απόλαυσα. Είσαι καλή τραγουδίστρια", είπε ο Έιμπ.

Το δεύτερο τραγούδι ήταν το "Tujhe Dekha Toh Yeh Jana Sanam".

"Αυτό το τραγούδι ήταν από την ταινία Dilwale Dulhaniya Le Jayenge. Ο Anand Bakshi έγραψε τους στίχους που τραγούδησαν η Lata Mangeshkar και ο Sonu Nigam", παρουσίασε η Grace. Τότε άρχισε να τραγουδάει, και ένιωσε ότι ήταν τόσο ένδοξο, και ο Abe νόμιζε ότι αυτός και η Grace ήταν οι πρωταγωνιστές του τραγουδιού.

"Ήταν μια γλυκύτατη ερμηνεία", είπε ο Abe όταν τελείωσε το τραγούδι.

Η Γκρέις κοίταξε τον Έιμπ και τα μάτια της έλαμπαν, όπως παρατήρησε.

"Γκρέις, σε θαυμάζω", είπε ο Έιμπ ανοίγοντας την καρδιά του.

"Ω, Έιμπ", έκανε ένα επιφώνημα.

"Γκρέις, να σου κάνω μια ερώτηση", είπε ο Έιμπ.

"Βεβαίως, Έιμπ", απάντησε η Γκρέις.

"Γιατί φοράς αυτά τα δαχτυλίδια στους δείκτες των ποδιών σου;"

"Σε παρακαλώ, μη νομίζεις ότι είμαι προληπτική. Αυτά τα δαχτυλίδια αντιπροσωπεύουν τον μελλοντικό μου σύζυγο και εμένα- το αριστερό είμαι εγώ και το δεξί ο αγαπημένος μου. Όταν παντρευτώ τον άντρα που αγαπώ, τον άνθρωπο που θαυμάζω και σέβομαι περισσότερο, θα βγάλω αυτά τα δαχτυλίδια", η Γκρέις ήταν ειλικρινής και ακριβής.

Ο Έιμπ θέλησε να ρωτήσει αν είχε ήδη βρει τον αγαπημένο της, αλλά δεν το έκανε.

Στη συνέχεια κοιμήθηκαν. Και όταν ο Έιμπ σηκώθηκε, είδε ότι η Γκρέις σιδέρωνε τα ρούχα του.

"Επειδή είναι τζιν, θέλει περισσότερο χρόνο για να στεγνώσει, γι' αυτό σκέφτηκα να το τυλίξω", είπε.

"Σ' ευχαριστώ, Γκρέις, και καλημέρα", της ευχήθηκε.

"Καλημέρα, αγαπητέ Έιμπ", είπε εκείνη.

Ξαφνικά, ο Έιμπ πρόσεξε ότι η Γκρέις είχε προσθέσει μια ακόμη λέξη στην ευχή του, "αγαπητή".

"Να ετοιμάσω καφέ στο κρεβάτι και για τους δυο μας;" ρώτησε.

"Βεβαίως, Έιμπ", απάντησε εκείνη.

Ο Έιμπ ετοίμασε αχνιστό καφέ φίλτρου Coorg και τον σέρβιρε σε υπερμεγέθεις κούπες. Κάθισαν στις καρέκλες αντικριστά και τον ήπιαν αργά.

'Ο καφές σου είναι τονωτικός και αρωματικός', σχολίασε η Γκρέις.

"Ευχαριστώ, αγαπητή Γκρέις", απάντησε εκείνος, και η Γκρέις πρόσεξε τη νέα λέξη, αγαπητή, και χαμογέλασε.

Έφτασαν στην παραλία Καλανγκούτε στις οκτώ το πρωί, και η παραλία ήταν άδεια, καθώς δεν υπήρχαν αλιεύματα τη νύχτα και νωρίς το πρωί. Η επόμενη φουρνιά ψαράδων θα έφτανε μέχρι τις έξι το απόγευμα, αν μπορούσαν να πιάσουν ψάρια. Διαφορετικά, θα παρέμεναν στη θάλασσα για μεγαλύτερο χρονικό διάστημα. Η Grace και ο Abe πήγαν στην ψυκτική αποθήκη του D' Souza. Καθισμένος έξω από το γραφείο του σε μια καρέκλα, έδειχνε αδέσμευτος όταν τον χαιρέτησαν και δεν ανταπέδωσε τους χαιρετισμούς τους.

"Δεν υπάρχει αλίευση σήμερα και δεν υπάρχει δουλειά", είπε.

"Αλλά είπατε χθες ότι αν δεν υπήρχε αλίευση, θα μας παρέχετε εργασία στην ψυκτική σας αποθήκη για δύο ημέρες", είπε η Grace.

"Εντάξει. Υπάρχει δουλειά στην ψυκτική αποθήκη για δύο άτομα, αλλά δεν θα σας πληρώσω πάνω από διακόσιες ρουπίες", ο Ντ' Σόουζα ακούστηκε σκληρός.

Αυτός ο μισθός είναι πολύ χαμηλός. Έιμπ, έλα, πάμε", η Γκρέις γύρισε για να επιστρέψει.

"Περίμενε, η κοπέλα με το καφέ καπέλο, θα σε πληρώσω διακόσια πενήντα δολάρια, αλλά πρέπει να δουλέψεις μέχρι τις πέντε το απόγευμα".

"Σύμφωνοι", είπε η Γκρέις, λέγοντας ότι μπήκαν στην ψυκτική αποθήκη.

"Πρέπει να ξεχωρίσεις τα ψάρια και να τα αποθηκεύσεις ξεχωριστά, και χρειάζεται χρόνος για να τα ξεχωρίσεις", είπε ο D' Souza.

Εκεί υπήρχαν πέντε μεγάλοι δίσκοι που περιείχαν μεγάλες ποσότητες ψαριών διαφορετικών ποικιλιών. Η Γκρέις και ο Έιμπ έδεσαν μια ποδιά γύρω τους, φόρεσαν λαστιχένια γάντια και ταξινόμησαν τα ψάρια σε καλάθια. Μέχρι το μεσημέρι ξεχώρισαν πενήντα πέντε κουβάδες με σολομό, σκουμπρί, σαρδέλα, seer fish, Barramundi, Bombay duck και Pomfret. Έφαγαν ένα ζεστό γεύμα στο πεζοδρόμιο και ζεστό καφέ από μια καφετέρια στην άκρη του δρόμου, καθώς ένιωθαν να κρυώνουν. Μέχρι τις πέντε το απόγευμα, η Γκρέις και ο Έιμπ είχαν ολοκληρώσει όλη τη δουλειά και υπήρχαν εβδομήντα δύο καλάθια με ψάρια διαφόρων ποικιλιών. Ο Ντ' Σόουζα ήταν πολύ χαρούμενος και τους πλήρωσε τριακόσιες ρουπίες τον καθένα για τη δουλειά της ημέρας, πενήντα περισσότερες από όσες είχε υποσχεθεί. Η Γκρέις και ο Έιμπ έτρεξαν σε ένα κατάστημα με τσάι και πήραν ένα ζεστό φλιτζάνι τσάι, καθώς ένιωθαν να κρυώνουν δουλεύοντας στην ψυκτική αποθήκη για περίπου εννέα ώρες.

Στη συνέχεια η Γκρέις πήγε τον Έιμπ σε ένα κατάστημα ανδρικών ενδυμάτων.

"Γιατί είμαστε εδώ;" Ο Abe ρώτησε

"Θα ήθελα να σου κάνω δώρο μια γραβάτα", είπε εκείνη.

"Ωχ, όχι!" Φώναξε ο Έιμπ.

"Σε παρακαλώ, Έιμπ, αύριο με αφήνεις. Θέλω να σου εκφράσω την ευγνωμοσύνη μου για τη γοητευτική σου ευτυχία, την ειλικρινή σου φιλία και τη γλυκύτατη παρουσία σου, την οποία απόλαυσα απόλυτα. Ήσουν σαν μαλακτικό στη ζωή μου αυτές τις μέρες", είπε και τα μάτια της έλαμψαν.

"Γκρέις..." φώναξε ο Έιμπ.

Η Γκρέις διάλεξε μια μεταξωτή γραβάτα, η οποία ήταν ροζ-κόκκινη, και το πουκάμισο και το παντελόνι του μάρκα της καλύτερης ποιότητας.

"Αυτή είναι η επιλογή μου. Θα ταιριάζει με το επώνυμο πουκάμισο και το παντελόνι σου", είπε κοιτάζοντας τον Έιμπ.

Η Γκρέις είχε παρατηρήσει το ακριβό πουκάμισο και παντελόνι του, συνειδητοποίησε ο Έιμπ.

"Σ' ευχαριστώ, αγαπητή Γκρέις. Πώς θα σου εκφράσω την ευγνωμοσύνη μου;" ρώτησε.

"Δεν χρειάζεται", είπε εκείνη.

Όταν έφτασαν στο σπίτι, του ζήτησε να φορέσει το πουκάμισο και το παντελόνι του με τη γραβάτα. Όταν βγήκε από την τουαλέτα αφού τα φόρεσε, η Γκρέις τον κοίταξε για πολλή ώρα και μετά είπε: "Είσαι υπέροχος, όπως σε είδα στα όνειρά μου".

Αλλά ο Έιμπ δεν τη ρώτησε πότε τον είχε ονειρευτεί.

Και τότε τον πλησίασε, άγγιξε την άκρη της γραβάτας του και του είπε: "Είσαι πολύ ωραίος και μου αρέσει η εμφάνισή σου".

Ο Έιμπ χαμογέλασε, κοιτάζοντάς την. Ήθελε να την αγκαλιάσει και να της εκφράσει την ευγνωμοσύνη και την αγάπη του. Σκέφτηκε να την πιέσει στο στήθος του, κρατώντας την αιώνια κοντά του. Υπήρχε ένα μεγάλο συναίσθημα αγάπης στην καρδιά του. Ήταν σαν κυματισμός στην αρχή, αλλά μεγάλωνε σαν κύμα. Χάρη, φώναξε το όνομά της επανειλημμένα μέσα στην καρδιά του. Σ' αγαπώ- μ' αρέσει να σε κρατήσω μαζί μου μέχρι το τέλος της ζωής μου. Σε έχω ερωτευτεί. Δεν έχω ξαναδεί μια αξιαγάπητη, ευχάριστη και ακαταμάχητη γυναίκα σαν εσένα. Με κάνεις να βλέπω τον κόσμο ζουμερά, γοητευτικά και ζωηρά- σ' αγαπώ, Γκρέις- να είσαι πάντα μαζί μου. Ήταν ο ζωντανός ήχος της καρδιάς του.

Η Γκρέις ετοίμασε ένα περίτεχνο δείπνο και για τους δύο. Υπήρχε ψητό κοτόπουλο, τηγανητή πομφρέτα, ρύζι λαχανικών Pulao, κουνουπίδι masala και κάρυ ντομάτας daal. Το γεύμα ήταν πλούσιο. Μιλούσαν σαν να γνωρίζονται πολλά χρόνια και να ήταν στενοί φίλοι. Αφού καθάρισαν και έπλυναν τα ρούχα τους, πήγαν για ύπνο στις δέκα.

Ο Έιμπ δεν μπορούσε να κοιμηθεί και σκεφτόταν τη ζωή του με την Γκρέις, και γύρω στις έντεκα συνειδητοποίησε ότι η Γκρέις δεν είχε κοιμηθεί.

"Ειμπ, δεν κοιμήθηκες", τον ρώτησε απαλά η Γκρέις.

"Όχι, Γκρέις", απάντησε εκείνος.

"Γιατί;" ρώτησε.

"Σκεφτόμουν εσένα".

"Κι εγώ σε σκεφτόμουν. Θα φύγετε αύριο και μπορεί να μη σας ξαναδώ. Ήρθες εδώ ως ξένος, και τώρα φεύγεις ως στενός φίλος, κάποιος πολύ αγαπητός στην καρδιά", είπε.

"Αυτό είναι το πρόβλημα της ζωής", σχολίασε.

"Αγωνιζόμαστε για να πετύχουμε στη ζωή. Αλλά υπάρχει μια μάχη μεταξύ του μυαλού και του σώματός σου, και όποιος κερδίζει τη νίκη γίνεται διαμελισμένος. Πρέπει να νικήσουν και τα δύο, αλλά αυτό είναι αδύνατο", εξήγησε.

"Γιατί είναι αδύνατο;" Αναρωτήθηκε.

"Επειδή το μυαλό σας παίρνει ορισμένες αποφάσεις χωρίς να συμβουλεύεται το σώμα σας, αλλά το σώμα δεν έχει μυαλό και το σώμα δεν μπορεί να πάρει καμία απόφαση χωρίς το μυαλό", εξήγησε.

"Αυτή είναι η τραγωδία που αντιμετωπίζουμε συχνά εμείς οι άνθρωποι. Το σώμα είναι αδύναμο, αλλά το μυαλό δεν επιτρέπει στο σώμα να συμπεριφερθεί όπως επιθυμεί", είπε.

"Χωρίς το μυαλό, το σώμα βρίσκεται πάντα στο σκοτάδι. Η αντίφαση είναι ότι στο φως, δεν θα δείτε τα πάντα- η φωτεινότητα αλλοιώνει την όρασή σας, καθώς περιορίζει την εστίαση και τον ορίζοντά σας. Τη νύχτα, μπορείτε να δείτε καλύτερα τον ουρανό, τα αστέρια και τους γαλαξίες και να παρατηρήσετε το Σύμπαν στην απεραντοσύνη του. Μπορείτε να συγκρατήσετε την απεραντοσύνη του Κόσμου μέσα στο μικροσκοπικό σας μάτι, ένα μέρος του σώματός σας. Ένας νους χωρίς σώμα είναι νεκρό ξύλο". είπε η Γκρέις.

"Γκρέις, αρχίζεις να γίνεσαι φιλοσοφική. Ας παίξουμε λοιπόν λίγο σκάκι για λίγο καιρό, για να ξεπεράσουμε τις μικρές στενοχώριες, τη μαράζωση και το σκοτάδι", πρότεινε ο Έιμπ.

"Σίγουρα, το να περιορίσουμε τη νωθρότητα παίζοντας σκάκι είναι μια πολύ καλή ιδέα", είπε η Γκρέις και ξαφνικά πετάχτηκε από το κρεβάτι και άναψε το φως. Η παρτίδα σκάκι ήταν έντονη και η Γκρέις ήταν αποφασισμένη να κερδίσει την παρτίδα. Η πρώτη παρτίδα διήρκεσε πενήντα λεπτά και η Γκρέις την κέρδισε με ένα ματ με το πιόνι της.

"Γκρέις, είναι δύσκολο να σε νικήσω", είπε ο Έιμπ. Πρέπει να μάθω από σένα πώς να έχω καλύτερη άμυνα. Μπορώ να επιτεθώ, αλλά η άμυνά μου είναι αδύναμη", εξομολογήθηκε ο Έιμπ.

"Έιμπ, παίζεις καλά. Αλλά έχω παρατηρήσει ότι χάνεις τη συγκέντρωσή σου στα ενδιάμεσα", έκανε μια παρατήρηση.

"Έχεις δίκιο, Γκρέις. Ξαφνικά σε σκέφτομαι και αυτή είναι η αδυναμία μου. Οι σκέψεις σου κυριαρχούν στον ορθολογισμό μου και στο μοτίβο σκέψης μου- κατά συνέπεια, μου έδωσες ματ με το πιόνι σου. Ας παίξουμε άλλο ένα παιχνίδι", είπε ο Έιμπ.

Η δεύτερη παρτίδα διήρκεσε μία ώρα και δέκα λεπτά, και στο τέλος, ο Έιμπ έκανε ματ στην Γκρέις με το άλογό του.

"Ήταν μια λαμπρή παρτίδα, Έιμπ, έπαιξες σαν τον Κασπάροφ", σχολίασε η Γκρέις.

"Σ' ευχαριστώ, αγαπητή Γκρέις", ο Έιμπ εξέφρασε τη χαρά του που κέρδισε το παιχνίδι.

Ήταν ήδη μία το πρωί.

"Γκρέις, σε παρακαλώ, τραγούδα ένα τραγούδι από ταινία των Χίντι και μετά θα κοιμηθούμε". Ο Έιμπ έκανε μια παράκληση.

"Βέβαια", είπε εκείνη.

Κάθισε στην κούνια, στηρίζοντας την πλάτη της στον τοίχο, και τα πόδια της άγγιξαν την άκρη του κρεβατιού όπου καθόταν ο Έιμπ. Και για άλλη μια φορά, κοίταξε τα ασημένια δαχτυλίδια στα δάχτυλα των δεικτών των ποδιών της. Έδειχναν εξαίσια όμορφα, αλλά θα τα αφαιρούσε όταν θα παντρευόταν τον αγαπημένο της μια μέρα. Το φυλαχτό θα της έφερνε καλή τύχη.

"Θα τραγουδήσω ένα παλιό τραγούδι. Είναι από την ταινία Awara του Raj Kapoor, και το τραγούδι "Awara Hoon" γράφτηκε από τον Shailendra και τραγουδήθηκε από τον Mukesh".

Τότε άρχισε να τραγουδάει, και τα λόγια και το νόημά τους μπήκαν βαθιά στην καρδιά του Έιμπ. Ξαφνικά ο Έιμπ άρχισε να τραγουδάει μαζί με τη Γκρέις και μπορούσε να παρατηρήσει μια σπίθα στα μάτια της.

"Γκρέις, αυτό είναι το πιο υπέροχο τραγούδι ταινίας Χίντι που έχω ακούσει ποτέ, και το τραγούδησες τόσο καλά".

"Κι εσύ το τραγούδησες μαζί μου. Το απόλαυσα".

"Ας κοιμηθούμε τώρα", πρότεινε.

"Είναι ήδη μία και μισή και είναι καιρός να κοιμηθούμε", σβήνοντας το φως, είπε.

Όταν σηκώθηκε γύρω στις πέντε το πρωί, είδε ότι η Γκρέις έφτιαχνε τον καφέ στο κρεβάτι.

"Καλημέρα, Έιμπ. Κοιμήθηκες καλά;"

"Γεια σου, Γκρέις, καλημέρα- κοιμήθηκα καλά. Φαίνεται ότι η παρτίδα σκάκι και το τραγούδι σου με βοήθησαν πολύ".

Κάθισαν πρόσωπο με πρόσωπο και ήπιαν τον καφέ τους.

"Γκρέις, θέλω να σου πω κάτι".

"Σε παρακαλώ", απάντησε η Γκρέις.

"Έχω ακυρώσει τη μετάβαση στη Βομβάη", είπε με χαμηλή φωνή.

"Μα γιατί;" Η Γκρέις εξέφρασε την έκπληξή της.

"Δεν έχω όρεξη να πάω τώρα, αλλά όταν νιώσω, θα πάω".

"Το σκέφτηκες σοβαρά;"

"Ναι. Σκέφτηκα σοβαρά την απόφασή μου", είπε ο Έιμπ.

"Είναι μια έξυπνη απόφαση; Θα απογοητευτείς αργότερα;" Ήθελε να πάρει μια στοχαστική απάντηση από εκείνον.

"Το σκεφτόμουν τις τελευταίες δύο ημέρες, αξιολόγησα τα υπέρ και τα κατά και είμαι έτοιμος να αντιμετωπίσω τις συνέπειές της", εξήγησε ο Άμπε.

"Έιμπ, παίρνουμε μια συγκεκριμένη απόφαση στη ζωή μας και αργότερα συνειδητοποιούμε ότι ήταν μια γκάφα, όπως μια κίνηση σε μια παρτίδα σκάκι. Αλλά η ζωή είναι κάτι πολύ περισσότερο από μια παρτίδα σκάκι. Ορισμένες αποφάσεις έχουν εκτεταμένες συνέπειες και δεν μπορεί κανείς να τις διορθώσει αργότερα. Ξέρω ότι είσαι ένας ενήλικας άνθρωπος και έχεις την ελευθερία να παίρνεις τις δικές σου αποφάσεις που επηρεάζουν τη ζωή σου", εξήγησε η Grace την άποψή της.

"Το καταλαβαίνω, Γκρέις".

"Δεν πρέπει να αισθάνεσαι εξαπατημένος και δεν πρέπει να αισθάνεσαι απογοητευμένος όταν έρχεσαι αντιμέτωπος με την πραγματικότητα της ζωής- σε κάποια άλλη περίπτωση, στο μέλλον, μπορεί να φύγω ξαφνικά και να μείνεις μόνος σου", έκανε μια έντονη δήλωση η Γκρέις.

"Το γνωρίζω", ήταν ανένδοτος ο Έιμπ.

"Αρνούμενος ορισμένα πράγματα, προσκαλείς εν αγνοία σου άλλα ενδεχόμενα, και πρέπει να έχεις το θάρρος και την ανοιχτότητα να τα αντιμετωπίσεις".

"Αλλά θα μείνω εδώ μαζί σου και θα αγαπώ να είμαι μαζί σου", είπε ο Έιμπ, σαν να ζητούσε την άδεια της Γκρέις.

"Αλλά δεν σε ενθαρρύνω να το κάνεις- σε αποθαρρύνω από το να πηδήξεις σε ένα άγνωστο μέλλον", προσπάθησε να τον αποτρέψει η Γκρέις και να τον κάνει να συνειδητοποιήσει τους κινδύνους που μπορεί να αντιμετωπίσει αργότερα.

"Άσε με να μείνω εδώ, Γκρέις", παρακάλεσε.

"Με δική σου ευθύνη", είπε εκείνη.

Στη συνέχεια επικράτησε μια μακρά σιωπή.

Για πρωινό, έφτιαξαν σάντουιτς με ομελέτα και χυλό. Όταν έφτασαν στην παραλία Calangute, ο D' Souza τους είπε ότι οι αρχές της παραλίας είχαν απαγορεύσει στους ψαράδες να βγουν στη θάλασσα λόγω ενός σεισμού στην Υεμένη. Η πιθανότητα τσουνάμι στην Αραβική Θάλασσα φαινόταν σε μεγάλο βαθμό. Έτσι, η Grace και ο Abe πήγαν στην αγορά λαχανικών. Υπήρχε αρκετή δουλειά που σχετιζόταν με τη φόρτωση και την εκφόρτωση με πολλούς αγρότες που έφερναν τα λαχανικά τους στην αγορά. Κάθε αγρότης πλήρωνε σαράντα με πενήντα ρουπίες για τη φόρτωση ή την εκφόρτωση και η Γκρέις και ο Έιμπ μπορούσαν να βγάλουν συνολικά εξακόσιες πενήντα ρουπίες μέχρι τις πέντε το απόγευμα.

"Τα Σάββατα και οι Κυριακές είναι αργίες", είπε η Γκρέις στον Έιμπ, ενώ επέστρεφε στο σπίτι της.

"Τι κάνεις τα Σάββατα και τις Κυριακές;", ρώτησε ο Έιμπ την Γκρέις.

"Μια φορά το μήνα, το Σάββατο, από τις οκτώ το πρωί μέχρι το μεσημέρι, καθαρίζουμε την παραγκούπολη, κάτι που ονομάζουμε κοινοτική οργάνωση. Συνήθως περίπου πενήντα άτομα συμμετέχουν σε αυτή την εργασία, και όλοι την παίρνουν στα σοβαρά. Μετά τον καθαρισμό, μοιραζόμαστε όλοι τσάι και σνακ, για τα οποία τα έξοδα προέρχονται από ένα κοινό ταμείο. Κάθε οικογένεια δωρίζει ένα μικρό ποσό κάθε μήνα για τα κοινά έξοδα. Οι εργασίες καθαρισμού, το τσάι, το πάρτι με τα σνακ και η συνάντηση βοηθούν τους ανθρώπους να δημιουργήσουν έναν ισχυρό δεσμό, να γνωριστούν μεταξύ τους και να μοιραστούν τις κοινωνικές και οικονομικές τους ανησυχίες. Υπάρχει ένα γνήσιο αίσθημα συντροφικότητας μεταξύ των ανθρώπων", δήλωσε η Grace.

"Μου αρέσουν τέτοιες συγκεντρώσεις", απάντησε ο Abe.

"Τις Κυριακές καθαρίζω το σπίτι μας, πλένω τα σεντόνια και τα άλλα ρούχα, τα σιδερώνω και σχεδιάζω την επόμενη εβδομάδα. Μετά το μεσημεριανό γεύμα, συνήθως πηγαίνω για πικνίκ ή επισκέπτομαι κάποια εσωτερικά μέρη της Γκόα και επιστρέφω γύρω στις επτά το βράδυ. Αλλά αύριο, αντί για Κυριακή, μπορούμε να πάμε μαζί, αμέσως μετά την καθαριότητα και τις κοινοτικές εργασίες, να δούμε τη Γκόα", πρότεινε η Γκρέις.

"Αυτό είναι υπέροχο. Η Γκόα είναι ένα τόσο συναρπαστικό μέρος", είπε ο Έιμπ.

Γύρω στις οκτώ το πρωί του Σαββάτου, ένα αρκετά καλό πλήθος ανδρών, γυναικών, νέων και παιδιών συγκεντρώθηκε μπροστά από την καλύβα της Γκρέις. Κουβαλούσαν διάφορα εργαλεία, σκούπες, σκουπάκια, μεγάλες σφουγγαρίστρες, καλάθια, κουβάδες, φτυάρια, φτυάρια και τσάπες. "Ένα κορίτσι με καφέ σκούφο", αποκαλούσαν την Γκρέις. Και ο Έιμπ και η Γκρέις ήταν έτοιμοι με μακριές σκούπες.

"Θα χωριστούμε σε τέσσερις μικρότερες ομάδες και θα αρχίσουμε να καθαρίζουμε από διαφορετικές γωνίες", πρότεινε η Γκρέις.

Η ομάδα αποφάσισε ποιοι ήταν οι οργανωτές των ομάδων και όχι οι ελέγχοντες ηγέτες της εργασίας. Ο Abe συνειδητοποίησε ότι η Grace ήταν το πρώτο άτομο που ηγείτο τέτοιων προγραμμάτων οργάνωσης της κοινότητας μια φορά κάθε μήνα στη φτωχογειτονιά. Στα αρχικά στάδια, οι άνθρωποι ήταν απρόθυμοι να συμμετάσχουν σε τέτοιες δραστηριότητες. Αλλά το ενδιαφέρον που έδειξε η Grace και η φύση της εργασίας που διεξήγαγε ενθάρρυνε πολλούς. Στην αρχή, η Γκρέις ήταν μόνη της στις εργασίες καθαρισμού, αλλά μετά από ένα μήνα, μερικοί νέοι και γυναίκες προσχώρησαν και αργότερα και μερικοί άνδρες, και μέσα σε τρεις μήνες, έγινε μια κοινοτική προσπάθεια. Δεν ήταν ηγέτης αλλά οργανωτής της κοινότητας. Ο κόσμος την επέλεξε και μισή ντουζίνα νέοι οργάνωσαν όλη τη δουλειά. Αυτοί, κατά τη διάρκεια του τσαγιού τους, αποφάσισαν ποιοι θα ήταν οι οργανωτές της κοινότητας για τους επόμενους τρεις μήνες. Έτσι, υπήρχε μια νέα ομάδα κάθε τρεις μήνες, οπότε σχεδόν όλοι είχαν την ευκαιρία να γίνουν οργανωτές της κοινότητας.

Άρχισαν αμέσως τις εργασίες. Οι άνδρες καθάρισαν το ανοιχτό σύστημα αποχέτευσης με φτυάρια, φτυάρια και τσάπες. Κάποιοι άλλοι μάζευαν τα απορρίμματα και τα μετέφεραν με καρότσια σε ένα λάκκο απορριμμάτων περίπου μισό χιλιόμετρο μακριά από τη φτωχογειτονιά για να τα απομακρύνουν οι εργαζόμενοι του δήμου όποτε ερχόντουσαν με τα απορριμματοφόρα τους. Οι γυναίκες εξέφρασαν μεγάλο ενθουσιασμό για το σκούπισμα και το σφουγγάρισμα των δρόμων και των μονοπατιών της τσέπης. Οι νέοι μάζευαν τα πλαστικά απορρίμματα, τα ξύλα και τα μεταλλικά κομμάτια που ήταν διάσπαρτα εδώ και εκεί και τα πετούσαν χωριστά σε σακούλες γιούτα στον λάκκο για να τα απομακρύνουν οι εργάτες του δήμου. Τα παιδιά ήταν πρόθυμα να βοηθήσουν τους γονείς και τα αδέλφια τους μεταφέροντας και παρέχοντας διάφορα απαιτούμενα εργαλεία.

Ήταν μια κοινοτική προσπάθεια, μια μη σταματημένη δραστηριότητα, η οποία συνεχίστηκε μέχρι το μεσημέρι. Η Abe συνεργάστηκε με άνδρες και νέους για τον καθαρισμό των ανοιχτών υπονόμων και τη συλλογή πλαστικών απορριμμάτων. Η Grace συμμετείχε σε όλες τις ομάδες κατανέμοντας το χρόνο της για να εργαστεί σε διάφορες γωνιές της παραγκούπολης. Επικρατούσε εορταστικό πνεύμα- ολοκλήρωσαν όλες τις εργασίες μέσα σε τέσσερις ώρες και η παραγκούπολη έδειχνε καθαρή, τακτοποιημένη και φρέσκια.

Στη συνέχεια συγκεντρώθηκαν όλοι στον ανοιχτό χώρο κοντά στο Φρούριο, απέναντι από την παραγκούπολη τους. Πολλοί κάθισαν στο έδαφος, αφού καθαρίστηκαν στη δημόσια βρύση. Η Vivian Monteiro ήταν υπεύθυνη για την παροχή τσαγιού και σνακ για όλους. Η Γκρέις εκτίμησε την ποιότητα του τσαγιού και των σνακ που παρείχε, και η Βίβιαν ένιωσε ευτυχισμένη. Τα παιδιά τραγουδούσαν και χόρευαν, ενώ κάποιοι νέοι έπαιζαν κιθάρα και μικρά τύμπανα. Οι νεαρές γυναίκες παρουσίασαν έναν παραδοσιακό χορό που ονομάζεται Dekni, ο οποίος είχε πολλή μουσική. Ένα ζευγάρι κοριτσιών έπαιξε φουγκντί και χόρεψε μαζί με τη Γκρέις. Στη συνέχεια, ένας φυλετικός λαϊκός χορός που ονομάζεται Kunbi από άνδρες και γυναίκες και ο Abe χόρεψε μαζί τους σε ρυθμό τυμπάνων.

Οι νέοι που ήταν υπεύθυνοι για τα κονδύλια συγκέντρωσαν δωρεές και ο Abe δώρισε διακόσιες ρουπίες. Υπήρξε τεράστιο χειροκρότημα όταν ένα παιδί διάβασε τα ονόματα και το ποσό των χρημάτων που δόθηκαν, και όλοι εκτίμησαν τη γενναιοδωρία του Abe. Εκείνο το μήνα, το σύνολο της συλλογής ήταν εννιακόσιες σαράντα πέντε ρουπίες. Οι δραστηριότητες εκείνης της ημέρας ολοκληρώθηκαν αφού αποφασίστηκε το πρόγραμμα του επόμενου μήνα μέχρι τις δύο το απόγευμα.

Αφού έκαναν μπάνιο με ζεστό νερό και έπλυναν τα ρούχα τους, η Grace και ο Abe μαγείρεψαν το μεσημεριανό τους γεύμα που περιείχε λαχανικά Pulao, κοτόπουλο, τηγανητό ψάρι και κουνουπίδι masala με γιαούρτι.

"Γκρέις, έκανες καλή δουλειά με την οργάνωση του προγράμματος καθαρισμού της κοινότητας", είπε ο Άμπε.

"Είναι ωραίο που συμμετείχες ενεργά μαζί με όλους και η παρουσία σου άρεσε στον κόσμο, καθώς μπορούσες να εμπνεύσεις τους νέους", εκτίμησε η Grace τον Abe.

"Ήταν πράγματι μια απαραίτητη δραστηριότητα για έναν τέτοιο οικιστικό αποικισμό, ο οποίος έχει παραμελημένες υποδομές. Φαίνεται ότι ο δήμος δεν ενδιαφέρεται για την ευημερία των ενενήντα οκτώ οικογενειών σε αυτή την παραγκούπολη. Έτσι, πρέπει να αναλάβουμε εμείς την πρωτοβουλία να την καθαρίσουμε. Η ώθησή σας από πίσω ήταν ένα θετικό σημάδι σε ένα τέτοιο έργο, χωρίς να δείχνετε περιττό ενθουσιασμό", εξήρε ο Άμπε την Γκρέις.

"Οι άνθρωποι απαιτούν συντροφικότητα, ενότητα και φιλικότητα- δεν χρειάζονται συμβουλές. Αντί για οδηγίες, αρκεί ένα αυτί που ακούει, μια ενθαρρυντική στάση και ένα χαμόγελο. Αυτό μπορεί να κάνει θαύματα, και οι άνθρωποι αγαπούν να είναι σε μικρές ομάδες, να εργάζονται για το κοινό καλό, το οποίο περιέχει το καλό των ατόμων και της κοινότητας", είπε η Grace.

"Πρόκειται για μια αξιοσημείωτη πρωτοβουλία στην οργάνωση της κοινότητας. Οι άνθρωποι κάνουν τη δουλειά τους ανάλογα με τις ανάγκες τους. Την οργανώνουν, την προγραμματίζουν, καθώς είναι δουλειά των ανθρώπων", σχολίασε ο Abe.

"Είναι αλήθεια. Περίπου πενήντα άνθρωποι εργάστηκαν για τέσσερις ώρες με σθένος, αφοσίωση και δέσμευση. Είχαν έναν προσανατολισμό και έναν στόχο, επειδή ανήκαν ο ένας στον άλλον και η ομαδικότητα είναι σημαντική στην κοινοτική οργάνωση", έκανε μια ανάλυση η Γκρέις.

"Συμφωνώ μαζί σου, Γκρέις. Αυτό που απαιτείται είναι η συμμετοχή των ανθρώπων, που φάνηκε στο έργο μας, καθώς είχαν δει το δικό τους όφελος και το όφελος της κοινότητας σε αυτό. Λαμβάνουν εκπαίδευση για να το κάνουν μόνοι τους, χωρίς να συνειδητοποιούν ότι τους εκπαιδεύεις. Ήταν σιωπηρό".

"Τώρα, μπορούν να προχωρήσουν χωρίς την ενεργό συμμετοχή μου. Ακόμη και αν δεν είμαι εκεί, αυτές οι γυναίκες και οι άνδρες μπορούν να κάνουν τη δουλειά, καθώς έχουν την αυτοπεποίθηση", πρόσθεσε.

Ξαφνικά ο Έιμπ κοίταξε την Γκρέις. Θα υπάρξει κάποια κατάσταση κατά την οποία η Γκρέις θα παραμείνει απούσα; Έκανε μια ερώτηση στο μυαλό του, η οποία τον ενοχλούσε βαθιά.

Το βράδυ, βγήκαν να δουν το φρούριο Αγκουάντα.

"Abe, μου αρέσει να περπατάω μαζί σου", είπε όταν έφτασαν στο Φρούριο.

"Αλήθεια!" Εκείνος αντέδρασε.

"Σίγουρα. Είναι μια ευχάριστη εμπειρία. Μου φέρεσαι ως ισότιμη- από τις μικρές σου πράξεις καταλαβαίνω ότι με σέβεσαι και εκτιμάς την αξιοπρέπειά μου", εξήγησε η Γκρέις.

"Αισθάνομαι ελεύθερη μαζί σου- η ελευθερία μου είναι εκεί για να μην την καταχραστώ. Όταν δημιουργούμε τις αξίες μας, τις σεβόμαστε περισσότερο από κάθε αξία που δίνει κάποιος άλλος. Όταν σε πρωτογνώρισα, σκέφτηκα έναν άνθρωπο που ενδιαφέρεται πραγματικά και σκέφτεται την ασφάλεια και την ευημερία μου. Και με εμπιστευόσασταν, και η εμπιστοσύνη σας δεν πρέπει να είναι αθέμιτη. Ναι, Γκρέις, δεν θα μπορούσα ποτέ να εναντιωθώ στην πίστη σου, και αυτό είμαι εγώ".

"Για μένα, ο καθένας που συναντώ είναι μοναδικός, και εσύ, επίσης, είσαι μοναδικός για μένα. Όμως, η μοναδικότητα δεν δίνει εμπιστοσύνη στην αντιμετώπιση ενός ατόμου. Στην περίπτωσή σας όμως, είχα αυτοπεποίθηση όταν σας γνώρισα. Είσαι το πρώτο άτομο με το οποίο μοιράζομαι ένα δωμάτιο, κυριολεκτικά το κρεβάτι μου. Στη ζωή, δεν χρειάζεται να μοιραζόμαστε τα πάντα μέχρι να νιώσουμε την απόλυτη και απόλυτη ανάγκη του", ήταν σαφής η Γκρέις.

"Σε ευχαριστώ, Γκρέις. Γνωρίζω όμως ότι η εγγύτητα δεν δίνει την άδεια να χρησιμοποιείς έναν άνθρωπο, και στη δική μου περίπτωση, δεν είχα ποτέ τέτοια απόλυτη εγγύτητα με κανέναν και δεν μοιράστηκα ποτέ το σώμα μου με κανέναν", είπε ο Έιμπ.

"Το να μοιράζεσαι το σώμα με κάποιον εξαρτάται από την αξία που αναπτύσσεις. Είναι πέρα από την ανάγκη να μοιραστείς- είναι το μοίρασμα της προσωπικότητας και των ενδόμυχων επιθυμιών, το οποίο δεν είναι παροδικό και εξαρτάται από το πόσο σέβεται κανείς τον εαυτό του", πρόσθεσε η Grace.

Βρίσκονταν ήδη στην είσοδο του Φρουρίου.

"Η λέξη Aguada είναι πορτογαλική και σημαίνει "τόπος ποτίσματος", και αυτό το Φρούριο αντανακλά τις χρυσές μέρες των Πορτογάλων στη Γκόα. Η κατασκευή αυτού του υπέροχου οικοδομήματος ξεκίνησε το εξακόσια εννιά και ολοκληρώθηκε μέσα σε τρία χρόνια. Ο πρωταρχικός σκοπός του Φρουρίου ήταν η υπεράσπιση της Γκόα από τους Ολλανδούς και τους Μαράθα", δήλωσε η Γκρέις.

"Η Πορτογαλία ήταν μια μικρή χώρα, η οποία μπορεί να μην ονειρευόταν να αποκτήσει κάποιες περιοχές στην Ινδία", δήλωσε ο Άμπε.

"Τα επιτεύγματά μας εξαρτώνται πάντα από τα όνειρά μας. Αλλά οι Πορτογάλοι ήταν επίμονοι. Η Γκόα ήταν το στολίδι στο στέμμα τους και την αγαπούσαν όπως και τη Λισαβόνα. Όταν αγαπάς κάτι σαν την καρδιά σου, δεν θα το αφήσεις ποτέ να σου ξεφύγει", κοιτάζοντας τον Άμπε, η Γκρέις έκανε μια δήλωση.

Ο Έιμπ γέλασε από καρδιάς. Καταλάβαινε την ένταση των λόγων της, καθώς ήταν υπαινικτικοί, συμβολικοί και προσωποποιημένοι. Ήταν εξίσου εφαρμόσιμες και για τον ίδιο. Έδειχναν την εγγύτητά της απέναντί του και την επιθυμία της να συνεχίσει την παρούσα κατάστασή της. Τότε θέλησε να τη ρωτήσει αν θα επέτρεπε να ξεγλιστρήσει μια ιδιαίτερη σχέση, αλλά δεν ρώτησε.

"Τι σκέφτεσαι και τι θέλεις να πεις", τον ρώτησε η Γκρέις.

"Θέλω να γίνω σαν τους Πορτογάλους- πρέπει να είμαι επίμονος για να πετύχω τον στόχο μου", είπε.

"Είσαι επίμονος, αγαπητέ Έιμπ. Έχεις πετάξει ένα πολύτιμο μέλλον για να πετύχεις ορισμένα πράγματα, τα οποία θεωρείς πολύτιμο μαργαριτάρι. Βρίσκεσαι στην πύλη του στόχου σου, αλλά ακόμα, πρέπει να αποδείξεις την αντοχή και το θάρρος σου όπως οι Πορτογάλοι", ήταν ωμή η Γκρέις.

"Σίγουρα, δεν πρέπει να αποτύχω στην επίτευξη του προορισμού μου", είπε.

Εκατοντάδες τουρίστες βρίσκονταν σε όλες τις γωνιές του φρουρίου και ο Άμπε συνειδητοποίησε ότι το φρούριο της Αγκουάντα ήταν ένας σπουδαίος τουριστικός προορισμός. Η ανάβαση στον φάρο ήταν μια συναρπαστική εμπειρία και για τους δύο.

"Αυτός ο αξιοσημείωτος τετραώροφος φάρος χτίστηκε το δεκαοκτακόσια εξήντα τέσσερα χρόνια για να καθοδηγεί τα πλοία από την Ευρώπη να φτάνουν με ασφάλεια στο λιμάνι", είπε η Γκρέις ανεβαίνοντας σε αυτή την ασυνήθιστη κατασκευή.

Η πανοραμική θέα από την κορυφή του πύργου ήταν εκπληκτική. Ο Έιμπ μπορούσε να δει τη φτωχογειτονιά τους και την παράγκα τους σαν ένα μικροσκοπικό σημείο.

"Γκρέις, δες το σπίτι μας, το πιο πολύτιμο μέρος στη ζωή μας", είπε ο Έιμπ στη Γκρέις, δείχνοντας με το δάχτυλό του προς την κατοικία τους.

"Ναι. Αυτό είναι το σπίτι μας, όπου οι χτύποι της καρδιάς μας έχουν μια μαγική μελωδία που παράγει διαρκή μουσική. Εκεί, τα όνειρά μας έχουν διαρκή αξία και οι επιθυμίες μας λαχταρούν τη συντροφικότητα μιας άλλης μέρας. Τρώμε και κοιμόμαστε, παίζουμε σκάκι και τραγουδάμε τα νανουρίσματα μας, οραματιζόμενοι μια μέρα, η οποία περιλαμβάνει ζεστασιά, αγάπη και εμπιστοσύνη", ήταν ελαφρώς λυρική η Γκρέις.

"Γκρέις, γίνεσαι ποιητική", σχολίασε ο Έιμπ.

"Αυτό είναι φυσικό, όταν η καρδιά νιώθει ευτυχισμένη και σε τέτοιες καταστάσεις γράφει στίχους", ανέλυσε.

Αφού κατέβηκαν, κάθισαν στο καταπράσινο γρασίδι μαζί με εκατοντάδες άλλους και παρακολούθησαν το ηλιοβασίλεμα. Ο πορφυρός, χρυσός δίσκος έπαιζε κρυφτό πάνω από την Αραβική Θάλασσα.

"Είναι ένα υπέροχο θέαμα", είπε η Γκρέις.

"Πράγματι", συμφώνησε ο Έιμπ.

Περπάτησαν μέχρι την εκκλησία του Αγίου Λόρενς, και από το τραγούδι ο Έιμπ κατάλαβε ότι ήταν η ώρα της προσφοράς και ο ιερέας πρόσφερε τον άρτο και το κρασί. Ξαφνικά θυμήθηκε την Πρώτη του Κοινωνία. Καθώς οι γονείς του αρνήθηκαν να παρευρεθούν, οι παππούδες του ήταν και από τις δύο πλευρές. Η ζωή, επίσης, είναι ένα αντίδωρο για κάποιον, αλλά δεν πρέπει να αγνοείται ή να απορρίπτεται.

"Αυτό το φρούριο ήταν τόσο διάσημο στον Δυτικό Κόσμο, καθώς ήταν η έδρα της εξουσίας των Πορτογάλων στην Ανατολή. Ρεύματα πλοίων έφταναν στο λιμάνι του για να αναπληρώσουν τα δοχεία νερού τους από τις αιώνιες, πηγές γλυκού νερού στο Φρούριο", ανέφερε η Grace κοιτάζοντας τον ποταμό Mandovi.

Είχε αρχίσει να σκοτεινιάζει, και οι τουρίστες εγκατέλειπαν σταδιακά τους μακριούς εσωτερικούς διαδρόμους για τον έξω κόσμο.

"Γκρέις, ας φάμε ένα γεύμα Γκοάν σε ένα από τα εστιατόρια της παραλίας", έκανε μια πρόταση ο Έιμπ.

"Βεβαίως", απάντησε εκείνη.

"Μου αρέσει πολύ να σε κερνάω", είπε ο Έιμπ.

"Ευχαρίστησή μου", απάντησε η Γκρέις.

Παρήγγειλαν τηγανητό ρύζι, ambot tik, πικάντικο και ξινό κάρυ που παρασκευάζεται με ψάρι, arroz doce, γλυκιά κρέμα ρυζιού, balchao, ένα ζουμερό παρασκεύασμα με γαρίδες και bebinca, ένα πορτογαλικό επιδόρπιο. Το επιδόρπιο ήταν εξωτικό, με επτά στρώσεις από απλό αλεύρι, ζάχαρη, βούτυρο, κρόκο αυγού και γάλα καρύδας. Μίλησαν εκτενώς για διάφορα θέματα, ιδιαίτερα για το ταξίδι του Βάσκο ντε Γκάμα στο Καλικούτ.

"Ο Γκάμα βρήκε έναν ευημερούντα και ευτυχισμένο λαό στις ακτές του Μαλαμπάρ. Ο βασιλιάς του Καλικούτ τον υποδέχτηκε με τιμές αυτόν και το πλήρωμά του. Ήταν κρατικοί προσκεκλημένοι και τους επιτράπηκε να αγοράζουν μαύρο πιπέρι, κάρδαμο, κανέλα και άλλα σημαντικά τιμαλφή στο Μαλαμπάρ. Ο Γκάμα και το πλήρωμά του ήταν τυχεροί που μπόρεσαν να γεμίσουν και τα τέσσερα πλοία τους πριν αναχωρήσουν για τη Λισαβόνα", είπε ο Abe στην Grace

"Έχω ακούσει ότι οι Πορτογάλοι ίδρυσαν αργότερα πολλά εμπορικά κέντρα στο Καννούρ, το Κότσι και τη Γκόα", είπε η Γκρέις.

"Αλλά ήταν ένα μυστήριο ότι μπορούσαν να δημιουργήσουν και να διατηρήσουν μόνο μικροσκοπικές περιοχές σε πολλές τοποθεσίες στην ακτή Malabar", πρόσθεσε ο Abe.

"Συγκριτικά, η Γκόα ήταν μάλλον μεγάλη", δήλωσε ο Γκρέις.

"Αργότερα, η Γκόα περικυκλώθηκε από την πανίσχυρη Βρετανική Ινδία. Πώς θα μπορούσαν οι Πορτογάλοι να ζήσουν ειρηνικά με τους Βρετανούς;" αναρωτήθηκε ο Έιμπ.

"Ήταν απαραίτητο για τους Πορτογάλους να έχουν ειρηνικές σχέσεις με τους Βρετανούς, παρόλο που είχαν αιματηρές συγκρούσεις με τους Ολλανδούς. Το να έχουν μια φιλική σχέση με τους Βρετανούς ήταν η ανάγκη τους", είπε η Γκρέις.

"Θέλεις να πεις ότι η σχέση είναι σημαντικός παράγοντας στη ζωή", διερωτήθηκε ο Έιμπ.

"Σίγουρα, πρέπει να αναπτύσσεις και να διατηρείς μια σχέση- ταυτόχρονα, πρέπει να είσαι συνετός", απάντησε η Γκρέις.

Ο Έιμπ κοίταξε την Γκρέις. Έχει πολλή σοφία, σκέφτηκε.

"Είναι αργά. Να κάνουμε μια κίνηση;" ρώτησε η Γκρέις.

"Βέβαια", είπε ο Έιμπ.

"Έιμπ, σε ευχαριστώ πολύ για το πλούσιο δείπνο. Το απόλαυσα", ευχαρίστησε η Γκρέις τον Έιμπ.

"Το να τρώω μαζί σου είναι χαρά. Φυσικά, το κάνω κάθε μέρα", παρατήρησε ο Έιμπ.

"Μου αρέσει να τρώω μαζί σου, αγαπητέ Έιμπ", σχολίασε η Γκρέις.

"Σε ευχαριστώ, Γκρέις, που αποδέχτηκες την πρόσκλησή μου. Ήταν τιμή μου να σε έχω καλεσμένη μου", είπε ο Έιμπ.

"Εκτιμώ την παρέα σου", απάντησε η Γκρέις.

Από την παραλία, περπάτησαν μέχρι το σπίτι τους. Ενώ ο Έιμπ έβλεπε το φως να παίζει κρυφτό στο πρόσωπο της Γκρέις, εκείνη έμοιαζε με θεά με τα λαμπερά μάτια της μπροστά στη σιλουέτα του φρουρίου της Αγκουάντα. Ξαφνικά, του ήρθε η όρεξη να ζωγραφίσει έναν πίνακα της Γκρέις και αποφάσισε να αγοράσει τον καμβά, τα χρώματα και το πινέλο όταν θα πήγαιναν στην αγορά την επόμενη φορά. Ο Άμπε απολάμβανε κάθε βήμα μαζί με τη Γκρέις και σκεφτόταν να περπατάει μαζί της για πάντα. Δεν είχε ξαναζήσει τέτοια χαρά όταν περνούσε χρόνο με κάποιον άλλον.

Καθώς έφτασαν στο σπίτι τους, είδαν αμυδρά φώτα από την παραγκούπολη και η Γκρέις άνοιξε την κλειδαριά.

Ο Έιμπ έπλυνε τα ρούχα του και έκανε μπάνιο με ζεστό νερό. Ήταν η σειρά της Γκρέις όταν βγήκε. Φορώντας ένα πολύχρωμο νυχτικό και πιτζάμες, επέστρεφε. Η Γκρέις ήταν εκπληκτικά όμορφη, σκέφτηκε ο Έιμπ.

"Ας παίξουμε σκάκι για λίγο", είπε η Γκρέις προσκαλώντας τον Έιμπ.

Ήταν μια καλή παρτίδα, η οποία διήρκεσε πενήντα πέντε λεπτά. Με μια έξυπνη κίνηση του πιτσιρικά, η Γκρέις έκανε ματ. Ο ίππος και η βασίλισσά της υποστήριξαν το πιόνι της, μια έκπληξη για τον Έιμπ. Εκείνος συνεχάρη την Γκρέις.

Η επόμενη παρτίδα ήταν συναρπαστική. Ο Abe μπόρεσε να κάνει ματ την Grace με το άλογο μέσα σε σαράντα λεπτά.

"Έπαιξες τόσο καλά", εκτιμώντας τον Έιμπ, είπε η Γκρέις.

"Είσαι καλύτερος παίκτης- πρέπει να μάθω πολλές κινήσεις από εσένα. Το σκάκι είναι ένα όμορφο παιχνίδι και με βοηθάει να σκέφτομαι", αντέδρασε ο Έιμπ.

"Το σκάκι είναι ένα ενδιαφέρον παιχνίδι γιατί το ανθρώπινο μυαλό είναι όμορφο. Εμείς το δημιουργήσαμε. Εμείς φτιάξαμε τους περίπλοκους κανόνες του και δώσαμε εκατομμύρια δυνατότητες. Χωρίς νοημοσύνη, το σκάκι δεν μπορεί να υπάρξει", παρατήρησε η Γκρέις.

Ο Έιμπ την κοίταξε έκπληκτος- μίλησε με πραγματική σοφία και γέμισε τα λόγια της με εξυπνάδα.

"Αυτό που εξήγησες είναι τροφή για σκέψη", είπε ο Έιμπ.

"Ναι, τίποτα δεν μπορεί να νικήσει την ανθρώπινη νοημοσύνη. Η νοημοσύνη μας δίνει νόημα στην ύπαρξη. Μόνο μέσα από τη γνώση μπορεί να υπάρξει κάτι. Γι' αυτό το λόγο η γνώση είναι ύπαρξη και η ύπαρξη είναι γνώση. Γι' αυτό η ανθρώπινη νοημοσύνη είναι πολύ ανώτερη από οτιδήποτε παρατηρούμε", σχολίασε η Γκρέις.

Για άλλη μια φορά, ο Έιμπ κοίταξε την Γκρέις. Αυτή ήταν η θεωρία που είχε αναπτύξει στο Πανεπιστήμιο Νανιάνγκ- θυμόταν

"Γκρέις, πώς ανέπτυξες όλη αυτή τη σοφία;"

"Αυτές οι παρατηρήσεις προέρχονται από τη ζωή μου. Καμία πραγματικότητα δεν υπάρχει έξω από τον παρατηρητή, αν δεν υπάρχει παρατήρηση. Αλλά αυτό δεν αρνείται τα αντικείμενα. Γνωρίζουμε μέσω της ανάλυσής μας, και αυτό τους δίνει νόημα. Μπορώ να πω ότι η πραγματικότητα είναι προσωπική, όπως όταν λέω, σ' αγαπώ, η έννοια της αγάπης είναι μια παρατήρηση, η δική μου εμπειρία- κανένας άλλος δεν μπορεί να έχει νόημα σ' αυτήν εκτός από το πρόσωπο που αγαπά. Πέρα από αυτό, όταν αγαπάς κάποιον, αγαπάς τον εαυτό σου". Η Grace ανέλυσε.

"Αυτό που λες είναι κατανοητό και έχει νόημα για μένα, επειδή μοιραζόμαστε έννοιες. Δεν υπάρχει πραγματικότητα αν δεν την παρατηρείς. Είναι σαν τα μαθηματικά, τα οποία δεν υπάρχουν έξω από την ανθρώπινη νοημοσύνη, καθώς δεν έχουν ανεξάρτητη ύπαρξη. Εμείς αναπτύξαμε όλες τις αξίες, τις θεωρίες και τα θεωρήματα του. Όλες οι επιστήμες υπάρχουν μέσα στα όρια που εμείς δημιουργήσαμε. Παρατηρούμε το Σύμπαν κάτω από ορισμένα μοντέλα που αναπτύξαμε εμείς. Αν δεν είχαμε καταφέρει να δημιουργήσουμε παραδείγματα ή αν ήμασταν τεμπέληδες να παρατηρήσουμε, θα ήμασταν ακόμα σε σπηλιές". εξήγησε ο Abe.

Έβλεπε ότι η Γκρέις τον άκουγε με προσοχή και σκεφτόταν βαθιά. Αλλά η Γκρέις μπορούσε να καταλάβει τι έλεγε. Παρατήρησε έναν ιδιαίτερα ανεπτυγμένο εγκέφαλο, καθώς οι αναλύσεις της ήταν πειστικές.

"Έιμπ, μιλάς λογικά και σε θαυμάζω", είπε η Γκρέις.

"Το Σύμπαν μας είναι κατανοητό- οι άνθρωποι μπορούν να το γνωρίσουν. Μόνο όταν γνωρίζουμε το Σύμπαν υπάρχει". είπε ο Έιμπ.

"Το Σύμπαν γνωρίζει τον εαυτό του;" ρώτησε η Γκρέις.

"Μάλλον ναι- διαφορετικά, δεν μπορεί να υπάρχει ως πηγή των πάντων. Το Σύμπαν μπορεί να έχει αυτοσυνείδηση- το γνωρίζουμε και υπάρχει", απάντησε ο Έιμπ.

"Τώρα ας πάμε για ύπνο- είναι ήδη έντεκα, και στον ύπνο μας ας τα σκεφτούμε όλα αυτά", είπε η Γκρέις.

Ο Έιμπ είδε τη Γκρέις να φτιάχνει καφέ στο κρεβάτι όταν σηκώθηκε γύρω στις τέσσερις και μισή.

Καλημέρα, αγαπητή Γκρέις", είπε.

"Καλημέρα, αγαπητέ Έιμπ", ενώ δίνοντας μια κούπα καφέ στο χέρι του, η Γκρέις του ευχήθηκε.

Η Γκρέις κάθισε στην καρέκλα, απέναντι από τον Έιμπ, που καθόταν στο κρεβάτι.

"Κοιμήθηκες καλά", ρώτησε εκείνος.

"Κοιμήθηκα καλά", απάντησε η Γκρέις.

"Είδες καθόλου όνειρα;" ρώτησε.

"Ναι, σε ονειρεύτηκα. Ταξιδεύαμε μαζί, σε μια μακρινή χώρα, πιθανότατα στο Ρατζαστάν", είπε η Γκρέις.

"Οπότε, είδες ένα όνειρο και ονειρεύτηκες ότι είμαστε μαζί. Αυτό είναι φανταστικό", σχολίασε ο Έιμπ.

"Εσύ κι εγώ ήμασταν μαζί. Μου άρεσε να ταξιδεύω μαζί σου και προσευχόμουν το ταξίδι μας να συνεχιστεί για πάντα και να μην τελειώσει ποτέ", εξήγησε η Γκρέις.

Ο Έιμπ την άκουσε, κοιτάζοντας την Γκρέις. Του άρεσε ο τρόπος που κινούνταν τα χείλη της- τα μάγουλά της εμφανίζονταν. Ενώ μιλούσε, τα υπέροχα δόντια της έλαμπαν και τα μάτια της ήταν σαν αστέρια στον νυχτερινό ουρανό πάνω από το φρούριο Αγκουάντα. Ο Έιμπ ήθελε να ταξιδέψει μαζί της αιώνια, και ήξερε ότι ταξίδευε με τη Γκρέις.

"Μου αρέσει να ταξιδεύω μαζί σου για μέρες, μήνες και χρόνια, και η αποστολή μας δεν πρέπει να τελειώσει ποτέ. Η συντροφικότητα είναι το πεμπτουσία του μυστικού της αγάπης", παρατήρησε ο Έιμπ.

"Αυτό είναι υπέροχο. Ας δημιουργήσουμε πραγματικότητες για να βιώσουμε τα ταξίδια μας", είπε η Γκρέις.

"Παρεμπιπτόντως, ήμασταν σε τρένο, πηγαίνοντας από την Τζαϊπούρ στην Ουνταϊπούρ ή από την Τζόντπουρ στην Ατζμέρ;"

"Ήμασταν και οι δύο πάνω σε μια καμήλα, και περπατούσε τόσο μεγαλόπρεπα, με τα κουδούνια της να κρέμονται, και ο χρωματισμός των κουδουνιών ήταν θαυμάσιος. Μου άρεσε πολύ", αφηγήθηκε η Γκρέις.

"Γκρέις, έπρεπε να με ξυπνήσεις για να μπορέσω να δω την καμήλα και τους δυο μας να την καβαλικεύουμε".

"Έιμπ, καθόσουν στην καμήλα μαζί μου. Εγώ καθόμουν μπροστά και εσύ με κρατούσες από πίσω για να μην πέσω ή να μην φύγω και σε αφήσω μόνο σου".

"Αυτό ακούγεται φανταστικό", και λέγοντας ο Έιμπ γέλασε, και ο καφές χύθηκε στο νυχτικό του.

Ξαφνικά, η Γκρέις σηκώθηκε και έφερε ένα κομμάτι ύφασμα. Έσκυψε προς το μέρος του και καθάρισε το νυχτικό, όπου ο καφές έπεσε στο ύφασμα. Το μέτωπό της ήταν κοντά στο στήθος του. Ο Έιμπ αισθάνθηκε την παρηγορητική της παρουσία. Τα μαλλιά της είχαν ένα ιδιαίτερο άρωμα και σκέφτηκε να ακουμπήσει τη μύτη του στα μαλλιά της. Ο Έιμπ ήθελε να μυρίσει το άρωμά της κρατώντας τη μύτη του μέσα στα μαλλιά της. Είχε μια βαθιά επιθυμία να την αγκαλιάσει, να τη νιώσει, να την κρατήσει κοντά στο σώμα του για να βιώσει τους χτύπους της καρδιάς της, να απολαύσει το άρωμα που εξέπεμπε.

"Γκρέις, σ' αγαπώ, να είσαι πάντα μαζί μου", έλεγε ξανά και ξανά στο μυαλό του. Την ήθελε για πάντα μαζί του, καβάλα σ' αυτή την καμήλα, μέσα στο Ρατζαστάν, μέσα στις εκτάσεις όλων των ερήμων.

Τα συναισθήματά του ήταν τόσο έντονα και ηλεκτρισμένα.

"Abe, τώρα είναι εντάξει", είπε και σήκωσε το πρόσωπό της. Και χαμογελούσε, το παρατήρησε.

"Σ' ευχαριστώ, αγαπητή Χάρη", είπε.

"Μου αρέσει που με αποκαλείς, αγαπητή Γκρέις. Έχει μια γοητεία, μια ιδιαίτερη προσκόλληση, ένα ιδιαίτερο νόημα. Αν δεν με αποκαλείς, αγαπητή, δεν είμαι αγαπητή σε κανέναν. Έτσι, η λέξη σου δημιουργεί ένα νέο πρόσωπο μέσα μου, που είναι τόσο αγαπητό σε κάποιον", είπε η Γκρέις.

Ο Έιμπ χαμογέλασε ενώ ρουφούσε τον καφέ του.

Αφού ήπιαν τον καφέ στο κρεβάτι, κάθισαν στο κρεβάτι, ο ένας δίπλα στον άλλο, με την πλάτη τους να στηρίζεται στον τοίχο και τα πόδια τους να εκτείνονται προς την άκρη του κρεβατιού. Ο Έιμπ μπορούσε να δει τα δαχτυλίδια και στα δύο δάχτυλα των δεικτών του ποδιού της. Στη συνέχεια τραγούδησαν μαζί μερικά παλιά τραγούδια από ταινίες των Χίντι. Η Γκρέις εξήγησε το ιστορικό και το όνομα της ταινίας, ποιος έγραψε τους στίχους, έδωσε τη μουσική, το τραγούδησε και το σκηνοθέτησε. Ο Έιμπ θαύμαζε τις γνώσεις της για τις ταινίες Χίντι.

Ο Έιμπ λάτρευε να τραγουδάει με την Γκρέις. Σκεφτόταν να χορεύει με τη Γκρέις σε κήπους, λιβάδια, πλαγιές λόφων, όχθες ποταμών, παραλίες, ακόμα και δρόμους, όπως ο ήρωας με την αγαπημένη του στις ταινίες Χίντι. Θα ήταν η πιο μαγευτική εμπειρία.

"Γκρέις, λατρεύω το τραγούδι σου. Λατρεύω τον τρόπο που κάνεις τα πάντα".

Ακούγοντας τον έπαινο του Έιμπ, η Γκρέις γέλασε, και εκείνος συμμερίστηκε τα γέλια της.

"Λατρεύω να τραγουδάω και να γελάω μαζί σου, να περπατάω και να τρώω μαζί σου, να δουλεύω και να ταξιδεύω μαζί σου. Λατρεύω την καμήλα σου και το να κάθομαι πίσω σου στην καμήλα", πρόσθεσε κοιτάζοντας την Γκρέις.

"Αυτό είναι αμοιβαίο, αγαπητέ Έιμπ", είπε η Γκρέις και χαμογέλασε και ο Έιμπ λάτρεψε το χαμόγελό της.

Ο Έιμπ στεκόταν δίπλα της στο τζάκι, όταν εκείνη έφτιαχνε πρωινό. Του άρεσε ο τρόπος που ετοίμαζε την ομελέτα, μαγείρευε τον χυλό και έφτιαχνε τις κοτολέτες λαχανικών, και η καρδιά του ήταν γεμάτη από ένα μυστηριώδες συναίσθημα.

Ο Έιμπ παρακολουθούσε με περιέργεια και ενδιαφέρον την ταχύτητα με την οποία η Γκρέις κινούσε το χέρι της και ετοίμαζε το σάντουιτς. Στεκόμενοι κοντά στο τραπέζι της κουζίνας, πήραν το φαγητό κατευθείαν από το τηγάνι και άρχισαν να τρώνε. Ένιωσε μια ιδιαίτερη χαρά κάνοντας αυτό και παρακολουθούσε πώς η Γκρέις δάγκωνε το σάντουιτς που ήταν γεμάτο με κοτολέτα λαχανικών και ομελέτα. Του άρεσε ο τρόπος που μασούσε.

"Έιμπ, φάε μια μπουκιά", είπε η Γκρέις, τοποθετώντας ένα μικρό κομμάτι σάντουιτς στο στόμα του με τα δάχτυλά της.

"Το λατρεύω", είπε μετά την πρώτη μπουκιά. Περισσότερο από το σάντουιτς, ο τρόπος που το έβαζε με τα δάχτυλά της στο στόμα του ήταν η εμπειρία που αγαπούσε ο Έιμπ. Και η καρδιά του ξεχείλισε από χαρά.

"Γκρέις, σ' αγαπώ", είπε μέσα του. Ήταν ένας προάγγελος καλών ειδήσεων.

Μετά το πρωινό, καθάρισαν το σπίτι και έπλυναν τα σεντόνια και τα λινά τους. Κινούμενος στο σπίτι και κάνοντας κάθε μικρή δουλειά με τη Γκρέις, ένιωθε ότι η ζωή του με τη Γκρέις ήταν ένα υπέροχο ποίημα γραμμένο από έναν ποιητή μάγο.

Απέναντι από το Mandovi

Ο Abe και η Grace αποφάσισαν να κολυμπήσουν στον ποταμό Mandovi εκείνο το βράδυ και γύρω στις τέσσερις έφτασαν στην όχθη του ποταμού. Υπήρχαν πολλοί τουρίστες και κάποιοι κολυμπούσαν, ψάρευαν και έπαιζαν στην άμμο. Η Grace και ο Abe περπάτησαν προς το ρεύμα μέχρι ένα σημείο όπου βρίσκονταν μόνο λίγοι κολυμβητές. Ο Έιμπ φορούσε σορτσάκι που είχε δανειστεί από την Γκρέις, αλλά του ήταν στενό. Η Γκρέις φορούσε ένα πολύχρωμο σορτσάκι και ένα μαύρο μπλουζάκι.

Το νερό ήταν δροσερό και κολύμπησαν δίπλα-δίπλα μέχρι την απέναντι ακτή. Δεν υπήρχε ισχυρό ρεύμα, καθώς δεν απείχαν πολύ από τις εκβολές του ποταμού, όπου ο Μαντόβι ενώνονταν με την Αραβική Θάλασσα. Η κολύμβηση ήταν κάπως αβίαστη. Η κίνηση της Γκρέις ήταν χαριτωμένη και κομψή, και ο Έιμπ επέπλεε στο πλευρό της- πρόσεχε η Γκρέις ένιωθε άνετα.

Ο Έιμπ είχε μεγάλη εμπειρία στο κολύμπι στο Μπαραπούζα, έναν ποταμό στο προγονικό του χωριό στο Αϊγιανκούνου, στο Μαλαμπάρ. Μπορούσε να δει πολλούς νέους να κολυμπούν λίγο πιο μακριά από αυτούς και να παίζουν νερό-ποδοσφαιράκι στην άλλη πλευρά του ποταμού.

"Abe".

"Ναι, Γκρέις".

"Έμαθα να κολυμπάω σε μια λίμνη. Αλλά αυτή είναι η πρώτη φορά που κολυμπάω σε ποτάμι. Παρ' όλα αυτά, μου φαίνεται ευχάριστο. Το νερό είναι δροσερό αλλά και ζωντανό", είπε η Γκρέις.

"Το κολύμπι σε ένα ποτάμι έχει μια ιδιαίτερη γοητεία- νιώθεις ότι κινείσαι μαζί με το ρεύμα. Δεν έχεις αυτή την αίσθηση σε μια λίμνη", σχολίασε ο Έιμπ.

"Αυτό είναι αλήθεια. Η λίμνη είναι ένα τεχνητό υδάτινο σώμα. Ένα ποτάμι είναι φυσικό και φέρει ζωή μέσα του. Νιώθεις αναζωογονημένος σε ένα ποτάμι, και το ίδιο νιώθω κι εγώ εδώ. Ο ποταμός Mandovi είναι υπέροχος. Έπρεπε να το είχα συνειδητοποιήσει νωρίτερα. Χρειάζεται χρόνος για να καταλάβεις το πραγματικό νόημα πολλών πραγμάτων στη ζωή. Ή, μπορεί να δώσουμε νόημα σε κάτι πολύ αργά. Αυτό απαιτεί εμπειρία", εξήγησε κοιτάζοντας τον Έιμπ.

"Η παρατήρησή σου είναι ακριβής", είπε ο Έιμπ, ενώ έφτανε στην άλλη πλευρά του ποταμού μαζί με τη Γκρέις.

Ξάπλωσαν στην άμμο ύπτια, κοιτάζοντας τον καθαρό ουρανό, τεντώνοντας τα χέρια και τα πόδια τους και ξεκουράστηκαν για λίγη ώρα. Η μοναξιά ήταν εύγλωττη, και η πετρούλα που διείσδυε στην άμμο, αφού την έβρεχε από τα βρεγμένα τους σώματα, ήταν σαγηνευτική.

"Γκρέις, να σε ρωτήσω κάτι;" Της είπε ο Έιμπ.

"Ναι, Έιμπ, είσαι ευπρόσδεκτος".

"Πώς αναπτύσσεις μια σχέση με άλλους ανθρώπους;"

"Μην επενδύεις σε ένα άτομο, εκτός αν πιστεύεις ακράδαντα ότι αυτό το άτομο είναι αχώριστο", σχολίασε η Γκρέις.

"Τότε γιατί επενδύεις τόσο πολύ σε μένα;" Ο Έιμπ ήταν ειλικρινής.

"Αν παρατηρείς ότι επενδύω μόνο σε σένα, το προαίσθημά σου είναι σωστό- δεν χρειάζεται καμία δοκιμή".

Ο Έιμπ έμεινε σιωπηλός για ένα λεπτό. Κοίταξε τη Γκρέις και φαινόταν ότι μετρούσε τις μοναχικές φέτες σύννεφων στον γαλάζιο ουρανό, που ήταν εφήμερες.

"Γκρέις, πώς διατηρείς πάντα την ψυχραιμία σου;"

"Μην αγχώνεσαι για τους εγωιστές ανθρώπους. Δεν τους αξίζει να αποτελούν θέμα στη ζωή σου. Μην τους παρατηρείς, ώστε να μην υπάρχουν για σένα", είπε η Γκρέις.

Ο Έιμπ ήταν και πάλι σιωπηλός.

"Έιμπ, ποιο είναι το καλύτερο μάθημα που έμαθες στη ζωή σου", διερωτήθηκε η Γκρέις.

"Μάθε να ζεις χωρίς ανησυχίες, δημιουργώντας έναν σκοπό στη ζωή και μην περιμένεις τίποτα από τους άλλους. Να στέκεσαι στα δικά σου πόδια".

"Αυτή είναι μια πλούσια ιδέα. Πιστεύω ότι δημιουργούμε νόημα στα πράγματα και στους ανθρώπους όταν στεκόμαστε στα δικά μας πόδια", αντέδρασε η Γκρέις.

"Βρισκόμαστε σε έναν ατελή κόσμο", πρόσθεσε ο Έιμπ.

"Σίγουρα, τίποτα δεν είναι τέλειο, ούτε εσύ ούτε εγώ. Αν είμαι τέλειος, δεν μπορώ να σε αγαπήσω, γιατί δεν σε χρειάζομαι, και η ατέλειά μου είναι ο λόγος που σε ψάχνω, σε ανακαλύπτω και σε τοποθετώ μέσα μου. Αν είσαι τέλειος, δεν χρειάζεσαι αγάπη και, κυρίως, δεν υπάρχεις. Η ατέλειά μας είναι το μυστικό της ύπαρξής μας και της ισχυρής μας σχέσης", είπε η Γκρέις κοιτάζοντας τον Έιμπ.

"Συμφωνώ μαζί σου, Γκρέις".

"Αφήστε με να φέρω μια μπάλα νερού", είπε η Γκρέις ενώ περπατούσε προς ένα περίπτερο, και μέσα σε λίγα λεπτά επέστρεφε με μια λευκή μπάλα σε μέγεθος μπάσκετ. Άρχισαν να πετάνε τη μπάλα ο ένας στον άλλον, ώστε ο άλλος παίκτης να μπορεί να την πιάσει και να την πετάξει πίσω. Ο Έιμπ θαύμασε τον απεριόριστο ενθουσιασμό της Γκρέις. Φώναζε, χειροκροτούσε τα χέρια της σαν παιδί και κολυμπούσε με χαρά προς τη μπάλα. Ήταν μια εμπειρία απόλυτης ευτυχίας να παίζεις με τη Γκρέις. Έπαιζαν μέχρι να βυθιστεί ο ήλιος, εκεί όπου η Αραβική Θάλασσα αγκάλιαζε τον ποταμό Mandovi. Στη συνέχεια, επέστρεψαν με τα πόδια στο σπίτι.

Μετά το δείπνο, η Γκρέις και ο Έιμπ τραγούδησαν μερικά τραγούδια από ταινίες Χίντι.

Την επόμενη εβδομάδα, και οι δύο εργάστηκαν στην αγορά λαχανικών, καθώς υπήρχε αρκετή δουλειά εκεί. Η Γκρέις και ο Έιμπ έβγαζαν κατά μέσο όρο τριακόσιες ρουπίες την ημέρα. Την ημέρα που ο Abe συμπλήρωσε έναν μήνα με την Grace, αποφάσισαν να πάνε διακοπές στο καταφύγιο πουλιών Salim Ali για να γιορτάσουν τη συντροφικότητά τους. Μετά το πρωινό, έβαλαν στο σακίδιο τα μπουκάλια με το πόσιμο νερό και τη σκακιέρα.

Η Grace και ο Abe πήραν λεωφορείο από το φρούριο Aguada για την όμορφη μικρή πόλη Panaji, την πρωτεύουσα της Γκόα. Περιπλανήθηκαν στους λαβύρινθους της και επισκέφτηκαν το μουσείο, τις εκκλησίες, τους ναούς και τις παλιές πορτογαλικές βίλες μέχρι το μεσημέρι. Η Grace εξέφρασε τη χαρά της που περπατούσε με τον Abe και επισκέφθηκε πολλά ελκυστικά μέρη διάσπαρτα στην πόλη, ιδιαίτερα στην όχθη Mandovi. Ο Έιμπ ένιωθε σαν να βίωνε τις πιο ευτυχισμένες στιγμές της ζωής του. Γι' αυτόν, το Πανατζί δεν ήταν τίποτα, αλλά η Γκρέις ήταν τα πάντα.

Έφαγαν το γεύμα τους σε ένα εστιατόριο με θέα το ποτάμι, το οποίο είχε έναν όμορφο κήπο, και παρατήρησε τα τραπέζια που ήταν τοποθετημένα στον κήπο με αισθητική. Οι τουρίστες ήταν εκεί, αλλά η Γκρέις και ο Έιμπ δεν νοιάζονταν για κανέναν άλλον. Παίρνοντας ένα τραπέζι με δύο καθίσματα στη γωνία του εστιατορίου, απόλαυσαν τις γαρίδες, το ψητό κοτόπουλο, το πουλάο και την μπεμπίνκα. Ενώ έτρωγαν, μιλούσαν πολύ και οι δύο απολάμβαναν την εγγύτητα του άλλου και κοιτούσαν ο ένας τα εκφραστικά μάτια του άλλου.

Μετά το μεσημεριανό γεύμα, ταξίδεψαν με το πλοίο για το καταφύγιο πουλιών. Ο ποταμός Mandovi φαινόταν θαυμάσιος και το μικρό πλοίο κινούνταν αργά. Η Γκρέις και ο Έιμπ στέκονταν κρατώντας την κουπαστή και παρατηρούσαν τα μαγκρόβια και στις δύο πλευρές του ποταμού. Η Γκρέις στεκόταν τόσο κοντά στον Έιμπ, που μπορούσε να νιώσει την αναπνοή της. Ο Έιμπ σκέφτηκε ότι η μύτη της θα άγγιζε τα μάγουλά του όταν το πλοίο γαργαλούσε πού και πού πάνω από τα ρεύματα. Είχε λεπτά, μακριά, στενά φρύδια, σκούρα μάτια, μάγουλα κατακόκκινα και χείλη καλοσχηματισμένα και υπέροχα. Ήθελε να την αγκαλιάσει και να την κρατήσει στο στήθος του για να νιώσει τους χτύπους της καρδιάς της. Αντιστάθηκε στην επιθυμία του, καθώς της είχε υποσχεθεί ότι δεν θα την άγγιζε χωρίς τη συγκατάθεσή της.

"Γκρέις", φώναξε ξαφνικά.

"Ναι, Έιμπ".

"Τι σκέφτεσαι", ρώτησε.

"Εσένα σκέφτομαι", είπε εκείνη χαμογελώντας του.

Ο Έιμπ γέλασε.

"Σήμερα, συμπλήρωσα έναν μήνα μαζί σου. Μέσα σε αυτόν τον μήνα, άλλαξες όλη την αντίληψη της ζωής μου. Θα μπορούσα να ξαναγράψω πολλά σχέδια, τα οποία σχεδίαζα σχολαστικά. Έχετε φέρει πολλή ευτυχία, ένα αίσθημα ενότητας και συντροφικότητας", εξήγησε.

"Αλήθεια;" Είπε, και ο Έιμπ ενθουσιάστηκε όταν άκουσε την απάντησή της, σαν ερώτηση.

"Σίγουρα, είσαι ένας τόσο γνήσιος άνθρωπος, με τον οποίο αγαπώ να επενδύω", είπε κοιτάζοντάς τον.

"Να επενδύσω, τι;" ρώτησε εκείνος.

"Περίμενε και θα δεις", απάντησε εκείνη.

Ο Έιμπ απολάμβανε να στέκεται κοντά στην Γκρέις. Ήταν, στην πραγματικότητα, το ίδιο ψηλή με εκείνον, ίσως και λίγο πιο κοντή. Είχε λαμπερά μάτια, ένα υγιές σώμα, ένα υγιές μυαλό και μια κοφτερή διάνοια. Η Γκρέις ήταν πάντα όμορφη και γοητευτική με το τζιν της, το μπλουζάκι της και το καφέ καπέλο της. Αλλά χωρίς το καπέλο, έδειχνε εξαιρετικά γοητευτική και αναβράζουσα. Ενώ στεκόταν, το μάγουλό της έτριβε τα σαγόνια του εν αγνοία του, φανταζόταν. Γκρέις, σ' αγαπώ, είπε ξαφνικά ο Έιμπ στο μυαλό του.

Το ταξίδι με το πλοίο δεν έπρεπε να έχει τελειώσει- πρέπει να συνεχιστεί για πάντα. Εύχεται να περνούσε σε όλο τον κόσμο μέσα από ποτάμια, λίμνες και θάλασσες. Θα ήταν η καλύτερη εμπειρία, το πιο πληθωρικό, συναρπαστικό, εξωτικό και εμπλουτιστικό συναίσθημα που θα μπορούσε ποτέ να έχει.

"Έιμπ, κοίτα, φτάσαμε στο Καταφύγιο Πουλιών", είπε η Γκρέις με ήπια φωνή, πολύ κοντά στο αυτί του, σαν να επρόκειτο να του δαγκώσει τον λοβό του αυτιού με αγάπη.

Ξαφνικά θλίψη επισκίασε τον Έιμπ, σαν να επρόκειτο να αποχωριστεί τη Γκρέις. Δεν θα την άφηνε ποτέ- ο Έιμπ πήρε μια απόφαση. Ο δεσμός του μαζί της ήταν έντονος, αδιαχώριστος, αδιάψευστος και άρρηκτος. Ακόμα και για ένα δευτερόλεπτο χωρίς τη Γκρέις, ο Έιμπ δεν μπορούσε καν να φανταστεί, καθώς είχε γίνει ζωτικό κομμάτι της ζωής του. Ένιωθε ότι ήταν η ζωογόνος δύναμή της- χωρίς αυτήν, δεν θα ζούσε μια ζωή με σκοπό.

"Έιμπ, ας κατέβουμε από το πλοίο- είμαστε στην αποβάθρα", είπε η Γκρέις.

Υπήρχε ένα εκτεταμένο μαγκρόβιο στη χερσόνησο που προεξείχε προς τον ποταμό Μαντόβι. Δεν ήθελαν να βρεθούν με άλλους τουρίστες, γι' αυτό πήραν ένα στενό μονοπάτι που οδηγούσε στο εσωτερικό του δάσους, το οποίο έμοιαζε εξαιρετικά ειδυλλιακό. Ο Έιμπ βρήκε δύσκολο να περπατήσει στο πλευρό της Γκρέις, οπότε της ζήτησε να περπατήσει μπροστά του. Ολόκληρο το δάσος αντηχούσε από το κελάηδισμα των γρύλων, το στριγκλιάρισμα των σκίουρων, το φλυαρητό των πιθήκων και το κελάηδισμα διαφόρων πουλιών.

"Είναι ωραίο να βρίσκεσαι σε αυτό το τροπικό δάσος", είπε η Γκρέις, αφού περπάτησε για περίπου μισή ώρα.

"Μου αρέσει το πράσινο. Είναι μαγευτικό", απάντησε ο Έιμπ.

Μπορούσαν να εντοπίσουν εξωτικά πουλιά με μακριές ουρές, λαμπερά φτερά, εκπληκτικά ράμφη και κόκκινες, καφέ ή σκούρες χτένες. Σε μια κοντινή λίμνη, εκατοντάδες υδρόβια πουλιά και η Γκρέις και ο Έιμπ πέρασαν πολύ χρόνο παρατηρώντας το καθένα από αυτά και μπόρεσαν να εντοπίσουν ένα ζευγάρι παγώνια στη σκιά ενός δέντρου.

Στη συνέχεια κάθισαν σε έναν επίπεδο βράχο κοντά στη λίμνη.

"Ο Έιμπ μας άφησε να παίξουμε μια παρτίδα σκάκι ανάμεσα σε αυτά τα υπέροχα πουλιά", είπε η Γκρέις.

Ο Έιμπ έπαιξε με τα λευκά. Ήταν μια συναρπαστική παρτίδα, η οποία κράτησε περισσότερο από μία ώρα. Δεν μιλούσαν και συγκεντρώνονταν εξ ολοκλήρου στη σκακιέρα. Στο τέλος, ο Έιμπ έκανε ματ στη Γκρέις με τον πύργο του, υποστηριζόμενος από τη βασίλισσά του. Ήταν μια τρομερή επίθεση και η Γκρέις εξεπλάγη από την τελευταία κίνηση του Έιμπ.

"Συγχαρητήρια, αγαπητέ Έιμπ. Ήταν μια σπουδαία παρτίδα. Το απόλαυσα απόλυτα", είπε.

"Σ' ευχαριστώ, αγαπητή Γκρέις. Είσαι έξυπνη και οξυδερκής".

"Έιμπ, είναι η μέρα σου. Επιτρέψτε μου να τραγουδήσω ένα τραγούδι από ταινία Χίντι προς τιμήν σας", είπε η Γκρέις.

"Ναι, παρακαλώ, αγαπητή Γκρέις".

Η Γκρέις τραγούδησε ένα τραγούδι από την ταινία "Ο οδηγός". Ο Έιμπ κοίταξε τη Γκρέις να τραγουδάει και ένιωσε τα συναισθήματα, τα λόγια, τους στίχους και τη μουσική της Γκρέις να μπαίνουν στην καρδιά του.

"Γκρέις, το τραγούδησες τόσο καλά", συνεχάρη ο Έιμπ την Γκρέις.

"Ήταν για σένα, αγαπητέ Έιμπ. Είναι ένα από τα πιο αγαπημένα μου τραγούδια. Το τραγουδούσα πάντα παντού πριν έρθεις στο σπίτι μας. Τώρα, δεν είναι ανάγκη να το τραγουδήσω επειδή είσαι εδώ".

Ακούγοντάς το, ο Έιμπ γέλασε δυνατά. Αλλά η καρδιά του χτυπούσε δυνατά. Ένιωσε ενθουσιασμένος όταν άκουσε ότι η Γκρέις το τραγουδούσε για πολύ καιρό αναζητώντας τον άγνωστο αγαπημένο της και τώρα σταμάτησε να το τραγουδάει επειδή τον είχε βρει.

"Παρεμπιπτόντως, ο Dev Anand και η Waheeda Rahman πρωταγωνιστούσαν στον Οδηγό. Τη σκηνοθεσία είχε αναλάβει ο Vijay Anand και βασίστηκε στο μυθιστόρημα του R.K. Narayan The Guide. Ο Shailendra Singh έγραψε τους στίχους του Gata Rahe Mera Man, η μουσική ήταν του S.D. Burman και τραγουδούσαν η Lata Mangeshkar και ο Kishore Kumar", έδωσε η Grace το ιστορικό του τραγουδιού.

"Όταν σε γνώρισα, εσύ υπάρχεις για μένα, κι εγώ υπάρχω για Εκείνοι πάλι έπλευσαν με το πλοίο στο φρούριο Αγκουάντα για το ταξίδι της επιστροφής. Ο Έιμπ παρακολουθούσε με δέος τον τιμονιέρη να κατευθύνει το πλοίο μέσα από το Μαντόβι προς τον ήλιο που έδυε, σαν να προσπαθούσε να μαδήσει ένα κόκκινο κεράσι από τον ορίζοντα.

"Ο ήλιος, ο ουρανός, ο ποταμός Μαντόβι, ακόμα και το πλοίο, το καθένα από αυτά, έχει τη δική του ύπαρξη και νόημα όταν τα παρατηρείς, όταν τα γνωρίζεις", σχολίασε κοιτάζοντας τον Έιμπ, η Γκρέις.

Εσύ", είπε ο Έιμπ.

"Αλήθεια. Εγώ υπάρχω για σένα μόνο όταν με γνωρίζεις. Αυτό είναι το μεγαλύτερο μυστικό της ζωής μας, και πρέπει να υπάρχει ένα πρόσωπο, για να με γνωρίζει και να με γνωρίζει", πρόσθεσε η Γκρέις.

"Όταν γνωρίζεις κάποιον, τότε αυτός ο κάποιος γίνεται εσύ", είπε ο Έιμπ.

"Έχεις δίκιο. Η γνώση είναι πάντα ένα γίγνεσθαι. Και όταν γίνεσαι κάτι, δεν θέλεις να αποχωριστείς. Δεν μπορείς να διαχωρίσεις τον εαυτό σου από αυτό το άτομο που σε γνωρίζει", είπε η Γκρέις.

"Δηλαδή, λες ότι υπάρχει διαφορά μεταξύ της παρατήρησης και του γίγνεσθαι, καθώς το γίγνεσθαι είναι βαθύτερο, ανώτερο και αδιαχώριστο;" πρότεινε ο Έιμπ.

"Ναι, υπάρχει μια προσκόλληση, μια συναισθηματική συντροφικότητα, ένας δεσμός στο γίγνεσθαι, που λείπει από την παρατήρηση", είπε η Γκρέις.

"Ήθελες να πεις ότι και οι δυο μας γινόμαστε;" ρώτησε ο Έιμπ.

"Βεβαίως. Για τον καθένα από εμάς". Η Γκρέις απάντησε χαμογελώντας.

Ο Έιμπ μπορούσε να δει την αντανάκλαση του ήλιου που έδυε στα μάγουλά της και το χαμόγελό της ήταν τόσο λαμπερό όσο και ο ήλιος.

Ήταν μια αποκάλυψη για τον Έιμπ- η Γκρέις συνέδεε πάντα τους συμπαντικούς κανόνες με τις ανθρώπινες σχέσεις. Εκτιμούσε τους προσωπικούς δεσμούς, οι οποίοι της παρείχαν διαρκή ευτυχία και ικανοποίηση. Για τον Έιμπ, η Γκρέις ήταν μοναδική.

Στο δρόμο για το σπίτι, ο Έιμπ αγόρασε μισή ντουζίνα χαρτιά χειροτεχνίας μεγάλου μεγέθους σε διάφορες αποχρώσεις, σωληνάρια ακουαρέλας, χρωματιστά μολύβια και πινέλα.

"Ζωγραφίζεις, Έιμπ;" ρώτησε η Γκρέις.

"Λατρεύω τη ζωγραφική, ειδικά τα πορτρέτα", απάντησε εκείνος.

"Μου αρέσει να σε βλέπω να ζωγραφίζεις", είπε η Γκρέις.

Επιστρέφοντας από τη δουλειά, ο Έιμπ δούλευε πάνω σε ένα πορτρέτο της Γκρέις για έξι εβδομάδες. Μετά το δείπνο, άπλωνε ένα φύλλο χαρτί χειροτεχνίας στο κρεβάτι τις βραδινές ώρες και ζωγράφιζε, τουλάχιστον για μία ώρα κάθε μέρα. Η Γκρέις καθόταν κοντά του με το ελληνικό καπέλο του ψαρά με γείσο ως θέμα της εικόνας του. Η τέχνη ήταν σε ιμπρεσιονιστικό στυλ. Στο πορτρέτο, το πρόσωπο της Γκρέις απέπνεε αυτοπεποίθηση και ελπίδα και εξέπεμπε αιθέρια συναισθήματα. Όταν ο πίνακας ολοκληρώθηκε, ο Abe τον ονόμασε Κορίτσι με καφέ καπέλο και κάτω από τον τίτλο έγραψε με μικρά γράμματα: Στην αγαπητή Γκρέις με αγάπη και υπέγραψε Abe.

Όταν ο πίνακας ολοκληρώθηκε, ο Έιμπ παρουσίασε το πορτρέτο στην Γκρέις την ίδια μέρα. Εκείνη κοίταξε τον καμβά για πολλή ώρα και φίλησε την υπογραφή του Έιμπ.

"Έιμπ, έχεις κάνει έναν συναρπαστικό πίνακα. Είναι τόσο πολύτιμος- θα τον κρατήσω μαζί μου για πάντα. Τον λατρεύω", είπε η Γκρέις.

"Χαίρομαι που σου άρεσε", σχολίασε ο Έιμπ.

Για τις επόμενες δεκαπέντε ημέρες, ο Abe και η Grace εργάστηκαν στην ψυκτική αποθήκη του D' Souza και, στη συνέχεια, για ένα μήνα σε ένα εστιατόριο, πλένοντας μαχαιροπήρουνα και πιάτα. Πάντα ταξίδευαν και δούλευαν μαζί, σαν να ήταν αχώριστοι φίλοι, και συζητούσαν τα πάντα κάτω από τον ήλιο. Οι μέρες και οι νύχτες τους τους έκλειναν και ανυπομονούσαν να μοιραστούν κι άλλο. Γνώριζαν ο ένας τον άλλον όλο και περισσότερο, ωστόσο παρέμενε ένα μυστήριο για κάποιες πτυχές της ύπαρξής τους. Δεν μοιράζονταν το παρελθόν τους και τα σχέδια για το μέλλον τους. Και οι δύο τους δεν σκέφτηκαν ποτέ ότι αυτό ήταν ένα θέμα προς συζήτηση. Η ιστορία και το μέλλον δεν υπήρχαν ποτέ, σαν να είχαν μόνο το παρόν τους. Ήταν μια ζωή χωρίς ανησυχίες, άγχη και όνειρα.

Ο Έιμπ συνέχισε να ζωγραφίζει πορτρέτα και η Γκρέις ήταν το θέμα του. Τον επόμενο πίνακα, τον ονόμασε Οι σκακιστές της Αγκουάντα. Ήταν σουρεαλιστική τέχνη με ακρίβεια- ένα μεγάλο πιόνι έτρωγε τη βασίλισσα. Παρόλο που ο πίνακας φαινόταν παράλογος, δημιουργούσε ένα εκνευριστικό, ξαφνικό και σημειακό συναίσθημα. Δύο ανθρώπινες φιγούρες με μεγάλα κεφάλια, προεξέχοντα μάτια και μικροσκοπικούς κορμούς εμφανίστηκαν στη γωνία του καμβά. Έμοιαζε σαν να δημιούργησαν ασυνείδητα την πραγματικότητα της σκακιστικής παρτίδας, αλλά δεν είχαν κανέναν έλεγχο πάνω της και δεν μπορούσαν να κατευθύνουν τα γεγονότα. Το πανίσχυρο πιόνι ήταν παντοδύναμο και η βασίλισσα προϊόν τύχης. Ο πίνακας απεικόνιζε έτσι μια τρομακτική υπερπραγματικότητα του κόσμου στον οποίο ζούσαν οι άνθρωποι.

Υπέγραψε την εικόνα ως Abe, και κάτω από την υπογραφή με μικρό γραφικό χαρακτήρα, ο Abe έγραψε: Γκρέις με αγάπη. Ο Έιμπ το χάρισε στη Γκρέις αμέσως μόλις ολοκλήρωσε το έργο. Η Γκρέις χάρηκε πολύ που πήρε την εικόνα.

"Έιμπ, είναι ένας υπέροχος πίνακας. Θα γίνεις διάσημος, ένα διεθνές είδωλο", προέβλεψε η Γκρέις.

Ακούγοντας την πρόβλεψη της Γκρέις, ο Έιμπ γέλασε.

"Σ' ευχαριστώ, Έιμπ- θα τον κρατήσω για πάντα μαζί μου", πρόσθεσε.

"Ένας πίνακας δημιουργεί ένα περιβάλλον έκπληξης σχετικά με τους ανθρώπους και τις δημιουργίες τους. Το σκάκι είναι επίσης ένα ανθρώπινο δημιούργημα, και τα ματ εκφράζουν την έκπληξη. Εδώ το σκάκι είναι μια συμβολική αναπαράσταση της ανθρώπινης κατάστασης, όπου οι άνθρωποι γίνονται πιόνια της δημιουργίας τους", ανέλυσε ο Abe.

Ο Abe και η Grace συμμετείχαν τακτικά στην κοινοτική οργάνωση, καθαρίζοντας τις παραγκουπόλεις μαζί με τους γείτονές τους. Οι κάτοικοι λάτρευαν την παρέα τους στη δουλειά και στις γιορτές τους. Ο Abe και η Grace συμμετείχαν σε γάμους, τελετές ονοματοδοσίας νεογέννητων και άλλες οικογενειακές και κοινοτικές γιορτές. Η παρουσία τους αποτελούσε τιμή για όλους, ειδικά στο Deepawali και στο Ραμαζάνι, καθώς τα πάρτι ήταν απαραίτητο κομμάτι των ανθρώπων. Παιδιά και νέοι τους προσκαλούσαν να παίξουν κρίκετ και ποδόσφαιρο στον υπαίθριο χώρο δίπλα στο φρούριο Aguada, απέναντι από τη φτωχογειτονιά τους. Η Γκρέις και ο Έιμπ ήταν πάντα εκεί αν οι εκδηλώσεις διοργανώνονταν σε αργία ή σε μη εργάσιμη ημέρα.

Ήταν πάντα μαζί και μιλούσαν ασταμάτητα. Αλλά η Grace και ο Abe δεν συζητούσαν ποτέ θέματα που αφορούσαν το σεξ, σαν να μην ήταν μέρος της ζωής τους. Το σεξ ήταν ξένο γι' αυτούς. Ο Έιμπ όμως συχνά αναρωτιόταν γιατί δεν μιλούσε για το σεξ και τη σημασία του στην καθημερινή ζωή. Ήθελε πολλές φορές να πει στη Γκρέις ότι την αγαπούσε βαθιά, απολάμβανε την παρέα της, σεβόταν την ελευθερία της, εκτιμούσε την ισότητά της και τιμούσε την αξιοπρέπειά της ως γυναίκα. Αλλά φοβόταν να της πει ότι την αγαπούσε και ότι του άρεσε να είναι μαζί της. Του άρεσε να την αγκαλιάζει, να τη φιλάει και να κάνει σεξ μαζί της. Ο Έιμπ συχνά ένιωθε ότι η συμπεριφορά της Γκρέις είχε ένα λεπτό νόημα, τα λόγια της ήταν γεμάτα σύμβολα, αλλά δεν κατάφερνε να αποκρυπτογραφήσει τον πραγματικό ορισμό.

Ο Έιμπ ήξερε ότι η Γκρέις ήταν ένα συμπονετικό άτομο. Ταυτόχρονα, αγαπούσε την ελευθερία, την ισότητα και την αξιοπρέπειά της. Η Γκρέις νοιαζόταν για τον Έιμπ, ο οποίος ήταν το επίκεντρο των καθημερινών της δραστηριοτήτων.

Έπαιζαν σκάκι και απολάμβαναν να υπερασπίζονται τους βασιλιάδες τους και να επιτίθενται στα πιόνια, τους ιππότες, τους αξιωματικούς, τους πύργους και τις βασίλισσες. Η χαρά μιας παρτίδας σκάκι προσέφερε τεράστια συγκίνηση και την μοιράζονταν. Ο Έιμπ έμαθε πολλές κινήσεις και στυλ από την Γκρέις, καθώς εκείνη ήταν καλύτερη παίκτρια. Παρ' όλα αυτά, η Γκρέις αρνήθηκε να δεχτεί την υπόθεση του Έιμπ ότι έχασε συνειδητά πολλές παρτίδες στα αρχικά στάδια για να του δώσει θετικά χτυπήματα.

Η Γκρέις λάτρευε να τραγουδάει τραγούδια από ταινίες Χίντι προς τιμήν του Έιμπ και προτιμούσε να κάθεται στο κρεβάτι, στηρίζοντας την πλάτη της στον τοίχο και τεντώνοντας τα πόδια της στην άκρη του κρεβατιού. Ο Έιμπ καθόταν μπροστά της, κοιτάζοντάς την. Μπορούσε πάντα να βλέπει τα πόδια της και τα δάχτυλα του δείκτη με τα δαχτυλίδια, τα οποία η Γκρέις θα αφαιρούσε όταν παντρευόταν τον αγαπημένο της. Η Γκρέις γνώριζε εκατοντάδες τραγούδια και το σχετικό υπόβαθρο των τραγουδιών που τραγουδούσε. Ο Έιμπ την άκουγε με δέος και θαυμασμό, με αγάπη και θαυμασμό.

Την ημέρα που ο Abe συμπλήρωσε έξι μήνες με την Grace, τον πήγε στην ταινία Kuch Kuch Hota Hai, με πρωταγωνιστές τον Shahrukh Khan και την Kajol.

"Είναι η δεύτερη φορά που βλέπω αυτή την ταινία. Μου αρέσει πολύ, γι' αυτό σκέφτηκα να σε προσκαλέσω να τη δεις. Μας αρέσει να δίνουμε τα καλύτερα πράγματα στη ζωή μας στο πρόσωπο που αγαπάμε περισσότερο. Γι' αυτό μου έδωσες τους πίνακές σου, οι οποίοι είναι τόσο πολύτιμοι, τόσο μοναδικοί", είπε η Grace όταν βρίσκονταν στην αίθουσα. Κάθονταν στις διπλανές θέσεις και ο Έιμπ λάτρευε την παρέα της. Ήθελε να κρατήσει το χέρι της, να χαϊδέψει τα δάχτυλά της και να φιλήσει την παλάμη της. Συχνά προσπαθούσε να την αγγίξει απαλά και να πει στη Γκρέις ότι ήταν η πρωταγωνίστρια των ταινιών Χίντι, το θέμα της ζωγραφικής του, η βασίλισσα της παρτίδας σκακιού του, η σύντροφος στις βόλτες του με τις καμήλες και η σύντροφος στις αποστολές του. Ήθελε να κολυμπήσει μαζί της στον ποταμό Mandovi και να ταξιδέψει στις ερήμους και τα δάση.

Όταν ξεκίνησε η ταινία, η Γκρέις κοίταξε τον Έιμπ για να διαπιστώσει αν του άρεσε κάθε σκηνή, αν ένιωθε ένα με τους χαρακτήρες και αν απολάμβανε την ιστορία.

Μετά την ταινία, περπάτησαν προς ένα παραλιακό εστιατόριο. Ο Έιμπ κοίταξε την Γκρέις και εκείνη χαμογελούσε.

"Έιμπ, ελπίζω να σου άρεσε πολύ η ταινία", ρώτησε η Γκρέις.

"Μου άρεσε πολύ η ταινία, καθώς ο σκηνοθέτης έκανε εξαιρετική δουλειά, η φωτογραφία ήταν εξαιρετική, η ιστορία σαγηνευτική, οι ηθοποιοί συναρπαστικοί. Όλες οι πτυχές της ταινίας είναι αξιοσημείωτες και πάνω απ' όλα δίνει ελπίδα", απάντησε ο Έιμπ.

"Χαίρομαι που σου άρεσε", σχολίασε η Γκρέις.

"Σίγουρα", είπε εκείνος.

"Μου αρέσει γιατί αντιπροσωπεύει τη βαθιά ευαισθησία των γυναικείων χαρακτήρων της. Χρειάζεται έκτη αίσθηση για να καταλάβει κανείς μια γυναίκα και να εκτιμήσει την αγάπη της", αξιολόγησε η Γκρέις την ταινία.

"Αγγίζετε τον πυρήνα της ταινίας", εξέφρασε τη γνώμη του ο Abe.

"Η ιστορία συνδέεται στενά με την κατανόηση των γυναικών για τους ανθρώπους γύρω τους, την κοσμοθεωρία τους, τα θέματα, τις επιθυμίες, τις αξίες και τα κομβικά σημεία της ζωής τους", δήλωσε η Grace μπαίνοντας σε ένα εστιατόριο.

"Το διαισθάνομαι", είπε ο Abe.

"Πριν πεθάνει, μια στοργική σύζυγος έγραφε γράμματα στην κόρη της, ζητώντας της να παίξει το ρόλο του προξενητή για τον πατέρα της και τη φίλη του από το κολέγιο. Αυτή η γυναίκα καταλάβαινε τα συναισθήματα και τις ψυχολογικές ανάγκες του συζύγου της. Μετά το θάνατό της, γνώριζε ότι ο σύζυγός της δεν έπρεπε να ζήσει τη ζωή ενός χήρου, αλλά να την απολαύσει στο έπακρο, βιώνοντας τα απαλά αγγίγματα μιας γυναίκας. Συνειδητοποίησε επίσης ότι ο σύζυγός της θα έπρεπε να παντρευτεί μετά το θάνατό της και πρότεινε στην κόρη της ότι η παλιά φίλη του πατέρα της από το κολέγιο θα ήταν η καλύτερη σύντροφος της ζωής του", αφηγήθηκε η Grace και ανέλυσε την ιστορία.

"Ήταν ένα καλό θέμα, κάτι καινούργιο, κάτι δυναμικό. Πολύ κοντά στην ψυχολογία των γυναικών", απάντησε ο Έιμπ.

"Πέρα από αυτό, η ταινία ήταν γεμάτη σύμβολα και σημάδια. Χρειάζεται μια επιπλέον αίσθηση για να καταλάβει και να βιώσει κανείς την αξία τους", εξήγησε η Γκρέις ενώ έτρωγε το φαγητό.

"Παρέχει την ευκαιρία στο κοινό να σκεφτεί και να προβληματιστεί", είπε ο Abe.

"Είναι όπως στην πραγματική ζωή. Πρέπει να καταλάβετε το νόημα πίσω από τις λέξεις και την πρόθεση μιας ερωτευμένης γυναίκας", πρότεινε η Γκρέις κοιτάζοντας τον Έιμπ.

Ο Έιμπ κοίταξε τη Γκρέις, βλέποντας ένα χαμόγελο στη γωνία των χειλιών της.

Ενώ περπατούσαν προς την καλύβα τους, η Γκρέις σιγοτραγουδούσε μια μελωδία από την ταινία. Η καρδιά της ήταν γεμάτη χαρά, σαν να αγαπούσε την ύπαρξή της και την παρουσία του Έιμπ. Ήταν κοντά του, πολύ κοντά.

Η Γκρέις και ο Έιμπ δούλευαν με έναν εργολάβο που ασχολείτο με την κατασκευή δρόμων την επόμενη εβδομάδα. Ο μισθός τους είχε καθοριστεί σε σαράντα ρουπίες την ώρα και έπρεπε να δουλεύουν από τις οκτώ το πρωί μέχρι τις πέντε το απόγευμα, με διάλειμμα μιας ώρας το απόγευμα. Η εργασία τους ήταν υποχρεωτική τουλάχιστον οκτώ ώρες. Περίπου εκατό εργάτες εργάζονταν με τον εργολάβο εκεί. Το βράδυ, όταν τελείωσαν οι εργασίες, ο εργολάβος ενημέρωσε την Grace και τον Abe ότι θα πλήρωνε μόνο στο τέλος της εβδομάδας μετά από πέντε ημέρες εργασίας. Η Γκρέις του είπε ότι δεν είχε αποκαλύψει πριν από την πρόσληψή τους ότι θα πλήρωνε μόνο μετά από πέντε ημέρες. Αλλά μετά από μια παύση, είπε ότι ήταν έτοιμοι να εργαστούν για όλη την εβδομάδα. Και δούλεψαν μαζί του για τέσσερις ακόμη ημέρες. Ο εργολάβος τους πλήρωσε μόνο χίλιες πεντακόσιες ρουπίες στο τέλος της εβδομάδας. Η Γκρέις και ο Άμπε είπαν στον εργολάβο ότι, σύμφωνα με τη συμφωνία, θα έπρεπε να τους πληρώνει τριακόσιες είκοσι ρουπίες την ημέρα για οκτώ ώρες- επομένως, για πέντε ημέρες, έπρεπε να πάρουν συνολικά χίλιες εξακόσιες ρουπίες ο καθένας. Όμως ο εργολάβος αρνήθηκε να καταβάλει την πληρωμή, λέγοντάς τους ότι ένα ποσό είκοσι ρουπίες την ημέρα ήταν η προμήθειά του για την παροχή εργασίας. Η Γκρέις και ο Έιμπ διαμαρτυρήθηκαν και αρνήθηκαν να υπογράψουν το μητρώο, που έδειχνε ότι ο εργολάβος πλήρωνε τριακόσιες είκοσι ρουπίες ημερησίως. Του είπαν ότι θα το είχαν σκεφτεί αν τους είχε ενημερώσει για την προμήθεια πριν τους προσλάβει για εργασία.

Ο εργολάβος απάντησε ότι ήταν περιττό να τα πει όλα αρχικά. Ακούγοντας το σκεπτικό του εργολάβου, η Grace και ο Abe πήγαν στο κοντινό αστυνομικό τμήμα και διηγήθηκαν την ιστορία στον αστυνομικό επιθεωρητή, ο οποίος πήγε να δει τον εργολάβο. Βλέποντας τον επιθεωρητή να πηγαίνει προς το μέρος του, ο εργολάβος έφυγε από το γραφείο του, αφήνοντας στο τραπέζι του χίλιες εξακόσιες ρουπίες ο καθένας. Ενώ εισέπρατταν το ποσό, ο Abe και η Grace ευχαρίστησαν τον επιθεωρητή. Ο αστυνομικός είπε στον Έιμπ και τη Γκρέις ότι υπήρχαν παντού σκοτεινοί χαρακτήρες και ότι έπρεπε να πολεμήσει κανείς αυτούς τους ανθρώπους. Απαντώντας, η Grace είπε ότι υπήρχαν και έντιμοι αστυνομικοί επιθεωρητές στην κοινωνία.

Όλο τον επόμενο μήνα, ο Abe και η Grace εργάζονταν στο Panaji, την πρωτεύουσα της Γκόα, σκουπίζοντας και καθαρίζοντας τους δρόμους, καθώς στην πόλη γινόταν η ετήσια γενική συνέλευση του κυβερνώντος κόμματος. Εκατοντάδες εργαζόμενοι του κόμματος από διάφορα μέρη της χώρας συγκεντρώθηκαν για διάφορες δραστηριότητες, όπως αξιολογήσεις των πολιτικών και των επιδόσεων του κόμματός τους, σεμινάρια και συναντήσεις για περισσότερο από ένα δεκαπενθήμερο. Οι δρόμοι, τα εστιατόρια, τα μπαρ, οι δημόσιοι χώροι, οι ναοί και οι οίκοι ανοχής ξεχείλιζαν από τους εργαζόμενους του κόμματος τις βραδινές ώρες.

Μετά τη δουλειά, γύρω στις πέντε και μισή, όταν η Γκρέις και ο Έιμπ ήταν στη στάση του λεωφορείου, περιμένοντας το λεωφορείο, τους πλησίασαν δύο ογκώδεις άνδρες, πολιτικοί. Στάθηκαν κοντά στην Grace και έκαναν προσβλητικά σχόλια για το τζιν της, το μπλουζάκι και το καπέλο της. Η Grace και ο Abe απομακρύνθηκαν από αυτούς και στάθηκαν στη γωνία της στάσης λεωφορείων. Οι υπόλοιποι στο υπόστεγο αναμονής τους παρακολουθούσαν και τους πολιτικούς.

"Μην ανησυχείτε- θα τους διαχειριστώ αν έρθουν και με παρενοχλήσουν για άλλη μια φορά. Εσείς δεν κάνετε τίποτα, μείνετε ακίνητοι". είπε η Γκρέις και καθησύχασε τον Έιμπ.

Μετά από λίγο, οι δύο άντρες πήγαν στην Γκρέις και στάθηκαν στα πλάγια της, προσπαθώντας να την σπρώξουν με τους ώμους τους.

"Γεια σου, Τσόκκαρι", είπε ο ένας από αυτούς προσπαθώντας να βγάλει το καπέλο της Γκρέις. Το άλλο του χέρι κινήθηκε πάνω στο στήθος της. Ο Έιμπ παρακολουθούσε τις χειρονομίες του άντρα με αηδία.

Μόλις το χέρι του κινήθηκε πάνω από το στήθος της, η Γκρέις κλώτσησε με το αριστερό της πόδι ανάμεσα στα πόδια του πολιτικού. Μέσα σε μια στιγμή, τον τράβηξε με το δεξί της χέρι, με αποτέλεσμα εκείνος να πέσει στο έδαφος, χτυπώντας το πρόσωπό του στο πάτωμα με έναν δυνατό θόρυβο. Όλα συνέβησαν μέσα σε κλάσματα του δευτερολέπτου.

"Σκύλα", φώναξε το άλλο κεφάλι με την μπαντάνα, προσπάθησε να χαστουκίσει την Γκρέις, και μέσα σε κλάσματα δευτερολέπτου, έπεσε κι αυτός στο έδαφος με βαρύ θόρυβο, χτυπώντας το πρόσωπό του στο πάτωμα.

Όσοι στέκονταν εκεί παρακολουθούσαν την όλη σκηνή με απόλυτη δυσπιστία. Ξαφνικά ένα λεωφορείο βρέθηκε εκεί, και η Γκρέις και ο Έιμπ εξαφανίστηκαν μέσα σε αυτό.

"Αυτοί οι πολιτικοί χρειάζονταν μαθήματα για το πώς να συμπεριφέρονται με τις γυναίκες", είπε η Γκρέις στον Έιμπ με χαμόγελο.

Ο Έιμπ την κοίταξε με δέος και θαυμασμό.

"Πώς τα κατάφερες", ρώτησε ο Έιμπ.

"Είναι απλό. Να διατηρείς την ψυχραιμία σου σε τέτοιες καταστάσεις. Παρατηρήστε λεπτό προς λεπτό εκείνες που συμπεριφέρονται άσχημα μαζί σας. Στη συνέχεια, νιώστε δυνατοί και σκεφτείτε ότι μπορείτε να διαχειριστείτε την κατάσταση. Όταν κάποιος σας επιτεθεί, χρησιμοποιήστε τα πόδια και τα χέρια σας στο μέγιστο με αστραπιαία ταχύτητα και αγριότητα για να αμυνθείτε. Είχα κάποια εκπαίδευση αυτοάμυνας από μια γυναίκα. Τη χρησιμοποιώ πολύ σπάνια, μόνο όταν κάποιος απειλεί την αξιοπρέπειά μου". Χαμογελώντας, η Γκρέις είπε.

Μετά το δείπνο, τραγούδησαν πολλά τραγούδια από ταινίες Χίντι πριν κοιμηθούν.

Αλλά ο Έιμπ δεν μπορούσε να κοιμηθεί. Γύρω στις έντεκα, τηλεφώνησε στην Γκρέις και παρατήρησε ότι και εκείνη δεν κοιμόταν.

"Ας τραγουδήσουμε μερικά ακόμα τραγούδια", πρότεινε ο Έιμπ.

"Βεβαίως", είπε εκείνη.

Στη συνέχεια, ξαπλωμένοι στο κρεβάτι, ακουμπώντας τα κεφάλια τους στο μαξιλάρι και κοιτάζοντας ο ένας τον άλλον, τραγούδησαν μαζί, και ο Έιμπ έπεσε σε βαθύ ύπνο μετά από μερικά τραγούδια.

Την επόμενη μέρα ο Έιμπ έφτιαξε καφέ στο κρεβάτι. Μετά η Γκρέις και ο Έιμπ κάθισαν δίπλα-δίπλα και απόλαυσαν τον καφέ.

"Έιμπ, σκεφτόμουν να περιοδεύσουμε τουλάχιστον σε κάποια μέρη της Γκόα- θα είναι ενδιαφέρον", πρότεινε η Γκρέις.

"Αυτή είναι μια σπουδαία ιδέα. Μου αρέσει πολύ να ταξιδεύω μαζί σου", απάντησε ο Έιμπ.

"Ας πάμε λοιπόν αυτό το Σάββατο. Υπάρχουν τουριστικά λεωφορεία. Μπορούμε να κλείσουμε δύο εισιτήρια", είπε η Γκρέις.

"Βεβαίως", αντέδρασε ο Έιμπ προς επιβεβαίωση.

"Αλλά εσύ θα είσαι ο επίτιμος καλεσμένος μου", είπε η Γκρέις.

"Τι θα κάνω με τα χρήματα που βγάζω καθημερινά;" διερωτήθηκε ο Έιμπ.

"Κρατήστε τα μαζί σας. Τα χρειάζεσαι σύντομα", είπε η Γκρέις.

"Γιατί; Γιατί είπες τη λέξη σύντομα;" ρώτησε ο Έιμπ.

"Οι άνθρωποι παίρνουν αποφάσεις για τη ζωή και τις δραστηριότητές τους ανάλογα με τις καταστάσεις στις οποίες βρίσκονται", είπε η Γκρέις χαμογελώντας.

"Η απάντηση της Γκρέις ανησύχησε τον Έιμπ. Αλλά μέσα σε μια μέρα το ξέχασε. Η Γκρέις έκλεισε δύο εισιτήρια σε ένα τουριστικό λεωφορείο για το Σάββατο.

Το Σάββατο, μετά το πρωινό, ήταν έτοιμοι. Το λεωφορείο ξεκίνησε από το φρούριο Αγκουάντα και η Γκρέις και ο Έιμπ πήραν διπλανές θέσεις με θέα τον ποταμό Μαντόβι. Ο Έιμπ μπορούσε να δει το πρόσωπο της Γκρέις μέσα στα γαλάζια νερά του ποταμού.

"Έιμπ, σκεφτόμουν αυτή την εκδρομή εδώ και πολύ καιρό, καθώς το να ταξιδεύεις μαζί σου είναι πάντα μια χαρά", είπε η Γκρέις.

"Κι εγώ απολαμβάνω να ταξιδεύω μαζί σου, Γκρέις".

Ο Έιμπ μπορούσε να νιώσει την απαλή αναπνοή της και μια αυθόρμητη ζωντάνια στα μάτια της. Ήταν ερωτευμένη. Ένας ερωτευμένος ξεπερνούσε όλα τα εμπόδια και αναζητούσε την εκπλήρωση στη συντροφικότητα. Ήταν υπέροχο για τον Έιμπ να κοιτάζει το γοητευτικό πρόσωπο της Γκρέις. Ταυτόχρονα, όμως, ένιωθε τη μοναξιά, μια ανεξήγητη θλίψη στο βλέμμα της. Και ο Έιμπ αναρωτήθηκε γιατί η Γκρέις ένιωθε θλίψη.

"Έιμπ, είμαι τόσο ευτυχισμένη μαζί σου", είπε ξαφνικά η Γκρέις.

"Ξέρω ότι είσαι ευτυχισμένη μαζί μου, Γκρέις".

"Η ευτυχία μου είναι επειδή ταξιδεύω μαζί σου και θέλω αυτό το ταξίδι να είναι ατελείωτο", είπε κοιτάζοντας τον Έιμπ.

Ο Έιμπ σύντομα συνειδητοποίησε ότι το ταξίδι τους δεν ήταν για να δουν μέρη και μνημεία, αλλά μια ευκαιρία να περιηγηθούν ο ένας στις καρδιές του άλλου, να βιώσουν ο ένας την παρουσία του άλλου και να μείνουν μαζί μέχρι την αιωνιότητα.

Ήθελε να πιάσει το χέρι της Γκρέις και να της πει: Γκρέις, κι εγώ σ' αγαπώ, σε νοιάζομαι, θέλω να είμαι μαζί σου για πάντα, αλλά δεν είχε το θάρρος να της ανοίξει την καρδιά του. Καθώς ο Έιμπ φοβόταν ότι η Γκρέις θα τον θεωρούσε αναίσθητο άτομο που δεν σέβεται την αξιοπρέπειά της- έτσι, κράτησε τις επιθυμίες του μέσα του. Θα μπορούσε ακόμη και να απορρίψει τα λόγια αγάπης του, σκέφτηκε. Ο φόβος του τον τραβούσε πάντα πίσω και τον ανάγκαζε να καταπιέζει τη ζωντανή έκφραση της αγάπης του προς εκείνη, και είχε επίγνωση της κατάστασης στην οποία δεν τον συνέφερε να την πει. Είχε συνεχείς συγκρούσεις και η καρδιά και το κεφάλι του ταξίδευαν προς αντίθετες κατευθύνσεις. Η αναρρίχηση πάνω από τις αμφιβολίες και την ανασφάλεια για να τις νικήσει ήταν απαραίτητη, αλλά καταλάβαινε ότι ήταν δύσκολο να εκφράσει τα πραγματικά του συναισθήματα προς εκείνη.

Τραγούδια του διαχωρισμού

Υπήρχε κάποια σιωπή ανάμεσά τους. Η αγάπη της Γκρέις ήταν η φαντασία του, σκέφτηκε ο Έιμπ. Η Γκρέις ήταν ένα άτομο με μεγάλη ωριμότητα- αν και ευαίσθητη, ήταν αντικειμενική και μπορούσε να αναλύσει τη θεμελιώδη φύση των καταστάσεων και των γεγονότων. Ο Έιμπ αποφάσισε ότι το να της αποδίδει τις φαντασιώσεις και τις επιθυμίες του ήταν ανάρμοστο και αδικαιολόγητο. Ένιωθε άβολα σκεπτόμενος τα ενδεχόμενα της σχέσης τους και σκέφτηκε να φύγει μακριά της. Η τυχαία συνάντηση μαζί της στο σταθμό λεωφορείων του Calangute άλλαξε τη ζωή του για πάντα. Αλλά, ένα συννεφιασμένο πρωινό, πρέπει να εξαφανιστεί χωρίς καν να της το πει σε κάποια μακρινά μέρη, πιθανώς στα Ιμαλάια, για να γίνει μοναχός. Σηκωνόταν για να ετοιμάσει τον καφέ του κρεβατιού και τον έβρισκε να λείπει- τον καλούσε επανειλημμένα. Τον έψαχνε κάτω από το κρεβατάκι, στο μπάνιο, έξω από το σπίτι, στην κοινότητα και στο φρούριο Aguada. Νιώθοντας άγχος, τον έψαχνε στην παραλία Singuerim και πάνω από τα κύματα της Αραβικής Θάλασσας με πολύ πόνο και θλίψη. Φτωχή Grace. Όχι, δεν θα την έβαζε σε βαθιά αγωνία. Δεν θα την εγκατέλειπε. Θα την ενημέρωνε ακόμη και αν την άφηνε, λέγοντας ότι θα έφευγε σε άγνωστες χώρες επειδή δεν τον αγαπούσε.

Όχι, δεν θα της έλεγε ότι δεν τον αγαπούσε. Θα μπορούσε να πληγώσει τα αισθήματά της και θα έφερνε πόνο στην όμορφη καρδιά της. Έτσι, θα έλεγε ότι θα έφευγε και ότι δεν ήθελε να μείνει μαζί της. Όχι, δεν θα της έλεγε ποτέ ότι δεν ήθελε να μείνει μαζί της γιατί θα έκλαιγε ακούγοντάς τον να λέει κάτι τόσο οδυνηρό. Έτσι, της είπε ότι θα έφευγε στα Ιμαλάια, όπου θα απαρνιόταν τον κόσμο και θα διαλογιζόταν για χρόνια σε μια σπηλιά. Οι θάμνοι και τα φυτά θα μεγαλώνουν γύρω του, τα πουλιά θα φωλιάζουν στα κλαδιά του και τα ζώα θα έρχονται και θα μένουν μαζί του μέχρι την αιωνιότητα. Και θα γινόταν Βούδας.

Αλλά δεν πρέπει να προκαλέσει πόνο στην καρδιά της. Η Γκρέις θα έκλαιγε για πάντα και θα περιπλανιόταν εδώ κι εκεί αν την άφηνε. Δεν θα είχε κανέναν να παίξει σκάκι μαζί της και για κάποιον να τραγουδάει παλιά τραγούδια Χίντι. Ο Έιμπ ένιωθε απαίσια που δεν θα υπήρχε κάποιος με τον οποίο θα μπορούσε να μοιραστεί τον καφέ στο κρεβάτι της.

Ο Έιμπ έκανε άγριες και οδυνηρές σκέψεις καθώς κοίταζε τη Γκρέις, αλλά έκπληκτος είδε τα μάτια της να λάμπουν. Τότε ξαφνικά, κοιτάζοντας τον Έιμπ, χαμογέλασε, το όμορφο χαμόγελό της.

"Έιμπ, σου αρέσει η εκδρομή;" ρώτησε.

"Βέβαια, είναι μια μαγευτική εκδρομή. Και εσύ είσαι μαζί μου που με εμπνέει".

Ο Έιμπ έβλεπε τα φέρι να κινούνται στον ποταμό Μαντόβι, γεμάτα από ναυτικούς.

"Βλέπεις, όλοι ταξιδεύουν. Ο καθένας έχει έναν προορισμό. Οι άνθρωποι έχουν μαζί τους ή τους περιμένουν κάποιον πολύ αγαπητό τους άνθρωπο. Οι άνθρωποι αγαπούν πάντα να ταξιδεύουν με τα αγαπημένα τους πρόσωπα που αγαπούν και αγαπούν τη ζωή", είπε η Γκρέις κοιτάζοντας τον Έιμπ.

"Πάντα μιλάτε για στενές σχέσεις στη ζωή. Είναι ωραίο να σε ακούω, αγαπητή Γκρέις".

"Η ζωή έχει να κάνει με τις σχέσεις- έχει να κάνει με την εγγύτητα με κάποιον με τον οποίο θέλεις να μοιραστείς τη ζωή. Η ζωή έχει να κάνει με τη βαθιά προσκόλληση και τη συμβίωση", η Γκρέις έδωσε έμφαση στη λέξη "μαζί".

"Δεν μπορείς να είσαι ερημίτης. Δεν μπορείτε να ζήσετε μια μοναχική ζωή. Αν δεν θέλεις να μοιραστείς τη ζωή σου, δεν υπήρχε νόημα στη ζωή".

"Συμφωνώ μαζί σου, Έιμπ. Είσαι ένας άνθρωπος με πλούσιες ιδέες και ζωντανές αντιλήψεις. Σκέφτεσαι ειλικρινά και λες τη γνώμη σου, παρόλο που είσαι ελαφρώς εσωστρεφής", είπε η Γκρέις κοιτάζοντας τον Έιμπ και μετά χαμογέλασε.

"Είσαι ειλικρινής, αγαπητή Γκρέις. Ξέρω ότι δεν είμαι εξωστρεφής. Ξέρω ότι, κατά καιρούς, δεν είμαι ανοιχτός. Αλλά ξέρω ότι μπορώ να ερωτευτώ μια γυναίκα που θαυμάζω και λατρεύω, κάποια σαν εσένα. Ξέρω ότι μπορώ να ζήσω μια αξιοπρεπή ζωή μαζί της, σεβόμενος την ελευθερία και την ισότητά της". Ο Άμπε ήταν κατηγορηματικός.

Η Γκρέις τον κοίταξε έκπληκτη. Για πρώτη φορά, ο Έιμπ μίλησε για τα συναισθήματά του, τις αξίες της καρδιάς του και το πρόσωπο που θα γίνει η σύντροφος της ζωής του. Τα λόγια του ήταν ακριβή και γεμάτα νόημα.

Ξαφνικά έφτασαν στη Βασιλική του Bom Jesus. Ήταν ένα επιβλητικό οικοδόμημα και εκατοντάδες τουρίστες παρατηρούσαν λεπτό προς λεπτό τις περίπλοκες εργασίες του κτιρίου. Ο Έιμπ και η Γκρέις περπάτησαν αργά μέσα. Στην αριστερή πλευρά του βωμού, μπορούσαν να δουν τα λείψανα του Αγίου Φραγκίσκου Ξαβιέ.

"Ο Ξαβιέ είχε μεγάλη δέσμευση για τη διάδοση του χριστιανισμού στην Ινδία και την Κίνα", δήλωσε ο Γκρέις.

"Εμπνευσμένος από το μήνυμα του Χριστού, πήγαινε και κήρυξε, ο Ξαβιέ ξεκίνησε το μακρύ ταξίδι του", πρόσθεσε ο Έιμπ.

"Μια δέσμευση αλλάζει τα πάντα- δίνει νόημα και σκοπό στη ζωή. Χωρίς αυτήν, κάποιος θα περιπλανιέται απλώς σε όλο τον κόσμο ψάχνοντας για το τίποτα", σχολίασε ο Γκρέις.

Ο Έιμπ κοίταξε την Γκρέις. Εκείνη κοιτούσε το φέρετρο στο οποίο φυλασσόταν η σορός του Φραγκίσκου Ξαβιέ.

"Αυτά είναι ιστορικά γεγονότα. Αλλά αν ο Ξαβιέ ζούσε στην εποχή μας, το κήρυγμά του θα ήταν μάταιο- οι άνθρωποι θα τον θεωρούσαν φανατικό. Στις μέρες μας, οι άνθρωποι δεν έχουν χρόνο να ακούσουν τέτοια κηρύγματα. Εξάλλου, η θρησκεία έχει χάσει το νόημά της. Οι περισσότερες θρησκείες αγωνίζονται να επιβιώσουν, ειδικά ο χριστιανισμός", δήλωσε ο Abe.

"Όχι μόνο ο χριστιανισμός, αλλά όλες οι θρησκείες που βασίζονται στην πίστη στον Θεό έχουν γίνει άσκοπες προσπάθειες. Όλοι οι έξυπνοι άνθρωποι έχουν διαπιστώσει ότι ο Θεός δεν είναι επιτακτική ανάγκη για μια ευτυχισμένη και ικανοποιημένη ζωή. Χωρίς θρησκεία και Θεό, η ζωή γίνεται πιο ουσιαστική και ειρηνική", σχολίασε ο Γκρέις.

"Πώς ξεχωρίζετε τους ανθρώπους από τον Θεό", ρώτησε ο Έιμπ.

"Οι άνθρωποι είναι πραγματικοί σε σύγκριση με τον Θεό", απάντησε η Γκρέις.

"Συμφωνώ μαζί σου, Γκρέις. Οι άνθρωποι μπορούν να δημιουργήσουν έναν σκοπό στη ζωή, αλλά ο Θεός δεν έχει. Μια φορά κι έναν καιρό, η λατρεία του Θεού ήταν ο κύριος σκοπός της ζωής. Τώρα έχει γίνει φανερό ότι η λατρεία είναι μια άρνηση της ζωής και μια απόδραση. Έτσι, έχουμε πετάξει τον Θεό στα σκουπίδια της ιστορίας". ανέλυσε ο Abe.

"Η υψηλότερη αξία είναι η εμπιστοσύνη, σε συνδυασμό με την αγάπη. Αναπτύσσεις εμπιστοσύνη σε ένα άτομο. Υπάρχει μια εγγενής αξιοπρέπεια στην αγάπη και την εμπιστοσύνη. Εμπιστεύεσαι έναν άνθρωπο για τον οποίο νοιάζεσαι, τον σέβεσαι, τον αγαπάς. Αυτό σου δίνει τεράστια αυτοπεποίθηση", εξήγησε η Γκρέις.

"Με εμπιστεύεσαι;" Κοιτάζοντας ξαφνικά στα μάτια της, ο Έιμπ τη ρώτησε.

"Βεβαίως, σε κάλεσα στο σπίτι μου, να κοιμηθείς στο κρεβάτι μου μαζί μου. Κανείς σ' αυτόν τον κόσμο δεν θα έκανε μια τέτοια πράξη. Αυτό που σου είχα κάνει ήταν το υπέρτατο παράδειγμα εμπιστοσύνης. Δεν ήμουν αθώα και δεν υπήρχε καμία πρόθεση να σας εξαπατήσω", είπε η Γκρέις.

"Γκρέις, αγαπητή Γκρέις", φώναξε ο Έιμπ.

"Θα μπορούσες να με θεωρήσεις αφελή", είπε η Γκρέις κοιτάζοντας τα μάτια του Έιμπ.

"Ποτέ, μα ποτέ".

"Ούτε εγώ σκέφτηκα ποτέ να σε εξαπατήσω", είπε η Γκρέις.

"Το ήξερα, και δεν μπορείς ποτέ να το κάνεις αυτό".

"Μια απαράδεκτη συμπεριφορά δεν έχει νόημα, θεωρώ. Η πονηριά, το τέχνασμα, η εξαπάτηση και η δόλια συμπεριφορά είναι τόσο συνηθισμένες. Ωστόσο, όλα αυτά δημιουργούν ανεπιθύμητες λύπες και δυστυχία", είπε η Γκρέις κοιτάζοντας τον Έιμπ.

Δεν υπήρχε καμία κοινοτοπία και κοινοτοπία στα λόγια της, και ο Έιμπ το ήξερε.

"Η πίστη μου σε σένα είναι απόλυτη, αγαπητή Γκρέις".

"Δηλαδή, μου λες ότι με εμπιστεύεσαι, Έιμπ", έκανε μια δήλωση η Γκρέις.

"Σε λατρεύω", ήταν η ξαφνική του αντίδραση και τα λόγια του έσκασαν με σπάνια αυτοπεποίθηση.

Η Γκρέις τον κοίταξε για ένα λεπτό και του είπε στο αυτί χωρίς να τον αγγίξει: "Κι εγώ το ίδιο".

"Είναι μουσική στα αυτιά μου", απάντησε ο Έιμπ.

"Έλα, ας πάμε στο επόμενο μνημείο", περπατώντας προς τα εμπρός, είπε η Γκρέις.

Επισκέφθηκαν το Se Catedral de Santa Catarina. Ήταν ένα μεγαλοπρεπές κτίριο.

'Δείτε, πόσοι άνθρωποι μπορεί να κοπίασαν για την κατασκευή αυτού του κτιρίου', είπε ο Άμπε.

"Αλλά όλοι τους θα μπορούσαν να έχουν λάβει ένα μισθό που να τους εξασφαλίζει τα προς το ζην. Η δημιουργία εργασίας είναι σημάδι ανάπτυξης και βοηθά χιλιάδες οικογένειες να ξεφύγουν από την πείνα και τη φτώχεια, τον αναλφαβητισμό και την κακή υγεία", είπε ο Γκρέις.

"Αλλά δεν πρέπει να υπάρχει εκμετάλλευση", είπε ο Έιμπ κοιτάζοντας την Γκρέις.

"Οι μισθοί πρέπει να ανταποκρίνονται στο κόστος των καθημερινών αναγκών, όπως οι πρωτογενείς και δευτερογενείς ανάγκες, και στο στάδιο του βιοτικού επιπέδου των ανθρώπων", ήταν αναλυτική η Γκρέις.

"Αυτές οι δομές ήταν απαραίτητες εκείνες τις ημέρες, καθώς μπορούσαν να παρέχουν εργασία στους ανθρώπους", σχολίασε ο Abe.

"Έχεις δίκιο. Αλλά στις μέρες μας, δεν χρειαζόμαστε εκκλησία, τζαμί ή ναό. Χρειαζόμαστε σχολεία, κολέγια, πανεπιστήμια, νοσοκομεία, κέντρα πρωτοβάθμιας φροντίδας υγείας, τράπεζες, κέντρα υπολογιστών, εργαστήρια και βιομηχανίες. Πρέπει να αλλάξουμε ανάλογα με την εποχή", διευκρίνισε η Γκρέις.

"Πώς πήρατε τέτοιες διαφωτιστικές ιδέες", ρώτησε ο Άμπε την Γκρέις.

"Συνήθιζα να σκέφτομαι, να αναλύω τα πάντα γύρω μου. Κάθε μέρα μου προσφέρει μια νέα ευκαιρία μάθησης. Και μαθαίνω μέσα από την παρατήρηση και την πράξη", έκανε μια δήλωση η Γκρέις.

Βρίσκονταν ήδη στο προαύλιο της εκκλησίας του Αγίου Φραγκίσκου της Ασίζης.

"Θαυμάζω πολύ τον Φραγκίσκο της Ασίζης. Ήταν μεγάλος περιβαλλοντολόγος", σημείωσε η Γκρέις.

"Ήταν φιλικός με τα πουλιά και τα ζώα, τα φυτά και τα δέντρα", έκανε μια δήλωση ο Έιμπ.

"Ο Φραγκίσκος ήταν ένας άνθρωπος με πολλή ενσυναίσθηση. Χρειαζόμαστε ανθρώπους που συμπεριφέρονται στους άλλους με τον ίδιο τρόπο που συμπεριφέρονται στον εαυτό τους. Οι άνθρωποι θέλουν πρωτογενείς και δευτερογενείς ανάγκες, αγάπη και φροντίδα, προστασία και αξιοπρεπή μεταχείριση. Τα ζώα, τα πουλιά, τα φυτά, τα δέντρα, τα ποτάμια, τα βουνά, τα δάση, οι κοιλάδες και οι σαβάνες αποτελούν αναπόσπαστο μέρος της ανθρώπινης ζωής", ανέλυσε ο Γκρέις.

"Εσείς σκέφτεστε διαφορετικά. Έχετε ένα εσωτερικό όραμα", είπε ο Έιμπ.

"Δεν ζείτε μόνο με το ψωμί. Πιστεύω σε αυτή την αρχή", είπε ο Γκρέις.

Η Γκρέις και ο Έιμπ κάθισαν στον κήπο- μέλισσες, σπουργίτια, μύνες και σκίουροι ήταν εκεί. Η Γκρέις τραγούδησε ένα τραγούδι από ταινία Χίντι για τα ζώα και τα πουλιά, τα αναρριχώμενα φυτά και τα δέντρα, τα ποτάμια και τα βουνά και τη θέση του ανθρώπου στη φύση.

"Πώς έμαθες τόσο μεγάλο αριθμό τραγουδιών ταινιών ινδικών ταινιών", έκανε μια απορία ο Έιμπ.

"Από την παιδική μου ηλικία, ήμουν τόσο γοητευμένη από τα ινδικά τραγούδια. Μπορούσα να μάθω απ' έξω ένα τραγούδι μέσα σε πέντε λεπτά. Ήταν ένα φυσικό χάρισμα και το ανέπτυξα", είπε η Γκρέις.

"Πόσα τραγούδια μπορεί να ξέρεις", ρώτησε ο Έιμπ.

"Μπορεί να είναι εκατό. Κάθε τραγούδι δίνει μια διαφορετική εμπειρία. Τα περισσότερα από αυτά είναι καθαρός ρομαντισμός και χωρισμός. Αλλά σε ανεβάζουν σε έναν διαφορετικό κόσμο αγάπης, νοσταλγίας, ήπιας θλίψης, χαράς και πληθωρικότητας. Πιστεύω ότι καμία άλλη γλώσσα δεν έχει τέτοια ποικιλία τραγουδιών, που μπορούν να σου κλέψουν την καρδιά", απάντησε η Γκρέις.

Πριν πάρουν το λεωφορείο για να επισκεφθούν μια φάρμα μπαχαρικών στην κεντρική Γκόα, η Γκρέις και ο Έιμπ επισκέφθηκαν την εκκλησία της Παναγίας του Όρους και την Capela de Santa Caterina. Το λεωφορείο πέρασε μέσα από βουκολικό περιβάλλον, πυκνή βλάστηση και μικρά αγροκτήματα μέσα από κυματιστούς λόφους. Το τοπίο ήταν εντυπωσιακό.

"Οι άνθρωποι πρέπει να προστατεύουν το περιβάλλον", είπε η Γκρέις κοιτάζοντας τους λόφους.

"Η πανοραμική θέα των αγροκτημάτων και των δασών από το λεωφορείο είναι εντυπωσιακή", σχολίασε ο Abe.

"Αλλά υπάρχουν κάποια λατομεία και ορυχεία στη Γκόα, τα οποία μπορεί σταδιακά να καταστρέφουν την ισορροπία του περιβάλλοντος", είπε η Γκρέις.

Ο Έιμπ κοίταξε την Γκρέις έκπληκτος. Σκέφτηκε ότι η αντίληψη της Γκρέις για κάθε ζήτημα που σχετίζεται με την ανθρώπινη κοινωνία, το περιβάλλον και την ύπαρξη είναι πολύ διαφορετική από τους άλλους.

"Μιλάς μια διαφορετική γλώσσα, Γκρέις", της είπε ο Έιμπ.

"Έχω διαφορετικό τρόπο σκέψης", απάντησε εκείνη.

"Γιατί;" Ο Έιμπ ήταν περίεργος να μάθει.

"Είμαι διαφορετική σε πολλά πράγματα. Έχω ένα διαφορετικό μέτρο: να εμπιστεύομαι τους ανθρώπους, να συνεργάζομαι με τους ανθρώπους, να εκφράζω την αγάπη μου, ακόμα και να αξιολογώ τους ανθρώπους". Τα λόγια της ήταν γεμάτα αντικειμενικότητα και αυτοπεποίθηση.

"Είσαι διαφορετική, Γκρέις, αυτή είναι η παρατήρησή μου", αντέδρασε ο Έιμπ.

"Αυτό συμβαίνει επειδή με ξέρεις και γι' αυτό σε εμπιστεύομαι, δουλεύω μαζί σου, ταξιδεύω μαζί σου και ζω μαζί σου", είπε η Γκρέις.

"Σου αρέσει να συνεχίσεις αυτή τη σχέση", διερωτήθηκε ο Έιμπ.

"Γιατί όχι; Τη βρίσκω καλή και μου δίνει ευτυχία- νομίζω ότι και εσύ θα τη βρεις άξια συνέχισης", σχολίασε η Γκρέις.

Το αγρόκτημα Spice Farm εκτεινόταν σε μια έκταση διακοσίων στρεμμάτων γης. Υπήρχαν διάφορα μπαχαρικά και οπωροφόρα δέντρα, όπως καρύδα, jackfruit, μάνγκο, καρύδι areca και μπανάνα. Μικροσκοπικά ρυάκια που ελίσσονταν γύρω από λόφους μπορούσαν να ξεδιψάσουν την αιώνια δίψα κάθε μορφής ζωής μέσα στο αγρόκτημα, δημιουργώντας εκπληκτικό πράσινο και ζωντάνια. Οι μικρές καλύβες και τα κιόσκια στις όχθες τους, κατασκευασμένα με μπαμπού και σχοινιά από κοκοφοίνικα και σκεπασμένα με άχυρο ή αποξηραμένα φύλλα καρύδας, έμοιαζαν αρχαϊκά αλλά ελκυστικά. Το αγρόκτημα διέθετε πολυάριθμα εσωτερικά μονοπάτια- οι τουρίστες μπορούσαν να περπατήσουν και να απολαύσουν τη φυσική ομορφιά. Ήταν πράγματι ένα υπέροχο θέαμα για έναν επισκέπτη. Ένας οδηγός τους ξεναγούσε και υπήρχαν μικρές τοξωτές γέφυρες πάνω από τα πολλά ρέματα μέσα στο αγρόκτημα. Η Γκρέις και ο Έιμπ χρειάστηκαν περίπου τρεις ώρες για να ολοκληρώσουν το ζιγκ-ζαγκ και το απόλαυσαν. Τους περίμενε ένα πλούσιο γεύμα με διάφορα πιάτα που είχαν παρασκευαστεί από προϊόντα της φάρμας.

Το τελευταίο μέρος που επισκέφθηκαν ήταν ο μεγαλοπρεπής ναός Mangeshi μέσα στους λόφους. Στο συγκρότημα του ναού υπήρχαν προσκυνήματα του Γκανές και της Παρβάτι και εκατοντάδες πιστοί ασχολούνταν με τη λατρεία μέσα στους ναούς και τα προσκυνήματα.

Το ταξίδι της επιστροφής ήταν ευχάριστο. Η Γκρέις τραγούδησε πολλά τραγούδια από ταινίες Χίντι για τον Έιμπ και ο Έιμπ συμμετείχε στο τραγούδι της Γκρέις. Τα τραγούδια αφορούσαν κυρίως τον αποχωρισμό μετά την εμπειρία του έρωτα, και ο Έιμπ αναρωτήθηκε γιατί η Γκρέις τραγουδούσε τραγούδια για τον αποχωρισμό.

"Γιατί προτιμάς περισσότερα τραγούδια με θέμα την αποχώρηση αυτές τις μέρες;" Τη ρώτησε ο Έιμπ.

"Στην πραγματικότητα, μετά τον έρωτα, υπάρχει πάντα ο χωρισμός. Η χαρά του έρωτα πραγματώνεται μόνο μέσα από την αποχώρηση. Χρειάζεται όμως υπομονή για να υποστείς τον αποχαιρετισμό. Δεν πρέπει να ενοχλείσαι ή να πανικοβάλλεσαι και πρέπει να περιμένεις τη γλυκιά ένωση ξανά", είπε η Γκρέις, κοιτάζοντας τον Έιμπ.

"Αλλά αυτό δημιουργεί θλίψη, έναν ανεξήγητο πόνο", είπε ο Έιμπ.

"Ο χωρισμός είναι αναπόσπαστο μέρος της αγάπης. Η αγάπη δεν μπορεί να υπάρξει χωρίς χωρισμό- πρέπει να υπάρχει", εξήγησε η Γκρέις.

"Δεν δημιουργεί οδύνη στην καρδιά σου;" ρώτησε ο Έιμπ.

"Σίγουρα, η καρδιά μου ματώνει όταν σκέφτομαι τον αποχαιρετισμό. Μακάρι να μην υπήρχε", είπε η Γκρέις.

Ο Έιμπ κοίταξε την Γκρέις και ρώτησε: "Σε πονάει ακόμα;"

"Σίγουρα, δημιουργεί συντριπτική αγωνία. Αλλά ας την υποστώ, ας τη γευτώ με θάρρος και τόλμη", είπε η Γκρέις.

Αλλά ο Έιμπ δεν μπορούσε να καταλάβει το πραγματικό νόημα όσων διηγήθηκε η Γκρέις. Σκέφτηκε ότι μπορεί να είχε κρυμμένους συνειρμούς από τα τραγούδια που τραγουδούσε, και η Γκρέις δεν ήθελε να του πει τι ήταν αυτό. Συνειδητοποίησε επίσης ότι η Γκρέις ήταν σιωπηλή για αρκετή ώρα και ανησυχούσε σιωπηλά, και ο Έιμπ ένιωσε θλίψη για τη δυσφορία και τη σιωπή της Γκρέις. Του ήταν πολύ δύσκολο να δεχτεί ότι η καρδιά της Γκρέις πονούσε για άγνωστους λόγους. Μπορεί να ήταν μια έννοια, ένα συναίσθημα, μια σκέψη, ένας φόβος ή ένα γεγονός- μπορεί να εξαφανιζόταν σύντομα- ο Έιμπ προσπάθησε να παρηγορήσει τον εαυτό του.

Ήταν ο ένατος μήνας για τον Έιμπ με την Γκρέις. Και για δύο εβδομάδες, άρχισαν να εργάζονται σε ένα εργοτάξιο. Η δουλειά ήταν μάλλον βαριά και κουραστική, αλλά ο μισθός ήταν εξαιρετικός, καθώς ο εργολάβος πλήρωνε καθημερινά τριακόσιες είκοσι πέντε ρουπίες. Ενώ επέστρεφαν, αγόραζαν φρέσκα ψάρια και λαχανικά από την αγορά για πολλές μέρες. Και για άλλη μια φορά, ο Έιμπ είχε χαρούμενη διάθεση, καθώς παρατηρούσε ότι η Γκρέις δεν ήταν πιο θλιμμένη ούτε σιωπηλή. Ο Έιμπ είχε ιδιαίτερη χαρά να κάνει όλες τις δουλειές στο σπίτι, να μαγειρεύει, να πλένει και να καθαρίζει το σπίτι. Τα προγράμματα της κοινοτικής οργάνωσης που διεξάγονταν κάθε μήνα ήταν ένα μεγάλο γεγονός και διασκέδαση. Η Grace και ο Abe συμμετείχαν στις εργασίες καθαρισμού της φτωχογειτονιάς και στις συγκεντρώσεις και τα πολιτιστικά προγράμματα. Ο χορός, το τραγούδι και τα πάρτι τσαγιού συνεχίστηκαν και αποτέλεσαν μέρος της ζωής τους.

Πολλές παρτίδες σκάκι παίζονται καθημερινά. Το τραγούδι τραγουδιών από ταινίες Χίντι ήταν μια τακτική εκδήλωση μετά το δείπνο, και ο Έιμπ λάτρευε να τραγουδάει μαζί με την Γκρέις όλα τα τραγούδια που τραγουδούσε και όλα έγιναν τα αγαπημένα του τραγούδια. Αλλά ένιωθε δυστυχισμένος- δεν μπορούσε να βάλει τα χέρια του στον ώμο της Γκρέις όταν τραγουδούσαν μαζί και δεν μπορούσε να την αγκαλιάσει όταν σηκωνόταν το πρωί. Ο Έιμπ αισθανόταν δυστυχισμένος που δεν μπορούσε να φυτέψει ένα φιλί στα υπέροχα μάγουλά της μετά από μια νίκη σε μια παρτίδα σκάκι ή που δεν μπορούσε να αγγίξει και να νιώσει τα ασημένια δαχτυλίδια της στα δάχτυλα των δεικτών των ποδιών της. Ήθελε να της πει ανοιχτά στο πρόσωπό της: Γκρέις, σ' αγαπώ και θέλω πολύ να σε παντρευτώ. Αλλά ήξερε ότι θα ερχόταν μια στιγμή που θα μπορούσε να την αγγίξει, να την αγκαλιάσει, να τη φιλήσει και να κάνει σεξ μαζί της.

Ένα βράδυ ο Έιμπ άρχισε να ζωγραφίζει ένα νέο πορτρέτο και το θέμα ήταν η Γκρέις. Ήταν σε εξπρεσιονιστικό στυλ. Στον καμβά υπήρχαν τρεις φιγούρες της Γκρέις, μία αφηρημένη που εξέφραζε πληθωρικά συναισθήματα. Η δεύτερη ήταν μια παραστατική εικόνα της Γκρέις που εξέφραζε τη βαθιά της θλίψη. Στην τρίτη, η Γκρέις τραγουδάει τα αγαπημένα της τραγούδια του χωρισμού. Και στις τρεις φιγούρες, ο Abe προσπάθησε να προβάλει την ψυχική δομή του θέματος. Οι προσωπικές εκφράσεις των συναισθημάτων γέμισαν τον καμβά, παρόλο που οι αισθητικά ευχάριστες εικόνες παρήγαγαν εσωτερικές συγκρούσεις. Τα θεαματικά χρώματα απεικόνιζαν τις έντονες συναισθηματικές αντιδράσεις, την πόλωση των εγκεφαλικών τρωτών σημείων και την ένταση των αγώνων μέσα σε ένα άτομο. Μέσα από τη δυναμική σύνθεση τριών μορφών, ο πίνακας πρόβαλλε την αδυναμία των ανθρώπων να ελέγξουν το περιβάλλον τους.

Ο Abe χρειάστηκε περίπου ένα μήνα για να ολοκληρώσει τον πίνακα. Ο τίτλος που δόθηκε στην τέχνη ήταν Η Τριάδα. Ο Έιμπ τον υπέγραψε, Έιμπ. Και κάτω από την υπογραφή, έγραψε με μικρά γράμματα: To Grace with Love. Μετά το δείπνο, ο Έιμπ χάρισε τον πίνακα στην Γκρέις και εκείνη ένιωσε ενθουσιασμένη που τον παρέλαβε. Κρέμασε τον πίνακα μαζί με τους δύο προηγούμενους στον τοίχο- και οι τρεις ήταν εξίσου σπουδαίοι για εκείνη.

"Σ' ευχαριστώ, αγαπητέ Έιμπ, για την Τριάδα", είπε.

Ο Έιμπ ένιωσε ευτυχής που άκουσε την εκτίμηση της Γκρέις. Ήταν απολύτως αντικειμενική. Αλλά η αξία που δόθηκε στον πίνακα ήταν υποκειμενική, επειδή η πραγματικότητα ήταν αναλυτική- θυμήθηκε τα λόγια της Γκρέις.

Αφού καθάρισε το σπίτι, η Γκρέις τραγούδησε τραγούδια από ταινίες Χίντι προς τιμήν του Έιμπ. Αυτή τη φορά, το θέμα ήταν η αγάπη, η αγάπη ενός κοριτσιού για ένα αγόρι. Το αγόρι ήταν ένας πρίγκιπας και το κορίτσι ήταν η κόρη ενός στρατιώτη του στρατού του βασιλιά, που είχε δει τον πρίγκιπα από μακριά, αλλά ποτέ δεν του μίλησε, ποτέ δεν τον άγγιξε. Είχε μια τεράστια επιθυμία να τον παντρευτεί. Ο πρίγκιπας δεν ήξερε ποτέ ότι υπήρχε τέτοιο κορίτσι στο βασίλειο του πατέρα του. Όμως είχε δει τον πρίγκιπα και ζούσε γι' αυτήν, και η αγάπη της γι' αυτόν ήταν έντονη, αλλά δεν είχε ποτέ την ευκαιρία να ανθίσει. Ο Έιμπ ζήτησε από τη Γκρέις να ξανατραγουδήσει το τραγούδι για να το τραγουδήσει μαζί της.

"Η αγάπη, μερικές φορές, δεν πετυχαίνει ποτέ τον στόχο της", είπε ο Abe στην Grace αφού τραγούδησαν μαζί το τραγούδι.

"Αυτή είναι μια παγκόσμια αλήθεια", απάντησε η Γκρέις.

"Γιατί;" ρώτησε ο Έιμπ.

"Η αγάπη είναι ένα συναίσθημα- έχει διάφορα στάδια, αποχρώσεις και χρώματα. Η επίτευξη του στόχου εξαρτάται από το στάδιο στο οποίο βρίσκεται η αγάπη σου", απάντησε η Γκρέις.

"Αλλά οι εραστές είναι ελεύθεροι να αποφασίσουν σε ποιο στάδιο πρέπει να βρίσκεται η αγάπη τους", είπε ο Έιμπ.

"Είναι ελεύθεροι, αλλά και οι δύο εραστές μπορεί να μην βρίσκονται στο ίδιο επίπεδο. Ο ένας μπορεί να βρίσκεται στο αρχικό στάδιο, αλλά ο άλλος μπορεί να έχει ήδη φτάσει στην κορυφή", εξήγησε η Γκρέις.

"Άρα, υπάρχει μια σύγκρουση στην αγάπη", σχολίασε ο Έιμπ.

"Αυτή η σύγκρουση είναι η αιτία για τους σπαραγμούς. Δίνουν υποσχέσεις που είναι δύσκολο να τηρηθούν χωρίς να γνωρίζουν σε ποια φάση βρίσκονται και οι δύο ερωτευμένοι, χωρίς να γνωρίζουν το νοητικό στάδιο του άλλου. Μπορεί να υποθέσουν καταστάσεις και στόχους, οι οποίοι μπορεί να είναι ανέφικτοι", είπε η Γκρέις.

"Αλλά πώς μπορεί να εξακριβωθεί σε ποια διάσταση βρίσκονται οι εραστές;", διερωτήθηκε ο Έιμπ.

"Αυτό είναι ένα δύσκολο έργο. Η συγκυρία στην οποία εμφανίζεται ένας εραστής εξαρτάται από το ιστορικό του, τη συναισθηματική του σταθερότητα, την ψυχολογική του ωριμότητα, την ένταση των επιθυμιών του και τον προσανατολισμό των στόχων του", εξήγησε η Γκρέις.

Ο Έιμπ κοίταξε την Γκρέις έκπληκτος. Ξέρει τα πάντα, αναλύει τα πάντα,

"Η ανάλυσή σου είναι ακριβής", σχολίασε ο Έιμπ.

"Η ανάλυση πρέπει να είναι ταυτόχρονη με τα συναισθήματα και την αγωνία στο μυαλό ενός ατόμου", αντέδρασε η Γκρέις.

"Αυτό είναι αλήθεια. Η γνώση μπορεί να μην είναι πράξη", είπε ο Έιμπ.

"Αλλά το να γνωρίζεις είναι να είσαι", τόνισε με έμφαση η Γκρέις.

"Γιατί;" ρώτησε ο Έιμπ.

"Όταν ξέρεις ότι είσαι ερωτευμένος, γίνεσαι το άλλο πρόσωπο. Αλλά ο άλλος μπορεί να μην εξελιχθεί όπως εσύ, καθώς το άλλο άτομο μπορεί να αγνοεί την ανάγκη του ερωτευμένου ατόμου", εξήγησε η Γκρέις.

"Αυτό σημαίνει ότι για σένα, εσύ και ο έρωτάς σου είστε το ίδιο", έκανε μια δήλωση ο Έιμπ.

"Αν ο άλλος ανταποδίδει στο ίδιο μήκος κύματος, δεν θα υπάρξει σύγκρουση", απάντησε η Γκρέις.

"Αυτό είναι το ιδανικό", είπε ο Έιμπ.

"Σίγουρα, αυτό είναι το απόλυτο στάδιο. Τίποτα δεν είναι πέρα από αυτό. Το αίσθημα της ενότητας είναι αδιαχώριστο. Οι άνθρωποι που είναι ερωτευμένοι τσακώνονται για να φτάσουν σε αυτό το στάδιο. Όλοι οι αγώνες γίνονται για αυτή την ενότητα. Τελικά, τα πάντα είναι ένα", ήταν φιλοσοφημένη η Γκρέις.

Ο Έιμπ εξεπλάγη και πάλι ακούγοντας το σχόλιο της Γκρέις.

"Γκρέις, πώς συγκέντρωσες τέτοια σοφία;" ρώτησε ο Έιμπ.

"Έιμπ, προκύπτει από την παρατήρηση των ανθρώπων, τη συνεργασία μαζί τους, την ανάλυση και τον προσωπικό προβληματισμό, αλλά ο προβληματισμός δεν είναι δυνατός χωρίς παρατήρηση", είπε η Γκρέις.

"Η γνώση είναι αναλυτική". Ο Έιμπ προσπάθησε να ερμηνεύσει.

"Ναι, η γνώση είναι αναλυτική. Αλλά είναι μόνο μια εκδήλωση κάποιου άλλου πράγματος. Δεν μπορούμε απλώς να δημιουργήσουμε γνώση χωρίς βάση, χωρίς αντικείμενα. Όταν υπάρχει ένα αντικείμενο, το αναλύουμε σύμφωνα με το υποκειμενικό μας κριτήριο και δημιουργούμε τη γνώση- ως εκ τούτου, η γνώση δεν μπορεί να είναι αμιγώς αντικειμενική και δεν μπορεί να είναι αμιγώς υποκειμενική. Έτσι, η γνώση είναι ερμηνεία. Η αγάπη είναι σαν τη γνώση. Πρέπει να την ερμηνεύσουμε και να κατανοήσουμε τις διάφορες φάσεις της. Εμείς αποφασίζουμε ποια είναι αυτά τα τμήματα. Η αγάπη είναι η απόλυτη εμβέλεια της παρατήρησης. Αλλά πρέπει να επιτρέψουμε στην αγάπη μας να αναπτυχθεί και να ανθίσει ως ζωή. Διαφορετικά, θα μείνει στάσιμη", ανέλυσε η Γκρέις.

"Για σένα, ποιο από τα δύο είναι πιο εξέχον, η αγάπη ως ζωή ή ως βίωμα", διερωτήθηκε ο Έιμπ.

"Η αγάπη ως ζωή και η αγάπη ως βιωμένη συνυπάρχουν. Αλλά για να γνωρίσουμε την αγάπη, πρέπει να την ερμηνεύσουμε. Χωρίς την ανάλυση της αγάπης, είναι μάλλον δυσχερές να την κατανοήσουμε. Σε κάθε στάδιο της αγάπης μεταξύ του αγαπημένου και του εραστή, και τα δύο μέρη τη διαφωτίζουν συνεχώς. Αυτή η επεξήγηση δεν είναι τίποτε άλλο παρά τα ποικίλα στάδια της ζωής. Μπορεί να μην είναι μια συνειδητή προσπάθεια, αλλά ούτε και ασυνείδητη. Έτσι, ο έρωτας είναι ζωή και εμπειρία και συνυπάρχουν ταυτόχρονα", ανέλυσε η Γκρέις.

"Είμαστε το προϊόν μιας τέτοιας ανάλυσης;" διερωτήθηκε ο Έιμπ.

"Σίγουρα, η ίδια η ανθρώπινη ύπαρξη είναι αναλυτική. Η απόκτηση γνώσεων αποτελεί αναπόσπαστο μέρος της τακτικής επιβίωσης, η οποία είναι καθαρά επεξηγηματική. Ερμηνεύουμε τις καταστάσεις και τα γεγονότα και ενεργούμε και αντιδρούμε αναλόγως", είπε ο Γκρέις.

"Άρα, λέτε ότι η αγάπη είναι μια ζωντανή εμπειρία", έκανε μια δήλωση ο Έιμπ.

"Η αγάπη δεν είναι μόνο αναλυτική, αλλά και ένα βιωμένο συναίσθημα, μια πραγματικότητα. Γι' αυτό και γίνεται αναπόσπαστο κομμάτι του ατόμου. Αυτός είναι ο λόγος για τον οποίο είναι δύσκολο να ζήσει κανείς χωρίς αγάπη. Είναι ο εσωτερικός πυρήνας των συνολικών εμπειριών ενός ανθρώπου, εγκαθιδρύοντας μια βαθιά σχέση με έναν άλλο άνθρωπο με συναισθήματα και συγκινήσεις. Λόγω της αγάπης, οι άνθρωποι δυσκολεύονται εξαιρετικά να διαλύσουν μια σχέση. Το σύνολο των μοτίβων σκέψης και της προσωπικότητας ενός ατόμου γίνεται έτσι προϊόν της αγάπης. Εξαιτίας αυτού- κάποιοι άνθρωποι κλαίνε μέχρι θανάτου αν υπάρξει χωρισμός των ερωτευμένων", είπε η Γκρέις κοιτάζοντας τον Έιμπ.

"Τότε, γιατί ο χωρισμός;" ρώτησε ο Έιμπ.

"Αυτή είναι μια σύγκρουση που βιώνουν οι άνθρωποι. Μπορούμε να το ονομάσουμε υπαρξιακό άγχος", είπε η Γκρέις.

Ακούγοντας την Γκρέις, ο Έιμπ σιώπησε για πολλή ώρα.

Η Γκρέις συνέχισε να είναι θλιμμένη και σιωπηλή για όλη την επόμενη εβδομάδα. Η καρδιά του Έιμπ πονούσε βλέποντας την Γκρέις. Γκρέις, τι σου συνέβη; Γιατί είσαι λυπημένη; Γιατί δεν μιλάς για το πρόβλημά σου; Ο Έιμπ συζητούσε πολλές ερωτήσεις που ήθελε να της κάνει. Αλλά ένιωθε ότι η Γκρέις θα ήταν δυστυχισμένη αν έκανε τέτοιες ερωτήσεις.

Ένα Σάββατο, ο Έιμπ έφτιαχνε πρωινό. Η Γκρέις ήρθε και στάθηκε πολύ κοντά του. Άρχισαν να τρώνε από το τηγάνι όρθιοι. Ο Έιμπ παρατήρησε ότι τα μάτια της Γκρέις ήταν βρεγμένα.

"Γκρέις, φαίνεσαι καταθλιπτική", είπε ο Έιμπ.

"Είμαι λυπημένη και ανήσυχη", είπε η Γκρέις.

"Για ποιο πράγμα;" Αναρωτήθηκε ο Έιμπ.

"Παίρνω την πιο επώδυνη απόφαση στη ζωή μου", είπε η Γκρέις.

"Δεν ρωτάω ποια είναι αυτή η απόφαση, αλλά θα μου πεις γιατί είσαι λυπημένη; Όταν σε βλέπω δυστυχισμένη, πονάει η καρδιά μου", είπε ο Έιμπ.

"Λυπάμαι πολύ, Έιμπ, που νιώθεις πόνο εξαιτίας της απογοήτευσής μου", είπε η Γκρέις.

Ο Έιμπ δεν έκανε άλλες ερωτήσεις. Ήξερε ότι η Γκρέις βίωνε τεράστιες εσωτερικές συγκρούσεις, παλεύοντας να πάρει προσωπικές αποφάσεις.

"Έιμπ, ας πάμε στο Πανατζί να δειπνήσουμε απόψε", είπε η Γκρέις στον Έιμπ.

"Ποια είναι η ειδική περίσταση", ρώτησε ο Έιμπ.

"Δεν πρόσεξες ότι μόλις συμπλήρωσες εννέα μήνες εδώ;" Η Γκρέις απάντησε με χαμόγελο.

"Θυμάσαι κάθε μικρό πράγμα, αγαπητή Γκρέις".

"Μου αρέσει να θυμάμαι όλα όσα συνέβησαν μεταξύ μας. Και εκτιμώ αυτά τα περιστατικά", σχολίασε η Γκρέις.

Ο Έιμπ χαμογέλασε.

"Σε παρακαλώ, φόρεσε το παντελόνι σου και ένα μακρυμάνικο πουκάμισο με γραβάτα", ζήτησε η Γκρέις.

"Είναι τόσο μεγάλη η περίσταση;" διερωτήθηκε ο Έιμπ.

"Κάθε περίσταση μαζί σου είναι σπουδαία. Μου αρέσει να αναπολώ την κάθε μία στο μέλλον", έκανε μια δήλωση η Γκρέις.

"Αλλά μου αρέσει να είμαι αυτό το μέλλον", είπε ο Έιμπ χαμογελώντας.

"Σίγουρα, δεν υπάρχει κανένας άλλος, αλλά πρέπει να περιμένεις μόνη σου για κάποιο χρονικό διάστημα. Θα επιστρέψω σε σένα, και μαζί θα φτιάξουμε ένα μέλλον", είπε η Γκρέις.

Ο Έιμπ παρατήρησε ότι τα μάτια της Γκρέις γέμισαν φως και έλαμπαν. Αλλά δεν μπορούσε να αντιληφθεί το πλαίσιο στο οποίο μιλούσε- ακόμη και το νόημα των λέξεων που ξεστόμισε είχε διαφορετική χροιά.

Η Γκρέις φορούσε ένα μεταξωτό σάρι Kanjipuram από κοκκινοπράσινο αραχνοΰφαντο ύφασμα και μια αμάνικη μπλούζα του ίδιου συνδυασμού χρωμάτων και υφής. Ήταν αιθέρια όμορφη- τα κοντά σκούρα μαλλιά της άγγιζαν τους υπέροχους λοβούς των αυτιών της. Και απέπνεε κομψότητα και αυτοπεποίθηση. Η Γκρέις ήταν το πιο ελκυστικό άτομο που είχε συναντήσει ποτέ, και ο Έιμπ ήταν σίγουρος γι' αυτό.

"Έιμπ, είσαι υπέροχη. Μου αρέσει πολύ", είπε η Γκρέις.

"Είσαι υπέροχη, αγαπητή Γκρέις".

Πήραν ένα ταξί για το Πανατζί.

"Είχα κρατήσει δύο θέσεις για εμάς στο πιο ψηλό εστιατόριο της πόλης", όταν έφτασαν στο Πανατζί, είπε η Γκρέις.

Τους παραχωρήθηκε ένα διθέσιο γωνιακό τραπέζι και κάθισαν πρόσωπο με πρόσωπο.

"Ονειρευόμουν αυτή τη μέρα για πολλούς μήνες, στην πραγματικότητα για πολλά χρόνια", είπε η Grace.

"Πολλά χρόνια;" Ο Έιμπ ένιωσε έκπληξη.

"Ναι, Έιμπ, κάθε κορίτσι έχει ένα όνειρο. Μια επιθυμία να δειπνήσει με το πιο γοητευτικό άτομο που είχε συναντήσει στη ζωή της. Για μένα, εσύ είσαι αυτός ο άνθρωπος", είπε η Γκρέις χαμογελώντας.

"Νιώθω μεγάλη τιμή", είπε ο Έιμπ.

Τα πιάτα ήταν πεντανόστιμα. Και ο Έιμπ εξεπλάγη παρατηρώντας την κομψότητα με την οποία η Γκρέις χειριζόταν το πιρούνι, το μαχαίρι και το κουτάλι.

Ο Έιμπ κοίταξε τη Γκρέις και του άρεσε η εμφάνισή της. Κοίταξε τα μάτια, τη μύτη, τα χείλη, τα μάγουλα, το σαγόνι, τα αυτιά, το κεφάλι και τα μαλλιά της. Τα χέρια της ήταν ελκυστικά, και τα δάχτυλα ήταν εξαιρετικά όμορφα. Γκρέις, σ' αγαπώ, να είσαι πάντα μαζί μου. Σε αγαπώ γιατί είσαι μια σπουδαία γυναίκα με αξιοσημείωτη αξιοπρέπεια, απαράμιλλο θάρρος, αιώνια κομψότητα, αόρατη ωριμότητα, άπειρη αγάπη και αφάνταστη εμπιστοσύνη. Θα είναι μια εκπληκτική εμπειρία να ζήσω μια ζωή μαζί σου. Ο Abe είπε στο μυαλό του.

"Έιμπ, με συναρπάζεις, απόλυτα ισορροπημένος, ποτέ αλαζόνας, πάντα με σεβασμό στους άλλους και τις απόψεις τους, έξυπνος, διακριτικός, φωτισμένος και αξιοπρεπής", είπε χαμογελώντας η Γκρέις.

"Είμαι τυχερή που σε γνώρισα, παρόλο που δεν ξέρω τίποτα για το παρελθόν σου", είπε ο Έιμπ.

"Είναι καλύτερα να μη γνωρίζεις το υπόβαθρο ενός άλλου ανθρώπου. Κι εγώ, επίσης, δεν είμαι ποτέ περίεργος για τα προηγούμενά σας. Αγαπώ έναν άνθρωπο, όχι εξαιτίας του παρελθόντος, όχι της εξωτερικής εμφάνισης, όχι των λόγων και των υποσχέσεων, αλλά της αξιοπρέπειάς του", σχολίασε η Γκρέις.

"Γκρέις, ο σεβασμός μου απέναντί σου ξεπερνά κάθε μέτρο. Είναι άνευ όρων", είπε ο Άμπε.

"Μια θετική σχέση δεν περιμένει ποτέ τίποτα προσωπικά- η αποδοχή οποιουδήποτε ενδεχομένου είναι αναπόφευκτη. Τολμά να αντέχει τους κραδασμούς και τους ξαφνικούς πόνους που προκαλούνται από το αγαπημένο πρόσωπο και τα γεγονότα", είπε η Γκρέις κοιτάζοντας τον Έιμπ.

Ο Έιμπ κοίταξε την Γκρέις. Τι είναι αυτά τα σοκ και οι ξαφνικοί πόνοι που προκαλούνται από τον αγαπημένο και τα γεγονότα; Σκέφτηκε τα λόγια της.

Ο Έιμπ και η Γκρέις πέρασαν περίπου δύο ώρες στο εστιατόριο και περπάτησαν στους δρόμους. Γνώριζαν όλες τις γωνιές και τις γωνιές του Παναζί, καθώς δούλευαν εκεί καθαρίζοντας τους δρόμους για περίπου ένα μήνα. Εκατοντάδες νέοι βρίσκονταν σε κάθε δρόμο, αγκαλιάζονταν και φιλιόντουσαν. Τα δέντρα στην όχθη του ποταμού Mandovi φαίνονταν μαγικά κάτω από τα φώτα του δρόμου και οι σκιές κάλυπταν τους νεαρούς εραστές σαν μια γιγαντιαία ομπρέλα που προστάτευε την ιδιωτική τους ζωή. Σε κάθε διασταύρωση, μουσικοί μεμονωμένα ή σε ομάδες τραγουδούσαν ερωτικά τραγούδια για τους πρίγκιπες και τις πριγκίπισσες της μεσαιωνικής Πορτογαλίας. Τα κορίτσια χόρευαν στο ρυθμό της μουσικής- όσοι στέκονταν τριγύρω έριχναν κέρματα σε ένα σεντόνι που ήταν απλωμένο στη μέση του κύκλου. Τα κουδούνια που ήταν δεμένα γύρω από τη μέση των κοριτσιών κουδούνιζαν και οι γυμνές τους κοιλιές ήταν βαμμένες με απαλά χρώματα. Η κιθάρα και το βιολί ήταν τα κύρια μουσικά όργανα, και οι μουσικοί τα έπαιζαν καλά.

Η Γκρέις πέταξε κάποιο νόμισμα ενώ στεκόταν κοντά σε μια γυναίκα που έπαιζε βιολί. Ήταν μόνη της, και η μουσική της είχε μια μελαγχολική μελωδία. Μπορεί να έπαιζε για τον χαμένο έρωτα, μια αποτυχημένη σχέση με έναν εραστή που εξαφανίστηκε για πάντα. Η βιολίστρια φορούσε μια φούστα με φωτεινά λουλούδια και το σεμέν της ήταν πράσινο με χρυσές κλωστές που κρέμονταν προς τη μέση της.

Σε μια άλλη διασταύρωση, η Γκρέις έδωσε κάποια χρήματα στην παλάμη μιας χορεύτριας. Εκείνη σταμάτησε να χορεύει και κοίταξε τη Γκρέις- θα μπορούσε να ήταν γύρω στα δεκατέσσερα. Είχε μια λαμπερή μικροσκοπική πέτρα στο πλάι της μύτης της.

"Obrigado senhora por sua generosidade", είπε η κοπέλα γονατίζοντας. "Σας ευχαριστώ, κυρία μου, για τη γενναιοδωρία σας", πρόσθεσε.

"Η μουσική είναι εξαιρετική και εσύ χόρεψες καλά", είπε η Γκρέις σκύβοντας το κεφάλι.

Μακριά στην Αραβική Θάλασσα υπήρχαν πλοία καλυμμένα με εκατοντάδες φώτα.

Η Γκρέις και ο Έιμπ μίλησαν για την αγάπη, τη συντροφικότητα και την ολοκλήρωση. Άκουγαν ο ένας τον άλλον με προθυμία και τους άρεσε να βρίσκονται στην παρέα του άλλου.

Αφού έφτασαν στο σπίτι, έπαιξαν δύο παρτίδες σκάκι. Στη συνέχεια, η Γκρέις τραγούδησε πολλά τραγούδια από ταινίες Χίντι, ενώ καθόταν στην καρέκλα απέναντι από τον Έιμπ. Και γύρω στα μεσάνυχτα πήγαν για ύπνο. Η Γκρέις ξύπνησε τον Έιμπ όταν ο καφές στο κρεβάτι ήταν έτοιμος γύρω στις έξι το πρωί. Για πρωινό, ετοίμασαν ομελέτες, τοστ, κοτολέτες λαχανικών και χυλό. Για άλλη μια φορά, στάθηκαν κοντά στη σόμπα και άρχισαν να τρώνε από το τηγάνι. Το βρήκαν πιο ελκυστικό και άνετο. Είχαν έναν μοναδικό τρόπο να μοιράζονται τα συναισθήματα και τη ζεστασιά της συντροφικότητας. Η Γκρέις τοποθέτησε πολλές φορές στο στόμα του Έιμπ κομμάτια τοστ γεμάτα με τυρί, λέγοντάς του ότι θα του άρεσε πολύ η γεύση του. Στον Έιμπ όχι μόνο άρεσε, αλλά και το εκτιμούσε. Η παρουσία της ήταν η πιο οικεία, στοργική και ζεστή που είχε βιώσει ποτέ. Τη θαύμαζε πέρα από κάθε εξήγηση.

Αφού έπλυνε τα πιάτα και καθάρισε το σπίτι, η Γκρέις πλησίασε τον Έιμπ και στάθηκε μπροστά του.

"Έιμπ", φώναξε.

"Αγαπητή Γκρέις", απάντησε εκείνος.

"Θέλω να σου πω- φεύγω από αυτό το μέρος", είπε κοιτάζοντας τα μάτια του.

Ο Έιμπ έμεινε ακίνητος. Για μια στιγμή δεν μπορούσε να καταλάβει τι έλεγε. Ο Έιμπ ένιωσε σοκαρισμένος και δεν είχε λόγια να εκφράσει τις αντιδράσεις του. Για μερικά δευτερόλεπτα, ήταν σιωπηλός και ακίνητος.

"Γκρέις!" Φώναξε με χαμηλή φωνή.

"Ναι, αγαπητέ Έιμπ. Σε αφήνω τώρα. Σ' ευχαριστώ για την αγάπη και την εμπιστοσύνη", ήταν σύντομη η Γκρέις.

Την κοίταξε χωρίς να ξέρει πώς να αντιδράσει.

"Παίρνω τους τρεις πίνακες που μου χάρισες. Ήρθα χωρίς τίποτα- τώρα επιστρέφω μόνο με αυτά τα πολύτιμα δώρα", είπε η Γκρέις, ενώ κυλούσε τον έναν πίνακα πάνω στον άλλο.

"Θα πας. Αλήθεια;".

"Ναι, Έιμπ. Σε παρακαλώ, κράτα αυτό το καπέλο μαζί σου. Δεν έχω τίποτα άλλο να σου προσφέρω τώρα", είπε η Γκρέις δίνοντάς της το καφέ καπέλο.

Ο Έιμπ το πήρε από εκείνη και έμεινε ακίνητος. Χωρίς να εκφράσει κανένα συναίσθημα, παρακολουθούσε την Γκρέις να βγαίνει από το σπίτι. Την κοίταξε, περπατώντας προς το ημίφως του φρουρίου Αγκουάντα και εξαφανιζόμενος.

Η αγαπημένη

Ο Έιμπ ένιωθε μοναξιά, θλίψη και απώλεια- η καρδιά του πονούσε, κάτι τρυπούσε βαθιά μέσα του. Καθόταν στο κατώφλι για περίπου μια ώρα, δεν είχε τίποτα να σκεφτεί και το μυαλό του ήταν κενό. Κοιτάζοντας στο κενό, χτύπησε το πάτωμα με τις αρθρώσεις των δαχτύλων του και ένιωσε θυμωμένος με τον εαυτό του.

Αφού κλείδωσε το σπίτι, πήγε με τα πόδια στο σταθμό των λεωφορείων και έψαξε να βρει τη Γκρέις. Υπήρχαν τέσσερα λεωφορεία και ο Έιμπ έψαξε σε όλα. "Γκρέις, φώναξε", αλλά κανείς δεν απάντησε. Το εκδοτήριο εισιτηρίων ήταν σχεδόν άδειο, καθώς μόνο λίγοι επιβάτες βρίσκονταν εκεί. Η καρδιά του βυθίστηκε από την αγωνία και την απογοήτευση.

"Πού πήγες, αγαπητή Γκρέις", ψιθύρισε.

Καθώς περπατούσε προς την παραλία, ο απόπλους φαινόταν σκοτεινός χωρίς κανένα κανό, και θυμήθηκε την πρώτη του μέρα στο Calangute. Για άλλη μια φορά, θυμήθηκε την κουβέντα της: "Μην ανησυχείς. Μπορείς να μείνεις μαζί μου για μια νύχτα και θα σου δώσω το εισιτήριο του λεωφορείου- μπορείς να μου το επιστρέψεις αργότερα". Μια νύχτα αποδείχθηκε ότι ήταν εννέα μήνες, είπε ο Έιμπ στο μυαλό του.

Στην παραλία, ο Έιμπ περιπλανήθηκε για αρκετή ώρα. Άρχισε να ψάχνει τη Γκρέις πίσω από τις βάρκες, σχεδόν είκοσι πέντε από αυτές. Ξαφνικά την άκουσε να φωνάζει: "Έιμπ, Έιμπ," Έτρεξε στο σημείο απ' όπου ακούστηκε η φωνή, ήταν άδειο, κενό σαν κοχύλι. Ο Έιμπ θυμήθηκε τη φωνή της, τον γλυκό ήχο της αγαπημένης του Γκρέις. "Έιμπ, κρύβομαι εδώ, πρέπει να προσπαθήσεις να με βρεις." Την άκουσε ξανά να φωνάζει το όνομά του. "Γκρέις, αγαπημένη μου Γκρέις, πού είσαι;" Φώναξε, αλλά δεν υπήρξε καμία απάντηση. Άκουγε τον απόηχο της φωνής του να αναμειγνύεται με τα κύματα της θάλασσας. Η παραλία ήταν έρημη, και ούτε ένας ψαράς δεν φαινόταν πουθενά. Ήταν Κυριακή, ήταν αργία γι' αυτούς.

"Γκρέις, βγες από την κρυψώνα σου. Αισθάνομαι άσχημα. Σε παρακαλώ, βγες έξω", η φωνή του είχε μια χροιά ανησυχίας και φόβου. Η παραλία του φάνηκε άγνωστη και άρχισε να τρέχει στην παραλία από τη μια άκρη στην άλλη. Τα αδέσποτα σκυλιά έτρεξαν πίσω του- ο φόβος κατέκλυσε τον Έιμπ και έπεσε στην υγρή άμμο. Το πανίσχυρο φρούριο Αγκουάντα στεκόταν απέναντι του και τα σκυλιά ήταν απειλητικά γύρω του. Παίρνοντας τον έλεγχο του εαυτού του, πετάχτηκε πάνω και έτρεξε πίσω από τα σκυλιά. "Φύγετε", φώναξε.

Για άλλη μια φορά, έψαξε τη Γκρέις μέσα στις ψαρόβαρκες για να δει αν κρυβόταν μέσα σε κάποια από αυτές. Τα σκυλιά δεν έπρεπε να της επιτεθούν, αποφάσισε. Μπορεί να προστατεύεται από τα σκυλιά, καθώς του έκανε πλάκα. Ήταν σίγουρος ότι δεν θα μπορούσε να τον αφήσει, να τον εγκαταλείψει, καθώς ήταν τόσο κοντά του και τους τελευταίους εννέα μήνες η Γκρέις είχε γίνει αχώριστη. Δεν μπορούσε να φανταστεί έναν κόσμο χωρίς τη Γκρέις. Ο Έιμπ δεν μπορούσε να σκεφτεί να πάει οπουδήποτε χωρίς τη Γκρέις και δεν είχε όρεξη να φάει τίποτα χωρίς αυτήν. Η Γκρέις ήταν τόσο πολύτιμη, ένα κόσμημα απείρου κάλλους.

Ο ήλιος έκαιγε πάνω από το κεφάλι του και ο ουρανός ήταν καθαρός. Πολλά πλοία στη θάλασσα κινούνταν αργά, αγγίζοντας τον ορίζοντα, και εκείνα στο λιμάνι στέκονταν ακίνητα.

Το απόγευμα, ένιωθε ζαλάδα λόγω του ήλιου, καθώς δεν υπήρχε τίποτα να καλύψει το κεφάλι του. Κινήθηκε προς τα καράβια και ξάπλωσε ξαπλωμένος στη σκιά ενός από αυτά. Ήρθε το βράδυ και άκουσε τον θόρυβο των κυμάτων. Η νύχτα πλησίαζε γρήγορα, και υπήρχαν φώτα στο φρούριο Aguada. Αλλά η παραλία ήταν στο απόλυτο σκοτάδι. Μπορούσε να δει τα σκυλιά να διασχίζουν σε ομάδες, τα οποία μπορεί να έψαχναν για τροφή.

Ο Έιμπ ένιωθε μόνος. Θα ήταν πιο ασφαλές να βρίσκεται μέσα σε μια βάρκα, σκέφτηκε και ανέβηκε μέσα σε μια, που βρισκόταν λίγο πολύ στη μέση. Καθισμένος για αρκετή ώρα στην απόλυτη μοναξιά, άκουσε το βουητό της θάλασσας, αλλά δεν υπήρχε τίποτα άλλο παρά σκοτάδι πάνω από τη θάλασσα. Ο ουρανός ήταν ανέφελος και τα αστέρια ήταν ορατά. Ήταν μόνος, με εκατομμύρια και εκατομμύρια αστέρια να τον παρακολουθούν και να τον προστατεύουν. Τα αστέρια υπήρχαν επειδή τα παρατηρούσατε. Αν δεν τα βρίσκατε, τίποτα δεν θα υπήρχε για σας, και δεν είστε σίγουροι ότι τίποτα δεν θα υπήρχε χωρίς εσάς. Ξέχασε όλα τα άλλα- ήταν πέρα από την παρατήρηση και την επίγνωσή του. Ύστερα ο Έιμπ κοιμήθηκε, και ήταν μόνος του εκτός από την αγαπημένη του Γκρέις μέσα στη συνείδησή του.

Σηκώθηκε γύρω στα μεσάνυχτα, σήκωσε το κεφάλι του και είδε μια αγέλη σκύλων να κοιμάται στην άμμο. Μπορεί να τον προστάτευαν- ακόμη και ένας εχθρός μπορεί να γίνει σωτήρας περιστασιακά. Ο ουρανός ήταν καθαρός και υπήρχαν περισσότερα αστέρια. Και το φεγγάρι με τη φθίνουσα δύση βρισκόταν στον ανατολικό ορίζοντα, πάνω από το φρούριο της Αγκουάντα. Υπήρχε ένα δροσερό αεράκι από την ήρεμη αλλά σκοτεινή θάλασσα, και ήταν τόσο ευχάριστο να βρίσκεσαι στην παραλία τα μεσάνυχτα. Ξαφνικά σκέφτηκε τη Γκρέις. Πού είσαι; Μου λείπεις τρομερά. Είμαι εδώ για να μην σου επιτεθούν τα σκυλιά. Μην τριγυρνάς. Αν είσαι σε μια βάρκα, μείνε εκεί. Όταν ο ήλιος εμφανιστεί στην ανατολή, μπορούμε να πάμε σπίτι μαζί. Θα σου φτιάξω καφέ στο κρεβάτι σου και θα καθίσουμε στις καρέκλες, αντικρίζοντας ο ένας τον άλλον και μιλώντας. Μετά τον καφέ στο κρεβάτι, μπορούμε να παίξουμε σκάκι ή να τραγουδήσουμε μαζί ένα ερωτικό τραγούδι του Kishore Kumar ή της Lata Mangeshkar. Ας φτιάξουμε πρωινό, σάντουιτς και ομελέτες, κοτολέτες λαχανικών και χυλό, και όρθιοι κοντά στο τραπέζι της κουζίνας, τρώμε από το τηγάνι. Έχει μια ιδιαίτερη αίσθηση, τη χαρά της συντροφικότητας. Το να στέκεσαι κοντά σου και να τρως πρωινό είναι μια υπέροχη εμπειρία. Για άλλη μια φορά, αγαπητή Γκρέις, για άλλη μια φορά.

Η Γκρέις μπορεί να μην ήταν αληθινή. Πιθανότατα ήταν μια εμπειρία του Ριπ Βαν Γουίνκλ. Ένα αποτέλεσμα μέθης και ψευδαισθήσεων και αυτή η εικόνα της ήταν εξωπραγματική. Αν δεν ήταν αληθινή, ήταν ο Θεός. Ένα πρόσωπο σαν τη Γκρέις δεν μπορεί να υπάρχει, καθώς ήταν τέλεια σε όλα. Πέρα από την ανθρώπινη φαντασία, ήταν χαριτωμένη, έξυπνη, ταλαντούχα, ώριμη και αξιοπρεπής. Ένα ζωντανό ον σαν τη Γκρέις δεν μπορεί να περπατάει σε αυτή τη γη μετρώντας αστέρια από τη μια γωνία στην άλλη, σκέφτηκε ο Έιμπ. Αλλά θα ήθελα πολύ να σε ξανασυναντήσω. Άσε με να έχω εκείνες τις παραισθησιογόνες εμπειρίες που είχαμε μαζί. Ήταν τόσο υπέροχες, αστραφτερές και καταπληκτικές. Το περπάτημα μαζί σου εκπλήρωνε ανεξήγητες επιθυμίες, δημιουργώντας απογειωμένες στιγμές συντροφικότητας. Το μυαλό δεν μπορεί να τις διαγράψει. Χάρη, είσαι αληθινή για μένα, ακόμα κι αν ήσουν εξωπραγματική- ακόμα κι αν δεν υπάρχεις, στέκεσαι ψηλά στην καρδιά μου.

Μου αρέσει να απαγγέλλω τα ερωτικά σου τραγούδια μέχρι την τελευταία μέρα της ζωής μου. Έλα και μείνε μαζί μου. Αφήστε με να τα τραγουδήσω χαρούμενα- μου αρέσει να σας βλέπω να χαμογελάτε, να σας ακούω να τραγουδάτε και να παίζετε σκάκι μαζί μου. Γύρνα πίσω. Θα πάμε στο καταφύγιο πουλιών, θα περπατήσουμε στα ενδογενή μονοπάτια, θα βρούμε νέα είδη πουλιών και θα τραγουδήσουμε υπέροχα ερωτικά τραγούδια μέχρι την αιωνιότητα. Αυτά τα τραγούδια έχουν μια διαφορετική γοητεία καθώς μπαίνουν βαθιά στην καρδιά μου. Γκρέις, είσαι εξωπραγματική αλλά αληθινή, είσαι Θεός αλλά άνθρωπος. Δεν μπορείς να είσαι εξωπραγματική όπως ήσουν με σάρκα και αίμα. Μαγειρεύαμε μαζί, τρώγαμε μαζί, περπατούσαμε μαζί και δουλεύαμε μαζί. Μου έλεγες ιστορίες αγάπης και χωρισμού, πόνου και άγχους- ήσουν ο πιο αυθεντικός άνθρωπος που γνώρισα ποτέ.

Έιμπ, αγαπητέ Έιμπ, την άκουσε να τον φωνάζει. Γκρέις, είμαι εδώ. Ας πάμε για δείπνο. Είναι προς τιμήν σας. Γκρέις, τι θα κάνω με τα χρήματα που έχω; Κράτα τα μαζί σου. Θα τα χρειαστείς αργότερα. Γκρέις, με προειδοποίησες για αυτόν τον χωρισμό, την επικείμενη καταστροφή, τη σύγκρουση των πεπρωμένων. Αλλά δεν κατάφερα να σε καταλάβω. Μου ζήτησες να πάω στη Βομβάη, αποθαρρύνοντάς με από το να μείνω μαζί σου για πάντα. Προέβλεψες το μέλλον μου.

Τα σκυλιά κινούνταν τριγύρω και ένα ή δύο γαύγιζαν. Και υπήρχαν φώτα λίγο πιο πέρα. Κάποιος μιλούσε. Οι ψαράδες ήταν έτοιμοι να πάνε στα βαθιά της θάλασσας, καθώς μια νέα μέρα είχε ξημερώσει γι' αυτούς.

"Ποιος είναι εκεί;" Κάποιος ρώτησε.

"Ποιος;" ρώτησε κάποιος άλλος.

"Φαίνεται ένας τύπος στη βάρκα", απάντησε ο πρώτος.

Ο Έιμπ μπορούσε να μετρήσει επτά με οκτώ κεφάλια. Σηκώθηκε και κατέβηκε από τη βάρκα.

"Κοιμόσουν μέσα;" Ρώτησε ένας από αυτούς.

"Ναι", απάντησε ο Έιμπ.

"Δεν έχεις άλλο μέρος να κοιμηθείς;" ρώτησε ο ψαράς.

"Ήρθα στην παραλία. Τα σκυλιά έμοιαζαν απειλητικά, δεν μπορούσαν να επιστρέφουν και βρήκαν καταφύγιο στη βάρκα. Κοιμήθηκα μέσα στη βάρκα σας, αν και ήταν δύσκολο", διηγήθηκε ο Έιμπ και ήθελε να πει την αλήθεια.

Με τους πυρσούς στα χέρια, οκτώ άνθρωποι τον κοίταζαν με περιέργεια.

"Είσαι ασφαλής; Σου επιτέθηκαν τα σκυλιά;" Οι ψαράδες ανησυχούσαν για την ασφάλειά του.

"Ήμουν ασφαλής. Κατά τη διάρκεια της νύχτας, με προστάτευαν κοιμώμενοι γύρω από τη βάρκα", είπε ο Άμπε.

Ακούγοντάς τον να μιλάει, οι ψαράδες γέλασαν.

"Τώρα, θα μπορέσεις να επιστρέψεις μόνος σου;" ρώτησε ένας από αυτούς.

"Βεβαίως, ο σταθμός λεωφορείων είναι κοντά", απάντησε ο Abe.

"Μπορούμε να σας φτάσουμε μέχρι το σταθμό των λεωφορείων. Έλα μαζί μου", είπε ένας από τους ψαράδες.

Ο Έιμπ τον ακολούθησε. Περπάτησαν μαζί.

"Είναι τρεις το πρωί και το να περπατάς μόνος σου είναι επικίνδυνο", είπε ο ψαράς.

"Σας ευχαριστώ για την καλοσύνη σας. Συγγνώμη για την ενόχληση. Σας εύχομαι μια υπέροχη μέρα με μια μεγάλη ψαριά", είπε ο Abe ενώ έσφιγγε το χέρι του ψαρά όταν έφτασαν στο σταθμό των λεωφορείων.

"Τα καλύτερα. Καλό ταξίδι. Καλή τύχη", είπε ο ψαράς.

Το πρώτο λεωφορείο για τη Βομβάη ήταν στις έξι το πρωί- από το χρονοδιάγραμμα που εμφανιζόταν, ο Έιμπ κατάλαβε. Κάθισε στην αίθουσα αναμονής για αρκετή ώρα. Είδε δύο φορτηγά σταθμευμένα έξω από το σταθμό λεωφορείων και τα πλησίασε.

"Παρακαλώ, πάρτε με στη Βομβάη", είπε ο Abe στον οδηγό του φορτηγού.

"Όχι στη Βομβάη, πηγαίνω στο Pune", απάντησε ο οδηγός του φορτηγού.

"Εντάξει. Επιτρέψτε μου να έρθω μαζί σας στο Pune", είπε ο Abe.

"Πεντακόσια δολάρια", είπε ο οδηγός του φορτηγού.

"Σύμφωνοι. Είπε ο Abe. Θα πληρώσω τα χρήματα όταν φτάσω στο Pune", είπε ο Abe.

"Έγινε. Αλλά πες στην αστυνομία την αλήθεια. Αν δεν το πεις εσύ, θα το πω εγώ", πρότεινε ο οδηγός του φορτηγού.

Ο Abe δεν είπε τίποτα. Ούτε αυτός ήθελε να πει ψέματα. Αν ο οδηγός του φορτηγού έλεγε ότι ήταν επιβάτης, θεωρούσε ότι ήταν εντάξει.

Ο οδηγός του φορτηγού ήταν ένας εύσωμος μεσήλικας άνδρας, και υπήρχε μια μεγαλοπρέπεια στην οδήγησή του- ο βοηθός του, ένας νεαρός άνδρας με βαρύ μουστάκι, καθόταν δίπλα του. Ο Έιμπ βρισκόταν κοντά στο παράθυρο και η διάταξη των καθισμάτων ήταν άνετη.

"Σε κάθε ταξίδι, δίνουμε μια ευκαιρία σε κάποιον να μας μεταφέρει, ώστε να έχουμε παρέα- τα χρήματα που κερδίζουμε είναι δευτερεύοντα. Παρεμπιπτόντως, πού πηγαίνετε;" ρώτησε ο οδηγός.

"Πηγαίνω στο Πούνε", απάντησε ο Έιμπ.

"Η Πούνε είναι μια μεγάλη πόλη. Αν μου πείτε την τοποθεσία όπου πηγαίνετε και αν το μέρος αυτό ήταν κοντά στον αυτοκινητόδρομο, θα μπορούσα να σας αφήσω εκεί", είπε ο οδηγός.

"Πηγαίνω εκεί για πρώτη φορά. Δεν ξέρω τίποτα για την πόλη", απάντησε ο Έιμπ.

"Φαίνεται πολύ αστείο. Ήθελες να πας στη Βομβάη. Τώρα πας στο Pune και δεν ξέρεις τίποτα για την πόλη", σχολίασε ο οδηγός.

"Έχετε δίκιο. Αφού φτάσω εκεί, θα περπατήσω και θα ανακαλύψω τις διάφορες τοποθεσίες. Αφήστε με να δω πρώτα την πόλη", εξήγησε ο Έιμπ.

"Ώστε, είσαι περιπλανώμενος. Κι εγώ ήμουν περιπλανώμενος για πολλά χρόνια. Όταν ήμουν δέκα ετών, άφησα το σπίτι μου σε ένα χωριό στο Μπιχάρ. Στη συνέχεια, για πέντε χρόνια, περιπλανήθηκα σε όλη τη βόρεια Ινδία. Μετά από αυτό, συνεργάστηκα με έναν Sardarji ως βοηθός του σε ένα φορτηγό για δέκα χρόνια", δήλωσε ο οδηγός.

"Άρα, ήσουν οδηγός για πολλά χρόνια", έκανε μια δήλωση ο Άμπε.

"Ναι. Χαίρομαι που γνώρισα τον Sardarji- ήταν από το Παντζάμπ, Σιχ, ένας υπέροχος άνθρωπος. Μου φέρθηκε σαν να ήμουν γιος του και με έμαθε να οδηγώ. Κοιτάξτε αυτή τη φωτογραφία. Είναι του Σαρντάρ Ρανμπίρ Σινγκ. Ταξίδεψα μαζί του χιλιάδες χιλιόμετρα." Δείχνοντας μια κορνιζαρισμένη φωτογραφία, πάνω από το παράθυρο, στο πλάι της θέσης του οδηγού, είπε.

"Εντάξει. Αυτός είναι ο Sardar Ranbir Singh", κοιτάζοντας τη φωτογραφία ενός άγριου άνδρα με γενειάδα και τουρμπάνι, είπε ο Abe.

"Ναι, ο Σαρντάρ Ρανμπίρ Σινγκ ήταν ο γκουρού μου- προσεύχομαι καθημερινά σε αυτόν να με προστατεύει από κινδύνους και ατυχήματα. Η οδήγηση φορτηγών είναι επικίνδυνη εργασία. Εκτός αυτού, κάθε αστυνομικός στο δρόμο θέλει να δωροδοκηθεί. Στο Madhya Pradesh και στο Rajasthan, υπάρχουν δολοφόνοι. Μερικοί από αυτούς είναι επικίνδυνοι, αλλά μερικοί είναι φιλικοί και ακίνδυνοι. Αλλά οι πιο επικίνδυνοι άνθρωποι είναι οι πολιτικοί", συνέχισε να μιλάει ο οδηγός.

Το φορτηγό βρισκόταν ακόμα στις παραθαλάσσιες περιοχές της Γκόα και υπήρχαν πολλές καρύδες και στις δύο πλευρές του αυτοκινητόδρομου. Νωρίς το πρωί, έμοιαζαν μυστηριώδεις. Φορτηγά, λεωφορεία και αυτοκίνητα πήγαιναν προς την αντίθετη κατεύθυνση. Η οικονομία της Γκόα εξαρτιόταν κυρίως από τον τουρισμό- ο Έιμπ το γνώριζε.

"Από πού είσαι;" Ο οδηγός ρώτησε τον Έιμπ.

"Είμαι από το Καλικούτ. Αλλά τους τελευταίους εννέα μήνες βρισκόμουν στην Γκόα", απάντησε ο Έιμπ.

"Μπορεί να δούλευες εδώ;" ρώτησε ο οδηγός.

"Ναι", απάντησε ο Abe με μια λέξη.

"Ως βοηθός, δούλευα με τον Γκουρού μου για δέκα χρόνια μέχρι τα είκοσι πέντε μου χρόνια. Πήγα μαζί του σε όλη την Ινδία και το Πακιστάν, το Μπαγκλαντές και το Νεπάλ. Μου φερόταν καλά. Πολύ σπάνια θα δεις έναν καλό άνθρωπο σαν τον Σαρντάρ Ρανμπίρ Σινγκ. Είχε χρυσή καρδιά", είπε ο οδηγός αναστενάζοντας.

"Πού είναι τώρα;" ρώτησε ο Abe.

"Ο γκουρού μου δεν υπάρχει πια. Τον σκότωσαν μπροστά στα μάτια μου", είπε χαμηλόφωνα ο οδηγός.

Ο Έιμπ δεν αντέδρασε και επικράτησε μια μακρά σιωπή. Ο οδηγός ήταν απόλυτα συγκεντρωμένος στην οδήγησή του.

"Πάμε στο Δελχί. Θα χρειαστούν πολλές μέρες για να φτάσουμε εκεί. Στο δρόμο ξεκουραζόμαστε μερικές ώρες και τη νύχτα κοιμόμαστε. Έχω μάθει από την εμπειρία μου ότι ένας καλός ύπνος είναι απαραίτητος για οδήγηση χωρίς ατυχήματα. Αφού οδηγώ έξι ώρες συνεχώς, ξεκουράζομαι, και αυτός θα οδηγεί τρεις ώρες συνεχόμενα. Έχει δίπλωμα οδήγησης", δήλωσε ο οδηγός για τον βοηθό του.

"Αφού φτάσουμε στο Δελχί, παίρνουμε διήμερη άδεια. Και πάλι, ξεκινάμε το ταξίδι της επιστροφής και, μέσα σε ένα μήνα, κάνουμε δύο ταξίδια στη Γκόα. Έχω ένα σπίτι στο Vaishali, στην άλλη πλευρά του ποταμού Yamuna. Το Vaishali είναι μέρος του Δελχί", ο οδηγός έκανε μια παύση για λίγο και μετά ρώτησε: "Έχετε πάει στο Δελχί;"

"Ναι", είπε ο Abe.

"Πού;" Ο οδηγός ρώτησε.

"Σπούδασα εκεί, στο Ινδικό Ινστιτούτο Τεχνολογίας", είπε ο Έιμπ".

"Ω, Θεέ μου, είσαι μηχανικός από το ΙΙΤ. Είναι ένα τόσο φημισμένο πανεπιστήμιο που μόνο ένας στους εκατό χιλιάδες γίνεται δεκτός. Δεν ήξερα ποτέ ότι είσαι τόσο έξυπνος και μορφωμένος άνθρωπος. Είμαι τόσο χαρούμενος που σας γνωρίζω", αναφώνησε ο οδηγός.

"Χαίρομαι που σας γνωρίζω", είπε ο Abe.

"Έχω δύο κόρες. Και οι δύο θέλουν να γίνουν μηχανικοί. Η μεγαλύτερη είναι δεκατεσσάρων ετών και φοιτά στην ένατη τάξη- η μικρότερη είναι δέκα ετών- φοιτά στην πέμπτη τάξη. Ονειρεύονται να πάνε στο IIT για Πληροφορική", αφηγήθηκε ο οδηγός.

"Είναι ωραίο να έχεις όνειρα. Τα παιδιά πρέπει να έχουν μακροπρόθεσμα σχέδια για τις ανώτερες σπουδές τους. Πρέπει να τα ενθαρρύνετε", δήλωσε ο Abe.

"Σίγουρα, είναι το όνειρό μου. Αγαπώ και τις δύο κόρες μου. Είναι εξαιρετικές στις σπουδές τους. Είμαι σίγουρος ότι, μια μέρα, θα γίνουν μηχανικοί, που θα εργάζονται με παγκοσμίου φήμης εταιρείες", εξέφρασε την επιθυμία του ο οδηγός.

"Είμαι σίγουρος- αν έχουν ισχυρή επιθυμία, μπορούν να το πετύχουν", σχολίασε ο Abe.

Άρχισαν να ανεβαίνουν τα Western Ghats. Ο αυτοκινητόδρομος στένευε, η οδήγηση ήταν επίπονη και το φορτηγό κινούνταν αργά ζιγκ ζαγκ μέσα στο δάσος. Ο οδηγός σταμάτησε να μιλάει και επικεντρώθηκε αποκλειστικά στην οδήγηση. Ο Έιμπ γνώριζε ότι τα Δυτικά Γκατς, γνωστά και ως Σαχγιάντρι, προστάτευαν την ακτή Μαλαμπάρ, ξεκινώντας από το νότιο Γκουτζαράτ και καταλήγοντας κοντά στο Κανιακουμάρι. Χρειάστηκαν σχεδόν δύο ώρες για να διασχίσουν την οροσειρά. Ήταν ήδη επτά το πρωί όταν έφτασαν στο νοτιοδυτικό άκρο του οροπεδίου του Ντεκάν. Ο οδηγός σταμάτησε το φορτηγό κοντά σε ένα εστιατόριο στην άκρη του δρόμου και ξύπνησε τον βοηθό του από βαθύ ύπνο. Έφαγαν όλοι πρωινό εκεί, και ο Έιμπ ήξερε ότι ήταν Δευτέρα και το πρώτο του γεύμα μετά το πρωινό με τη Γκρέις το πρωί της Κυριακής.

Ο οδηγός ξεκίνησε ξανά το φορτηγό.

"Η οδήγηση στις πεδιάδες είναι διαφορετική από την οδήγηση στους ορεινούς δρόμους. Ο Γκουρού μου ήταν ένας φανταστικός οδηγός και μπορούσε να οδηγήσει οπουδήποτε με ευχέρεια. Ήταν διαφορετικός. Τον γνώρισα όταν ήμουν δεκαπέντε ετών. Ήξερε ότι ήμουν ορφανή και μου έδωσε ένα σπίτι. Εγώ ήμουν Ινδουιστής, εκείνος ήταν Σιχ, αλλά ποτέ δεν έκανε καμία διάκριση μεταξύ των θρησκειών. Αλλά τον σκότωσαν, λόγω της θρησκείας του", λέγοντας ο οδηγός σταμάτησε να μιλάει για λίγη ώρα.

Ο Έιμπ τον παρακολουθούσε να οδηγεί. Έμοιαζε μεγαλοπρεπής και η κίνηση των χεριών του ήταν σχολαστική. Δεν κοίταξε ποτέ από την πλευρά του, ούτε για περισσότερο από ένα δευτερόλεπτο.

"Γιατί και ποιος τον σκότωσε;" ρώτησε ο Έιμπ.

"Εξακολουθώ να κάνω αυτή την ερώτηση κάθε μέρα. Ο Sardar Ranbir Singh οδηγούσε από τη Βομβάη στο Δελχί, μπαίνοντας στο Δελχί. Μια μέρα μετά τη δολοφονία της Indira Gandhi, της πρωθυπουργού, από τον φρουρό ασφαλείας της. Την τριακοστή πρώτη Οκτωβρίου του δεκαεννιακοστού ογδόντα τεσσάρων, είδαμε ένα μικρό πλήθος να έρχεται με σπαθιά και ατσάλινες ράβδους. Έκαναν κύκλο γύρω από το φορτηγό και ζήτησαν από τον Σαρντάρτζι να βγει έξω. Ήξεραν ότι ήταν Σιχ από τη γενειάδα και το τουρμπάνι του. Σταμάτησε το φορτηγό και έτρεξε. Αλλά τον έπιασαν και τον εξουδετέρωσαν. Και μπροστά στα μάτια μου, του έσπασαν το κεφάλι. Ακόμα θυμάμαι τη σκηνή, το ματωμένο του πρόσωπο. Έκλαψα δυνατά και τους ζήτησα να με σκοτώσουν κι εμένα. Δεν με σκότωσαν επειδή δεν ήμουν Σιχ. Ο αρχηγός τους με χαστούκισε επανειλημμένα, ζητώντας μου να τρέξω. Συχνά θυμάμαι το πρόσωπό του, τον άνθρωπο που με χαστούκισε. Είχα δει τη φωτογραφία του πολλές φορές στις εφημερίδες. Ήταν ηγέτης του κόμματος του Κογκρέσου. Αργότερα, έμαθα ότι μετά τον πυροβολισμό της Ίντιρα Γκάντι από τον σωματοφύλακά της, ξέσπασαν ταραχές και σφαγιάστηκαν πολλές χιλιάδες αθώοι". Για άλλη μια φορά, επικράτησε μια μακρά σιωπή.

Ο Έιμπ τον άκουσε χωρίς να κάνει κανένα σχόλιο.

"Έκαψαν το φορτηγό", συνέχισε ο οδηγός.

"Ποιοι ήταν αυτοί;" ρώτησε ο Έιμπ.

"Ήταν όλοι οι εργαζόμενοι του κόμματος του Κογκρέσου, με επικεφαλής τους τοπικούς τους ηγέτες. Κυνηγούσαν τους Σιχ, τους αθώους Σιχ, που δεν είχαν καμία σχέση με τη δολοφονία της Ίντιρα Γκάντι. Αυτοί οι βουλευτές του Κογκρέσου σκότωσαν περισσότερους από τρεις χιλιάδες Σιχ μόνο στο Δελχί. Και το πογκρόμ εξαπλώθηκε σε περισσότερες από σαράντα πόλεις και κωμοπόλεις σε όλη την Ινδία. Πάνω από δέκα χιλιάδες Σιχ σφαγιάστηκαν. Με λυπήθηκαν επειδή ήμουν ο Ram Yadav. Ήμουν ορφανός από ένα απομακρυσμένο χωριό στο Champaran και ένας αγαπητός και στοργικός Σιχ με φρόντιζε. Για μένα, ήταν ο καλύτερος άνθρωπος που είχα γνωρίσει ποτέ. Αλλά οι τρελοί βουλευτές τον έσφαξαν, σπάζοντας του το κεφάλι". Υπήρχε μια βαθιά θλίψη στη φωνή του.

"Ήταν, πράγματι, μια τραγική ιστορία. Δεν έπρεπε να είχε συμβεί", σχολίασε ο Έιμπ.

"Δεν έπρεπε να είχε συμβεί- εύχομαι κάθε μέρα όταν βλέπω τη φωτογραφία του Γκουρού μου. Είχα εργαστεί ως βοηθός του για δέκα χρόνια- ήταν οι καλύτερες μέρες μου. Μου είχε ανοίξει έναν τραπεζικό λογαριασμό και κατέθετε τον μηνιαίο μισθό μου. Αγόρασα αυτό το φορτηγό πριν από πέντε χρόνια με αυτά τα χρήματα και ένα δάνειο από την ίδια τράπεζα. Ο Γκουρού μου ήταν ένας Θεός για μένα", ακούστηκε λυπημένος ο οδηγός.

"Sardar Ranbir Singh, ο Γκουρού σου ήταν καλός άνθρωπος. Τον χαιρετίζω".

"Ήταν πράγματι καλός άνθρωπος. Μου δίδαξε σπουδαίες αξίες. Κοιτάξτε τον βοηθό μου, τον Τζαβέντ Χαν- τον πήρα από την οδό Άγκρα. Δεν είχε πού να πάει. Είναι κι αυτός ορφανός. Τα τελευταία οκτώ χρόνια είναι μαζί μου. Του άνοιξα τραπεζικό λογαριασμό. Θα αγοράσει το φορτηγό του μέσα στα επόμενα δέκα χρόνια", μίλησε ο οδηγός για τον βοηθό του, ο οποίος κοιμόταν μετά το πρωινό.

Ήταν περίπου δέκα το πρωί και ο Ram Yadav σταμάτησε το φορτηγό κοντά σε ένα κατάστημα τσαγιού στην άκρη του δρόμου. Εκεί ήπιαν ζεστό τσάι με σαμόσα. Μετά από ένα δεκαπεντάλεπτο διάλειμμα, ήταν η σειρά του Javed Khan να οδηγήσει. Ήταν εξαιρετικός οδηγός, παρατήρησε ο Abe. Ο Ram Yadav κάθισε κοντά στον Abe στο μεσαίο κάθισμα και άρχισε να κοιμάται. Τώρα επικρατούσε απόλυτη ησυχία στο φορτηγό.

Τα χωράφια με τα ζαχαροκάλαμα του Kolhapur έμοιαζαν πράσινα και εύφορα με χωράφια ρυζιού και ζαχαροκάλαμου- τα δέντρα μάνγκο, τζάκφρουτ και καρύδας έδιναν ένα αντίγραφο του Malabar. Οι ανατολικές πλαγιές του Sahyadri ήταν άγονες μέχρι το Sangli, μια ζωντανή πόλη κοντά στο οροπέδιο Deccan. Στρέμματα αμπελώνων, βαμβακερά ζαχαροκάλαμα και φιστικιές απλώνονταν και στις δύο πλευρές του αυτοκινητόδρομου. Γύρω στη μία το μεσημέρι, σταμάτησαν σε ένα εστιατόριο κοντά στο βενζινάδικο μέσα σε μια φυτεία μπανάνας. Αφού γέμισαν το ρεζερβουάρ με ντίζελ, έφαγαν το γεύμα τους. Στη συνέχεια, για άλλη μια φορά, ο Ram Yadav άρχισε να οδηγεί.

"Ένας μεγάλος αριθμός των πολιτικών μας είναι εγκληματίες. Απέτυχαν στο Σύνταγμά μας. Εκλέγουμε τους αντιπροσώπους μας- οι περισσότεροι από τους υπουργούς και τους πρωθυπουργούς μας ήταν απελπισμένοι και διεφθαρμένοι, εκτός από τον Νεχρού. Ήταν ο μόνος άνθρωπος που σκεφτόταν σοβαρά την πρόοδο της χώρας χωρίς ιδιοτελείς λόγους. Συνεργάστηκε με ανθρώπους πέρα από θρησκείες, κάστες, θρησκείες, χρώματα, γλώσσες και οικογενειακές καταβολές. Με την ίδρυση των καλύτερων πανεπιστημίων μας, όπως τα IIT και IIM, έθεσε τα θεμέλια για μια αυτοδύναμη Ινδία. Ο Νεχρού άλλαξε το πρόσωπο της χώρας μας κατασκευάζοντας όλα τα μεγάλα φράγματα και ενθαρρύνοντας τους αγρότες, τους εργάτες, τους επιχειρηματίες και τους βιομήχανους. Επέμεινε στην ισότιμη θέση των γυναικών και κατεδάφισε σε μεγάλο βαθμό την πατριαρχία μέσω των ινδουιστικών κωδίκων. Ο Νεχρού ήταν η αιτία για την εξάλειψη της πείνας και της φτώχειας από τα πιο απομακρυσμένα μέρη της χώρας, καθώς ήταν οραματιστής και άνθρωπος των μαζών. Ο Νεχρού είχε και τις αποτυχίες του. Αλλά δεν ήταν τόσο σοβαρές σε σύγκριση με τη συμβολή του στον λαό της Ινδίας", ανέλυσε λεπτομερώς ο οδηγός.

"Αυτό που είπατε είναι γεγονός." Ο Έιμπ κοίταξε έκπληκτος τον οδηγό. Γνώριζε πολύ καλά την ιστορία και την κοινωνική και πολιτική κατάσταση της Ινδίας.

"Ίσως αναρωτιέστε γιατί μιλάω ενώ οδηγώ", είπε ξαφνικά ο οδηγός.

"Ναι, το ξέρω", είπε ο Έιμπ.

"Εντάξει, πείτε μου τον λόγο", επέμεινε ο οδηγός.

"Υπάρχουν δύο λόγοι. Ο πρώτος ήταν ότι δεν πρέπει να αποκοιμηθείτε ενώ οδηγείτε".

"Αυτό είναι υπέροχο. Ο Γκουρού μου μού είπε να το κάνω, γιατί κοιμάμαι αν οδηγώ συνεχώς για περισσότερες από έξι ώρες. Βλέπετε, αυτός ο Τζαβίντ, δεν κοιμάται ποτέ ενώ οδηγεί. Είναι διαφορετικός- είναι καλύτερος από μένα", είπε ο Ραμ Γιάνταβ, κοιτάζοντας ευθεία.

"Οδηγείς καλά", είπε ο Abe.

"Σε παρακαλώ, μη με επαινείς. Μπορεί να γίνω αλαζόνας και να υπερηφανευτώ για τις ικανότητές μου. Και αυτό μπορεί να οδηγήσει σε καταστροφή", παρακάλεσε ο Ram Yadav.

"Έχεις δίκιο", είπε ο Abe.

"Ποιος είναι ο δεύτερος λόγος", επέμεινε ο οδηγός.

"Έχεις πολλές και πλούσιες εμπειρίες. Θέλεις να τις μοιραστείς με τους άλλους. Οι εμπειρίες σας έχουν μια ανθρώπινη ιστορία και υπάρχουν πολλά να μάθεις από αυτές. Με βοηθάει ήδη να αναλογιστώ την ανθρώπινη σχέση. Υπάρχει ανάγκη να βοηθάμε τους ανθρώπους που αντιμετωπίζουν δυσκολίες, ιδίως τα παιδιά". εξήγησε ο Abe. "Μιλάει επίσης για τη ματαιότητα της πολιτικής βίας, του θρησκευτικού μίσους και του λιντσαρίσματος", εξήγησε ο Άμπε μετά από μια παύση.

"Έχετε δίκιο. Το μυαλό τείνει να εμπιστεύεται όταν του μιλάς συνεχώς. Το μυαλό σας εμπιστεύεται και πιστεύει σε όλα όσα λέτε στο μυαλό. Πείτε στο μυαλό σας την αλήθεια για την αγάπη και τη δικαιοσύνη. Ποτέ μην υποκινείτε το νου για μίσος, βία και εκδίκηση για να αποφύγετε την εξέλιξη του νου στο κακό. Μόλις γίνετε κακοί, παραμένετε σε αυτό το στάδιο και δεν υπάρχει διαφυγή ή έξοδος από αυτό. Πολλοί πολιτικοί είναι κακόβουλοι και αποτυγχάνουν να επιστρέψουν στην καλοσύνη- σκέφτονται την εκδίκηση, τον βιασμό και τον φόνο. Κάθε άτομο που συναντάμε είναι σαν εσάς και εμένα. Έχουν ορισμένα δικαιώματα και εγγενή αξιοπρέπεια- κανείς δεν μπορεί να τα παραβιάσει, και σεβόμαστε τους άλλους επειδή είναι ανθρώπινα όντα. Αυτό θα σας οδηγήσει στο να αγαπάτε την ανθρωπότητα και να αποδέχεστε τους πάντες, ξεχνώντας την καταγωγή τους. Η δικαιοσύνη δεν είναι τίποτε άλλο παρά αγάπη για την ανθρωπότητα", διατύπωσε ο οδηγός.

Τα λόγια του μπήκαν βαθιά στην καρδιά του Abe. Αυτά που είπε ήταν σοφία και περιείχαν βαθιές αξίες. Δεν ήταν απαραίτητο να είσαι πρωθυπουργός για να μιλήσεις με σοφία. Οι πρωθυπουργοί, οι υπουργοί και οι πολιτικοί συχνά μισούσαν την ανθρωπότητα- διαιρούσαν τους ανθρώπους για την ύπαρξή τους και δημιουργούσαν βία για την επιβίωσή τους. Οδηγούσαν γύρω τους όχλους λιντσαρίσματος- διέσπειραν το μίσος και τις συγκρούσεις- ο θάνατος και η καταστροφή ήταν η συμβολή τους. Τα λόγια τους είναι ισχυρά- μπορούν να επηρεάσουν εκατομμύρια ανθρώπους και να τους μεταμορφώσουν ώστε να αγκαλιάσουν το κακό. Οι οπαδοί τους γίνονται φλογεροί και έτοιμοι να μισήσουν και να σκοτώσουν σε οποιαδήποτε κατάσταση, καθώς μισούν την αλήθεια για να παραμείνουν σε έναν κόσμο ψευδαισθήσεων.

Γύρω στις τέσσερις το απόγευμα, μπήκαν στα περίχωρα του Pune. Μετά από μισή ώρα οδήγησης, ο Ram Yadav σταμάτησε το φορτηγό του.

"Μπορείτε να κατεβείτε εδώ. Ο σιδηροδρομικός σταθμός απέχει περίπου δέκα χιλιόμετρα από εδώ. Μπορείτε να ταξιδέψετε μαζί μας στο Δελχί, αν το επιθυμείτε", είπε ο οδηγός.

"Θα κατέβω εδώ", είπε ο Έιμπ βγάζοντας από την τσέπη του μετρητά πεντακοσίων ρουπιών. "Η αμοιβή σας", είπε δίνοντάς τα στον οδηγό.

"Όχι, δεν θα έπρεπε να πάρω χρήματα από εσάς. Ήσουν φιλοξενούμενός μας. Εξάλλου, έμαθα πολλά πράγματα από εσάς. Με εμπνεύσατε να ενθαρρύνω τις κόρες μου στην ανώτερη εκπαίδευσή τους. Σας παρακαλώ, κρατήστε τα χρήματα μαζί σας", επέμεινε ο οδηγός.

"Δίνω αυτά τα χρήματα ως δώρο για τις περαιτέρω σπουδές των θυγατέρων σας. Είναι ένα μικρό δώρο. Σας παρακαλώ, δεχτείτε το".

"Βεβαίως. Θα πω στην Asha και στην Usha ότι σας γνώρισα- εμπνεύσατε τις κόρες μου να ακολουθήσουν ανώτερες σπουδές. Σας ευχαριστώ για τη γενναιοδωρία σας", είπε ο Ram Yadav, ενώ δεχόταν τα μετρητά.

"Σας ευχαριστώ. Απόλαυσα το ταξίδι μαζί σας", σχολίασε ο Abe, ενώ κατέβαινε από το φορτηγό.

"Τα λέμε", είπε ο οδηγός και χαιρέτησε τον Abe.

Ο Abe κοίταξε το φορτηγό μέχρι που εξαφανίστηκε από τα μάτια του. Στη συνέχεια πήρε ένα autorickshaw για τον σιδηροδρομικό σταθμό. Εκεί έκλεισε ένα δωμάτιο σε ένα καταφύγιο για να μείνει. Το δωμάτιο ήταν καθαρό και διέθετε συνημμένο μπάνιο με τουαλέτα. Ο Abe έφαγε το δείπνο του σε ένα κοντινό εστιατόριο και επιστρέφοντας, έπλυνε τα ρούχα του και κοιμήθηκε μέχρι την επόμενη μέρα- δεν ήθελε να σηκωθεί από το κρεβάτι, καθώς υπήρχε μια υπερβολική επιθυμία να μείνει στο κρεβάτι και ο Abe φοβόταν μήπως έπασχε από κλινομανία. Και κοιμήθηκε μέχρι το μεσημέρι και ονειρεύτηκε τη Χάρη.

Μετά το μεσημέρι, βγήκε έξω και περιπλανήθηκε στην πόλη με το λεωφορείο σε διάφορες τοποθεσίες μέχρι που βρήκε μια πινακίδα με ονόματα: Loyola Hall: Το Κολέγιο Εκπαίδευσης των Ιησουιτών. Κατέβηκε εκεί και στάθηκε κοντά στην πύλη. Ο Έιμπ άκουσε να τραγουδάει από μέσα, έναν οικείο ύμνο, τον οποίο ο Έιμπ συνήθιζε να τραγουδάει ως μαθητής στο Σεντ Τζόζεφ κατά τη διάρκεια της Θείας Λειτουργίας. Προχώρησε μπροστά και στάθηκε κρατώντας την πύλη, και το τραγούδι μπήκε βαθιά στην καρδιά του.

Ιησού, άγγιξε την καρδιά μου.

Θεράπευσε και κάνε με ολόκληρο,

Ιησού, άγγιξε την καρδιά μου.

Βοήθησέ με να ξαναδώ τον στόχο μου,

Οι ακαθαρσίες μου με γονατίζουν,

Ο Ιησούς βλέπει πάντα τις ανάγκες μου.

Ο Έιμπ στάθηκε στην πύλη και ξαφνικά το μυαλό του τον πήγε στο σχολείο του και ένιωσε μια αλλαγή στην καρδιά του, σαν ο Ιησούς να είχε αγγίξει την καρδιά του. "Ιησού, άγγιξε την καρδιά μου", απήγγειλε επανειλημμένα τον ύμνο. Στη συνέχεια, ο Άμπε περπάτησε μέχρι το καταφύγιό του, περίπου δώδεκα χιλιόμετρα από εκεί, σκεπτόμενος την προσευχή- ο Ιησούς αγγίζει την καρδιά του. Μπορεί να την είχε απαγγείλει τουλάχιστον εκατό φορές μέχρι να φτάσει στο δωμάτιό του.

Εκείνη τη νύχτα ο Έιμπ κοιμήθηκε πολύ αργά. Θυμήθηκε τα σχολικά του χρόνια στο σχολείο του Αγίου Ιωσήφ και για τους εξαιρετικά ταλαντούχους, μορφωμένους, εργατικούς, καινοτόμους, ελεύθερα σκεπτόμενους Ιησουίτες. Συγγραφείς, μουσικοί, δημοσιογράφοι, κινηματογραφιστές, ηθοποιοί, στοχαστές, παιδαγωγοί, φιλόσοφοι, ακτιβιστές, κοινωνικοί λειτουργοί, ποιητές, ζωγράφοι, περιπλανώμενοι, αλήτες, δικηγόροι, γιατροί, καλλιτέχνες και αστροφυσικοί. Ανήκαν στην Κοινωνία του Ιησού, μια καθολική θρησκευτική κοινότητα που ιδρύθηκε από τον Ιγνάτιο Λογιόλα και τους έξι φίλους του στη Μονμάρτη του Παρισιού το δεκαπεντακόσια τριάντα τέσσερα. Όλοι τους, εκτός από τον Φραγκίσκο Ξαβιέ, ήταν φοιτητές στο Πανεπιστήμιο του Παρισιού και αυτοαποκαλούνταν Σύντροφοι του Ιησού. Ο Ξαβιέ ήταν καθηγητής στο Πανεπιστήμιο του Παρισιού. Ο Πάπας Παύλος ο Τρίτος έδωσε στον Ιγνάτιο και στους φίλους του την άδεια να γίνουν ιερείς. Πεπεισμένοι ότι η μεταρρύθμιση της Καθολικής Εκκλησίας ξεκινούσε από τα άτομα, έδωσαν τον όρκο της φτώχειας, της αγνότητας και της υπακοής. Ιδρύοντας πάνω από εκατό σχολεία, κολέγια και πανεπιστήμια σε όλη την Ευρώπη, κέρδισαν μέσα σε σύντομο χρονικό διάστημα το πιο νηφάλιο όνομα, τους Σχολάρχες της Ευρώπης. Ο Άμπε τους σεβόταν επειδή οι Ιησουίτες δεν φοβόντουσαν τίποτα και ενθάρρυναν και δίδασκαν ποικίλες φιλοσοφίες στα εκπαιδευτικά τους ιδρύματα, ακόμη και την αθεΐα. Πολλοί από αυτούς δεν φοβήθηκαν να αντικρούσουν την ύπαρξη του Θεού, όπως αναφέρεται στη Βίβλο.

Το πρωί της επόμενης ημέρας, ο Abe πήρε το λεωφορείο για το Loyola Hall. Το άνοιγμα της πύλης ήταν μια συναρπαστική εμπειρία γι' αυτόν, καθώς επρόκειτο για έναν καινούργιο κόσμο. Είδε κήπους ανάμεσα στα νηφάλια κτίρια που έμοιαζαν δίπλα σε καταπράσινα δέντρα και παιδικές χαρές. Έξω δεν υπήρχαν σταυροί και αγάλματα, αλλά μια σιωπή διαπερνούσε τα πάντα, που ήταν παντοδύναμη και μουσική για την καρδιά. Υπήρχε ένα μεγάλο παρεκκλήσι στη δεξιά πλευρά της εισόδου και μπορούσε να δει πολλούς σε βαθιά περισυλλογή. Προχώρησε μπροστά και μπορούσε να δει μακρινούς διαδρόμους που έβλεπαν κήπους. Στην αριστερή του πλευρά υπήρχε μια μεγάλη πόρτα και μια πινακίδα με όνομα: Joe Xavier, S.J. και από κάτω έγραφε: RECTOR.

Ανάμεσα στους άγαμους

Ο Έιμπ στάθηκε μπροστά στην πόρτα για μερικά δευτερόλεπτα. Μετά πάτησε το κουμπί και άκουσε κάποιον από μέσα να λέει: "Παρακαλώ περάστε". Ο Έιμπ άνοιξε την πόρτα. Ήταν ένα ευρύχωρο δωμάτιο και υπήρχε ένα μεγάλο τραπέζι, και πίσω από αυτό μπορούσε να δει κάποιον να κάθεται.

"Καλημέρα, πάτερ, είμαι ο Αβραάμ Πούθεν", απλώνοντας το χέρι του, είπε ο Έιμπ. "Οι κοντινοί και αγαπητοί μου άνθρωποι με φωνάζουν Έιμπ".

Ο άντρας με το μαύρο παντελόνι και το λευκό πουκάμισο σηκώθηκε όρθιος. Ήταν ψηλός άντρας, πάνω από 1,80 μέτρα, παρατήρησε ο Έιμπ. "Καλημέρα, νεαρέ", σφίγγοντας το χέρι του Έιμπ, ο ιερέας ανταπέδωσε τους χαιρετισμούς.

"Έιμπ, κάθισε, σε παρακαλώ", ζήτησε ο π. Τζο από τον Έιμπ να πάρει τη θέση του.

"Πατέρα Τζο, είμαι εδώ για να εκφράσω την επιθυμία μου να γίνω μέλος της Κοινωνίας του Ιησού", ο Έιμπ ήταν ευθύς.

Ο ιερέας τον κοίταξε για λίγα δευτερόλεπτα για να εκτιμήσει την πρόθεσή του.

"Έιμπ, αυτή είναι μια σοβαρή απόφαση. Πρέπει να σκεφτείς τα υπέρ και τα κατά της επιθυμίας σου. Πρέπει να την αξιολογήσεις και να αναλύσεις γιατί θέλεις να ενταχθείς στην Κοινωνία του Ιησού. Θέλω να σε αποθαρρύνω αν δεν το έχεις σκεφτεί σχολαστικά".

"Είσαι ελεύθερος να αμφισβητήσεις τις προθέσεις μου. Αλλά δεν μπορείτε να εξαλείψετε τη βαθιά ριζωμένη επιθυμία μου".

"Έιμπ, πολλοί νέοι άνδρες έρχονται εδώ και εκφράζουν την έντονη επιθυμία τους να ενταχθούν στην Κοινωνία του Ιησού. Τους στέλνουμε πίσω, ζητώντας τους να επανέλθουν μετά από ένα χρόνο. Παρόλα αυτά, βιώνουν έντονα την ίδια λαχτάρα, τον άσβεστο πόθο, μετά από ένα χρόνο, μια επιθυμία τόσο ισχυρή, που μπορούν να ξεχάσουν τα πάντα στη ζωή και να ακούσουν το κάλεσμα του Ιησού- τους δεχόμαστε. Για να γίνεις μέλος της Κοινωνίας του Ιησού, χρειάζεσαι τουλάχιστον τρία χρόνια εκπαίδευσης, και για να γίνεις ιερέας, μπορεί να χρειαστεί να περάσεις δέκα χρόνια εντατικής εκπαίδευσης. Ο Ιησούς καλεί έναν Ιησουίτη", εξήγησε ο ιερέας.

"Πάτερ, σπούδασα σε σχολείο Ιησουιτών για δώδεκα χρόνια. Μου έμαθαν ανάγνωση, γραφή, αριθμητική και να σκέφτομαι λογικά. Μου εμφύσησαν μια φιλοσοφία ζωής και ήμουν ελεύθερος να δεχτώ οποιαδήποτε φιλοσοφία έβρισκα λογική και πειστική. Με ενθάρρυναν να διευρύνω τα ταλέντα μου για να γίνω καλύτερος άνθρωπος", αφηγήθηκε ο Abe.

"Αυτό είναι μια χαρά. Είναι μια καθολική αλήθεια με τους Ιησουίτες και την αποστολή και το όραμά τους. Είμαστε υπεύθυνοι για την εκπαίδευση κάθε ανθρώπου που έρχεται σε επαφή μαζί μας. Προσπαθούμε να μετατρέψουμε αυτό το άτομο σε σκεπτόμενο άνθρωπο. Εδώ θέλω να σας ρωτήσω, ποια είναι η ιδιαίτερη κλήση σας; Πώς ανταποδίδετε το κάλεσμα του Ιησού; Πώς ξέρετε ότι αυτό το κάλεσμα προέρχεται από τον Ιησού;" Ο ιερέας ήταν πολύ ειλικρινής.

"Όταν γεννήθηκα, ο παππούς μου με αποκάλεσε Ιησού, καθώς έμοιαζα με το Μωρό. Στο σχολείο, ήμουν ο Αβραάμ, το βαπτιστικό μου όνομα. Στο γυμνάσιο, επιθυμούσα βαθιά να γίνω σαν τους Ιησουίτες του σχολείου μου. Με γοήτευαν. Ποτέ δεν σκέφτηκα σοβαρά τον Ιησού. Απλώς ακολουθούσα την πίστη μου, την οποία έλαβα από τους παππούδες μου. Ποτέ δεν είχα κάποιο όραμα για τον Ιησού ή κάποια ιδιαίτερη προσκόλληση σε αυτόν", δήλωσε ο Abe.

"Ακούγεται συναρπαστικό. Φαίνεσαι ειλικρινής στα λόγια σου. Ένας μαθητής λυκείου μπορεί να μην έχει κανένα ιδιαίτερο συναίσθημα για τον Ιησού. Δεν θα έπρεπε να έχει. Το ιδιαίτερο συναίσθημά σας, αν υπάρχει, θα μπορούσε να έρθει μόνο αργότερα μετά από βαθιές σκέψεις. Πρέπει να προκύψει από τη λογική σκέψη, την αξιολόγηση και την ανάλυση της ζωής. Η ένταξη στην Κοινωνία του Ιησού δεν πρέπει να είναι μια νεανική απόφαση-πρέπει να είναι προϊόν εξελιγμένης και χωρίς συναισθήματα άρθρωσης του εγκεφάλου και όχι της καρδιάς. Εμείς οι Ιησουίτες πιστεύουμε σε μια απόφαση απαλλαγμένη από ψυχολογικά τραύματα", εξήγησε ο π. Joe.

"Πιστεύω στους λόγους και στη λογική σκέψη. Είμαι ικανός να συζητήσω με ευφυείς ανθρώπους τον αθεϊσμό και τον θεϊσμό. Και είμαι βέβαιος ότι η σκέψη μου σχετικά με τις προθέσεις μου να ενταχθώ στην Κοινωνία του Ιησού δεν εξαρτάται από το αν είμαι θεϊστής ή άθεος. Πιστεύω ακράδαντα ότι ο αθεϊσμός και ο θεϊσμός είναι παράλογοι επειδή δεν μπορούν να αποδείξουν ή να διαψεύσουν την ύπαρξη του Θεού. Η έννοια της ύπαρξης δεν έχει νόημα όσον αφορά τον Θεό", εξήγησε ο Abe τη θέση του.

"Σε κάποιο βαθμό, συμφωνώ μαζί σου, Άμπε, καθώς δεν έχει νόημα να αποδείξουμε ή να διαψεύσουμε την ύπαρξη του Θεού. Τέτοιες συζητήσεις δεν έχουν καμία σχέση με τον Θεό. Παρεμπιπτόντως, θα μπορέσετε να έρθετε εδώ αύριο την ίδια ώρα; Θα ζητήσω από δύο Ιησουίτες συντρόφους μου να συζητήσουν μαζί σου την επιθυμία σου να ενταχθείς στην Εταιρεία του Ιησού. Ο ένας είναι ο Πατέρας Mathew Kadan, ο Κοσμήτορας του Κολλεγίου Εκπαίδευσης των Ιησουιτών, και ο άλλος είναι ο Πατέρας Sylvester Pinto, ο Διευθυντής Εκπαίδευσης.

Την επόμενη ημέρα, ο Abe έφτασε στο Loyola Hall την ίδια ώρα. Ο πατέρας Kadan και ο πατέρας Pinto τον περίμεναν, οδηγώντας τον σε μια αίθουσα συνεδριάσεων που μπορούσε να φιλοξενήσει περίπου δέκα άτομα. Η διάταξη των καθισμάτων ήταν κομψή και άνετη, και η αίθουσα είχε μεγάλα παράθυρα.

"Έιμπ, καλώς ήρθες. Είμαι ο Μάθιου", ενώ έκανε χειραψία με τον Έιμπ, ο πατέρας Καντάν συστήθηκε.

"Χάρηκα για τη γνωριμία, πάτερ Καντάν", είπε ο Έιμπ.

"Είμαι ο Σιλβέστερ", είπε ο πατέρας Πίντο.

"Γεια σας, πάτερ Πίντο", είπε ο Έιμπ.

"Abe, είσαι ευπρόσδεκτος να μας αποκαλείς με τα μικρά μας ονόματα", είπε ο π. Kadan.

"Βεβαίως", απάντησε ο Έιμπ.

Ο Έιμπ ένιωσε σαν στο σπίτι του μαζί τους. Σκέφτηκε σαν να τους γνώριζε χρόνια. Ο Μάθιου και ο Σιλβέστερ μίλησαν στον Έιμπ για τους γονείς τους, το κοινωνικό και μορφωτικό τους υπόβαθρο, τη ζωή και το έργο τους στην Κοινωνία του Ιησού. Ο Έιμπ κατάλαβε ότι ο Μάθιου είχε διδακτορικό στην Ανθρωπολογία από το Πανεπιστήμιο Μπράουν και είχε δημοσιεύσει πολλές μελέτες για την ανθρώπινη εξέλιξη. Ο Πίντο είχε διδακτορικό στα Μαθηματικά από το Πανεπιστήμιο του Πρίνστον.

Ο Έιμπ τους είπε ότι οι γονείς του, καθηγητές πανεπιστημίου, ήταν άθεοι, παρόλο που γεννήθηκαν καθολικοί. Του εμφύσησαν τις αξίες της ελευθερίας, της ισότητας και της κοινωνικής δικαιοσύνης, όπως η ανθρώπινη αξιοπρέπεια, το σημαντικότερο αγαθό που πρέπει να διαφυλάσσεται. Όσον αφορά τη θρησκεία, οι παππούδες και οι γιαγιάδες του ήταν η πηγή της επιρροής του. Παρ' όλα αυτά, ο Abe πίστευε ότι η έννοια του Θεού εξελισσόταν ανάλογα με την επικρατούσα ανθρώπινη κατάσταση, καθώς ο Θεός δεν μπορεί να είναι μια στατική υπόθεση ή ιδέα. Γι' αυτόν, θα πρέπει να είναι μια επιτακτική ιδέα που να αλλάζει ανάλογα με τις ανάγκες των ανθρώπων.

"Abe, παρακαλώ συνεχίστε να μας μιλάτε για το ιστορικό σας", του ζήτησε ο Sylvester.

Ο Abe μίλησε για τη σχολική του φοίτηση στο St. Joseph's, τις συναντήσεις του με τους Ιησουίτες και την επιρροή τους στη ζωή του, τις σπουδές του στο Ινδικό Ινστιτούτο Τεχνολογίας στο Δελχί, το μεταπτυχιακό του στο Πανεπιστήμιο Nanyang και την έρευνά του στην Τεχνητή Νοημοσύνη.

"Πιστεύετε ότι η Τεχνητή Νοημοσύνη θα μπορούσε να αντικαταστήσει τους ανθρώπους μια μέρα", διερωτήθηκε ο Μάθιου.

"Οι έρευνες σε πολλά πανεπιστήμια δείχνουν ότι η Τεχνητή Νοημοσύνη δεν έχει κίνητρο επίτευξης στόχων, όπως οι άνθρωποι. Παρόλο που η ΤΝ θα μπορούσε να δημιουργήσει, να αναπτύξει και να επεξεργαστεί γνώσεις, συχνά εκατοντάδες ή χίλιες φορές περισσότερες από τους ανθρώπους, η έλλειψη κινήτρων επίτευξης της ΤΝ ίσως να μην της επιτρέψει να κυριαρχήσει πάνω στους ανθρώπους", απάντησε ο Abe.

"Είναι δυνατόν οι άνθρωποι και η ΤΝ να συνεργαστούν ως ομάδα για την επίτευξη της ανθρώπινης προόδου;", έθεσε το ερώτημα ο Μάθιου.

"Η πρόοδος και η ανάπτυξη αφορούν μόνο τους ανθρώπους, καθώς οι αξίες είναι μόνο ανθρώπινο μέλημα. Θα μπορούσαμε να προσθέσουμε περισσότερα στην τεχνητή νοημοσύνη, αλλά η τεχνητή νοημοσύνη δεν μπορεί να αναπτυχθεί με φυσικό τρόπο- το μεγαλύτερο μειονέκτημά της. Η τεχνητή νοημοσύνη δεν μπορεί να σκεφτεί ανεξάρτητα, καθώς της λείπει η σαφής σκέψη με αισθητική αίσθηση. Δεν έχει ενσυναίσθηση και άλλα συναισθήματα, οπότε δεν είναι νοημοσύνη καθαυτή αλλά νοημοσύνη κατά λάθος. Η τεχνητή νοημοσύνη δεν μπορεί να χαμογελάσει, να γελάσει και να κλάψει από καρδιάς, καθώς δεν έχει συνείδηση και συνείδηση. Δεν έχει πόνο, δεν έχει λύπες, δεν έχει άγχος. Εμείς οι άνθρωποι θα μπορούσαμε να εκφράσουμε χαρά στη συνάντηση με τους κοντινούς και αγαπημένους μας ανθρώπους και ευτυχία στην παρέα του αγαπημένου. Μπορούμε να αγκαλιάσουμε ένα άλλο άτομο με αγάπη. Και όλες αυτές οι ανθρώπινες ευαισθησίες και συναισθήματα λείπουν από την τεχνητή νοημοσύνη, η οποία είναι μόνο μια μηχανή. Θα μπορούσε να νικήσει τον καλύτερο σκακιστή αν ήταν προγραμματισμένη και να παίξει πιάνο ακόμα καλύτερα από τον καλύτερο πιανίστα. Αλλά η ΤΝ δεν μπορεί να είναι καλύτερος μουσικοσυνθέτης από τον Μότσαρτ, τον Μπετόβεν, τον Μπαχ, τον Σοπέν, τον Μπραμς και τον Τσαϊκόφσκι, καθώς χρειάζονται ανθρώπινα συναισθήματα για να συνθέσει και να απολαύσει κανείς μουσική. Ο Άμλετ, οι Νάρκισσοι, η Άννα Καρένινα, ο Γέρος και η Θάλασσα, Εκατό χρόνια μοναξιά, Ο δρόμος της πείνας, Η γυναίκα στους αμμόλοφους, οι Χέμμεν και το Σακουνταλάμ είναι εξαιρετικά παραδείγματα ανθρώπινης δημιουργικότητας. Η Πιετά, ο Χορεύοντας Σίβα και ο Κοιμώμενος Βούδας της Ellora είναι μοναδικά έργα τέχνης. Η τεχνητή νοημοσύνη δεν μπορεί ποτέ να ζωγραφίσει ένα καλύτερο αριστούργημα από τη Μόνα Λίζα, τον Μυστικό Δείπνο, την Αστερινή Νύχτα, το Κορίτσι με το Μαργαριταρένιο Σκουλαρίκι, την Κραυγή, τη Γυμνή Αλήθεια και τη Γκερνίκα. Η Τεχνητή Νοημοσύνη αποτυγχάνει να γίνει Θεός, αλλά μπορεί να αναδειχθεί σε Χίτλερ, Στάλιν, Μάο, Πολ Ποτ, Ίντι Αμίν και Μουσολίνι, καθώς η βία είναι το αντίθετο της αγάπης. Έτσι, οι άνθρωποι μπορούν να διαμορφώσουν την ΤΝ, αλλά το αντίστροφο με απόλυτη έννοια είναι αδύνατο". εξήγησε ο Abe.

"Θέλεις να πεις ότι οι άνθρωποι είναι υπέρτατοι", ρώτησε ο Μάθιου.

"Σίγουρα, καμία νοημοσύνη δεν μπορεί να ξεπεράσει την ανθρώπινη νοημοσύνη στο παρατηρούμενο σύμπαν", είπε ο Έιμπ.

"Γιατί όχι;" διερωτήθηκε ο Πίντο.

"Επειδή οι άνθρωποι είναι πραγματικοί", είπε ο Έιμπ.

"Έιμπ, θα περιμένεις σε παρακαλώ δέκα λεπτά; Ας συζητήσουμε με τον πατέρα Τζο", είπε ο Μάθιου.

Ο Έιμπ περίμενε για αρκετή ώρα.

Τότε ο Πίντο και ο Μάθιου μπήκαν με τον Τζο.

"Έιμπ, αν το επιθυμείς, μπορείς να ενταχθείς στο προ-νεοφώτιστο, ως μετακλητός, για ένα χρόνο, ξεκινώντας από αύριο, στο Εκπαιδευτικό μας Κολέγιο", είπε ο Τζο.

"Βεβαίως, πάτερ. Θα είμαι εδώ αύριο το πρωί", απάντησε ο Έιμπ.

Εκείνο το βράδυ, ο Έιμπ αγόρασε μισή ντουζίνα παντελόνια και πουκάμισα, άλλα απαραίτητα πράγματα και μια βαλίτσα. Το επόμενο πρωί, έφτασε στο Loyola Hall και ο Joe, ο Mathew και ο Sylvester τον περίμεναν στην είσοδο.

"Καλώς ήρθατε Έιμπ στο Κολέγιο Εκπαίδευσης Ιησουιτών", είπε ο Τζο και έσφιξε το χέρι του Έιμπ.

"Σ' ευχαριστώ, Τζο", απάντησε ο Έιμπ.

Ο Μάθιου και ο Σιλβέστερ τον καλωσόρισαν και οδήγησαν τον Έιμπ στο τμήμα των προ-νεοσύλλεκτων του Κολλεγίου. Ήταν ένας νέος κόσμος για τον Έιμπ. Υπήρχαν δεκαπέντε νέοι, από όλη τη χώρα, για το pre-novitiate, και ο Μάθιου ήταν ο έπαρχος, ο οποίος σύστησε τον Έιμπ σε όλους. Ήταν απόφοιτοι ή μεταπτυχιακοί φοιτητές με έντονη επιθυμία να γίνουν Ιησουίτες. Ο καθένας είχε ανεξάρτητους θαλάμους, ένα κρεβάτι, ένα ντουλάπι στον τοίχο, ένα τραπέζι και δύο καρέκλες.

Μόνο ορισμένα στοιχεία του ωρολογίου προγράμματος δεν ήταν ευέλικτα. Το ξύπνημα γινόταν στις τέσσερις και μισή το πρωί. Από τις πέντε και μισή έως τις έξι ήταν ο προσωπικός διαλογισμός μέσα στο θάλαμο. Στη συνέχεια, για μισή ώρα, ανάγνωση πνευματικής λογοτεχνίας γραμμένης κυρίως από μέλη της Εταιρείας του Ιησού. Μία ώρα από τις έξι και μισή ήταν για τη Θεία Λειτουργία στο παρεκκλήσι, ακολουθούσε μισή ώρα για πρωινό και τριάντα λεπτά ελεύθερου χρόνου. Στη συνέχεια, μία ώρα ήταν για ανάγνωση και δημόσια ομιλία, άλλη μία ώρα για ομαδική συζήτηση και δεκαπέντε λεπτά διάλειμμα. Μία ώρα ήταν εκεί για να συναντηθεί ο Έπαρχος με προηγούμενο ραντεβού και ακολουθούσε δεκαπεντάλεπτος διαλογισμός. Το μεσημεριανό ήταν από τη μία έως τη μία και μισή, στη συνέχεια μέχρι τις τρεις και μισή ήταν για προσωπική εργασία, επόμενη μισή ώρα διάλειμμα για τσάι. Υπήρχε μία ώρα για υπαίθρια παιχνίδια και αθλήματα, και από τις πέντε έως τις οκτώ, ήταν για ατομική εργασία. Το δείπνο ήταν στις οκτώ και μισή ώρα από τις οκτώ και μισή ήταν ελεύθερος χρόνος. Από τις εννέα έως τις δέκα ήταν κοινή προσευχή στο παρεκκλήσι, η επόμενη μισή ώρα για προσωπική εργασία και έξι ώρες για ξεκούραση.

Τις αργίες και τις Κυριακές, υπήρχε περισσότερος ελεύθερος χρόνος και προσωπικός χρόνος. Το πρωί του Σαββάτου ήταν για κοινοτική εργασία και το απόγευμα μέχρι τις έξι καθάριζαν όλο το χώρο. Οι Κυριακές ήταν για εκδρομές, ψυχαγωγία, θεατρικές παραστάσεις και γιορτές. Σημαντικές γιορτές ήταν για τουρνουά, ταινίες, πολιτιστικά προγράμματα και διασκεδάσεις. Στην αρχή, ο Abe βρήκε την προσαρμογή στο ωρολόγιο πρόγραμμα ελαφρώς δύσκολη, αλλά σταδιακά το εμπέδωσε, και γι' αυτόν ήταν το πρώτο βήμα για να γίνει Ιησουίτης. Η ανάγνωση πνευματικής λογοτεχνίας από πολλούς υποδειγματικούς Ιησουίτες ήταν μια συναρπαστική εμπειρία. Διάβασε δέκα βιβλία για τον Ιγνάτιο Λογιόλα, τον Φραγκίσκο Ξαβιέ, τον Αρνό Παντίρι, τον Ματέο Ρίτσι, τον Πίτερ Κλέβερ, τον Σεμπάστιαν Κάπεν και τον Πέδρο Αρρούπε. Η ζωή και τα έργα του Arnos Padiri ενέπνευσαν τον Abe. Γεννημένος το 1681 στην Κάτω Σαξονία της Γερμανίας, ο Arnos ήρθε στην Κεράλα το 1700. Το πραγματικό του όνομα ήταν Johann Ernst Hanxlenden και οι Μαλαιγιαλέζοι τον αποκαλούσαν Arnos. Έμαθε Μαλαγιαλάμ και Σανσκριτικά και έγραψε πολλά ποιητικά βιβλία και άρθρα και στα δύο, συμπεριλαμβανομένου του Puthen Pana, ενός έπους για τη ζωή του Ιησού. Στο λεξικό του για τα Μαλαγιαλάμ, εξηγούσε τις λέξεις στα Σανσκριτικά και τα Πορτογαλικά. Η γραμματική του για τα Μαλαγιαλάμ ήταν η πρώτη από ξένο. Εμπνευσμένος από τον ινδικό πολιτισμό και το ινδικό ήθος, ο Άρνος δημοσίευσε ένα βιβλίο για τη γραμματική των σανσκριτικών και πολλά άρθρα στα λατινικά για τις Βέδες και τις Ουπανισάντες. Ο Μαξ Μίλερ τον θεωρούσε πηγή έμπνευσης.

Ο Έιμπ εμπνεύστηκε από αυτούς τους άνδρες και τις ιδέες και την αποστολή τους. Ενθάρρυναν τον Έιμπ και του δημιούργησαν μια άσβεστη επιθυμία να μάθει περισσότερα για τους Συντρόφους του Ιησού. Καλλιέργησε μια αγάπη για την Εταιρεία που ίδρυσε ο Ιγνάτιος Λογιόλα- ο στρατιώτης που μετατράπηκε σε μυστικιστή και βρήκε τον Ιησού στα πάντα.

Οι καθημερινές συνεδρίες δημόσιας ομιλίας ήταν ιδιαίτερα παραγωγικές. Και οι δεκαέξι μετακλητοί, ο έπαρχος και άλλοι ιερείς ήταν παρόντες σε τέτοιες εκδηλώσεις. Οι μετακλητοί έπρεπε να μιλήσουν για ένα θέμα για τρία λεπτά ο καθένας. Στη συνέχεια, η συνεδρία άνοιγε για συζήτηση και αξιολόγηση του θέματος, των ιδεών και του ύφους της ομιλίας. Οι κεντρικές πτυχές της συζήτησης ήταν η εκφορά του λόγου, ο αντίκτυπος και η δύναμη της πειθούς του ακροατηρίου. Και όλοι συμμετείχαν διεξοδικά σε αυτήν, γεγονός που έκανε τη διαδικασία εμπλουτιστική και ισχυρή. Οι συνεδρίες δημόσιας ομιλίας βοήθησαν τον Abe να κατανοήσει τους συντρόφους του και τις προσωπικότητές τους. Σε μεγάλο βαθμό, η αξιολόγηση και η ανάλυση κάθε ομιλητή ήταν δίκαιη και αντικειμενική και κανείς δεν κράτησε κακία σε κανέναν ομιλητή ή αξιολογητή.

Ο έπαρχος ενθάρρυνε τους μετακλητούς να διαβάσουν ένα γραπτό απόσπασμα για πέντε λεπτά ενώπιον ακροατηρίου στις συνεδρίες δημόσιας ανάγνωσης. Αξιολογούσαν την ανάγνωση με βάση την προφορά, τη ροή της εκφώνησης, τη σαφήνεια και τον αντίκτυπο. Αυτό τους επέτρεψε να σταθούν μπροστά σε άλλους χωρίς ντροπή και φόβο. Η ανάγνωση ήταν μια τέχνη που μπορούσε να εντυπωσιάσει το κοινό και να μεταφέρει ένα ισχυρό μήνυμα. Οι διορθώσεις που έκαναν οι άλλοι βοήθησαν τον Έιμπ να είναι ταπεινός και να σέβεται τους συντρόφους του και να βελτιώνει τα ταλέντα του.

Η συνάντηση με τον Μάθιου ήταν μια αναζωογονητική εμπειρία, καθώς η ειλικρίνειά του στη μετάδοση ιδεών και απόψεων ήταν αξιοσημείωτη. Παρόλο που ήταν ανθρωπολόγος, ο Μάθιου ήταν ένας εξαιρετικός σύμβουλος και ο Έιμπ βίωσε την απόλυτη ελευθερία να συζητήσει τα προβλήματα, τους φόβους και τις ανησυχίες του.

Ο πατέρας Τζο, ο πρύτανης, εκπαίδευσε τους δόκιμους στο να κάνουν διαλογισμό. Ο Τζο τους βοηθούσε να κάθονται άνετα και να απομακρύνουν από το μυαλό τους όλους τους φόβους, τις επιθυμίες, τα άγχη, τις ανησυχίες, τις χαρές, ακόμη και την ευτυχία.

"Το μυαλό γίνεται ελεύθερο από κάθε σκέψη, χωρίς όρια", είπε ο Joe ως εισαγωγή. "Σταδιακά, ο νους αποκολλάται από το σώμα", πρόσθεσε ο Τζο.

Χρειάστηκε χρόνος για να μάθει ο Έιμπ τα απαραίτητα μαθήματα. Αλλά, συχνά, κατά τη διάρκεια του διαλογισμού, γέμιζε με το πρόσωπο της Γκρέις και τις αναμνήσεις της. Ο Έιμπ διαπίστωσε ότι ήταν ανθρωπίνως αδύνατο να αφαιρέσει τη Γκρέις από τις σκέψεις του και να αποστασιοποιηθεί από αυτήν, και ήταν κάπως δύσκολο να διαλογιστεί χωρίς να τη σκέφτεται. Ο Έιμπ συζήτησε το θέμα με τον Τζο. Εκείνος είπε ότι τα συναισθήματά του και οι επαναλαμβανόμενες αναμνήσεις της Γκρέις ήταν απολύτως φυσιολογικές. Πολλά χρόνια συνεχούς εκπαίδευσης και συνεπούς εξάσκησης ήταν απαραίτητα για να διαλογιστεί κανείς χωρίς να έχει κάποιο αντικείμενο στο μυαλό του.

Έτσι, ο διαλογισμός σήμαινε την άρση του νου από το σώμα χωρίς να έχει καμία αίσθηση, αντίληψη, φαντασία ή κρίση και, τελικά, την απόλυτη βίωση του εαυτού. Γίνεστε ένα με το Σύμπαν, ένα με το κενό.

Για μερικούς μήνες, ο Έιμπ προσπάθησε να κάνει ό,τι του είχε υποδείξει ο Τζο. Αλλά δεν μπορούσε να συγκεντρωθεί, και η Γκρέις ήταν συνεχώς μπροστά του. Ξανά και ξανά, ο Έιμπ συζητούσε το θέμα με τον Τζο. Τελικά, ο Τζο του είπε ότι ακόμη και ο Ιησούς δεν μπορούσε να μεσολαβήσει χωρίς πλήρη απόσπαση της προσοχής του. Είχε μπει πολλές φορές στον πειρασμό του διαβόλου, ακόμη και κατά τη διάρκεια των σαράντα ημερών διαλογισμού του στην έρημο. Έτσι, ο Τζο ζήτησε από τον Έιμπ να μην απογοητευτεί.

Ο Έιμπ ενημέρωσε τον Τζο ότι θεωρούσε τον Γκρέις στενό του φίλο και συχνά ένιωθε αχώριστος, αποτελώντας μέρος της ζωής του. Ο πρύτανης είπε ότι το να έχεις έναν φίλο του αντίθετου φύλου ήταν φυσικό και ότι το επαναλαμβανόμενο όραμά της στις προσευχές και τους διαλογισμούς δεν ήταν κάτι κακό. Ο Έιμπ προσπαθούσε να συλλογίζεται βαθιά χωρίς να συγκεντρώνεται σε τίποτα, αλλά η Γκρέις παρέμενε μέσα στην καρδιά και το μυαλό του.

Τέλος, ο Τζο είπε στον Έιμπ να διαλογιστεί πάνω στη Γκρέις, την εμφάνισή της, την ομορφιά της, την εμφάνιση, τις αξίες, τα λόγια, το γέλιο, το χαμόγελο, τις λύπες και την ίδια την ύπαρξή της. Θα μπορούσαν να είναι τα αντικείμενα του διαλογισμού του Έιμπ. "Απολαύστε την παρουσία της στη ζωή σας, αγκαλιάστε την και κρατήστε την κοντά στην καρδιά σας. Η Γκρέις είναι ο Έιμπ", είπε ο Τζο. Ο Έιμπ δοκίμασε τη νέα τεχνική που πρότεινε ο Τζο για μέρες μαζί. Άλλαξε την αντίληψή του για το διαλογισμό, την προσευχή και την ενότητα με το Σύμπαν. Ο Έιμπ μπορούσε να είναι με την αγαπημένη του Γκρέις για ώρες μαζί, και την αγκάλιαζε και τη φιλούσε κατά τη διάρκεια του διαλογισμού του. Ήταν η πιο συναρπαστική εμπειρία γι' αυτόν.

Ο πατέρας Τζο εξήγησε ότι η Αγία Τερέζα της Αβίλας είχε χρησιμοποιήσει τις ίδιες τεχνικές στον διαλογισμό της. Θεωρούσε τον Ιησού τον αγαπημένο της σύζυγο, τον αγκάλιαζε, τον φιλούσε και έκανε σεξ μαζί του κατά τη διάρκεια του διαλογισμού της. Η Τερέζα βίωνε συχνά οργασμό με τον Ιησού και η Τερέζα κουβαλούσε τον Ιησού για ώρες μαζί στο κρεβάτι της. Μπορούσε να παραμείνει με τον Ιησού χωρίς φαγητό και ποτό για πολλές ημέρες σε βαθύ διαλογισμό και προσευχή, απολαμβάνοντας τη σεξουαλική της οικειότητα μαζί του. "Η σεξουαλική χαρά δεν είναι μια ξένη έννοια και αποτελεί μέρος του διαλογισμού και της προσευχής των Ιησουιτών", εξήγησε ο π. Τζο.

Ο Abe δοκίμασε την Theresan-Technique στον διαλογισμό του και το αποτέλεσμα ήταν ικανοποιητικό, καθώς δεν υπήρχε σύγκρουση συμφερόντων στο μυαλό του. Μπορούσε πάντα να αισθάνεται άνετα. Η σεξουαλική οικειότητα στον στοχασμό δεν ήταν ακολασία, αλλά έρωτας. Ήταν μια ευφορική αίσθηση του να είσαι ερωτευμένος με τη Χάρη, το ίδιο συναίσθημα που είχε η Μαρία Μαγδαληνή με τον Ιησού ή η Αγία Τερέζα της Αβίλας με τον Ιησού. Έτσι, οι σεξουαλικές σχέσεις με τη Χάρη έγιναν αναπόσπαστο μέρος της πνευματικής ζωής του Έιμπ, η οποία ήταν επίσης πανταχού παρούσα στη ζωή κάθε άλλου Ιησουίτη. Η αποφυγή τέτοιων σκέψεων θα επηρέαζε μια ισορροπημένη θρησκευτική ζωή.

"Μια θρησκευτική ζωή χωρίς σεξουαλικά συναισθήματα ή καταπιεσμένες σκέψεις θα οδηγήσει σε ένα αχνό πνευματικό περιβάλλον", είπε ο πατέρας Τζο. Και ο Έιμπ έγινε φλύαρος με τη Γκρέις κατά τη διάρκεια των διαλογισμών του και απολάμβανε την οικειότητά της.

Στον ελεύθερο χρόνο του ο Έιμπ περιπλανιόταν στους απέραντους κήπους και διαπίστωσε ότι το Loyola Hall είχε πολλά άλλα τμήματα εκτός από το προ-νεοφώτιστο. Περίπου είκοσι νεαροί βρίσκονταν εκεί ως δόκιμοι σε ένα άλλο κτίριο, όπου περνούσαν από το novitiate για δύο χρόνια. Είχαν διαφορετικό παρεκκλήσι και τραπεζαρία και καμία σημαντική αλληλεπίδραση με τους υποψήφιους. Αλλά για παιχνίδια, γιορτές όπως τα

Χριστούγεννα, το Πάσχα, την Ημέρα του Ιγνατίου, την Ημέρα της Ανεξαρτησίας, την Ημέρα της Δημοκρατίας και το Deepawali, οι προνεοσύλλεκτοι και οι δόκιμοι έρχονταν μαζί.

Στο Loyola Hall υπήρχε επίσης ένα Retreat House, καθώς οι Ιησουίτες ήταν πολύ δημοφιλείς ως ιεροκήρυκες retreat και θεωρούνταν μοντέρνοι στη σκέψη. Πολλοί ιερείς και καλόγριες από διάφορες επισκοπές και θρησκευτικές κοινότητες έφταναν εκεί για ησυχαστήρια για τρεις ημέρες, επτά ημέρες, δεκαπέντε ημέρες και τριάντα ημέρες κατά διαστήματα. Εκείνοι που παρακολουθούσαν τα ησυχαστήρια δεν αναμείχθηκαν ποτέ με τους μετακλητούς και τους δόκιμους.

Τα υπαίθρια παιχνίδια και τα αθλήματα ήταν υποχρεωτικά για όλους, καθώς η συμμετοχή σε τέτοιες δραστηριότητες ήταν απαραίτητη για την υγεία του νου και του σώματος. Από την αρχή, ο Έιμπ έπαιζε μπάσκετ και υπήρχαν εξαιρετικοί παίκτες μεταξύ των υποψήφιων και των δόκιμων. Με συνεχή εξάσκηση, ο Abe ανέπτυξε τις ικανότητές του. Υπήρχε ένα γήπεδο για βόλεϊ, και πολλοί από τους αρχάριους ήταν εξαιρετικοί παίκτες του βόλεϊ. Παρόλο που υπήρχε γήπεδο τένις επί χλοοτάπητα, το παιχνίδι δεν ήταν τόσο δημοφιλές.

Απόλυτη ησυχία επικρατούσε κατά τη διάρκεια του πρωινού, του μεσημεριανού και του δείπνου, εκτός από τις Κυριακές και τις γιορτές. Ένας από τους υποψήφιους διάβαζε δυνατά κάποια αποσπάσματα από βιβλία για τους αγίους κατά τη διάρκεια των γευμάτων. Συνήθιζαν να γίνονται γιορτές τις ημέρες των εορτών και όλοι μιλούσαν και μοιράζονταν τα συναισθήματα και τις ιστορίες τους. Το φαγητό που σερβιριζόταν ήταν θρεπτικό και νόστιμο αλλά όχι ακριβό. Οι Ιησουίτες διατηρούσαν έναν απλό τρόπο ζωής, χωρίς να έχουν ακριβό φαγητό και ρούχα, καθώς το όραμα και η αποστολή τους έδειχναν μια αίσθηση αφοσίωσης στην ευημερία των φτωχών και των μη προνομιούχων. Η ενσυναίσθηση διαπνέει τις πράξεις και τις δραστηριότητές τους.

Το τραγούδι και το παίξιμο μουσικών οργάνων αποτελούσαν αναπόσπαστο μέρος της κοινής προσευχής. Σχεδόν όλοι τραγουδούσαν ή έπαιζαν μουσικά όργανα, βιολί, κιθάρα ή πιάνο. Ο Abe έμαθε τα βασικά μαθήματα του πιάνου από τον Sylvester και μέσα σε έξι μήνες άρχισε να παίζει πιάνο στις ομαδικές προσευχές. Υπήρχε επίσης πολύ τραγούδι κατά τη διάρκεια της καθημερινής λειτουργίας, μιας γιορτής για τους Ιησουίτες. Αλλά μερικές φορές, ο Έιμπ σκεφτόταν τη Χάρη κατά τη διάρκεια της λειτουργίας και παρέμενε μαζί του μέχρι το εκκλησίασμα να τραγουδήσει τον τελευταίο ύμνο.

Κάθε Σάββατο πρωί, όλοι οι μετακλητοί, δόκιμοι, συμπεριλαμβανομένων των ιερέων, πήγαιναν για εθελοντική κοινωνική εργασία σε φτωχογειτονιές, κοντινά χωριά, σπίτια για ηλικιωμένους, σπίτια για παιδιά και εγκαταλελειμμένες γυναίκες. Όλοι εργάζονταν μέχρι τη μία το μεσημέρι. Η εργασία με τους ανθρώπους αποτελούσε ουσιαστικό μέρος της εκπαίδευσης και της ζωής των Ιησουιτών. "Να αγαπάτε τους ανθρώπους όπως σας αγάπησε ο Ιησούς" ήταν η αρχή τους. Ο Abe εργάστηκε σε ένα γηροκομείο για τους δύο πρώτους μήνες. Βοηθούσε ηλικιωμένους, αδύναμους και ασθενείς ανθρώπους να μετακινούνται. Τα κύρια καθήκοντά του ήταν να πλένει τα ρούχα τους, να καθαρίζει το σπίτι, να κάνει μπάνιο στους ηλικιωμένους, να κουρεύει τα μαλλιά τους, να ξυρίζει τα γένια τους και να βοηθάει τους γιατρούς και τις νοσοκόμες. Για τους επόμενους τρεις μήνες βρισκόταν σε μια κοινότητα παραγκουπόλεων, βοηθώντας τους ανθρώπους να κατασκευάσουν τα σπίτια τους, καθαρίζοντας την αποχέτευση και διδάσκοντας στους αναλφάβητους να διαβάζουν και να γράφουν. Ο Έιμπ πάντα απολάμβανε μια τέτοια εργασία και ένιωθε ένα με τους ανθρώπους. Συχνά θυμόταν τον ενθουσιασμό της Γκρέις για την οργάνωση των ανθρώπων και τη συνεργασία μαζί τους στη φτωχογειτονιά της Αγκουάντα. Η Γκρέις ήταν ένας πραγματικός Ιησουίτης.

Τα απογεύματα του Σαββάτου ήταν για τον καθαρισμό ολόκληρων των εγκαταστάσεων του Loyola Hall, και όλοι, συμπεριλαμβανομένου του Joe, του Mathew και του Sylvester, συμμετείχαν σε αυτές τις δραστηριότητες. Οι Ιησουίτες θεωρούσαν τον καθαρισμό όλων των κτιρίων και των χώρων τους θρησκευτικό καθήκον. Μπορούσαν να ολοκληρώσουν έναν γύρο γυαλίσματος μέσα σε ένα μήνα. Τις Κυριακές, πήγαιναν για εκδρομές και πανικούς, το μαγείρεμα φαγητού στην ύπαιθρο ήταν μέρος του πικνίκ, ο Abe ήταν συχνά ο σεφ και όλοι εκτιμούσαν το μαγειρικό του ταλέντο. Τα παιχνίδια, ιδίως το σκάκι, το σκραμπλ και τα χαρτιά, ήταν ευρέως διαδεδομένα. Ο Έιμπ μπορούσε να νικήσει πολλούς από τους συντρόφους του σε μια παρτίδα σκάκι, αλλά έβρισκε ότι ο Σιλβέστερ έπαιζε τέλειες παρτίδες.

Όταν ήταν ελεύθερος, ο Έιμπ ζωγράφιζε, και σχεδόν σε όλους τους πίνακες η Γκρέις ήταν το θέμα του. Ζωγράφιζε το χερουβικό της πρόσωπο από μνήμης, κυρίως σε ιμπρεσιονιστικό ύφος, και όλοι τους είχαν μια αιθέρια γοητεία. Ο Έιμπ έδειξε τρεις από τους πίνακές του στον Τζο και εκείνος είπε στον Έιμπ ότι αν μπορούσε να καλύψει το κεφάλι, ο πίνακας θα έμοιαζε με της Παναγίας. Όπως του πρότεινε ο πρύτανης, ο Έιμπ ζωγράφισε δύο πορτραίτα της Γκρέις με ένα ήπιο μπλε κάλυμμα στο κεφάλι. Οι πατέρες

Joe, Mathew και Sylvester θαύμασαν τον πίνακα, κορνιζάρισαν τον έναν από αυτούς και τον κρέμασαν στο πλάι της Αγίας Τράπεζας με μια ετικέτα με το όνομα: Η χαμογελαστή Παναγία. Ο πρύτανης έστειλε τη δεύτερη εικόνα στον επαρχιώτη της Κοινωνίας του Ιησού. Εκείνος έστειλε αμέσως στον Έιμπ ένα σημείωμα ότι του άρεσε πάρα πολύ ο πίνακας και ότι τον είχε κρεμάσει στο παρεκκλήσι, ονομάζοντάς τον Η Παναγία της Πούνε. Οι πατέρες Joe, Mathew και Sylvester χάρηκαν που έλαβαν τη συγχαρητήρια επιστολή από τον επαρχιώτη και την έδωσαν στον Abe με πολλούς επαίνους.

Για τον Έιμπ, ένας χρόνος είχε σχεδόν τελειώσει. Ήταν καιρός να αξιολογήσει τις ημέρες του στο Loyola Hall. Όπως όλοι οι άλλοι υποψήφιοι, είχε μια μακρά συζήτηση με τους Πατέρες Joe, Mathew και Sylvester. Είχε έρθει η ώρα να αποφασίσουν αν θα συμμετείχαν στο δόκιμο για να γίνουν Ιησουίτες. Ήταν ελεύθεροι να φύγουν αν δεν τους ενδιέφερε να συνεχίσουν τη θρησκευτική ζωή. Όλοι τους έπρεπε να κάνουν ένα ησυχαστήριο για μια εβδομάδα. Ήταν να περάσουν σε διαλογισμό και προσευχή υπό την καθοδήγηση ενός ιερέα. Κατά τη διάρκεια του διαλογισμού και της προσευχής, η Χάρη ήταν πάντα εκεί στο μυαλό του Έιμπ. Συζήτησε το θέμα με τον ιερέα, που τον βοηθούσε στο ησυχαστήριο, και εκείνος είπε στον Έιμπ ότι έπρεπε να σκεφτεί το πρόσωπο της Χάρης σαν αυτό της Μαρίας Μαγδαληνής. Μετά από μια εβδομάδα, ο Έιμπ ένιωθε φρέσκος και πνευματικά ενεργητικός. Ήξερε ότι το να διατηρεί τη Χάρη στην καρδιά και το μυαλό του για πάντα δεν ήταν ενάντια στο πνευματικό ήθος των Ιησουιτών. Ο Έιμπ μπορούσε να μεταμορφώσει τη Γκρέις σε Μαρία Μαγδαληνή, καθώς συμβόλιζε την τέλεια αγάπη για τον Ιησού. Ο Έιμπ ενημέρωσε τον Τζο, τον Μάθιου και τον Σιλβέστερ ότι ήθελε να ενταχθεί στο δόκιμο για να γίνει Ιησουίτης. Όλοι οι δόκιμοι είχαν μακρές προσωπικές συζητήσεις με τον Δάσκαλο των δόκιμων, τον ιερέα που φροντίζει για την πνευματική ανάπτυξη και την εκπαίδευση των δόκιμων.

Η προτελευταία ημέρα ήταν για κοινοτική προσευχή και όλοι προσευχήθηκαν για τους πρόθυμους νεοσύλλεκτους να ενταχθούν στο δόκιμο. Από τους δεκαέξι υποψήφιους, οι δώδεκα είχαν αποφασίσει να συμμετάσχουν, ενώ άλλοι επέλεξαν να μην συμμετάσχουν. Η τελευταία ημέρα ήταν για εορτασμούς. Υπήρξε μια μεγάλη λειτουργία με τραγούδι, και στη συνέχεια ο πρύτανης κήρυξε την ημέρα ως αργία.

Ο Abe αποφάσισε τελικά να ενταχθεί στο δόκιμο για να γίνει μέλος της Κοινωνίας του Ιησού. Το δόκιμο ήταν διετές- στο τέλος των δύο ετών, θα έδινε όρκο φτώχειας, αγνότητας και υπακοής. Η φτώχεια ήταν η απόρριψη της κατοχής οποιουδήποτε υλικού πλούτου, η αγαμία για την αποχή από τις σεξουαλικές σχέσεις και την παραμονή του άγαμου, και η υπακοή, η προθυμία να υπακούει στις οδηγίες των ανωτέρων του χωρίς αμφισβήτηση. Ο πατέρας Lobo, ο Δάσκαλος των δόκιμων, είπε στους δόκιμους ότι "τελικά οι όρκοι προορίζονται για την ανιδιοτελή υπηρεσία των ανθρώπων, καθώς δημιουργούν μια δέσμευση για την ευημερία των ανθρώπων, καθώς οι άνθρωποι είναι το κέντρο των Ιησουιτών και τα πάντα για τη μεγαλύτερη δόξα των ανθρώπων μέσω του Ιησού". Ο Άμπε συλλογίστηκε τα λόγια του για πολλή ώρα. Η Γκρέις πίστευε σε τέτοιες δεσμεύσεις και η ζωή της προοριζόταν για την ευημερία των ανθρώπων, ακόμη κι αν μπορεί να μην είχε ακούσει για τις αρχές των Ιησουιτών.

Ο Έιμπ και οι έντεκα σύντροφοί του εντάχθηκαν στο δόκιμο σώμα. Ο Antony Lobo, ο δόκιμος δάσκαλος, είχε μεταπτυχιακό στην ψυχολογία από το Πανεπιστήμιο του Pune και διδακτορικό στη θεολογία από το Louvain. Ήταν ένας ευχάριστος άνθρωπος, πάντα διακριτικός και ενθαρρυντικός, και ο Έιμπ ένιωσε αμέσως σαν στο σπίτι του. Στο δεύτερο έτος υπήρχαν δεκαπέντε δόκιμοι και συνολικά είκοσι επτά, και ο Έιμπ ανέπτυξε βαθιά φιλία με πολλούς.

Το χρονοδιάγραμμα που ακολούθησε στο novitiate ήταν λίγο πολύ παρόμοιο με εκείνο του προ novitiate, αλλά υπήρχε περισσότερος χρόνος για διαλογισμό, προβληματισμό και προσωπική προσευχή. Η εθελοντική κοινωνική εργασία συνεχίστηκε ως αναπόσπαστο μέρος της εκπαίδευσης των δόκιμων, και ο Abe εξέφρασε μεγάλη προθυμία και αφοσίωση σε όλες τις εργασίες του με τους ανθρώπους που είχαν ανάγκη. Οι δόκιμοι είχαν χρόνο να συναντηθούν και να συζητήσουν με τον δόκιμο δάσκαλο μία φορά την εβδομάδα ή όποτε αισθάνονταν την ανάγκη να συναντηθούν και να συζητήσουν μαζί του. Μια βαθιά πνευματική σιωπή επικρατούσε στο δόκιμο σπίτι μέρα και νύχτα, εκτός από τις κοινές πρακτικές τραγουδιού και μουσικής. Ο Abe άρχισε να παίζει πιάνο κατά τη διάρκεια της Θείας Λειτουργίας και ο δόκιμος δάσκαλος τον εκτιμούσε.

Ο Έιμπ διαπίστωσε ότι ο Λόμπο ήταν καλός σκακιστής και έπαιζε μαζί του στις γιορτές και τις ημέρες των εορτών. Ο Λόμπο ήταν εξίσου τρομερός με τη Γκρέις στο σκάκι.

Ο πατέρας Συλβέστερ ήταν ένας εξαιρετικός βιολιστής που ήταν ο δάσκαλος της χορωδίας. Έπαιζε επίσης αβίαστα πιάνο. Μια φορά κάθε εβδομάδα γίνονταν πρόβες υπό τις χορωδιακές του οδηγίες για τρεις ώρες. Συμμετείχαν όλοι οι δόκιμοι και ο δόκιμος δάσκαλος. Τα προγράμματα δημόσιας ομιλίας συνεχίζονταν εβδομαδιαίως, καθώς οι Ιησουίτες θεωρούσαν τη δημόσια ομιλία απαραίτητο μέρος του έργου τους.

Η ζωή στο δόκιμο ήταν γαλήνια και αδιάφορη. Η προσευχητική ατμόσφαιρα εισχώρησε βαθιά στην καρδιά του Άμπε και ο ίδιος έφερε τη Χάρη μέσα του ακόμη και στο παρεκκλήσι. Η εικόνα της καλυμμένη με ένα μπλε πανί κοσμούσε τον τοίχο του παρεκκλησίου και την κοιτούσε με θαυμασμό και αμείωτη αγάπη κατά τη διάρκεια της θείας Ευχαριστίας. Η Χάρη κυριαρχούσε στα νοητικά του σχήματα και στα οράματά του και γινόταν το κέντρο του διαλογισμού του. Οι μέρες και οι μήνες περνούσαν- η Γκρέις μεγάλωνε σε μέγεθος και ένταση και ο Έιμπ γλίστρησε σε έναν κόσμο όπου υπήρχαν μόνο δύο άνθρωποι, η Γκρέις και αυτός. Ο Έιμπ μεταμορφώθηκε σαν την Τερέζα της Αβίλας και η Χάρη ήταν ο Ιησούς του.

Τον δεύτερο χρόνο, λίγο πριν από τον τελευταίο μήνα, υπήρχε ένα πρόγραμμα ησυχαστηρίου ενός μήνα για τους δώδεκα δόκιμους για να τους προετοιμάσει για τους τρεις όρκους, και ο δόκιμος δάσκαλος ήταν ο κήρυκας του ησυχαστηρίου. Ήταν μια απομάκρυνση από την καθημερινή ζωή για να βρεθούν σε βαθιά περισυλλογή και προσευχή για τριάντα ημέρες. Ένας από τους σημαντικότερους κανόνες της μονόμηνης μεσολάβησης ήταν ότι όλοι όσοι υποβλήθηκαν στην πνευματική άσκηση διατηρούσαν εικοσιτέσσερις ώρες σιωπής κάθε μέρα και για τις τριάντα ημέρες. Απομονώθηκαν από τα άλλα μέλη της κοινότητας για να ζήσουν μια ζωή μετάνοιας και προσευχής. Κάθε μέρα, αναλογίζονταν την Πνευματική Άσκηση του Αγίου Ιγνατίου Λογιόλα.

Η παραίσθηση των γεγονότων της ζωής του Ιησού, από τη γέννησή του σε μια φάτνη στη Βηθλεέμ μέχρι το θάνατο στο σταυρό έξω από την Ιερουσαλήμ, ήταν μέρος του διαλογισμού. Ο ιεροκήρυκας των κατασκηνώσεων ήταν ένας νεαρός ιερέας που είχε εκπαιδευτεί από ένα ιησουιτικό κέντρο διαλογισμού στη Lonavala. Κατά καιρούς, ο Έιμπ ένιωθε ότι η δημιουργία ψευδαισθήσεων, οι οποίες δεν είχαν λογική εγκυρότητα και ιστορική βάση, ήταν αντιπαραγωγική για τη σταθερή πνευματική ανάπτυξη, και ο Έιμπ περνούσε πολύ χρόνο συζητώντας με τη Χάρη.

Οι δόκιμοι ατομικά εξομολογήθηκαν ενώπιον του δόκιμου δασκάλου στο πλαίσιο της μονόμηνης ησυχαστικής περιόδου. Η εξομολόγηση που γινόταν αφορούσε το αν είχαν παραβιάσει τις Δέκα Εντολές. Κατά τη διάρκεια της εξομολόγησης, ο δόκιμος δάσκαλος ρώτησε τον Έιμπ αν είχε ποτέ σεξουαλικές σχέσεις με γυναίκα, και ο Έιμπ ομολόγησε ότι δεν είχε ποτέ σεξουαλική επαφή με άνδρα ή γυναίκα. Ο δόκιμος δάσκαλος είπε ότι το σεξ είναι αναπόσπαστο μέρος της ανθρώπινης ζωής και ότι η ένωση δημιούργησε μια όμορφη σχέση με μια γυναίκα. Η ευτυχία που προέκυπτε από αυτήν ήταν απαράμιλλη, αλλά οι Ιησουίτες απέφευγαν να έχουν σεξουαλική οικειότητα με άλλους.

Ο Έιμπ εξομολογήθηκε στον δόκιμο δάσκαλο για τη συνάντησή του με την Γκρέις, την πρόσκλησή της να μείνει μαζί της και να μοιραστεί το κρεβάτι της και την υπόσχεσή του. Έμεινε μαζί της για εννέα μήνες και κοιμόταν στο ίδιο κρεβάτι δίπλα της, χωρίς ποτέ να την αγγίξει, έστω και ακούσια. Ήταν η πιο προκλητική εμπειρία που είχε βιώσει ποτέ ο Έιμπ στη ζωή του. Ο Έιμπ είπε στον δόκιμο δάσκαλο ότι συχνά επιθυμούσε να κάνει σεξ μαζί της, αλλά έλεγχε τις βαθύτερες επιθυμίες του και ξεπερνούσε τα συναισθήματά του, σεβόμενος τις πεποιθήσεις της Γκρέις με βάση την υπόσχεσή του προς αυτήν. Ο Έιμπ παραδέχτηκε στον δόκιμο δάσκαλο ότι αγαπούσε και σεβόταν τη Γκρέις περισσότερο από οποιονδήποτε άλλον. Την είχε συνεχώς στο μυαλό του, ακόμη και κατά τη διάρκεια των διαλογισμών, των προσευχών, της ιερής λειτουργίας, και τη σκεφτόταν για πάντα. Η Γκρέις γέμιζε το μυαλό του πιο συχνά από τον Ιησού.

"Δεν ήταν κακό να μείνει με τη Γκρέις", είπε ο δόκιμος δάσκαλος. Του είπε ακόμη ότι "η αγάπη μεταξύ ενός άνδρα και μιας γυναίκας είναι πάντα πολύτιμη. Η Μαρία Μαγδαληνή ήταν στενή φίλη του Ιησού. Ορισμένοι λένε ότι ο Ιησούς είχε σεξουαλικές σχέσεις με τη Μαρία. Ακόμα και αν έκαναν σεξ, ήταν ιδιωτική τους υπόθεση και δεν είμαστε κανένας για να το κρίνουμε. Ο Ιησούς είχε κάθε δικαίωμα να ερωτευτεί τη Μαρία Μαγδαληνή και η Μαρία Μαγδαληνή είχε το ίδιο δικαίωμα να ερωτευτεί τον Ιησού. Το σεξ τους εξέφραζε την αγάπη τους, τη δέσμευση και τη διαρκή ένωση των καρδιών τους. Ο Ιησούς δεν είχε ποτέ όρκο αγνότητας. Αλλά αν ο Ιησούς είχε αγγίξει τη Μαρία Μαγδαληνή σκόπιμα, χωρίς την άδειά της, θα ήταν αδίκημα, παραβίαση των δικαιωμάτων της Μαρίας", εξήγησε ο ιερέας.

"Πιστεύετε λοιπόν ότι το σεξ ανάμεσα σε δύο άτομα που αγαπιούνται και σέβονται ο ένας τον άλλον δεν αποτελεί παραβίαση των Δέκα Εντολών;", ρώτησε ο Έιμπ.

"Οι Δέκα Εντολές γράφτηκαν από τον Μωυσή και αποδόθηκαν στον Θεό για τους Ισραηλίτες που έφυγαν από την Αίγυπτο. Ήταν για μια συγκεκριμένη πρόθεση και ένα συγκεκριμένο πλαίσιο. Οι Δέκα Εντολές ήταν για ανθρώπους που ζούσαν πριν από έξι χιλιάδες χρόνια, κυρίως άξεστους και απολίτιστους. Η κύρια πρόθεση του Μωυσή ήταν να τους κρατήσει υπό έλεγχο, να μειώσει τις εσωτερικές διαμάχες και τις δολοφονίες. Τώρα οι καιροί έχουν αλλάξει και οι αξίες έχουν αλλάξει. Η αντίληψη για το τι είναι καλό και τι κακό έχει αλλάξει", απάντησε ο ιερέας.

"Θέλετε να πείτε ότι, αν μια γυναίκα και ένας άνδρας αγαπιόντουσαν, σεβόταν ο ένας τον άλλον και εμπιστευόταν ο ένας τον άλλον, δεν ήταν κακό να κάνουν σεξ μεταξύ τους", έκανε μια δήλωση ο Abe.

"Το σεξ είναι μια έκφραση αγάπης και εμπιστοσύνης, σεβασμού και αξιοπρέπειας. Αν δεν υπήρχε παραβίαση αυτών των αξιών, το σεξ δημιουργεί μια μοναδική σχέση", σχολίασε ο δόκιμος δάσκαλος.

"Δεν έκανα σεξ με κανέναν, ούτε καν με τη Γκρέις, επειδή δεν περίμενε να κάνει σεξ μαζί μου, παρόλο που λαχταρούσα να έχω σεξουαλική οικειότητα με τη Γκρέις πολλές φορές", εξομολογήθηκε ο Άμπε.

"Σε τέτοια πλαίσια, δεν μπορείς να κάνεις σεξ με μια γυναίκα. Το σεξ είναι μια ανιδιοτελής πράξη. Είναι το τέλειο σημάδι αγάπης και εμπιστοσύνης. Αν αυτά λείπουν, το σεξ παραβιάζει τα δικαιώματα και την αξιοπρέπεια του άλλου ατόμου", υποστήριξε ο Λόμπο.

"Τώρα, υπάρχει ειρήνη στην καρδιά μου. Ποτέ δεν παραβίασα τα δικαιώματα της Γκρέις, ποτέ δεν εξευτέλισα την εμπιστοσύνη της, ποτέ δεν βεβήλωσα την αξιοπρέπειά της", δήλωσε ο Άμπε.

"Έιμπ, σε θαυμάζω. Είσαι ένας τίμιος άνθρωπος και μπορείς να γίνεις ένας αυθεντικός Ιησουίτης", εκτίμησε ο ιερέας.

Ο Έιμπ ήξερε ότι στο τέλος της δόκιμης εκπαίδευσης θα έδινε όρκο φτώχειας, αγνότητας και υπακοής για να γίνει Ιησουίτης. Δίνοντας όρκο αγαμίας, ένας Ιησουίτης θα απέφευγε εσκεμμένα τις χαρές του σεξ. Το αν το να μην κάνει σεξ ήταν καλό ή κακό δεν ήταν το θέμα, αλλά η λήψη μιας συνειδητής απόφασης να ζήσει μια ζωή χωρίς να έχει τις χαρές του σεξ είχε τη σημασία της στη ζωή ενός Ιησουίτη. Οι Ιησουίτες δεν πίστευαν ποτέ ότι το σεξ ήταν αμαρτία ή ότι το να μην κάνουν σεξ ήταν αρετή, αλλά η αγαμία ήταν ο τρόπος ζωής τους. Ο Έιμπ θυμήθηκε την αγαπημένη του Γκρέις. Μπορούσε να ελέγξει τις επιθυμίες της και να ζήσει μια ζωή εγκράτειας χωρίς καν να δώσει όρκο παρθενίας. Η Γκρέις ήταν πολύ ανώτερη από οποιονδήποτε Ιησουίτη.

Μια σπάνια χαρά υπήρχε στην καρδιά του Έιμπ αφού εξομολογήθηκε στον δόκιμο δάσκαλο. Τώρα, η Χάρη είχε ένα νέο νόημα στη ζωή του, και σκεφτόταν τη Χάρη πιο συχνά στους διαλογισμούς του, στις προσευχές του και στην αγία λειτουργία, και αισθανόταν ευτυχής που τη θυμόταν πάντα, και έγινε πιο πολύτιμη από τον Ιησού, πιο αγνή από την Παναγία.

Οι άθεοι του Θεού

Το δόκιμο ήταν μια ευχάριστη εμπειρία για τον Έιμπ, καθώς υπήρχε μια ατμόσφαιρα ελευθερίας και ένα περιβάλλον χωρίς τις ανησυχίες της αμαρτίας. Στο δεύτερο έτος, ο Abe ξεκίνησε έναν νέο πίνακα- ήταν εξπρεσιονιστικού ύφους- το θέμα ήταν η Μαρία Μαγδαληνή που συναντούσε τον Ιησού αμέσως μετά την ανάστασή του και αγκάλιαζε τον αναστημένο Κύριό της. Το έργο συνεχίστηκε για πολλούς μήνες. Η Μαρία Μαγδαληνή πίστευε ότι ο Ιησούς θα επέστρεφε από τον θάνατό του και παρέμεινε κοντά στον τόπο ταφής του μέρα και νύχτα. Κανένας από τους άνδρες μαθητές του Ιησού δεν είχε την προθυμία και το θάρρος να βρεθεί εκεί όπου βρισκόταν η Μαρία Μαγδαληνή. Ήταν μόνη της μέρα και νύχτα. Τελικά, της εμφανίστηκε ο Ιησούς. Ο Abe θέλησε να απεικονίσει αυτές τις προσωπικές στιγμές στον πίνακά του.

Ο Abe πίστευε ότι η Μαρία Μαγδαληνή συνέχισε να έχει στενές σχέσεις με τον Ιησού ακόμη και μετά την ανάστασή του. Και οι δύο ήθελαν να είναι μαζί, καθώς δεν υπήρχε υπόσχεση μεταξύ τους να μην αγγίξουν τον άλλον σκόπιμα. Ο Ιησούς και η Μαγδαληνή αγαπούσαν ο ένας τον άλλον, εμπιστεύονταν ο ένας τον άλλον και τους άρεσε να αγγίζουν και να χαϊδεύουν ο ένας τον άλλον. Παρέμειναν σε έναν δικό τους ιδιωτικό κόσμο.

Για να γνωρίσουν οι δόκιμοι τις επιστημονικές εξελίξεις στην ανθρωπολογία, τη νομική και κοινωνική σημασία της αμαρτίας και τη φιλοσοφική και ψυχολογική ανάλυση της έννοιας του Ιησού, το δόκιμο ίδρυμα διοργάνωσε μια συζήτηση σε πάνελ. Η συζήτηση αφορούσε την εξέλιξη του Homo Sapiens, τις έννοιες της αμαρτίας και του Ιησού- οι συζητήσεις συνεχίστηκαν για περίπου τρεις ώρες. Ο Μάθιου ξεκίνησε τις παρατηρήσεις του με την έννοια της αμαρτίας. Η ιδέα προέκυψε όταν καμία κοινωνία πολιτών δεν μπορούσε να ελέγξει και να διαμορφώσει την ανθρώπινη συμπεριφορά. Ορισμένοι ιερείς έγραφαν κανόνες συμπεριφοράς στο πλαίσιο μιας ομάδας ή κοινωνίας και τους απέδωσαν σε μια παντοδύναμη οντότητα. Γι' αυτούς, επρόκειτο για ένα ον, παντοδύναμο, παντογνώστη και πανταχού παρόν. Ένα σκληρό, άγριο, εκδικητικό αρσενικό, έτοιμο να χτυπήσει, που παρακολουθούσε τους πάντες, ενεργούσε όπως ο Απόφις, ο Σίβα, ο Δίας, ο Γιαχβέ και ο Αλλάχ. Οι ιερείς ήθελαν να ελέγχουν και να εξουσιάζουν τους ανθρώπους δημιουργώντας φόβο. Κάθε νοητική σκέψη ή πράξη ενάντια στις οδηγίες τους γινόταν αμαρτία, πράξη ενάντια στον Θεό. Όταν η κοινωνία των πολιτών εμφανίστηκε και άνθισε μετά από πολλούς αιώνες, οι άνθρωποι δημιούργησαν κανόνες που ονομάστηκαν ποινικοί και αστικοί νόμοι κατάλληλοι για να διατηρήσουν την κοινωνία πέρα από τον Θεό. Αντικατέστησαν την αμαρτία, τους ιερείς και τον Θεό, μια στιγμή του Γαλιλαίου. Εμφανίστηκε μια σύγκρουση ανάμεσα στην αμαρτία και τους αστικούς νόμους, πετώντας την κυριαρχία της αμαρτίας στον κάλαθο των αχρήστων. Η κοινωνία των πολιτών ήθελε μια επιστημονική εξήγηση της πραγματικότητας, η οποία τους οδηγούσε στην επίτευξη της ελευθερίας, απορρίπτοντας έτσι την εκμετάλλευση, την υποταγή και την καταπίεση των ιερέων. Η αμαρτία έγινε μια παράλογη έννοια για τους φωτισμένους ανθρώπους, καθώς ερχόταν σε αντίθεση με τα γεγονότα και παραβίαζε την ανθρώπινη αξιοπρέπεια. Τα πάντα στην πίστη ήταν μη επαληθεύσιμα και παράλογα, μια εμπλουτιστική διαπίστωση ότι μόνο όσοι εγκατέλειπαν την ιδέα της αμαρτίας από την προσωπική ζωή, την κοινότητα και την κοινωνία γίνονταν ελεύθεροι, ισότιμοι με τους άλλους και μπορούσαν να σταθούν απέναντι στον εξαναγκασμό και την κατάκτηση.

Μετά από μια σύντομη ανάλυση, ένας αρχάριος ρώτησε αν η έννοια της αμαρτίας έχει θέση σε μια πολιτισμένη κοινωνία.

Η αμαρτία αντιπροσώπευε τη δουλεία και τον παραλογισμό. Οι άνθρωποι δεν χρειάζονταν τον Θεό να φτιάχνει νόμους και κανόνες για τους ανθρώπους, καθώς ήταν ορθολογικοί. Προικισμένοι με νοημοσύνη και την ικανότητα να δημιουργούν νόμους σύμφωνα με την εγγενή τους αξιοπρέπεια, οι άνθρωποι απέρριψαν την έννοια της αμαρτίας με βάση τις κοινωνικές ανάγκες και την επιστημονική πρόοδο. Εκείνοι που είχαν φτιάξει την ιδέα της αμαρτίας δεν είχαν επίγνωση του ευρύτερου κόσμου και της επιστήμης. Βρίσκονταν σε ένα στατικό Σύμπαν και δεν μπορούσαν να σκεφτούν τίποτα πέρα από τη δημιουργία, την υποταγή των ανθρώπων. Ένας κόσμος χωρίς την έννοια της αμαρτίας είχε καλύτερη επίγνωση των ανθρωπίνων δικαιωμάτων και της ισότητας, ιδίως για τις γυναίκες και τα παιδιά. Άλλωστε, η αμαρτία δεν επέτρεψε ποτέ την άνθηση της κοινωνίας των πολιτών. Λόγω των επιστημονικών τους αναζητήσεων, οι άνθρωποι ανακάλυψαν ότι ο Θεός δεν δημιούργησε το Σύμπαν- ένας κόσμος χωρίς αμαρτίες έγινε ένας κόσμος χωρίς Θεό. Ήταν μια φιλοσοφική σωματική επιστημονική συνειδητοποίηση, ένας διαφωτισμός. Η συμβολή του Θεού στην άνθηση του ανθρώπου είναι μηδαμινή, ενώ η επιστήμη και η φιλοσοφία συνέβαλαν τα μέγιστα στον ορισμό μιας πολιτισμένης κοινωνίας.

Ο Abe συνόψισε τα όσα είπε ο ομιλητής και ρώτησε αν ο Θεός και η επιστήμη της εξέλιξης δημιουργούσαν μια διχοτόμηση στη ζωή ενός Ιησουίτη.

Η αντίθεση της αμαρτίας αντιτίθεται στην τυραννία των ιερέων και στη δικτατορία του Θεού. Οι άνθρωποι ήταν προϊόν της εξέλιξης. Όλα όσα παρατηρούσαν γύρω τους βρίσκονταν στη διαδικασία της εξέλιξης, η οποία ήταν φυσική και αναπόφευκτη. Δεν υπήρχε κάποιο σταθερό σχέδιο για την εξελικτική διαδικασία. Οι άνθρωποι, επίσης, εξελίχθηκαν χωρίς κανένα προκαθορισμένο σχέδιο. Από τον Αυστραλοπίθηκο στον Homo sapiens, η εξέλιξη ήταν σταδιακή χωρίς κανένα σχέδιο. Υπήρχαν διάφορα είδη ανθρώπων και ο Homo sapiens ήταν μεταξύ αυτών. Δημιούργησαν την έννοια του Θεού, ενός μη προσωπικού όντος που κάθεται στον ουρανό μαζί με τους γαλαξίες, τα αστέρια, τον ήλιο, το φεγγάρι, τα φυτά, τα ζώα και τους ανθρώπους. Όταν οι άνθρωποι αντιλήφθηκαν τον Θεό ως ατομικό ον, προέκυψε η έννοια της δημιουργίας, της κυριαρχίας, της δουλείας, της καταπίεσης, της λύτρωσης και της δόξας. Αυτές ήταν αντιεπιστημονικές ιδέες που δημιουργήθηκαν από ανθρώπους που αγνοούσαν την επιστήμη, οι οποίοι δεν είχαν καμία επίγνωση του Σύμπαντος στο οποίο ζούσαν. Λόγω της επιστήμης και της γνώσης-δημιουργίας, ξημέρωσε ο διαφωτισμός, όπου η έννοια του Θεού εμφανίστηκε άσχετη. Οι Ιησουίτες καλωσόρισαν τις φωτισμένες φιλοσοφίες και την επιστήμη και απέρριψαν τις δεισιδαιμονίες. Τάσσονταν υπέρ της ανθρώπινης ευημερίας, της προόδου και της προόδου. Οι Ιησουίτες διακήρυτταν ότι ήταν επιτακτική ανάγκη να διαγραφεί ο Θεός από το Σύμπαν. Η αποδοχή των γεγονότων δεν οδηγούσε σε διχοτομία στη ζωή τους.

Ένας άλλος δόκιμος διερωτήθηκε αν ο Ματθαίος εννοούσε ότι δεν υπήρχε Θεός και δημιουργία.

Ο Θεός δεν μπορούσε να είναι ένα αντικειμενικό γεγονός. Η έννοια του Θεού ήταν υποκειμενική που προέκυπτε από το φόβο και τη φαντασία. Έτσι, η έννοια του Θεού προέκυψε από μια υποκειμενική και αντικειμενική αλληλεπίδραση. Για να αποκτήσουν γνώση, οι άνθρωποι ερμήνευαν ένα αντικείμενο, αλλά δεν μπορούσαν να έχουν ακριβή επίγνωση ενός αντικειμένου. Ένα αντικείμενο ως αντικείμενο δεν μπορούσε να υπάρξει στο νου και, ως εκ τούτου, τα άτομα παρατηρούσαν την εικόνα του αντικειμένου, η οποία δεν ήταν το συγκεκριμένο αντικείμενο. Έτσι, η γνώση που λάμβαναν από το αντικείμενο ήταν ελλιπής, και προχωρούσαν πέρα από αυτό και το ανέλυαν. Από την επαγωγή και τα συμπεράσματα, δημιούργησαν τη γνώση. Η αναλυτική γνώση ήταν περιορισμένη στο χώρο, στο χρόνο και στην έννοια. Αν ένα άτομο δεν παρατηρούσε, δεν υπήρχε γνώση. Η γνώση του Θεού έπρεπε να είναι αποτέλεσμα εμπειρικής ανάλυσης και όχι αφηρημένης συλλογιστικής. Αλλά δεν υπήρχε εμπειρικός Θεός, και οι άνθρωποι δημιούργησαν έναν θεό με βάση τις ανθρώπινες ανάγκες και καταστάσεις. Η δημιουργία ήταν αδύνατη, καθώς όταν ο Θεός δημιούργησε- αμφισβήτησε την ύπαρξή του, καθώς δύο αιώνια όντα δεν μπορούσαν να υπάρξουν μαζί. Εκτός αυτού, η δημιουργία έδειξε τους περιορισμούς του Θεού, που ήταν η απουσία του Θεού.

Ένας άλλος αρχάριος ήθελε να μάθει αν ο Ιησούς ήταν μόνο ένα σύμβολο και όχι ένα άτομο.

Η έννοια του Ιησού ήταν μόνο ένα σύμβολο, υποστήριξε ο Ματθαίος. Όλα όσα έκαναν τον λεγόμενο Ιησού του Ευαγγελίου μπορεί να μην είναι σχετικά, έγκυρα και αποδεκτά από τον σύγχρονο κόσμο. Οι σημερινοί άνθρωποι απέρριψαν τη γέννηση από Παρθένο, τα μαγικά που έκανε ο Ιησούς, όπως η μετατροπή του νερού σε κρασί, η ανάσταση του Λαζάρου από τους νεκρούς και, τέλος, η ανάσταση. Αυτές οι απίστευτες ιστορίες δημιουργήθηκαν ρητά για τους καταπιεσμένους και ηττημένους ανθρώπους για να τους δώσουν ελπίδα. Ήταν ιστορίες που δανείστηκαν από τους Ασσύριους, τους Σουμέριους, τους Έλληνες, τους Αιγύπτιους, τους Ρωμαίους και τους Ινδιάνους και τελικά σμιλεύτηκαν ως πίστη από τον Άγιο Παύλο. Οι ιστορίες του δεν είχαν καμία σχέση με τη σύγχρονη εποχή. Αλλά οι Ιησουίτες πίστευαν στον Ιησού στο πλαίσιο της αγάπης του για την ανθρωπότητα, της φιλανθρωπίας, της ενσυναίσθησης και της δικαιοσύνης. Ενσωμάτωσαν αυτές τις αξίες και εργάστηκαν για την ανθρώπινη ευημερία. Το όραμα και η αποστολή των Ιησουιτών βασίζονταν σε αυτές τις αξίες και όχι στο πρόσωπο του Ιησού, το οποίο ήταν ένας μύθος.

Πώς θα μπορούσε ο Μάθιου να εξηγήσει την έννοια του Ιησού ως Θεού, ρώτησε ο Έιμπ.

Ο Ιησούς ήταν άνθρωπος, αλλά ο Άγιος Παύλος ήθελε να τον κάνει Θεό. Ο Παύλος δεν συνάντησε ποτέ τον Ιησού, καθώς είχε μόνο φήμες για τον Ιησού. Τα Ευαγγέλια, που γράφτηκαν περίπου εκατό χρόνια μετά τον θάνατο του Ιησού, εξαρτώνταν από κουτσομπολιά. Ο Παύλος δεν είχε καμία ιστορική μαρτυρία για τον Ιησού. Κατά τη διάρκεια αυτών των εκατό ετών, πολλοί άνθρωποι δημιούργησαν πολλούς μύθους γύρω από τον Ιησού, καθώς το όνομα Ιησούς ήταν γνωστό στην Παλαιστίνη εκείνη την εποχή. Υπήρχαν ιεροκήρυκες, δάσκαλοι, θεραπευτές, ακτιβιστές, μάγοι, φανατικοί, ηγέτες, προφήτες και μαχητές κατά των Ρωμαίων, οι οποίοι πιθανότατα είχαν το όνομα, Ιησούς. Οι συγγραφείς των Ευαγγελίων κωδικοποίησαν τις ιστορίες διαφόρων προσώπων κάτω από ένα όνομα. Τον χαρακτήρα αυτού του συνονθυλεύματος τον ονόμασαν Ιησού. Μια περίοδος εκατό ετών ήταν μεγάλη, ειδικά τον πρώτο αιώνα, καθώς δεν υπήρχαν οι δυνατότητες καταγραφής των γεγονότων της ζωής όπως ακριβώς συνέβαιναν. Ακόμα και σήμερα, οι άνθρωποι αντιμετώπιζαν τεράστια σύγχυση σχετικά με τα γεγονότα σε ένα συγκεκριμένο χρονικό διάστημα, για παράδειγμα, πέντε χρόνια. Όταν οι μελετητές αναλύουν την ιστορικότητα ενός γεγονότος, το οποίο συνέβη κατά τη διάρκεια αυτών των πέντε ετών, λαμβάνουν αντιφατικά αποτελέσματα. Οι πρώτοι χριστιανοί δεν γνώριζαν ποιος ήταν ο Ιησούς. Αυτό που έμαθαν ήταν τα σύμβολα της καλοσύνης, της ενσυναίσθησης και της ανθρώπινης ευημερίας. Η έννοια του Ιησού για έναν Ιησουίτη ήταν η ίδια. Ο Ματθαίος ήταν κατηγορηματικός.

Ο Έιμπ σκέφτηκε βαθιά αυτά που είπε ο πατέρας Μάθιου και αισθάνθηκε ευτυχής γι' αυτό. Πίστευε ότι η ζωή του είχε νόημα σε αυτό το πλαίσιο και δεν την σπαταλούσε στο όνομα των μύθων και της μαγείας.

Σύντομα, ο Abe και οι σύντροφοί του άρχισαν να προετοιμάζονται για τους όρκους τους με την ολοκλήρωση των δύο ετών ως δόκιμοι. Μετά την ανακοίνωση των υποσχέσεων, θα ονομάζονταν μέλη της Εταιρείας του Ιησού. Για να δώσουν στους δόκιμους μια σαφή εικόνα των διαφορετικών θεολογικών απόψεων για τον Ιησού, ο δάσκαλος των δόκιμων κάλεσε τον π. Thomas Kizhacken, έναν νεαρό Ιησουίτη, για να προσφέρει μια συμμετοχική συζήτηση με τους δόκιμους. Ο ομιλητής είχε διδακτορικό από το Ίνσμπρουκ και μίλησε για τον αθεϊσμό στον χριστιανισμό.

Στα πρώτα χρόνια, ο Χριστιανισμός ήταν ένα κίνημα των καταπιεσμένων, των υποταγμένων και των φτωχότερων τμημάτων του λαού της Παλαιστίνης, της Συρίας, της Ελλάδας, της Τουρκίας και της Ρώμης- ξεκίνησε την ομιλία του ο Kizhacken. Ήταν ένα κίνημα ενάντια στους πλούσιους, τους ισχυρούς άρχοντες και τους σκληρούς θεούς τους. Οι θεμελιώδεις αρχές της εκστρατείας βασίζονταν στις ιστορίες του Ιησού, γνωστές ως Ευαγγέλια. Όμως, από τον δέκατο όγδοο έως τον εικοστό αιώνα, όταν ο χριστιανισμός έγινε η θρησκεία των καταπιεστών, ένα άλλο κίνημα εμφανίστηκε μέσα στον χριστιανισμό, εμπνευσμένο από τον Νίτσε, τον Κάφκα, τον Χάιντεγκερ, τον Καμύ, τον Σαρτρ και άλλους στοχαστές, το οποίο ονομάστηκε Κίνημα των άθεων στον χριστιανισμό. Στο Ευαγγέλιο του χριστιανικού αθεϊσμού, ο θεολόγος Τόμας Αλτιζέρ υποστήριξε ότι "ο θάνατος του Θεού είναι οριστικός και έχει πραγματώσει στην ιστορία μας μια νέα και απελευθερωμένη ανθρωπότητα". Ο Altizer προβάλλει τον Θεό ως "τον εχθρό των ανθρώπων, επειδή η ανθρωπότητα δεν θα μπορούσε ποτέ να φτάσει στο μέγιστο δυναμικό της όσο υπήρχε ο Θεός".

Πώς διέκρινε ο Κιζχάκεν τον Ιησού από τον Θεό; διερωτήθηκε ο Abe.

Για τους άθεους, ο Ιησούς δεν ήταν Θεός αλλά ένας καλός άνθρωπος. Αυτός ήταν ο λόγος για τον Έρνεστ Χάμιλτον, "η λέξη Ιησούς σήμαινε να είσαι άνθρωπος, να βοηθάς άλλους ανθρώπους και να προωθείς την ανθρωπότητα".

Πώς ονόμαζαν εκείνοι οι θεολόγοι το κίνημά τους; Ένας αρχάριος ρώτησε.

Αποκάλεσαν το κίνημά τους Ιησουϊσμό, το οποίο είχε τη βάση του στα Ευαγγέλια. Όμως όσοι πίστευαν στον Ιησουϊσμό απέρριπταν τις έννοιες του Χριστού και του Θεού.

Ποιες ήταν οι αρχές του Ιησουϊσμού; Ρώτησε ένας άλλος δόκιμος.

Ο Ιησουϊσμός δεν είχε καμία σχέση με τον Χριστό και η κεντρική φιλοσοφία του ήταν η άρνηση του Χριστού ως Θεού. Διαχώριζαν τον Ιησού από τον Χριστό. Γι' αυτούς, ο Ιησούς ήταν πραγματικός και ο Χριστός ήταν μυθικός. Αλλά γι' αυτούς, ο Ιησούς ήταν η πηγή, το νόημα και το παράδειγμα μιας καλής ζωής. Επιβεβαίωναν ότι οι άνθρωποι έπρεπε να αγωνίζονται για την ευημερία και την πρόοδο της κοινωνίας, όπως οι Ιησουίτες.

Αν οι Ιησουίτες πίστευαν στον Ιησουϊσμό, ρώτησε ο Abe.

Οι Ιησουίτες άλλαξαν σταδιακά τη θέση τους. Γι' αυτούς, ο Ιησούς ήταν ένας καλός άνθρωπος. Δεν ήταν ο Χριστός και, ως εκ τούτου, δεν ήταν ο Θεός, ο δημιουργός του Σύμπαντος. Ο Ιησούς μπορεί να ήταν ένας μύθος, αλλά αυτό που είχε σημασία ήταν η ιδέα γύρω του που απεικονίζεται στα Ευαγγέλια. Η έννοια της δικαιοσύνης εξελίχθηκε με βάση το κήρυγμά του και αναπτύχθηκε τις δύο προηγούμενες χιλιετίες. Η έννοια της δικαιοσύνης του Ambedkar, του John Rawls, του Michael Sandel και του Nelson Mandela ήταν παρόμοια με εκείνη του Ιησού. Οι Ιησουίτες υπερασπίστηκαν τα δικαιώματα, σεβάστηκαν τα άτομα και υποστήριξαν την ανθρώπινη αξιοπρέπεια χωρίς να εξετάσουν την ιδέα της αυτοκυριαρχίας, η οποία ήταν ο πυρήνας της δικαιοσύνης και του Ιησουϊσμού.

Ξαφνικά ο Έιμπ σκέφτηκε τη Γκρέις και αυτό που είπε: "Η δικαιοσύνη είναι δυνατή χωρίς αυτοκυριαρχία. Τα προσόντα, οι ικανότητες, οι δυνατότητες, τα ταλέντα, το υπόβαθρο και οι αρετές ενός ατόμου δεν αποτελούν κριτήρια δικαιοσύνης. Βασίζεται, στην πραγματικότητα, στην έννοια της ανθρώπινης αξιοπρέπειας".

Ποια ήταν η θεμελιώδης θέση του Ιησουϊσμού σχετικά με τη δικαιοσύνη; Ένας άλλος αρχάριος διερωτήθηκε.

Η βασική αρχή του Ιησουϊσμού ήταν η αγάπη. Αυτή ήταν η πρωταρχική πίστη των Ιησουιτών. Αλλά ο Ιησουϊσμός απορρίπτει έναν παντοδύναμο Θεό. Ο ομιλητής απάντησε.

Το αν οι Ιησουίτες απέρριπταν έναν παντοδύναμο Θεό ήταν ένα άλλο ερώτημα.

Ο Θεός δεν ήταν πρόσωπο, αλλά σύμβολο, μια ιδέα για τους Ιησουίτες. "Όταν απορρίπτεις τη θεότητα του Χριστού, αποδέχεσαι την ανθρωπότητα του Ιησού και την αγάπη του. Ένας θεϊκός Χριστός δεν μπορεί να αγαπήσει- μόνο ένας ανθρώπινος Ιησούς μπορεί να αγαπήσει τους άλλους", συνέχισε ο ομιλητής.

Πώς συνέδεσε τον Ιησουϊσμό με τους Ιησουίτες;". διερωτήθηκε κάποιος από το ακροατήριο.

Ο Άγιος Παύλος κατασκεύασε τον Χριστό. Ο Χριστός ήταν μια θεολογική διατύπωση και δεν είχε καμία σχέση με τον Ιησού από τη Ναζαρέτ. Ο ανθρώπινος Ιησούς ήταν ριζοσπαστικός και η επιρροή του στην ανθρωπότητα και τον πολιτισμό ήταν διάχυτη. Ο Karl Rahner, ένας Ιησουίτης θεολόγος και καθηγητής στο Πανεπιστήμιο του Ίνσμπρουκ, αναφέρθηκε στον Ιησουϊσμό ως εστίαση στη ζωή και μίμηση της ζωής του Ιησού. Ορισμένοι λένε ότι ο Rahner πέθανε ως άθεος. Ο Kizhaken απάντησε.

"Κηρύσσει η Εκκλησία το μήνυμα του Ιησού με ειλικρίνεια;" ρώτησε ο Abe.

"Ο Όουεν Φλάναγκαν, καθηγητής στο Πανεπιστήμιο Ντιουκ, λέει ότι η Εκκλησία δεν υποστηρίζει το αληθινό κήρυγμα του Ιησού, καθώς προσπαθεί να τον αναγάγει σε Θεό", απάντησε ο ιερέας.

Ήταν ο Ιησούς Θεός;

Όχι, ο Ιησούς ήταν άνθρωπος, όπως όλοι οι άλλοι. Όλο και περισσότεροι Ιησουίτες αποδέχονταν αυτή τη θέση. Αν αναγάγεις τον Ιησού σε Θεό, προσπαθείς να ξεφύγεις από τον πραγματικό Ιησού. Διαβάστε τα Ευαγγέλια και θα διαπιστώσετε ότι ήταν ένας άνθρωπος με σάρκα και αίμα και ποτέ δεν ισχυρίστηκε ότι ήταν Θεός. Στη Γερμανία, ο Γιόχαν Άιχμπορν εφάρμοσε τη σύγχρονη κριτική μέθοδο ανάγνωσης των Ευαγγελίων. Διαπίστωσε ότι άγνωστοι συγγραφείς έγραψαν τα Ευαγγέλια περισσότερα από εκατό χρόνια μετά τον θάνατο του Ιησού- τα Ευαγγέλια αντιπροσώπευαν θρύλους και μύθους. Σύμφωνα με τον Λούντβιχ Φόιερμπαχ, ο χριστιανικός Θεός ήταν ένα καταπιεστικό ανθρώπινο κατασκεύασμα. Έτσι, η πίστη στον Θεό δεν είναι τίποτε άλλο παρά η πίστη ενός ανθρώπου σε έναν τυραννικό άνθρωπο. Ο Φόιερμπαχ επέμενε ότι η πίστη στον Θεό δεν ήταν τίποτα έξω από την ανθρωπότητα και "η ιδέα του Θεού στέρησε από τους χριστιανούς την αυτοπεποίθηση", εξήγησε ο ομιλητής.

Ήταν ο Ιησούς πρόσφυγας; Υπήρξε μια άλλη ερώτηση από το ακροατήριο.

Σύμφωνα με την ιστορία του Ευαγγελίου, ο Ιησούς ήταν πρόσφυγας. Όταν ήταν μωρό, οι γονείς του τον πήγαν στην Αίγυπτο για να ζητήσει άσυλο. Πιθανώς οι Αιγύπτιοι ήταν καλοί προς τον Ιησού, τη Μαρία και τον Ιωσήφ. Μπορεί να έμειναν στην Αίγυπτο για μερικά χρόνια. Υπήρχαν εκατομμύρια άνθρωποι σε αυτόν τον κόσμο που ήταν μετανάστες, άστεγοι και αιτούντες άσυλο. Ο Ιησουϊσμός υποστήριζε την ανάγκη να δείξουμε ενσυναίσθηση στους άστεγους και τους μετανάστες.

Ήταν άθεος ο Ιησούς; ρώτησε ο Abe.

Πιθανώς, ο Ιησούς ήταν άθεος. Προσποιήθηκε τον θεϊστή για να συνεργαστεί με τους ορθόδοξους Εβραίους. Ο πυρήνας του εβραϊκού και χριστιανικού αθεϊσμού συνίσταται στην απουσία του Θεού- όπως υποστήριξε ο Στέφαν Χόκινγκ, "ο παράδεισος είναι ένας μύθος". Η θεωρία της Εξέλιξης του Δαρβίνου κατέρριψε πλήρως την ιδέα του δημιουργισμού και η θεωρία της φυσικής επιλογής απέδειξε ότι δεν υπάρχουν επιστημονικές αποδείξεις για την ύπαρξη του Θεού. Ο Φρόιντ θεώρησε ότι "δεν υπήρχε ανάγκη να δικαιολογηθεί ο αθεϊσμός, καθώς η αλήθεια του ήταν αυταπόδεικτη". Για τον Πάπα, ο Αδόλφος Χίτλερ ήταν "ένα θαύμα του Θεού", Έτσι, η Καθολική Εκκλησία αποδέχθηκε εύκολα τον ναζισμό ως τρόπο ζωής και αρνήθηκε να καταδικάσει το Ολοκαύτωμα. Αυτή η θέση οδήγησε πολλούς ανθρώπους να απορρίψουν τον Θεό, τον Χριστό και τη θρησκεία στην Ευρώπη και τις ΗΠΑ. Έτσι, ο χριστιανικός αθεϊσμός απέρριψε τον Χριστό. Πίστευε μόνο σε έναν ανθρώπινο Ιησού, ο οποίος δεν ήταν Θεός. Αυτή η θέση έδωσε ελπίδα στη νεολαία. Η ζωή αποκτούσε νόημα καθώς βίωναν την αυτονομία, τη δικαιοσύνη και την ελπίδα. Αυτή ήταν η θέση όλο και περισσότερων Ιησουιτών. Ο ομιλητής είπε στις καταληκτικές του παρατηρήσεις.

Εκείνο το βράδυ, για πολλή ώρα, ο Έιμπ σκέφτηκε την ιδέα που υπογράμμισε ο Κιζακέν. Ήταν μια συναρπαστική ομιλία και είχε μια μακρόπνοη επίδραση στο μυαλό του. Η πίστη στον Ιησού ήταν γι' αυτόν μια αναλυτική πραγματικότητα και ο Ιησούς ήταν άνθρωπος. Οι Ιησουίτες πίστευαν στον Ιησουϊσμό, μια πίστη σε έναν ανθρώπινο Ιησού, ο οποίος δεν ήταν Χριστός, δεν ήταν Θεός.

Ο Έιμπ και οι σύντροφοί του έκαναν ένα σιωπηλό ησυχαστήριο μιας εβδομάδας πριν δώσουν τους όρκους. Η Γκρέις ήταν η μόνιμη σύντροφός του κατά τη διάρκεια του διαλογισμού και της προσευχής και χαιρόταν με την παρουσία της παίζοντας πιάνο. Τελικά, έφτασε εκείνη η μέρα που ο Έιμπ και οι φίλοι του θα έδιναν τους όρκους για να γίνουν μέλη της Εταιρείας του Ιησού. Πραγματοποιήθηκε μια μεγάλη λειτουργία και ο επαρχιώτης των Ιησουιτών ήταν ο κύριος τελετάρχης- ο Συλβέστερ ηγήθηκε της χορωδίας. Λίγο πριν από την ορκωμοσία, ο επαρχιώτης έκανε μια εισαγωγική παρατήρηση:

"Αγαπητοί αδελφοί, σήμερα θα γίνετε μέλη της Κοινωνίας του Ιησού. Σας προτρέπω να αναλογιστείτε τον Ιησού και να προσπαθήσετε να του μοιάσετε. Ανοίξτε την καρδιά σας και γιορτάστε τη ζωή για να γίνετε σαν τον Ιησού. Αν θέλετε αγάπη, δώστε αγάπη- αν θέλετε την αλήθεια, να είστε ειλικρινείς- αν πρόκειται να λάβετε σεβασμό, δώστε σεβασμό. Αυτό που δίνεις στους άλλους θα σου επιστρέψει πολλαπλάσια, και θα γίνεις σαν τον Ιησού".

Πριν από την προσφορά, όλοι οι δόκιμοι γονάτισαν μπροστά στην Αγία Τράπεζα. Ο πατήρ επαρχιώτης διάβασε την προσευχή και οι δόκιμοι την επανέλαβαν, δίνοντας όρκο φτώχειας, αγνότητας και υπακοής. Ο Abe έγινε Ιησουίτης, όπως ο Πατέρας Επαρχιακός, ο Lobo, ο Joe, ο Mathew, ο Sylvester, ο Antony και ο Kizhackan. Κατά τη διάρκεια του κηρύγματός του, ο Λόμπο είπε: "κάποιο ταξίδι δεν χρειάζεται δρόμους αλλά μόνο μια πρόθυμη καρδιά". Είπε ακόμη, "να έχετε την προθυμία να βοηθήσετε και να υπηρετήσετε τους ανθρώπους όπως ο Ιησούς".

Στην παρατήρησή του, ο Μάθιου είπε: "Ο κ: "Αγαπήστε τους ανθρώπους, αλλά η αγάπη που εκφράζετε, δεν πρέπει να είναι σαν μια λίμνη, όπου το νερό μαζεύεται χωρίς καμία έξοδο. Η αγάπη σας ας είναι ένα ρέον ποτάμι που ξεδιψάει πολλούς ανθρώπους παντού. Η αγάπη ενός Ιησουίτη επεκτείνεται συνεχώς, δεν συγκεντρώνεται σε ένα άτομο".

Ως καταληκτικό σημείωμα, ο Sylvester ανέφερε: "Ο Ιησούς Ιησούς είναι ένας από τους πιο σημαντικούς ανθρώπους που έχουν σχέση με την αγάπη και την ευσέβεια: "μπορεί να υπάρχει άπειρη απόσταση μεταξύ ενός ανθρώπου και της αγαπημένης του. Αγάπησε την απόσταση και εμπλουτίζεις την αγάπη σου βιώνοντας την αγαπημένη σου μέσα στην αγκαλιά σου. Για έναν Ιησουίτη, ο Ιησούς είναι ο αγαπημένος του".

Ο πατέρας επαρχιώτης ρώτησε αν κάποιος νέος Ιησουίτης ήθελε να μιλήσει και ο Έιμπ είπε: "Το να αγαπάτε ο ένας τον άλλον όπως αγαπάτε τον εαυτό σας είναι το πιο δύσκολο έργο. Αλλά όταν βλέπω τον εαυτό μου στον άλλον, η φροντίδα γι' αυτόν τον άνθρωπο γίνεται ευκολότερο έργο. Και όταν αγαπώ τον άλλον, αυτός ο άλλος είναι μέσα μου". Ενώ μιλούσε, ο Abe μπορούσε να αισθανθεί το άρωμα της Grace που βίωσε πολλές φορές όταν στεκόταν κοντά της στην κουζίνα, κοντά στη σόμπα, παίζοντας σκάκι μαζί της, τραγουδώντας τραγούδια από ταινίες Χίντι, ενώ καθόταν δίπλα του. Την ευαίσθητη εγγύτητα όταν ταξίδευαν μαζί σε ένα λεωφορείο, ένα πλοίο ή όταν κοιμόταν στο πλευρό της. Η απόστασή του από τη Γκρέις μειώθηκε και εκείνη έγινε μέρος της ζωής του. Πριν φύγει από το παρεκκλήσι, ο Έιμπ κοίταξε την εικόνα της Γκρέις, τον πίνακά του με το μπλε κάλυμμα της κεφαλής, την πειρασμό της παρθένας, που κρεμόταν δίπλα στο βωμό ως Παναγία.

Ο πρύτανης κήρυξε την ημέρα αργία. Το βράδυ, ο Έιμπ και οι σύντροφοί του ανέβασαν ένα μονόπρακτο, ο Ιησούς τάιζε το πλήθος, και ο Έιμπ υποδύθηκε τον Ιησού. Αν η Γκρέις ήταν εκεί, θα της ζητούσε να συμμετάσχει στο έργο ως Μαρία Μαγδαληνή, βοηθώντας τον Ιησού να μοιράσει φαγητό στο πλήθος.

Μέσα σε μια εβδομάδα από την τελετή ορκωμοσίας των δόκιμων, ο πατέρας επαρχιώτης είχε μια μακρά συζήτηση με όλους τους νέους Ιησουίτες. Μετά την εκφώνηση των όρκων, ήταν συνήθης πρακτική να στέλνονται τα νέα μέλη για "αντιβασιλεία", να εργάζονται με τους ανθρώπους, να διδάσκουν στα σχολεία και τα κολέγια που διαχειρίζεται η Εταιρεία του Ιησού για ένα χρόνο ή να εργάζονται στην ανοιχτή κοινότητα. Οι επιλογές ήταν η εργασία με ανθρώπους στις φτωχογειτονιές, τους κατοίκους του πεζοδρομίου, τους εγκαταλελειμμένους, τους αλήτες, τους άφωνους, τους καταπιεσμένους, τους υποταγμένους και τους άστεγους. Ορισμένοι πήγαν σε ιδρύματα που διοικούνταν από εθελοντικές οργανώσεις, όπως παιδικά σπίτια, καταφύγια χήρων και άτομα με σωματικές και πνευματικές αναπηρίες. Τα άτομα ήταν ελεύθερα να λαμβάνουν αποφάσεις σύμφωνα με τις επιλογές τους. Οι Ιησουίτες ήθελαν να είναι με τους ανθρώπους, τους εκμεταλλευόμενους, να μοιράζονται τα βάρη τους και να τους βοηθούν να τα ξεπεράσουν. Ζώντας μια ταπεινή ζωή, πολλοί ήταν ακτιβιστές και ενέπνεαν τους ανθρώπους από πίσω. Επηρεασμένοι από τη φιλοσοφία του Paulo Freire, του Sebastian Kappen και του Samuel Rayan, οι Ιησουίτες κατανόησαν το νόημα της φτώχειας, του αναλφαβητισμού και της κακής υγείας. Ποτέ δεν αποτέλεσαν μέρος της πολυτέλειας και της άνεσης, αρνήθηκαν να απορρίψουν το απόβλητο για να γίνουν ένα με την πάσχουσα ανθρωπότητα, επικαιροποιώντας τη θεολογία της απελευθέρωσης και τον κομμουνισμό.

Ο Abe μετακόμισε σε έναν νέο τόπο κατοικίας που ονομάστηκε Κέντρο Κοινοτικής Εργασίας. Ο πατέρας Thomas Vadaken, ένας ιησουίτης ιερέας και μεταπτυχιακός φοιτητής στην Κοινωνική Εργασία από το Nirmala Niketan, διηύθυνε το Κέντρο. Ο Abe και μερικοί άλλοι ασχολήθηκαν με διάφορα φιλανθρωπικά έργα σε διάφορα μέρη της πόλης και σε αγροτικές περιοχές. Η βοήθεια προς τα φτωχότερα τμήματα της κοινωνίας, ιδίως η εύρεση εργασίας, η παροχή τροφής, στέγης, ρουχισμού, η εκπαίδευση των παιδιών και η πρωτοβάθμια υγειονομική περίθαλψη, ήταν τα κύρια καθήκοντα αυτών των Ιησουιτών. Ο Vadaken συντόνιζε άψογα όλες τις δραστηριότητες.

Οι νέοι Ιησουίτες άλλαζαν το χώρο εργασίας τους κάθε τρεις μήνες για να προσφέρουν ποικίλες εμπειρίες σε όσους ασχολούνταν με την οργάνωση της κοινότητας. Ένας από τους λόγους για τις μετακινήσεις αυτές ήταν ότι οι νέοι Ιησουίτες απέφευγαν να αναπτύσσουν αδικαιολόγητο προσωπικό ενδιαφέρον για τους ανθρώπους με τους οποίους εργάζονταν. Άλλωστε, μπορούσαν να διαμορφώσουν μια πλήρη αποστασιοποίηση από οτιδήποτε αγαπούσαν ή ήθελαν να κάνουν. Η αποστασιοποίηση ήταν μια αξία που οι Ιησουίτες εκτιμούσαν ατομικά και συλλογικά, κληρονομημένη από τον Ιγνάτιο Λογιόλα.

Ο Έιμπ προτιμούσε να πηγαίνει σε μια ανοιχτή κοινότητα μεταναστών εργατών. Καθώς η Πούνε ήταν μια ταχέως αναπτυσσόμενη πόλη, πολλές βιομηχανίες εμφανίστηκαν στα κοντινά χωριά. Πολλές χιλιάδες μετανάστες εργάτες από όλη την Ινδία ήταν απασχολημένοι μέρα και νύχτα στις κατασκευαστικές δραστηριότητες βιομηχανικών συγκροτημάτων, κτιρίων, διαμερισμάτων και επαύλεων σε όλες τις γωνιές της συνεχώς αναπτυσσόμενης πόλης. Η οικονομία ανθούσε λόγω της παγκοσμιοποίησης, της εκβιομηχάνισης και της φιλελευθεροποίησης.

Πολλοί μετανάστες εργάτες από την UP, το Bihar, τη Βεγγάλη, το Assam και την Orissa εργάζονταν σε όλα τα μέρη της πόλης. Όμως οι εγκαταστάσεις διαβίωσης που παρείχαν σε αυτούς τους εργάτες ήταν αβυσσαλέα ανεπαρκείς. Ένας μεγάλος αριθμός από αυτούς έμενε σε πεζοδρόμια και παράγκες στις πλευρές των σιδηροδρομικών γραμμών και των αυτοκινητοδρόμων. Ένας σημαντικός πλωτός πληθυσμός εργατών περιπλανιόταν επίσης στα εργοτάξια των φτωχότερων περιοχών της πόλης, αναζητώντας στέγη με τις οικογένειές τους. Οι περισσότεροι εργάτες ζούσαν μια άθλια ζωή, αλλά καλύτερη από αυτή που θα μπορούσαν να έχουν στο Bihar, το UP και το Uttarakhand.

Ο Abe άρχισε να επισκέπτεται τις οικογένειες για να διαπιστώσει το μέγεθος της πείνας και της φτώχειας στις πιο υποβαθμισμένες περιοχές. Αφού πήγε σε περίπου εκατό οικογένειες, μπόρεσε να εντοπίσει περίπου οκτώ, οι οποίες είχαν ελάχιστα τρόφιμα για να τραφούν, καθώς όλες ήταν οικογένειες με επικεφαλής γυναίκες. Οι γυναίκες αυτές δεν είχαν καμία απασχόληση και κανένα μέσο βιοπορισμού. Για διάφορους λόγους, δεν μπορούσαν να εγκαταλείψουν τις καλύβες τους αναζητώντας εργασία ή να μαζέψουν απορρίμματα από εδώ και από εκεί για να τα πουλήσουν σε εμπόρους απορριμμάτων και να βγάλουν τα προς το ζην. Αυτές οι οκτώ οικογένειες είχαν έντεκα μικρά παιδιά- οι συνθήκες τους ήταν αξιοθρήνητες. Ο πατέρας Vadaken συγκέντρωσε τρόφιμα για τα παιδιά και τις γυναίκες μέσω ενός πρακτορείου χορηγών. Το πρακτορείο συμφώνησε να τους προμηθεύει τακτικά τρόφιμα, ώστε τα παιδιά να μην υποφέρουν από την πείνα.

Εν τω μεταξύ, ο Abe αναζήτησε εργασία για τις γυναίκες αυτών των οικογενειών και ήρθε σε επαφή με έναν καθηγητή σε ένα τοπικό κολέγιο κοινωνικής εργασίας. Η Radha Mane, η καθηγήτρια που ήταν υπεύθυνη για τις δραστηριότητες πεδίου, υποσχέθηκε στον Abe ότι θα επισκεπτόταν αυτές τις οικογένειες με τους φοιτητές της, και μέσα σε δύο ημέρες η Radha Mane επισκέφθηκε τις οικογένειες. Η Abe σύστησε την ίδια και τους φοιτητές που τη συνόδευαν στις γυναίκες αυτών των οκτώ οικογενειών και η καθηγήτρια είχε μια μακρά συζήτηση μαζί τους. Μέσα σε μια εβδομάδα, ενημέρωσε η Mane την Abe, βρήκε δουλειά για όλες τις γυναίκες σε μια οργάνωση γνωστή ως Κέντρο Αυτοαπασχόλησης Γυναικών ως εργαζόμενες πλήρους απασχόλησης για τη συσκευασία σιτηρών και φακής σε τρία εμπορικά κέντρα της πόλης. Καθώς δεν υπήρχαν ενήλικες στις οικογένειες, τα παιδιά χρειάζονταν ασφάλεια. Υπήρχαν τέσσερα βρέφη κάτω των πέντε ετών και τα υπόλοιπα παιδιά ήταν ηλικίας έξι έως δέκα ετών. Η Radha Mane βοήθησε την Abe να εισαγάγει όλα τα βρέφη σε έναν παιδικό σταθμό που λειτουργεί από τη δημοτική εταιρεία, στο Anganwadi και σε ένα τοπικό κυβερνητικό σχολείο.

Μέσα σε δύο μήνες, ο Abe μπόρεσε να επισκεφθεί περίπου τριακόσιες πενήντα οικογένειες και να βοηθήσει περίπου σαράντα γυναίκες και άνδρες να βρουν εργασία ή να τους δώσει τη δυνατότητα να αναπτύξουν εγκαταστάσεις αυτοαπασχόλησης. Καθώς υπήρχαν χιλιάδες οικογένειες μεταναστών χωρίς κατάλληλη στέγαση, απασχόληση, υγειονομική περίθαλψη και εκπαιδευτικές εγκαταστάσεις, ο Abe εκπόνησε ένα λεπτομερές σχέδιο για να τις βοηθήσει με τους φοιτητές κοινωνικής εργασίας. Η Radha Mane έστειλε περίπου δέκα φοιτητές να εργαστούν με τον Abe δύο φορές την εβδομάδα στο πλαίσιο της ανάπτυξης δεξιοτήτων και της εργασίας τους στο πεδίο. Αυτοί οι φοιτητές που υποβάλλονται σε διετές πρόγραμμα μεταπτυχιακών σπουδών στην κοινωνική εργασία έδειξαν μεγάλη αφοσίωση. Υποσχέθηκαν στον Abe ότι θα συνεχίσουν να εργάζονται με τον μεταναστευτικό πληθυσμό ακόμη και κατά την απουσία του. Το Κολέγιο Κοινωνικής Εργασίας σχεδίασε και ανέπτυξε ένα πενταετές πρόγραμμα επιτόπιας εργασίας προς όφελος της κοινότητας των μεταναστών μέσα σε δύο εβδομάδες. Το Κολέγιο κάλεσε τον Abe να γίνει μέλος του συντονιστικού οργάνου.

Στα μέσα του τρίτου μήνα, ο Έιμπ βρήκε εννέα οικογένειες- όλοι οι μουσουλμάνοι είχαν μεταναστεύσει από το Αχμενταμπάντ, το γειτονικό κρατίδιο Γκουτζαράτ. Οι οικογένειες είχαν μικρά παιδιά, αλλά καμία δεν είχε ενήλικα αρσενικά μέλη. Ο Abe βρήκε εννέα ενήλικες γυναίκες και είκοσι εννέα παιδιά- ορισμένα παιδιά δεν είχαν γονείς. Μαζεμένοι και οι τριάντα οκτώ άνθρωποι έμειναν κοντά στις σιδηροδρομικές γραμμές, κάτω από ένα μεγάλο δέντρο, στην ύπαιθρο. Η κατάστασή τους ήταν οικτρή, καθώς δεν είχαν τίποτα να φάνε, τα παιδιά είχαν ελάχιστα ρούχα και δεν είχαν μέρος να κοιμηθούν. Κάποια παιδιά υπέφεραν από πυρετό, βήχα, κρυολόγημα και δερματικά εξανθήματα και όλοι βρίσκονταν σε άθλιες συνθήκες. Πολλά παιδιά και γυναίκες είχαν καμένα τραύματα και πληγές στο σώμα τους και ο Abe δεν είχε δει ποτέ παιδιά και γυναίκες σε τόσο τραγική κατάσταση. Ο θάνατος φαινόταν μεγάλος. Παρ' όλα αυτά, οι γυναίκες δεν ήταν έτοιμες να μιλήσουν στους ξένους και ο Άμπε δυσκολευόταν να μάθει την πραγματική τους κατάσταση. Εξάλλου, όλες οι γυναίκες φορούσαν χιτζάμπ και μόνο τα πρόσωπα και τα δάχτυλά τους ήταν ορατά.

Ο Abe ενημέρωσε αμέσως τη Radha Mane, και μαζί με μια ομάδα μαθητριών έφτασε μέσα σε μια ώρα. Είχαν μια μακρά συζήτηση με τις γυναίκες και τα παιδιά. Τότε η Radha είπε στον Abe ότι οι γυναίκες και τα παιδιά ήταν πρόσφυγες από το Ahmedabad που έφυγαν από τα αντίποινα, τη βία και τις ταραχές του Gujarat. Θρησκευτικοί φανατικοί σφαγίασαν όλους τους άνδρες τους. Ο Έιμπ είχε διαβάσει για τις μαζικές δολοφονίες, οι οποίες έλαβαν χώρα στο Γκουτζαράτ την προηγούμενη εβδομάδα. Τα νέα για το πογκρόμ εξακολουθούσαν να έρχονται από ορισμένες εφημερίδες και τηλεοπτικά κανάλια, αλλά ποτέ δεν πίστευε ότι θα ήταν τόσο σοβαρά.

"Χρειάζονται άμεση ιατρική περίθαλψη, τροφή, ρουχισμό και στέγη", δήλωσε ο Abe.

"Βεβαίως, αλλά πρέπει να ενημερώσουμε αμέσως την αστυνομία για τη σοβαρότητα της κατάστασης", λέγοντας ότι η Ράντα έκανε ένα τηλεφώνημα στην αστυνομία.

Μέσα σε δέκα λεπτά έφτασαν αστυνομικοί από το τοπικό αστυνομικό τμήμα και την αστυνομία των σιδηροδρόμων.

Υπήρχαν τρεις γυναίκες αστυφύλακες και μίλησαν με τις γυναίκες. Στη συνέχεια, ο επιθεωρητής της αστυνομίας μίλησε με την αστυνομία του σιδηροδρόμου.

"Θα μετακινηθούν από τη σιδηροδρομική γραμμή", είπε η αστυνομία του σιδηροδρόμου στον Abe και τη Radha.

"Χρειάζονται άμεση ιατρική περίθαλψη, φαγητό και ρούχα", είπε ο Abe στον επιθεωρητή της αστυνομίας.

"Δεν πρέπει να παρεμβαίνετε- η αστυνομία μπορεί να χειριστεί την υπόθεση αυτή πολύ καλά", απάντησε ο επιθεωρητής.

"Μα πρόκειται για ανθρωπιστική κρίση", είπε ο Abe.

"Σας ζητώ να φύγετε αμέσως από το μέρος. Διαφορετικά, πρέπει να σας συλλάβω για παρέμβαση στο έργο της αστυνομίας", ήταν σκληρός ο επιθεωρητής.

Με απροθυμία, ο Έιμπ έφυγε από το μέρος. Ο επιθεωρητής συνομιλούσε με τη Ράντα.

Ο Abe ενημέρωσε τον Vadaken για το περιστατικό και την επόμενη μέρα, πήγαν και οι δύο να δουν τους πρόσφυγες. Αλλά δεν μπόρεσαν να τους εντοπίσουν πουθενά. Ο Abe και ο Vadaken πήγαν στο αστυνομικό τμήμα για να ρωτήσουν για τους πρόσφυγες. Έπρεπε να περιμένουν περίπου τρεις ώρες για να συναντήσουν τον επιθεωρητή της αστυνομίας.

"Κύριε, είμαστε έτοιμοι να προμηθεύσουμε αρκετά τρόφιμα και ρούχα σε αυτές τις γυναίκες και τα παιδιά", είπε ο Vadaken στον αστυνομικό επιθεωρητή.

"Η κυβέρνηση μπορεί να παρέχει τρόφιμα, ρούχα, ιατρική περίθαλψη, εκπαίδευση και στέγη για όλους τους ανθρώπους στην Ινδία", απάντησε ο αστυνομικός επιθεωρητής.

"Κύριε, μιλάμε για εκείνους τους πρόσφυγες από το Αχμενταμπάντ", είπε ο Vadaken.

"Ποιος σας είπε ότι είναι από το Αχμενταμπάντ; Ήρθαν από το Μορανταμπάντ στο Ούταρ Πραντές. Υπήρξε μια μάχη μεταξύ δύο μουσουλμανικών αιρέσεων. Το θέμα αυτό δεν έχει καμία σχέση με το Γκουτζαράτ", εξήγησε ο επιθεωρητής της αστυνομίας.

Έφτιαχνε ιστορίες. Η Ράντα του είχε πει ότι αυτές οι μουσουλμάνες γυναίκες και τα παιδιά ήταν από το Αχμενταμπάντ, τα θύματα του πογκρόμ.

"Κύριε, από όπου κι αν προέρχονται, είναι σε άσχημη κατάσταση. Είμαστε έτοιμοι να τους βοηθήσουμε. Κάποιοι οργανισμοί-χορηγοί έχουν συμφωνήσει να τους παρέχουν φαγητό, ρουχισμό και ιατρική περίθαλψη για μήνες μαζί", διευκρίνισε ο Άμπε.

"Δεν πρέπει να παρεμβαίνετε στο έργο της κυβέρνησης. Και οι δύο σας μπορείτε να φύγετε αμέσως από το μέρος.

Κύριε", θέλησε να πει κάτι ο Βαντάκεν.

"Σας είπα να φύγετε", βρυχήθηκε ο επιθεωρητής της αστυνομίας. "Γνωρίζουμε ότι οι Χριστιανοί έχετε αρκετά χρήματα. Παίρνετε εκατομμύρια ρουπίες κάθε μήνα από την Ευρώπη και την Αμερική. Δίνετε φαγητό, ρούχα και ιατρική περίθαλψη στους φτωχούς για να τους προσελκύσετε στον χριστιανισμό και να τους προσηλυτίσετε. Ο προσηλυτισμός είναι το κίνητρό σας. Φύγετε από εδώ. Γυρίστε πίσω στη Ρώμη. Αν σε ξαναδώ, θα βρεθείς πίσω από τα κάγκελα", φώναξε ο επιθεωρητής της αστυνομίας.

Ο Vadaken και ο Abe δεν ήξεραν τι να κάνουν. Ήθελαν να ψάξουν για τις τραυματισμένες γυναίκες και τα παιδιά, τους πρόσφυγες. Θα πέθαιναν αν δεν έπαιρναν αμέσως τροφή και ιατρική περίθαλψη- η σκέψη κυνηγούσε τον Έιμπ.

Ο Έιμπ τηλεφώνησε στη Ράντα και το τηλέφωνό της ήταν κατειλημμένο. Καθώς δεν υπήρξε ανταπόκριση, την ξαναπήρε μετά από μια ώρα, και χτύπησε, αλλά δεν το σήκωσε. Μετά από μια ώρα, ο Abe την κάλεσε ξανά, και η Radha ήταν στην άλλη πλευρά.

"Γεια σου, Αβραάμ", είπε η Ράντα.

"Γεια σας, καθηγητά Μανέ, κάποιος έχει μεταφέρει τις γυναίκες και τα παιδιά από το Αχμενταμπάντ σε ένα άγνωστο μέρος. Πρέπει να τις βρούμε και να τις βοηθήσουμε", είπε ο Abe.

"Βλέπεις, Αβραάμ, έχω λάβει οδηγίες από τον διευθυντή του κολεγίου μου ότι δεν χρειάζεται να παρεμβαίνω στις δραστηριότητες της αστυνομίας και των κυβερνητικών αρχών. Λυπάμαι, δεν μπορώ να σας βοηθήσω σε αυτό το θέμα", απάντησε η Ράντα.

"Δεν πειράζει", είπε ο Έιμπ.

Αλλά η απάντηση στη Ράντα ήταν συγκλονιστική. Ως υπεύθυνη επιτόπιας εργασίας μιας σχολής κοινωνικής εργασίας, θα έπρεπε να είχε βοηθήσει στην αποκατάσταση των μουσουλμάνων προσφύγων, οι οποίοι ήταν θύματα βίας, βασανιστηρίων, εμπρησμών και μαζικών δολοφονιών.

Κραδαίνοντας όπλα, σπαθιά, βόμβες και γκλομπ, όχλοι και φανατικοί θρησκευτικοί επιτέθηκαν σε μουσουλμάνους στο Αχμενταμπάντ, στο Σουράτ και σε άλλες πόλεις και κωμοπόλεις του Γκουτζαράτ. Τα σπίτια, τα κτίρια, τα ιδρύματα και οι χώροι λατρείας των μουσουλμάνων κατεδαφίστηκαν και κάηκαν. Η σποραδική βία συνεχίστηκε. Άνδρες, γυναίκες και παιδιά έπεσαν θύματα του θρησκευτικού μίσους και οι ομαδικοί βιασμοί ήταν συνηθισμένοι στις πόλεις. Σύμφωνα με ουδέτερους δημοσιογράφους και παρατηρητές, οι θρησκευτικοί φονταμενταλιστές σκότωσαν περισσότερους από δύο χιλιάδες ανθρώπους κατά τη διάρκεια της σφαγής και περίπου διακόσιοι αστυνομικοί που προστάτευαν τους μουσουλμάνους έχασαν τη ζωή τους. Περισσότεροι από εκατόν πενήντα χιλιάδες άνθρωποι εκτοπίστηκαν ή αναγκάστηκαν να εγκαταλείψουν το Γκουτζαράτ. Αξιοσέβαστοι δημοσιογράφοι, παρατηρητές και συνταξιούχοι δικαστές κατηγόρησαν την κυβέρνηση του Γκουτζαράτ για τη σιωπηρή υποστήριξη των ταραχοποιών. "Η κυβέρνηση δεν έκανε τίποτα για να καταστείλει τη βία", είπαν ορισμένοι παρατηρητές. "Οι βίαιοι όχλοι μετέφεραν καταλόγους ψηφοφόρων για να εντοπίσουν μουσουλμανικές οικογένειες και γειτονιές", διαπίστωσαν ορισμένοι δημοσιογράφοι. Ο Abe ήξερε ότι οι γυναίκες που είδε στις σιδηροδρομικές γραμμές την προηγούμενη ημέρα ήταν από το Ahmedabad, όπως επιβεβαίωσε η Radha Mane μετά από συνομιλία με τις γυναίκες.

Το κεφάλι του έβραζε και η καρδιά του έσκαγε- ο Abe ήθελε να μάθει πού βρίσκονταν αυτές οι γυναίκες και τα παιδιά. Για άλλη μια φορά, πήγε στη σιδηροδρομική γραμμή. Αφού ρώτησε για τους πρόσφυγες πολλούς καταστηματάρχες και κατοίκους σε κοντινές τοποθεσίες, ο Abe διαπίστωσε ότι δεν γνώριζαν αυτές τις γυναίκες και τα παιδιά. Ποιος νοιάζεται για τον πόνο και τις αγωνίες των θυμάτων των ταραχών στο Γκουτζαράτ, ειδικά μια ομάδα αγνώστων; Δεν υπήρχαν γι' αυτούς, καθώς δεν είχαν ποτέ αλληλεπιδράσει πρόσωπο με πρόσωπο. Αυτοί οι έμποροι δεν ένιωσαν ανησυχία για τη σφαγή περισσότερων από δύο χιλιάδων ανθρώπων από φανατικούς θρησκευτικούς, καθώς δεν γνώρισαν ποτέ τα θύματα. Οι άνθρωποι αρνούνταν να συμπάσχουν με τους σφαγιασθέντες, όταν κάποιος προσπαθούσε να επιτύχει μεγαλύτερη δόξα οργανώνοντας μαζικές δολοφονίες, ο οποίος είχε υπό τον έλεγχό του την αστυνομία και τους γραφειοκράτες και μπορούσε να επηρεάσει μια γειτονική κυβέρνηση. Οι σκέψεις εξουδετέρωσαν τον Abe και υπέταξαν τα συναισθήματά του. Όμως θα έπρεπε να υπάρχει μια θεραπεία, μια διέξοδος. Το θύμα έπρεπε να ξέρει ότι κάποιοι άνθρωποι ήταν έτοιμοι να το βοηθήσουν και ότι έπρεπε να συνεχίσει να ζει. Αν ήταν δυνατόν, οι εγκληματίες πίσω από τη βία και τον βιασμό χρειάζονταν δίωξη και τιμωρία, μαζί με τον εγκέφαλο της σφαγής. Αποφάσισε να τους βοηθήσει να επιβιώσουν. Ο Έιμπ σχεδίασε νοερά όλες τις καταστάσεις και τις δυνατότητες για να τις σώσει και να τις βοηθήσει να ζήσουν.

Ενώ περπατούσε στις σιδηροδρομικές γραμμές για περίπου μια ώρα, ο Abe παρατήρησε ένα αγόρι περίπου δώδεκα με δεκατεσσάρων ετών να μαζεύει σκουπίδια, λίγο πιο πέρα, στην άλλη πλευρά των σιδηροδρομικών γραμμών. Ο Abe την διέσχισε και έφτασε εκεί που βρισκόταν το αγόρι. Μόλις το αγόρι είδε τον Abe, άρχισε να τρέχει και η τσάντα του κρεμόταν από τη μια πλευρά στην άλλη στην πλάτη του. Ο Abe προσπέρασε το αγόρι μέσα σε πέντε λεπτά τρέχοντας πιο γρήγορα και ρώτησε το αγόρι γιατί έτρεχε. Εκείνο απάντησε ότι νόμιζε ότι ο Abe ήταν από την αστυνομία των σιδηροδρόμων και φοβόταν ότι θα τον χτυπούσε ανελέητα. Του είπε ακόμη ότι ήταν από το Μπιχάρ, το χειρότερο μέρος της χώρας που μαστίζεται από τη φτώχεια. Τα προηγούμενα τέσσερα χρόνια μάζευε παλιοσίδερα από τις σιδηροδρομικές γραμμές για να ζήσει. Οι γονείς του και τα τρία αδέλφια του ήρθαν στο Pune σε αναζήτηση εργασίας. Ο πατέρας του, που ήταν χτίστης, έπεσε από ένα πολυώροφο κτίριο και έσπασε τη σπονδυλική του στήλη. Ήταν κατάκοιτος για τρία χρόνια και δεν έλαβε ποτέ αποζημίωση από την κατασκευαστική εταιρεία στην οποία εργαζόταν. Η μητέρα του μετέφερε λάσπη και τούβλα στα εργοτάξια, αλλά ο μισθός της δεν επαρκούσε για τη διατροφή τους.

Ο Abe ρώτησε πού διέμενε και το αγόρι του είπε ότι έμενε περίπου είκοσι πέντε χιλιόμετρα από εκεί, σε άγονη γη, όπου δεν υπήρχαν εγκαταστάσεις, όπως νερό με αγωγούς, φως στο δρόμο, τουαλέτα ή ακόμη και δρόμος. Εκατοντάδες μετανάστες από τη Βεγγάλη και το Μπιχάρ ζούσαν εκεί σαν ζώα. Τα παιδιά δεν πήγαιναν ποτέ στο σχολείο, καθώς δεν υπήρχαν σχολεία. Κάθε μέρα, το αγόρι ερχόταν στην πόλη και μάζευε τα σκουπίδια από τις σιδηροδρομικές γραμμές, τα οποία ήταν άφθονα, καθώς οι επιβάτες πετούσαν τα πάντα στις σιδηροδρομικές γραμμές. Μπορούσε να μαζέψει ένα σακί γεμάτο απορρίμματα μέχρι το βράδυ, να το πουλήσει στους εμπόρους σκραπ και να πάρει το τρένο για το σπίτι του το βράδυ. Το αγόρι έπρεπε να ταΐζει τον πατέρα του και τα δύο μικρότερα αδέλφια του και να βοηθάει τη μητέρα του να φέρνει νερό από μακρινά ρυάκια.

Γιατί δεν επέστρεφαν στο Μπιχάρ, ρώτησε ο Έιμπ. Το αγόρι απάντησε ότι θα πέθαιναν γιατί δεν υπήρχε τίποτα να φάνε στο Μπιχάρ. Άλλωστε, η μαζική διαφθορά, η ανομία και η βία είχαν μετατρέψει το Μπιχάρ σε κόλαση. Ο Abe ρώτησε αν η αστυνομία τον έπιασε ποτέ, και το αγόρι του είπε ότι είχε συλληφθεί από την αστυνομία μερικές φορές και τον είχαν χτυπήσει πολύ άσχημα, καθώς τους άρεσε να χτυπούν παιδιά και ανήμπορους ανθρώπους. Πολλοί από αυτούς τους αστυνομικούς ήταν σαδιστές. Έπαιρναν χαμηλούς μισθούς και οι ανώτεροί τους τους αντιμετώπιζαν σαν σκλάβους, και οι αστυφύλακες χτυπούσαν όποιον έπιαναν, αγνοώντας τις παρανομίες των ισχυρών και των πλουσίων και δεν τολμούσαν ποτέ να τους αγγίξουν.

Ο Abe ρώτησε το αγόρι αν είχε δει μια ομάδα γυναικών και παιδιών στο ίδιο μέρος την προηγούμενη μέρα. Το αγόρι απάντησε ότι είχε δει μερικές γυναίκες με χιτζάμπ και περισσότερα από είκοσι παιδιά. Η καρδιά του Abe ανατρίχιασε και μια αχτίδα ελπίδας ότι θα κατάφερνε να τις βρει. Ο Abe ρώτησε αν το αγόρι ήξερε πού πήγαν, και το αγόρι απάντησε ότι είχε δει δύο βαν της αστυνομίας και ότι όλες οι γυναίκες και τα παιδιά σπρώχτηκαν μέσα στο όχημα από την αστυνομία.

"Παρακολούθησες όλο το περιστατικό;" ρώτησε ο Abe.

"Έφυγα μακριά από τη θέα της αστυνομίας, καθώς φοβόμουν ότι θα μπορούσαν να με πιάσουν και να με πετάξουν μαζί τους στο Satan's Rock", είπε το αγόρι.

"Ξέρεις πού τους πήγαν με το φορτηγάκι της αστυνομίας;" ρώτησε ο Έιμπ.

"Υπάρχει ένα έρημο μέρος περίπου σαράντα πέντε χιλιόμετρα από εδώ, γεμάτο βράχους, αγκαθωτούς θάμνους και κάκτους. Η αστυνομία συνήθως πετάει εκεί ανεπιθύμητους ανθρώπους, ειδικά ηλικιωμένους ζητιάνους και λεπρούς ασθενείς, που βρίσκονται στα πρόθυρα του θανάτου", είπε το αγόρι.

Ο Έιμπ ένιωσε ένα τρέμουλο στο κεφάλι του. Το να πετάνε ανεπιθύμητους, ηλικιωμένους, άρρωστους και μη παραγωγικούς ανθρώπους για να πεθάνουν έναν άθλιο θάνατο ήταν κάτι που δεν μπορούσε να καταλάβει.

"Έχεις πάει ποτέ εκεί;" ρώτησε ο Έιμπ.

"Ποτέ δεν έχω πάει. Εκείνο το μέρος είναι γνωστό ως οι Βράχοι του Σατανά- λίγοι έχουν πάει εκεί. Αυτοί που ήταν εκεί τη νύχτα λένε ότι υπάρχουν μόνο ανθρώπινοι σκελετοί", απάντησε το αγόρι.

Αυτό ήταν μια σοβαρή παραβίαση των ανθρωπίνων δικαιωμάτων. Η αστυνομία πέταξε αβοήθητους ανθρώπους σε μια έρημο για να πεθάνουν, και κανείς δεν ήταν υπεύθυνος. Η αστυνομία θα μπορούσε να ισχυριστεί ότι αγνοούσε τέτοια περιστατικά, και κάποιοι άνθρωποι θα μπορούσαν να είχαν πάει εκεί οικειοθελώς για να πεθάνουν. Αυτή θα μπορούσε να είναι η δικαιολογία που η αστυνομία και οι γραφειοκράτες σκαρφίζονταν. Ήταν εντάξει για κάποιους πολιτικούς και θρησκευτικούς φανατικούς.

"Πώς θα φτάσουμε εκεί", ρώτησε ο Έιμπ.

" Οι Βράχοι του Σατανά απέχουν περίπου είκοσι χιλιόμετρα από εκεί που μένουμε. Χρειάζεται όχημα για να φτάσεις εκεί", είπε το αγόρι.

Στη συνέχεια είπε στον Abe το όνομα του χωριού του και περιέγραψε πώς να φτάσει στους Satan's Rocks, επειδή το αγόρι τον εμπιστεύτηκε καθώς τον ρώτησε για την οικογένειά του. Ο Abe επέστρεψε στην κατοικία του και συζήτησε με τον Vadaken- και οι δύο ξεκίνησαν για τους Βράχους του Σατανά με ένα μεγάλο φορτηγάκι. Μετέφεραν κάποια τρόφιμα, νερό, κουβέρτες, ρούχα και φάρμακα. Ο δρόμος ήταν σε άθλια κατάσταση και η οδήγηση ήταν δύσκολη. Πώς θα μπορούσε η αστυνομία να φτάσει στο Satan's Rock για να πετάξει τους ανεπιθύμητους ανθρώπους;

Ήταν ήδη δύο το απόγευμα.

"Πρέπει να φτάσουμε εκεί το συντομότερο δυνατό", είπε ο Vadaken.

"Ναι. Πρέπει να σώσουμε αυτές τις γυναίκες και τα παιδιά από το θάνατο", είπε ο Άμπε.

"Τέτοια πράγματα συμβαίνουν συχνά. Και μια αναίσθητη κυβέρνηση ξεφεύγει από την ευθύνη της", είπε ο Vadaken.

"Η κυβέρνηση δραπετεύει επειδή δεν υπάρχει ισχυρή αντίσταση- μόνο λίγοι άνθρωποι αμφισβητούν την κυβέρνηση. Υπάρχουν πολυάριθμοι συκοφάντες, όχι μόνο στη γραφειοκρατία αλλά και στις εφημερίδες και την τηλεόραση. Ορισμένοι από αυτούς λατρεύουν τους εγκληματίες", δήλωσε ο Άμπε.

"Όταν ισχυροί γραφειοκράτες, δικηγόροι και δημοσιογράφοι ενθαρρύνονται και δελεάζονται να γίνουν κολλητοί με βάση τη θρησκεία, το χρήμα και την άνεση, δεν τολμούν πολλοί να σταθούν υπέρ της δικαιοσύνης", δήλωσε ο Vadaken.

"Οι εγκληματίες έχουν καθαγιάσει τη δολοφονία μιας ευάλωτης μειονότητας και η χώρα δεν έχει ξαναδεί τέτοια ταπείνωση. Αλλά είμαι βέβαιος ότι, μακροπρόθεσμα, ο νόμος θα τους πιάσει και θα τους τιμωρήσει", δήλωσε ο Άμπε.

"Πρώτον, οι υπεύθυνοι πρέπει να τιμωρηθούν για τα φρικτά εγκλήματα. Θα πρέπει να αποτελέσει μάθημα για τις μελλοντικές γενιές και τους παραβατικούς πολιτικούς που υποκινούν τη βία στο όνομα της θρησκείας και σφάζουν τους ανήμπορους. Αυτοί που σκοτώνουν γυναίκες και παιδιά δεν αξίζουν ποτέ έλεος", δήλωσε πολύ έντονα ο Vadaken.

"Αυτοί οι πολιτικοί σχεδιάζουν ένα θεοκρατικό κράτος και δημιουργούν έναν εχθρό, ο οποίος υποτίθεται ότι στέκεται απέναντι στον στόχο της πλειοψηφίας για να τον πετύχουν, λέγοντάς τους ότι η εξάλειψη της μειονότητας ήταν επιτακτική ανάγκη για να φτάσουν στον προορισμό τους, όπου όλα θα είναι παραδεισένια. Οι εγκληματίες από το Γκουτζαράτ προτείνουν έναν τέτοιο παράδεισο", δήλωσε ο Άμπε.

Γύρω στις πέντε το απόγευμα, έφτασαν στον βράχο του Σατανά. Η καρδιά τους βυθίστηκε, βλέποντας εκείνα τα γυναικόπαιδα. Μερικά παιδιά ήταν αναίσθητα και άλλα έκλαιγαν και βρίσκονταν σε απελπιστική κατάσταση χωρίς νερό και φαγητό.

Ο Vadaken και ο Abe τα τάισαν και υπήρχε αρκετό νερό για να πιουν. Όλα τα παιδιά σκεπάστηκαν με κουβέρτες και μεταφέρθηκαν στο όχημα, μεταφέροντάς τα ένα-ένα από τον Abe και τον Vadaken. Είπαν και έπεισαν τις γυναίκες ότι θα τα πήγαιναν εκεί όπου ένιωθαν ασφαλείς και προστατευμένες. Η φιλοξενία και των τριάντα οκτώ ατόμων στο φορτηγάκι ήταν κουραστική και ξεκίνησαν το ταξίδι της επιστροφής μέσα σε μια ώρα. Γύρω στις εννέα έφτασαν στο Κέντρο Κοινοτικής Εργασίας. Αμέσως, μετέφεραν δεκατέσσερα παιδιά και δύο γυναίκες σε νοσοκομείο. Δύο γυναίκες γιατροί και ένας άνδρας γιατρός έφτασαν στο Κέντρο για να ελέγξουν διεξοδικά τους υπόλοιπους ανθρώπους.

Καθώς δεν υπήρχε επαρκώς προστατευμένος χώρος για να κοιμηθούν, ο Abe και ο Vadaken μετέτρεψαν το παρεκκλήσι σε κοιτώνα και τοποθέτησαν πρόχειρα κρεβάτια για όλους. Τρεις νοσοκόμες κλήθηκαν από το νοσοκομείο για να φροντίζουν τις γυναίκες και τα παιδιά τη νύχτα.

Την επόμενη ημέρα, ο Abe και ο Vadaken μετέφεραν τους πρόσφυγες σε μια εγκατάσταση για γυναίκες και παιδιά, την οποία διαχειριζόταν μια ομάδα συζύγων μιας κοσμικής οργάνωσης. Η εγκατάσταση διέθετε προγράμματα απασχόλησης για τις γυναίκες που μπορούσαν να κερδίσουν τα προς το ζην δουλεύοντας. Ο Vadaken έκανε διευθετήσεις για την παροχή εκπαίδευσης σε όλα τα παιδιά σχολικής ηλικίας.

Ο Abe βρισκόταν σε ευφορία. Ποτέ δεν πίστευε ότι θα μπορούσε να σώσει τη ζωή τριάντα οκτώ ανθρώπων από τον αναπόφευκτο θάνατο. Ο Έιμπ το γιόρταζε στην καρδιά του για μέρες ολόκληρες και βίωσε μια εσωτερική χαρά ακόμη και όταν κοιμόταν. Προσδιόρισε την ευθύνη για αυτή την ανθρώπινη τραγωδία στην κυβέρνηση. Παρόλα αυτά, γνώριζε ότι οι κυρίαρχες ελίτ μπορούσαν εύκολα να νίψουν τας χείρας τους, καθώς τα ζητήματα της γενοκτονίας και των παραβιάσεων των ανθρωπίνων δικαιωμάτων ξεθώριαζαν από τη συνείδηση των ανθρώπων μέσα σε σύντομο χρονικό διάστημα. Πολλοί δεν ήθελαν να τα συνεχίσουν, επειδή φοβόντουσαν να προκαλέσουν μια ανάλγητη και βάναυση κυβέρνηση.

Ο Άμπε το έκανε λόγω της έμπνευσής του από τη Χάρη. Το έργο που ολοκλήρωσε με τον Βαντάκεν η αστυνομία θα μπορούσε να το αποκαλέσει αμφίβολο, αλλά ο Έιμπ μπορούσε να νικήσει τις προθέσεις της αστυνομίας. Η βοήθεια του αγοριού να μαζέψει τα αποφάγια για την επιβίωση της οικογένειάς του ήταν αξιοσημείωτη. Η αστυνομία μπορούσε να ψάξει για τον Έιμπ, αλλά δεν είχε ιδέα ότι είχε μετακινήσει αυτά τα γυναικόπαιδα από την πτέρυγα των θανατοποινιτών, ένα μικρό Άουσβιτς. Καθώς δεν υπήρχαν αποδείξεις ότι η αστυνομία είχε πετάξει τα θύματα στο Satan's Rock, η αστυνομία δεν μπορούσε να κατηγορήσει κανέναν για τη διάσωσή τους. Αλλά ο Έιμπ δεν ήθελε να έχει καμία σύγκρουση με την αστυνομία, καθώς οι φανατικοί ήταν ικανοί να τον εξοντώσουν.

Emma

Η καρδιά του Έιμπ λυπήθηκε για την Γκρέις. Δεν ήταν ένα ξαφνικό συναίσθημα, αλλά μια έκρηξη που έπρεπε από καιρό. Αυτά ήταν τα καταπιεσμένα συναισθήματα που ζυμώνονταν από κάτω, και εκείνη ήταν μια καυτή αίσθηση, ένα κατάλοιπο από το παρελθόν του, και οι Ιησουίτες δεν μπορούσαν να σβήσουν τα αποτυπώματά της που είχαν αποτυπωθεί στην καρδιά του. Η επιρροή των Ιησουιτών ήταν σταθερή αλλά παροδική στη ζωή του, αλλά η επιρροή της Γκρέις ήταν εξαιρετική, και η εντύπωσή της στη ζωή του συχνά τον πότιζε με διαρκείς αναμνήσεις. Του ήταν κάπως δύσκολο να αποβάλει την εικόνα της από το μυαλό του και να την απαρνηθεί από τη ζωή του. Εκείνη εξελισσόταν σε μια αδιάκοπη υποβόσκουσα αίσθηση της ψυχής του και όλες οι πράξεις του αντηχούσαν με τις σκέψεις της. Η Γκρέις δεν επέτρεπε ποτέ στο μυαλό του να είναι νωθρό, και υπέφερε από αϋπνία για μήνες.

"Γκρέις, πού είσαι;" φώναξε ο Έιμπ.

Μπορούσε να την ακούσει να τον καλεί: "Έιμπ, σε ψάχνω από τότε που σε άφησα. Δεν μπορώ να αντέξω τη μοναξιά, την απουσία σου".

"Γκρέις, γύρνα πίσω, πες μου πού είσαι. Μπορώ να σε βρω το συντομότερο δυνατό".

"Σε περιμένω- είναι οδυνηρό να βρίσκομαι μακριά σου", τα λόγια της ήταν δυνατά και απαλά.

Ο Έιμπ προσπάθησε να ελέγξει το κακόφωνο μυαλό του, αλλά δεν τα κατάφερε. Μέρα με τη μέρα, νύχτα με τη νύχτα, και μήνες με τους μήνες, σκεφτόταν τη Γκρέις, την αναζητούσε και η ψυχή του έκλαιγε γι' αυτήν. Η ζωή είχε γίνει αδιάφορη για τον Έιμπ. Αλλά το θλιμμένο πνεύμα του ανακάμπτει, καθώς η Γκρέις κατακτούσε ολοκληρωτικά την καρδιά του. Στα όνειρά του, χαιρετούσε τη Γκρέις, αλλά πίστευε ότι εκείνη δεν μπορούσε να διακρίνει το άγγιγμα, καθώς μπορεί να αισθανόταν ότι ήταν το κρέμασμα των φύλλων του φοίνικα.

Άθλιος, ένιωθε ο Έιμπ και ήταν καταβεβλημένος. Ο ένας χρόνος κοινοτικής εργασίας του είχε τελειώσει, και συνάντησε τον Βαντάκεν και του είπε ότι είχε βαθιά κατάθλιψη. Ο Vadaken εξεπλάγη βλέποντας την κατάσταση του και ρώτησε γιατί ήταν απελπισμένος και μελαγχολικός.

"Σκεφτόμουν ότι ασχολήθηκες πλήρως με το κοινοτικό έργο και προσπαθούσες να βοηθήσεις τους ανθρώπους να ξεφύγουν από την πείνα και τη φτώχεια, τη δυστυχία και την αδυναμία τους, αλλά μπορεί να είχες μια αποκαρδιωτική περίοδο", είπε ο Vadaken.

"Ασχολήθηκα με τους ανθρώπους, την κοινότητα και τα ιδρύματα. Μου αρέσει να εργάζομαι με τους ανθρώπους σε όλη μου τη ζωή".

"Τότε τι σε τρώει;" ρώτησε ο Vadaken.

"Ίσως γνωρίζετε- είχα μείνει με ένα άτομο γνωστό ως Γκρέις στη Γκόα για περίπου εννέα μήνες. Παρόλο που δεν την άγγιξα ποτέ, ήμουν βαθιά ερωτευμένος μαζί της- τη σεβόμουν και ήθελα να είμαι μαζί της μέχρι το τέλος της ζωής μου", είπε ο Έιμπ.

"Αυτό είναι φυσικό. Κάθε Ιησουίτης έχει μια ιστορία εμπλοκής με μια γυναίκα ως αχώριστη φίλη. Αλλά σχεδόν όλοι άφησαν την αγαπημένη τους και ξεκίνησαν μια νέα ζωή για τη μεγαλύτερη δόξα των ανθρώπων. Είναι για να βοηθήσουν την κοινωνία να έχει μια καλύτερη ζωή. Στόχος μας είναι να αγωνιζόμαστε για την ευημερία του ανθρώπου", ήταν επεξηγηματική η απάντηση του Vadaken.

"Το ξέρω. Κι εγώ, επίσης, άφησα τα πάντα. Θα μπορούσα να αφήσω τη Γκρέις για πάντα. Αλλά το βρίσκω δύσκολο, πάρα πολύ δύσκολο. Ακόμη και στα όνειρά μου, επιστρέφει σε μένα- οι μέρες και οι νύχτες είναι γεμάτες από τις αναμνήσεις της, τις σκέψεις της. Δεν μπορώ να την αφήσω. Εκτιμώ τη μνήμη της, απολαμβάνω την εγγύτητά της", είπε ο Έιμπ.

"Είναι ένα όμορφο συναίσθημα, πλήρως ανθρώπινο. Πρέπει να απολαμβάνεις τις αναμνήσεις σου από τη Γκρέις. Μην προσπαθείς να τις χωρίσεις από σένα. Αυτή είναι εσύ", ανέλυσε ο Βαντάκεν.

"Με καταλαβαίνεις. Αλλά το πρόβλημά μου είναι ότι αγαπώ τη Γκρέις πολύ περισσότερο από ό,τι αγαπώ τον Ιησού", ήταν ειλικρινής ο Έιμπ.

"Έιμπ, κι αυτό είναι φυσιολογικό. Είναι ανθρώπινο. Ο Ιησούς είναι ένα ιδανικό, όχι ένα πρόσωπο. Αυτό το ιδανικό είναι το πνεύμα που μας κινεί για να εργαστούμε για την ανθρώπινη πρόοδο και ανάπτυξη".

"Πες μου τι έχω στο μυαλό μου. Μπορείς να διαβάσεις την καρδιά μου. Προτιμώ τη ζωή με τη Χάρη παρά τον παράδεισο με τον Ιησού", είπε ο Άμπε.

"Έιμπ, ο παράδεισος είναι μόνο μια έννοια της καλής ζωής. Αυτός είναι ο δικός σου παράδεισος αν είσαι με τη Χάρη", απάντησε ο Βαντακέν.

"Θέλω να εγκαταλείψω την Εταιρεία του Ιησού για να είμαι με τη Γκρέις", ήταν ειλικρινής ο Έιμπ.

"Σου προτείνω να πάρεις άδεια από την Εταιρεία του Ιησού και να μείνεις με τη Γκρέις για όσο καιρό θέλεις. Μετά να επιστρέψεις, αν θέλεις να επιστρέψεις. Διαφορετικά, απόλαυσε τον παράδεισό σου με την αγαπημένη σου", είπε ο Βαντάκεν.

"Πώς θα μπορούσα να σας ευχαριστήσω για την ανοιχτότητά σας, την κατανόηση των συναισθημάτων, των προθέσεων και της λαχτάρας μου", απάντησε ο Έιμπ.

"Έιμπ, όλοι οι Ιησουίτες είναι σαν εσένα. Κι εσύ είσαι Ιησουίτης μετά την ανάληψη των όρκων σου. Όλοι εργαζόμαστε για την ανθρώπινη ευημερία και προσπαθούμε να κατανοήσουμε τον άνθρωπο ως ολιστική οντότητα. Η ευτυχία σου, η ολοκλήρωση, ο σκοπός της ζωής και η ανθρώπινη ολότητα είναι σημαντικά για την Εταιρεία του Ιησού. Είσαι ένας άνθρωπος με συναισθήματα, συγκινήσεις, αγάπη, εμπιστοσύνη, λύπες, άγχη, ανησυχίες, κατάθλιψη, μοναξιά, ευτυχία και χαρά. Σε χρειαζόμαστ

"Πώς θα μπορούσα να σας ευχαριστήσω για την ανοιχτότητά σας, την κατανόηση των συναισθημάτων, των προθέσεων και της λαχτάρας μου", απάντησε ο Έιμπ.

"Έιμπ, όλοι οι Ιησουίτες είναι σαν εσένα. Κι εσύ είσαι Ιησουίτης μετά την ανάληψη των όρκων σου. Όλοι εργαζόμαστε για την ανθρώπινη ευημερία και προσπαθούμε να κατανοήσουμε τον άνθρωπο ως ολιστική οντότητα. Η ευτυχία σου, η ολοκλήρωση, ο σκοπός της ζωής και η ανθρώπινη ολότητα είναι σημαντικά για την Εταιρεία του Ιησού. Είσαι ένας άνθρωπος με συναισθήματα, συγκινήσεις, αγάπη, εμπιστοσύνη, λύπες, άγχη, ανησυχίες, κατάθλιψη, μοναξιά, ευτυχία και χαρά. Σε χρειαζόμαστε ως ανθρώπινο ον. Όπου κι αν βρίσκεσαι, ό,τι κι αν κάνεις, χαιρόμαστε για σένα. Αλλά συναντήστε τον επαρχιώτη και συζητήστε το θέμα μαζί του", πρότεινε ο Vadaken.

Ο Έιμπ ένιωσε ανακούφιση και βίωσε σπάνια ευτυχία. Ετοιμάστηκε να συναντήσει τον πατέρα Κουριέν, τον επαρχιώτη, για να του πει ότι αγαπούσε τη Χάρη πολύ περισσότερο από ό,τι αγαπούσε τον Ιησού. Η συνάντηση ορίστηκε για ένα βράδυ και ο Επαρχιακός έδειξε μεγάλη προθυμία να τον ακούσει.

"Έιμπ, χαίρομαι τόσο πολύ που ολοκλήρωσες το κοινοτικό σου έργο. Ο Vadaken μου είπε ότι είχες κάνει αξιοσημείωτο έργο, βοηθώντας τα θύματα των ταραχών και τους σωματικά και διανοητικά ανάπηρους που βρίσκονταν υπό ιδρυματική φροντίδα", είπε ο Kurien.

"Σου είμαι ευγνώμων που μου έδωσες ποικίλες ευκαιρίες για να δουλέψω με ανθρώπους. Κέρδισα πολλά από την εμπειρία του ενός έτους", απάντησε ο Άμπε.

"Η εργασία είναι το πιο σημαντικό μέρος της ζωής ενός Ιησουίτη. Τα πολλά χρόνια εκπαίδευσης βοηθούν έναν άνθρωπο να αφιερωθεί ολοκληρωτικά στη βελτίωση των ανθρώπων, οι οποίοι είναι το επίκεντρο της προσοχής μας. Από την ίδρυση της Κοινωνίας του Ιησού, οι ιδρυτές είχαν θέσει ως προτεραιότητα την εργασία και την προσευχή. Ο Ιγνάτιος Λογιόλα και ο Φραγκίσκος Ξαβιέ είχαν σαφώς καθορισμένη εργασιακή ηθική και θρησκευτικό περιβάλλον", εξήγησε ο πατέρας επαρχιώτης.

"Οι σύντροφοι του Ιησού πιστεύουν ότι ξοδεύουν τον χρόνο τους βοηθώντας τους ανθρώπους. Έχουν μια αποστολή", δήλωσε ο Άμπε.

"Η κοσμοθεωρία των ιδρυτών της Εταιρείας του Ιησού και η δική μας έχουν αλλάξει δραστικά. Γι' αυτούς, ήταν ένας κλειστός κόσμος και η Γη ήταν επίπεδη, το κέντρο του γνωστού Σύμπαντος. Υπήρχαν μικροσκοπικά αστέρια, τα οποία ο Θεός τοποθέτησε στον ουρανό, ο ήλιος και το φεγγάρι. Ο Θεός ζούσε σε ένα παλάτι, με λαμπρότητα και μεγαλοπρέπεια, απολαμβάνοντας όλες τις πολυτέλειες, τους ύμνους των αγγέλων και των αγίων, οι οποίοι έψαλλαν συνεχώς ύμνους γι' αυτόν. Ο Θεός ήταν ένας βασιλιάς τύραννος και τιμωρούσε όλους όσοι αμάρτησαν εναντίον του, και το κόστος της αμαρτίας ήταν ο θάνατος. Ο Θεός ζήτησε από τον Μωυσή να σκοτώσει χιλιάδες ανθρώπους, ακόμη και γυναίκες και παιδιά. Η θανάτωση ήταν το χόμπι του Θεού μέχρι την Αναγέννηση", εξήγησε ο Κουριέν.

"Ναι, οι έννοιες του Θεού, του ουρανού, της αμαρτίας και της ζωής έχουν αλλάξει σημαντικά. Έχουμε φτάσει σε ένα σημείο όπου δίνουμε προτεραιότητα στη σαφή σκέψη και την επιστήμη από τους μύθους και τις φαντασιώσεις ενός μυθικού κόσμου. Οι άνθρωποι απορρίπτουν κάθε ιδέα για την ύπαρξη του Θεού, η οποία δεν μπορεί να αντέξει τη δοκιμασία της παρατήρησης και της επαλήθευσης. Η τεχνητή νοημοσύνη μας βοήθησε να απορρίψουμε πολλές πεποιθήσεις που θεωρούσαμε ιερά και όσια σε έναν προηγούμενο κόσμο".

"Έχεις δίκιο, Έιμπ. Οι άνθρωποι απορρίπτουν οτιδήποτε αντιτίθεται στη λογική και τη λογική. Γι' αυτό δεν χρειαζόμαστε έναν Θεό που κάθεται στον ουρανό. Έχουμε πετάξει την έννοια του Πατέρα, του Υιού και του Αγίου

Πνεύματος, στα σπασμένα χαρτοκιβώτια για πάντα. Το ίδιο και με την παρθενογένεση, τα θαύματα και την ανάσταση".

"Όλα αυτά ήταν υποθέσεις και δανεικές πεποιθήσεις από άλλες θρησκείες και μύθους. Πρέπει να φύγουν. Δεν έχουν θέση σε μια φωτισμένη κοινωνία, καθώς πρέπει να ξαναγράψουμε την έννοια του Θεού", δήλωσε ο Abe.

"Τι είναι ο Θεός; Πολλοί θέτουν αυτή την ερώτηση πού και πού. Είναι ένα πρόσωπο, ο δημιουργός του Σύμπαντος και του homo sapiens, μια ξεχωριστή οντότητα; Αν ο Θεός είναι διαφορετικός από το Σύμπαν, πώς προέκυψε το Σύμπαν και πώς δημιουργήθηκαν οι άνθρωποι; Για την Kaivalya Upanishad, όλα αναδύονται, σε μένα όλα υπάρχουν και σε μένα όλα επιστρέφουν. Έτσι, το Σύμπαν και ο Θεός είναι το ίδιο. Παρόλο που οι σημιτικές θρησκείες, ο Ιουδαϊσμός, ο Χριστιανισμός και το Ισλάμ, έχουν δανειστεί αυτή την έννοια, υποστηρίζουν επίμονα το δόγμα της Δημιουργίας. Σε αντίθεση με τον Δημιουργισμό, ο Ιησούς λέει: Εγώ είμαι η άμπελος, και εσείς είστε τα κλαδιά. Αλλά ο Χριστιανισμός λέει: ότι ο Θεός δημιούργησε τον κόσμο, διαψεύδοντας τον Ιησού ότι η άμπελος και τα κλαδιά είναι διαφορετικές οντότητες. Έτσι, οι Δημιουργιστές ισχυρίζονται ότι ο Θεός και το Σύμπαν είναι δύο ξεχωριστές πραγματικότητες." Κοιτάζοντας τον Abe, ο Kurien εξήγησε.ε ως ανθρώπινο ον. Όπου κι αν βρίσκεσαι, ό,τι κι αν κάνεις, χαιρόμαστε για σένα. Αλλά συναντήστε τον επαρχιώτη και συζητήστε το θέμα μαζί του", πρότεινε ο Vadaken.

Ο Έιμπ ένιωσε ανακούφιση και βίωσε σπάνια ευτυχία. Ετοιμάστηκε να συναντήσει τον πατέρα Κουριέν, τον επαρχιώτη, για να του πει ότι αγαπούσε τη Χάρη πολύ περισσότερο από ό,τι αγαπούσε τον Ιησού. Η συνάντηση ορίστηκε για ένα βράδυ και ο Επαρχιακός έδειξε μεγάλη προθυμία να τον ακούσει.

"Έιμπ, χαίρομαι τόσο πολύ που ολοκλήρωσες το κοινοτικό σου έργο. Ο Vadaken μου είπε ότι είχες κάνει αξιοσημείωτο έργο, βοηθώντας τα θύματα των ταραχών και τους σωματικά και διανοητικά ανάπηρους που βρίσκονταν υπό ιδρυματική φροντίδα", είπε ο Kurien.

"Σου είμαι ευγνώμων που μου έδωσες ποικίλες ευκαιρίες για να δουλέψω με ανθρώπους. Κέρδισα πολλά από την εμπειρία του ενός έτους", απάντησε ο Άμπε.

"Η εργασία είναι το πιο σημαντικό μέρος της ζωής ενός Ιησουίτη. Τα πολλά χρόνια εκπαίδευσης βοηθούν έναν άνθρωπο να αφιερωθεί ολοκληρωτικά στη βελτίωση των ανθρώπων, οι οποίοι είναι το επίκεντρο της προσοχής μας. Από την ίδρυση της Κοινωνίας του Ιησού, οι ιδρυτές είχαν θέσει ως προτεραιότητα την εργασία και την προσευχή. Ο Ιγνάτιος Λογιόλα και ο Φραγκίσκος Ξαβιέ είχαν σαφώς καθορισμένη εργασιακή ηθική και θρησκευτικό περιβάλλον", εξήγησε ο πατέρας επαρχιώτης.

"Οι σύντροφοι του Ιησού πιστεύουν ότι ξοδεύουν τον χρόνο τους βοηθώντας τους ανθρώπους. Έχουν μια αποστολή", δήλωσε ο Άμπε.

"Η κοσμοθεωρία των ιδρυτών της Εταιρείας του Ιησού και η δική μας έχουν αλλάξει δραστικά. Γι' αυτούς, ήταν ένας κλειστός κόσμος και η Γη ήταν επίπεδη, το κέντρο του γνωστού Σύμπαντος. Υπήρχαν μικροσκοπικά αστέρια, τα οποία ο Θεός τοποθέτησε στον ουρανό, ο ήλιος και το φεγγάρι. Ο Θεός ζούσε σε ένα παλάτι, με λαμπρότητα και μεγαλοπρέπεια, απολαμβάνοντας όλες τις πολυτέλειες, τους ύμνους των αγγέλων και των αγίων, οι οποίοι έψαλλαν συνεχώς ύμνους γι' αυτόν. Ο Θεός ήταν ένας βασιλιάς τύραννος και τιμωρούσε όλους όσοι αμάρτησαν εναντίον του, και το κόστος της αμαρτίας ήταν ο θάνατος. Ο Θεός ζήτησε από τον Μωυσή να σκοτώσει χιλιάδες ανθρώπους, ακόμη και γυναίκες και παιδιά. Η θανάτωση ήταν το χόμπι του Θεού μέχρι την Αναγέννηση", εξήγησε ο Κουριέν.

"Ναι, οι έννοιες του Θεού, του ουρανού, της αμαρτίας και της ζωής έχουν αλλάξει σημαντικά. Έχουμε φτάσει σε ένα σημείο όπου δίνουμε προτεραιότητα στη σαφή σκέψη και την επιστήμη από τους μύθους και τις φαντασιώσεις ενός μυθικού κόσμου. Οι άνθρωποι απορρίπτουν κάθε ιδέα για την ύπαρξη του Θεού, η οποία δεν μπορεί να αντέξει τη δοκιμασία της παρατήρησης και της επαλήθευσης. Η τεχνητή νοημοσύνη μας βοήθησε να απορρίψουμε πολλές πεποιθήσεις που θεωρούσαμε ιερά και όσια σε έναν προηγούμενο κόσμο".

"Έχεις δίκιο, Έιμπ. Οι άνθρωποι απορρίπτουν οτιδήποτε αντιτίθεται στη λογική και τη λογική. Γι' αυτό δεν χρειαζόμαστε έναν Θεό που κάθεται στον ουρανό. Έχουμε πετάξει την έννοια του Πατέρα, του Υιού και του Αγίου Πνεύματος, στα σπασμένα χαρτοκιβώτια για πάντα. Το ίδιο και με την παρθενογένεση, τα θαύματα και την ανάσταση".

"Όλα αυτά ήταν υποθέσεις και δανεικές πεποιθήσεις από άλλες θρησκείες και μύθους. Πρέπει να φύγουν. Δεν έχουν θέση σε μια φωτισμένη κοινωνία, καθώς πρέπει να ξαναγράψουμε την έννοια του Θεού", δήλωσε ο Abe.

"Τι είναι ο Θεός; Πολλοί θέτουν αυτή την ερώτηση πού και πού. Είναι ένα πρόσωπο, ο δημιουργός του Σύμπαντος και του homo sapiens, μια ξεχωριστή οντότητα; Αν ο Θεός είναι διαφορετικός από το Σύμπαν, πώς προέκυψε το Σύμπαν και πώς δημιουργήθηκαν οι άνθρωποι; Για την

Kaivalya Upanishad, όλα αναδύονται, σε μένα όλα υπάρχουν και σε μένα όλα επιστρέφουν. Έτσι, το Σύμπαν και ο Θεός είναι το ίδιο. Παρόλο που οι σημιτικές θρησκείες, ο Ιουδαϊσμός, ο Χριστιανισμός και το Ισλάμ, έχουν δανειστεί αυτή την έννοια, υποστηρίζουν επίμονα το δόγμα της Δημιουργίας. Σε αντίθεση με τον Δημιουργισμό, ο Ιησούς λέει: Εγώ είμαι η άμπελος, και εσείς είστε τα κλαδιά. Αλλά ο Χριστιανισμός λέει: ότι ο Θεός δημιούργησε τον κόσμο, διαψεύδοντας τον Ιησού ότι η άμπελος και τα κλαδιά είναι διαφορετικές οντότητες. Έτσι, οι Δημιουργιστές ισχυρίζονται ότι ο Θεός και το Σύμπαν είναι δύο ξεχωριστές πραγματικότητες." Κοιτάζοντας τον Abe, ο Kurien εξήγησε.

"Οι επιστήμονες αμφισβητούν τον δημιουργισμό, καθώς είναι απλώς ένας μύθος", απάντησε ο Abe.

"Σωστά, Έιμπ. Σε αυτή τη χιλιετία, δεχόμαστε ότι το Σύμπαν προήλθε από μια Μεγάλη Έκρηξη που πρότεινε ένας καθολικός ιερέας, ο Georges Lemaitre, αστρονόμος και καθηγητής φυσικής στο Πανεπιστήμιο της Λουβέν. Σύγχρονος του Αϊνστάιν, ο Lemaitre, πρότεινε επιστημονικά ένα διαστελλόμενο Σύμπαν από το Αρχέγονο Άτομο ή ένα Κοσμικό Αυγό. Αργότερα, ο Fred Hoyle, υποστηρικτής της Θεωρίας της Σταθερής Κατάστασης, αποκάλεσε σαρκαστικά τη διαστολή του Πρωτόγονου Ατόμου ως Μεγάλη Έκρηξη. Το δεκαεννιακόσια πενήντα ένα, ο Πάπας Πίος, ο Δωδέκατος, διακήρυξε έγκυρα τη Μεγάλη Έκρηξη ως την απόδειξη της Γένεσης: Επομένως, υπάρχει Δημιουργός. Επομένως, ο Θεός υπάρχει. Έτσι, η Μεγάλη Έκρηξη έγινε η αφετηρία της δημιουργίας για τον Πάπα", δήλωσε ο Kurien.

"Ο Ρότζερ Πένροουζ πρότεινε ότι το Σύμπαν υφίσταται συνεχείς κύκλους Μεγάλης Έκρηξης και Μεγάλης Κρίσης- το σημερινό Σύμπαν προήλθε από το προηγούμενο και θα υπάρξουν αναρίθμητα Σύμπαντα το ένα μετά το άλλο. Το Σύμπαν, στο σύνολό του, είναι πέρα από το χρόνο και το χώρο. Σε ένα τέτοιο σενάριο, δεν υπάρχει δημιουργός, καθώς το Σύμπαν είναι αιώνιο", ανέλυσε ο Abe.

"Αυτό που πρότεινε ο Penrose είναι λογικό, καθώς το έχει αποδείξει μέσω της έρευνάς του. Το Σύμπαν μας ξεπήδησε από τον θάνατο του προηγούμενου. Το φαινόμενο αυτό συνέβη ατελείωτα και θα συμβαίνει ατελείωτα. Άρα, δεν υπήρξε αρχή και δεν θα υπάρξει τέλος. Ο χρόνος και ο χώρος υπάρχουν μόνο μέσα στο Σύμπαν, όχι για το Σύμπαν", δήλωσε ο Kurien.

"Σε αυτό το σκηνικό, ο Θεός δεν έχει καμία θέση. Ο Θεός, ούτε πνεύμα ούτε ύλη, δεν έχει λόγο να δημιουργήσει. Αν ο Θεός κάνει τη δημιουργία, δεν είναι Θεός, καθώς είναι προϊόν του χρόνου και του χώρου. Έτσι, γίνεται ατελής- μόνο ένας ατελής Θεός επιδίδεται στη δημιουργία", απάντησε ο Abe.

"Έχετε δίκιο. Τα τελευταία επιστημονικά στοιχεία δείχνουν ότι η Μεγάλη Έκρηξη συνέβη πριν από δεκατέσσερα δισεκατομμύρια χρόνια περίπου. Το ηλιακό μας σύστημα δημιουργήθηκε πριν από περίπου επτά δισεκατομμύρια χρόνια, και πριν από περίπου τέσσερα δισεκατομμύρια χρόνια, στη Γη, προέκυψαν κάποιοι οργανισμοί λόγω του συνδυασμού ορισμένων μορίων. Έτσι, τα βιολογικά συστήματα αναπτύχθηκαν σε έναν φυσικό κόσμο λόγω χημικών αλλαγών- έτσι, ξεκίνησε το έπος της Εξέλιξης. Εδώ το ερώτημα είναι, γιατί ο Θεός, ο οποίος δεν είναι ούτε πνεύμα ούτε ύλη, να δημιουργήσει έναν φυσικό κόσμο και βιολογικά όντα;" Το επιχείρημα του Kurien ήταν επεξηγηματικό.

"Οι ανθρωπολόγοι λένε ότι ο άνθρωπος εξελίχθηκε από τον Αυστραλοπίθηκο στην Ανατολική Αφρική πριν από τρία με τέσσερα εκατομμύρια χρόνια. Υπήρχαν διαφορετικά ανθρώπινα είδη. Μέχρι πριν από περίπου δεκαπέντε χιλιάδες χρόνια, αυτοί οι άνθρωποι κατοικούσαν σε διάφορα μέρη της Γης. Η Βίβλος λέει ότι ο Θεός δημιούργησε τον Αδάμ και αργότερα, από το πλευρό του, την Εύα, τους πρώτους ανθρώπους, κατ' εικόνα του Θεού. Ο Θεός τους δημιούργησε στον Κήπο της Εδέμ, ο οποίος βρισκόταν στη Μεσοποταμία. Δεν είμαστε όμως σίγουροι σε ποιο ανθρώπινο είδος ανήκουν. Πιθανόν να ήταν Homo erectus ή ένας συνδυασμός Homo erectus και Homo neanderthalensis, επειδή οι Homo erectus ήταν οι κύριοι κάτοικοι της Μεσοποταμίας με μια μικρή ομάδα Homo neanderthalensis. Το όριο του Κήπου της Εδέμ είχε τέσσερα ποτάμια, τον Τίγρη, τον Ευφράτη, τον Πισόν και τον Γκιχόν. Στην Εδέμ υπήρχαν δύο είδη δέντρων, το Δέντρο της Ζωής και το Δέντρο της Γνώσης του Καλού και του Κακού. Υπήρχε επίσης ένα φίδι, το οποίο μπορούσε να μιλήσει όπως ο Αδάμ και η Εύα. Μια μέρα ο Θεός είπε στον Αδάμ: Μπορείς πράγματι να φας από κάθε δέντρο του κήπου, αλλά όχι από το δέντρο της γνώσης του καλού και του κακού. Γιατί την ημέρα που θα φας, είσαι καταδικασμένος να πεθάνεις", διηγήθηκε την ιστορία ο Άμπε.

"Η ιστορία της Γένεσης είναι συναρπαστική. Αλλά στερείται λογικής και κοινής λογικής. Καθώς ο Αδάμ ήταν ο μοναδικός άνθρωπος, ήταν μόνος. Έτσι, ενώ κοιμόταν, ο Θεός δημιούργησε μια γυναίκα και ο Αδάμ την ονόμασε Εύα από ένα από τα πλευρά του. Τότε το φίδι δελέασε την Εύα να φάει τον καρπό του δέντρου της γνώσης του καλού και του κακού. Η Εύα έδωσε τον καρπό στον Αδάμ και τον έφαγαν και οι δύο. Ξαφνικά άνοιξαν τα μάτια τους και συνειδητοποίησαν ότι ήταν γυμνοί. Έτσι, έραψαν μαζί τα φύλλα μιας συκιάς και καλύφθηκαν. Τότε άκουσαν τον ήχο του Θεού, ο οποίος έκανε μια βόλτα στον κήπο το δροσερό της ημέρας, και κρύφτηκαν από τον Θεό, και εκείνος φώναξε τον Αδάμ, λέγοντάς του: Πού είσαι; Ο Αδάμ απάντησε: "Ο Αδάμ είναι εδώ: Αδάμ: Σε άκουσα στον κήπο, και φοβήθηκα γιατί ήμουν γυμνός και κρύφτηκα. Τότε ο Θεός τιμώρησε τον Αδάμ και την Εύα. Είναι η θεμελιώδης και κεντρική πίστη του χριστιανισμού. Έτσι, ο Αδάμ και η Εύα αμάρτησαν εναντίον του Θεού και ήταν ανίκανοι να σωθούν από το βαρύ αμάρτημα της κατανάλωσης του καρπού. Τότε ο Θεός υποσχέθηκε στον Αδάμ και την Εύα να στείλει έναν σωτήρα που θα τους προστάτευε από την αμαρτία. Και ο Θεός έγινε άνθρωπος στο πρόσωπο του Ιησού Χριστού και κρεμάστηκε σε σταυρό από τους Ρωμαίους. Και ο Ιησούς πέθανε για τις αμαρτίες του Αδάμ και της Εύας. Ο Θεός τον ανέστησε από τον θάνατο και τον πήρε στον ουρανό και κάθισε στα δεξιά του Θεού", αφηγήθηκε περαιτέρω ο Kurien τη βιβλική ιστορία.

"Η ιστορία του Αδάμ και της Εύας είναι παράλογη. Υπήρχε η ανάγκη για έναν ανύπαρκτο Θεό να γίνει άνθρωπος στον Ιησού και να σώσει την ανθρωπότητα από την αμαρτία. Ήταν η κατανάλωση των καρπών ενός δέντρου από τους πρώτους ανθρώπους σοβαρή αμαρτία; Η αμαρτία των γονέων θα μεταφερθεί στα παιδιά τους όπως το DNA; Εάν δεν υπήρξε δημιουργία από τον Θεό, ποια ήταν η σημασία του θανάτου του Ιησού πάνω σε έναν σταυρό στην ανθρώπινη ιστορία; Άλλωστε, ο Ιησούς, μέλος του είδους homo sapiens, πέθανε για τις αμαρτίες ή την ανυπακοή του Αδάμ και της Εύας, οι οποίοι πιθανότατα ήταν Homo erectus ή homo neanderthalensis. Οι πρώτοι άνθρωποι εμφανίστηκαν πριν από περίπου ένα εκατομμύριο χρόνια, και μπορεί να μην υπάκουσαν τον Θεό τρώγοντας τον καρπό πριν από περίπου ένα εκατομμύριο χρόνια. Δυστυχώς, παρέμειναν στην αμαρτία έως ότου ήρθε ο Ιησούς πριν από περίπου δύο χιλιάδες χρόνια, περίπου δέκα λακχ χρόνια μετά την ανυπακοή τους στον Θεό. Γιατί ο Θεός περίμενε πολύ για να στείλει τον μοναχογιό του για να σώσει την ανθρωπότητα από την αμαρτία που διέπραξαν ο Αδάμ και η Εύα;" Ο Abe έθεσε ορισμένα ερωτήματα.

"Αυτές οι ερωτήσεις είναι σχετικές, Έιμπ. Πρέπει να αναλογιστούμε αυτούς τους μύθους. Πώς συσχετίζουμε την ιστορία του Αδάμ, της Εύας και της γέννησης και του θανάτου του Ιησού στο πλαίσιο της Μεγάλης Έκρηξης που πρότεινε ο Λεμέτρ, την οποία ο Πάπας Πίος ο Δωδέκατος ονόμασε Δημιουργία; Ας υποθέσουμε ότι οι ιστορίες της δημιουργίας, του Αδάμ και της Εύας δεν έχουν καμία πραγματική βάση- πώς θα πρέπει ένας χριστιανός να εσωτερικεύσει τη θεολογία του Θεού που έγινε άνθρωπος για να σώσει την ανθρωπότητα από την τιμωρία που δόθηκε από τον Θεό για την αμαρτία της κατανάλωσης ενός μήλου; Για μια απλή πράξη ανυπακοής, ο Θεός τιμώρησε τον Αδάμ και την Εύα και τους έδιωξε από τον Κήπο της Εδέμ, και ο Θεός αποφάσισε να γίνει άνθρωπος και να πεθάνει σε έναν σταυρό για να σώσει την ανθρωπότητα από το προπατορικό αμάρτημα. Αλλά ακούγεται απίστευτο. Γνωρίζουμε με βεβαιότητα ότι η ιστορία της δημιουργίας στο βιβλίο της Γένεσης ήταν ένα λαϊκό παραμύθι και η υπόσχεση του σωτήρα στον Ιησού Χριστό που βασίστηκε σε αυτόν τον μύθο ήταν επίσης ένας μύθος", εξήγησε ο Κουριέν κοιτάζοντας τον Έιμπ.

"Έτσι, ολόκληρη η χριστιανική θεολογία βασίζεται σε πλάνες. Τον πρώτο αιώνα, στη Συρία, ένας άνδρας εβραϊκής καταγωγής, ο Παύλος από την Ταρσό, ένας Ρωμαίος πολίτης που δεν είχε δει ποτέ τον Ιησού, συνέθεσε μια θεολογία στο όνομα του Ιησού και την παρέδωσε σε μια μικρή ομάδα οπαδών. Ο Παύλος προώθησε τον Ιησού από τη Ναζαρέτ ως Χριστό, τον Μεσσία. Το δόγμα του έγινε η ραχοκοκαλιά του Χριστιανισμού. Ο Κωνσταντίνος σκότωσε τα αδέλφια του για τον αυτοκρατορικό θρόνο στη Ρώμη το τριακόσιον είκοσι ένα. Η σύζυγός του τον έπεισε- τη νίκη του την όφειλε στον Θεό των Χριστιανών. Για να εκφράσει την ευγνωμοσύνη του, ανακήρυξε τον Χριστιανισμό ως μία από τις επιτρεπόμενες θρησκείες στη Ρωμαϊκή Αυτοκρατορία. Στο νεκροκρέβατό του, ο Κωνσταντίνος έλαβε το βάπτισμα και έγινε χριστιανός. Μετά από αυτό, ο χριστιανισμός άκμασε για πολλούς αιώνες στην Ευρώπη, την Αφρική, την Αμερική και σε ορισμένα μέρη της Ασίας", ανέλυσε εν συντομία ο Kurien την ιστορία του χριστιανισμού.

"Στον εικοστό με εικοστό πρώτο αιώνα, ο χριστιανισμός απέτυχε οικτρά να απαντήσει σε πολλά ερωτήματα που τέθηκαν σχετικά με τον Θεό, τη Δημιουργία, το προπατορικό αμάρτημα, την Παρθενογένεση, την Ανάσταση και τη σωτηρία αποστολή του Ιησού, από στοχαστές και επιστήμονες. Όλα αυτά δεν έβγαζαν κανένα νόημα για έναν ευφυή άνθρωπο. Ως αποτέλεσμα, ο Χριστιανισμός εξαφανίστηκε από πολλές χώρες. Πολλές εκκλησίες, καθεδρικοί ναοί, μοναστήρια, σεμινάρια, μοναστήρια και άλλα θρησκευτικά ιδρύματα έκλεισαν ή μετατράπηκαν σε εμπορικά κέντρα και επιχειρηματικά συγκροτήματα".

"Ναι, Άμπε, ο Χριστιανισμός, το Ισλάμ και ο Ιουδαϊσμός δεν μπορούν να αντέξουν για πολύ. Μέσα σε δύο με τριακόσια χρόνια, όλοι θα εξαφανιστούν. Δεν μπορούν να αντισταθούν στον έλεγχο της επιστήμης και της λογικής", δήλωσε ο Kurien σχετικά με το μέλλον των σημιτικών θρησκειών.

"Οι σκεπτόμενοι άνθρωποι αμφισβητούν την ύπαρξη του Θεού, ενώ οι θρησκευόμενοι άνθρωποι είναι γεμάτοι αυτοπεποίθηση. Οι έξυπνοι άνθρωποι έχουν ατελείωτες αμφιβολίες, ενώ οι ανόητοι ξεχειλίζουν από βεβαιότητα", σχολίασε ο Άμπε.

"Αυτός είναι ο λόγος για τον οποίο, την εποχή του Ιγνάτιου Λογιόλα, του Φραγκίσκου Ξαβιέ και των συντρόφων τους και για μερικούς αιώνες, κάθε Ιησουίτης ήταν φονταμενταλιστής και φανατικός, αλλά τώρα οι περισσότεροι από αυτούς είναι άθεοι", έκανε μια δήλωση ο Κουριέν.

"Οι Ιησουίτες γνωρίζουν ότι ο χρόνος δεν υπάρχει, το ίδιο και ο Θεός, αλλά υπάρχουν οι άνθρωποι και οι σχέσεις τους", δήλωσε ο Έιμπ.

"Εμείς οι Ιησουίτες αλλάζουμε γνώμη όταν μας παρουσιάζονται αδιαμφισβήτητα γεγονότα που έρχονται σε αντίθεση με τις πεποιθήσεις μας. Ο Ιησούς είχε πολύ μικρή κατανόηση του Σύμπαντος. Ο Ιγνάτιος Λογιόλα και ο Φραγκίσκος Ξαβιέ δεν γνώριζαν τη θεωρία της Εξέλιξης. Αν οι πεποιθήσεις τους έρχονται σε αντίθεση με την επιστήμη, απορρίπτουμε τις πεποιθήσεις τους", ήταν κατηγορηματικός ο Kurien.

"Αυτή είναι μια σπάνια ιδιότητα, μια ειλικρινής και θαρραλέα θέση", δήλωσε ο Abe.

"Έιμπ, ο πατέρας Βαντάκεν μου είχε μιλήσει για εσάς και τη Χάρη σας. Έχεις κάθε δικαίωμα να ονειρεύεσαι μια ζωή μαζί της. Σέβομαι τους λόγους σου. Προχωρήστε. Σας ευχαριστώ για τα τέσσερα χρόνια που ήσασταν μαζί μας- η συμβολή σας στους Ιησουίτες ήταν τεράστια. Και είστε μια έμπνευση. Θα πετύχετε όπου κι αν πάτε και οι άνθρωποι θα επωφεληθούν από εσάς. Σου εύχομαι ό,τι καλύτερο", δήλωσε ο Kurien, ενώ σηκώθηκε και έδωσε το χέρι του στον Abe.

"Σας ευχαριστώ, πάτερ, για την καλοσύνη, την ενθάρρυνση και την υποστήριξή σας. Λατρεύω αυτές τις ημέρες που πέρασα με τους Ιησουίτες", είπε ο Abe εκφράζοντας την ευγνωμοσύνη του.

"Σήμερα η ίδια, θα σας στείλω την επιστολή, την άδεια απουσίας σας από την Κοινωνία του Ιησού", είπε ο πατέρας επαρχιώτης.

Ο Abe ξεκίνησε μια νέα ζωή καθώς δεν ήταν πλέον Ιησουίτης. Η καρδιά του γέμισε με τη Χάρη και ταξίδεψε μακριά, λαχταρώντας να τη συναντήσει κάπου. Ήταν σίγουρος ότι μια μέρα θα τη συναντούσε, κοιτάζοντας την στα μάτια και ρωτώντας την: Γκρέις, πού ήσουν; Γιατί έφυγες και με άφησες μόνο μου; Αλλά ποτέ δεν ήξερε πού βρισκόταν. Επιθυμούσε να της πει ότι την αγαπούσε, καθώς η φωτεινή της εικόνα ήταν άρρηκτα συνδεδεμένη με την καρδιά του.

Περιπλανώμενος σαν αλήτης, ο Έιμπ έψαχνε τη Γκρέις σε πόλεις και δρόμους, κωμοπόλεις και χωριά, στα Βίντιγια και στα Ιμαλάια, στην έρημο του Ρατζαστάν και στο οροπέδιο του Ντεκάν, στις όχθες ποταμών και στις ακτές της θάλασσας. Έψαχνε για χρόνια την αγαπημένη του Γκρέις. Η ευγνωμοσύνη του ήταν απερίφραστη, καθώς της ανταπέδιδε την αγάπη της ολοκληρωτικά και ήθελε να της πει ότι είχε πολύ περισσότερη αγάπη στην καρδιά του.

Ο Έιμπ δεν κουράστηκε ποτέ να ταξιδεύει και, κατά καιρούς, αναπολούσε τη ζωή του στην Κοινωνία του Ιησού κατά τη διάρκεια μακρινών ταξιδιών. Ένα χρόνο ως μετακλητός, δύο χρόνια στο δόκιμο και ένα χρόνο στην κοινοτική εργασία. Ήταν μια συναρπαστική ζωή με τους Ιησουίτες. Οι εξαιρετικά μορφωμένοι, ανοιχτόμυαλοι και φιλοσοφικά υγιείς, με ισχυρές πεποιθήσεις για τη μεγαλύτερη δόξα των ανθρώπων, οι Ιησουίτες ήταν εξελιγμένοι άθεοι. Άλλαζαν σύμφωνα με τα σημεία των καιρών, δεν είχαν κανένα φόβο και καμία αβεβαιότητα να κάνουν έναν πλήρη κύκλο από το όραμα των ιδρυτών τους και αντικατέστησαν την Πνευματική Άσκηση με την Αυταπάτη του Θεού. Ήταν αναπόφευκτο, καθώς ήθελαν να συνεχίσουν το έργο και την αποστολή τους με μια γερή βάση. Το όραμά τους ήταν αξιοσημείωτο και το έργο τους εξαιρετικό. Προσηλωμένοι στον πυρήνα τους, απαλλαγμένοι από μίσος και θρήνους, οι Ιησουίτες βάδιζαν προς τα εμπρός για τη μεγαλύτερη δόξα των ανθρώπων, καθώς ο Θεός και ο Χριστός είχαν εξαφανιστεί σε ένα διάφανο παρελθόν μπλεγμένο μέσα σε μύθους και μαγεία. Παρόλο που πολλοί Ιησουίτες σιωπούσαν εξωτερικά για την πίστη τους στην καθημερινή τους ζωή και αποστολή, εσωτερικά διακήρυτταν τα άπιστα διαπιστευτήριά τους.

Οι Ιησουίτες δεσμεύτηκαν να προχωρήσουν μπροστά. Είχαν το άνοιγμα και το θάρρος να αντικαταστήσουν το σύστημα πεποιθήσεων που ακολουθούσαν επί αιώνες. Ως οξυδερκείς παρατηρητές της πραγματικότητας, ένα άλλο δόγμα παρεισέφρησε από την κοινωνία γύρω τους με βάση τις επιστημονικές ανακαλύψεις. Διερωτήθηκαν για τον εαυτό τους, το όραμα και την αποστολή τους, τη σημασία και τη θέση τους στην κοινωνία. Ήταν η συνειδητοποίηση ότι η αλλαγή ήταν επιτακτική, ακλόνητη και αναπόφευκτη, που θα τους βοηθούσε να παραμείνουν επίκαιροι και όχι στον σκουπιδοτενεκέ της ιστορίας. Η νέα πεποίθηση ακουγόταν λογική και σθεναρή, αντικαθιστώντας τις αρχαϊκές ιδέες χωρίς θεμέλιο και επιτακτικές απαντήσεις στα ερωτήματα που τέθηκαν κατά τη διάρκεια της διαμεσολάβησης και του διαλόγου τους. Ο μυθικός Χριστός είχε γίνει άσχετος με τους Ιησουίτες, αντικαθιστώντας τον με τους απλούς ανθρώπους, τους άφωνους, τους αναλφάβητους, τους αρρώστους, τους πεινασμένους και τους γυμνούς.

Για πολλούς Ιησουίτες, η Χάρη δεν ήταν ένας μύθος- σχεδόν όλοι είχαν μια εμπειρία Χάρης. Αυτός ήταν ο λόγος για τον οποίο ο Έιμπ εγκατέλειψε την Κοινωνία του Ιησού. Υπήρχε μια σύγκρουση μεταξύ του πραγματικού και του εξωπραγματικού, μιας ζωντανής εμπειρίας έναντι ενός παραμυθιού. Η Γκρέις παρέμεινε στη συνείδησή του ως μια εμπνευσμένη οντότητα, μια ζωντανή και τολμηρή προσωποποίηση της αγάπης για να την αγαπά και να την απολαμβάνει στην καθημερινή ζωή, μια αναπόσπαστη και μη αναστρέψιμη συμπύκνωση αξέχαστων ονείρων. Ο Ιησούς αγκάλιασε τη Μαρία Μαγδαληνή μετά την ανάστασή του, και το ίδιο έκανε και ο Έιμπ με τη Γκρέις

Ο Abe επισκέφθηκε τους ναούς Konark, Brihadeeshwara, Somnath, Kedarnath, Madurai Meenakshi, Padmanabhaswami, Vaishnavodevi, Ramtek και Khajuraho αναζητώντας τη Χάρη. Έψαχνε μέσα στα περίπλοκα αγάλματα και τα γλυπτά για να δει το πρόσωπο της αγαπημένης του. Στο δρόμο του προς το ναό Badrinath, ο Abe συνάντησε τους Aghori Sadhus, τους γυμνούς ινδουιστές μοναχούς των Ιμαλαΐων. Ο Έιμπ ήξερε ότι είχαν απαρνηθεί τον κόσμο και έμεναν χρόνια μαζί σε σπηλιές για να ευχαριστήσουν τον Σίβα, τον πανίσχυρο Θεό του θυμού, της ζήλιας, της καταστροφής και του θανάτου. Ο Σίβα χόρευε για χιλιάδες χρόνια στη σειρά, με θυμό και θλίψη, όταν άκουσε για τον θάνατο της γυναίκας του, της Σάτι. Η ικανοποίηση του Σίβα ήταν ύψιστη ανάγκη για να ζουν οι άνθρωποι ειρηνικά, και οι Aghori Sadhus εμφανίστηκαν για να κάνουν αυτή τη δουλειά.

Οι γυμνοί μοναχοί ήταν Σαϊβίτες, μια αίρεση Ινδουιστών επαίτες που λάτρευαν τον Σίβα. Κουβαλούσαν μια τρίαινα, τρυπημένη με ένα ανθρώπινο κρανίο που συλλέγονταν από τις νεκρικές πυρές στο Βαρανάσι ή σε οποιοδήποτε ινδουιστικό κρεματόριο, και ταξίδευαν σε όλη την Ινδία. Ορισμένοι πίστευαν ότι οι Aghori Sadhus είχαν τη γιόγκικη δύναμη της τηλεμεταφοράς. Είχαν το Sukshma Sarira, το λεπτό σώμα που μπορούσε να ταξιδέψει αόρατα και να φτάσει στον προορισμό του μέσα σε δευτερόλεπτα. Μπορούσαν να ελέγχουν το χρόνο και το χώρο και να κάνουν οτιδήποτε επιθυμούσαν. Οι γυμνοί μοναχοί ζούσαν ως επί το πλείστον σε σπηλιές, πασάλειφαν το σώμα τους με στάχτη, δεν φορούσαν ρούχα και είχαν ματ μαλλιά. Ο Abe τους είχε δει να καπνίζουν κάνναβη όταν πήγε στο Nashik Arddha Kumbh Mela. Εκατοντάδες Aghori Sadhus συγκεντρώθηκαν στο Ujjain κατά τη διάρκεια του Shivaratri, όταν ο Abe ήταν στο ναό Mahakaleshwar ψάχνοντας για τη Χάρη. Είχε επίσης δει αυτούς τους γυμνούς επαίτες να μεθούν στο Ντεβγκάρ κατά τη διάρκεια του Shravan Mela, των γιορτών των ναών τον Ιούλιο και τον Αύγουστο, να τρέχουν αφηνιασμένοι σε μεγάλες ομάδες. Αλλά ο Έιμπ δεν μπορούσε ποτέ να βρει πουθενά τη Χάρη του.

"Οι Aghori Sadhus είναι άγαμοι, εκτός από το ναό Kamakhya στο Assam", είπε η Emma. "Εκατοντάδες από αυτούς επισκέπτονται το ναό για να λατρέψουν τον κόλπο της θεάς Σάκτι, της συντρόφου του Σίβα, γνωστής και ως Tripura Sundari ή Parvati. Οι Αγκόρι έκαναν τεκνοποίηση με γυναίκες λάτρεις που παρακαλούσαν για έναν γιο που θα έμοιαζε με τον Σίβα. Υπήρχε η μυστικιστική πεποίθηση ότι το σεξ με τους γυμνούς μοναχούς στο ναό Kamakhya θα έδινε γιο σε μια άτεκνη γυναίκα και θα τη θεράπευε από κάθε ασθένεια. Η πράξη τεκνοποίησης ενός Aghori είναι μια πνευματική ένωση με έναν ικέτη. Νύχτες με νύχτες, πραγματοποιούν την πνευματική ένωση με γυναίκες που αναζητούν γιο, οι οποίες πήγαιναν στην Kamakhya από όλη την Ινδία και το Νεπάλ", συνέχισε η Emma.

Η Emma έκανε έρευνα για το Σεξ και την πνευματικότητα μεταξύ των Aghori Sadhus: India's Naked Monks όταν ο Abe τη συνάντησε στο ναό Kamakhya.

Η Έμμα από την Ολλανδία εθεάθη με έναν άγριο γυμνό μοναχό που έδειχνε μια φορά στο τόσο. Ο ζητιάνος είχε ένα τζάτα, ράστα, μια κόμπρα με στρογγυλές κόρες, λεία λέπια και μια μεγάλη κουκούλα γύρω από το λαιμό του. Η Έμμα αποκάλυψε στον Έιμπ ότι είχε μακροσκελείς συζητήσεις με τον Αγκόρι Σαντού και τον έπεισε να της μιλήσει για τη σεξουαλική ζωή των Αγκόρι. Κάποιοι από αυτούς εκτελούσαν maidhunam, είπε. Μια σανσκριτική λέξη που χρησιμοποιούνταν για τη μυστική σχέση του Aghori Sadhu με μια γυναίκα σε άκρα μυστικότητα για να εκφράσει τη βαθιά και έντονη εκτίμησή του για τη γυναίκα αυτή. Ήταν μια σπάνια πράξη και ένας Aghori Sadhu συνήθως απέφευγε να το κάνει αυτό. Επτά ημέρες προετοιμασίας ήταν απαραίτητες, νηστεία, μετάνοιες και nag pooja λατρεύοντας την κόμπρα από τη γυναίκα για την ένωση. Κατά τη διάρκεια ενός maidhunam, ο Sadhu και η γυναίκα μεταμορφώνονταν σε Shiva και Parvati. Ο Sadhu εκτελούσε ένα thandva, το χορό του Shiva, λίγο πριν από την ένωση, που διαρκούσε περίπου έξι ώρες. Στη συνέχεια, ο Sadhu θα ήταν έτοιμος να εκπληρώσει την επιθυμία οποιασδήποτε γυναίκας συμμετέχοντας σε maidhunam.

Τα μεγαλοπρεπή λόγια της Έμμα ενέπνευσαν τον Έιμπ να ζωγραφίσει ένα πορτρέτο του πιο άγριου μοναχού που είχε δει ποτέ, και πίστευε ότι η Έμμα θα μπορούσε να πείσει τον Σαντού να ποζάρει μπροστά του για μέρες μαζί για να ζωγραφίσει την εικόνα του.

Από την Ευρώπη και πιθανότατα την Αμερική, δεκάδες τουρίστες πάλευαν μεταξύ τους για να έχουν την ευκαιρία να γίνουν αντιληπτοί από τους αρρενωπούς, ντυμένους με στάχτη μοναχούς με τα ματ μαλλιά που δεν έκαναν ποτέ μπάνιο εκτός από την Kumbh Mela. Πολλές γυναίκες από τη Δύση ζούσαν με τους γυμνούς επαίτες μεθυσμένες με κάνναβη για να κερδίσουν την εκτίμηση των μοναχών.

Πριν φτάσει στο ναό Kamakhya, ο Abe βρέθηκε στο Haridwar Kumbh Mela, όπου οι πιστοί αντιμετώπιζαν τους Aghori Sadhus ως ζωντανούς Shiva. Ο Abe πέρασε πολλές ημέρες εκεί ανάμεσα σε εκατομμύρια προσκυνητές, τους λάτρεις του Shiva. Ο Έιμπ ήταν σε αναζήτηση της Χάριτος. Παρόλο που απογοητεύτηκε από την απουσία της, δεν έχασε ποτέ την ελπίδα, καθώς κουβαλούσε πάντα στην καρδιά του τις φωτεινές μέρες που πέρασε μαζί της στη Γκόα.

Για περισσότερους από έξι μήνες, ο Abe βρισκόταν στο Prayag, κατά τη διάρκεια και μετά το Kumbh Mela, και κοίταζε χιλιάδες πρόσωπα ανάμεσα στους Sadhvis, τις ινδουιστές καλόγριες, σκεπτόμενος την ευτυχία να ανακαλύψει ξαφνικά την πιο κομψή φιγούρα της Grace. Παρόλα αυτά, γι' αυτόν, είχε εμφανιστεί πέρα από την αντίληψή του.

Η Έμμα ρώτησε τον Έιμπ γιατί περιπλανιόταν για χρόνια μαζί, και ο Έιμπ της είπε ότι αναζητούσε τη Γκρέις, την αγαπημένη του. Η Έμμα ενθουσιάστηκε που άκουσε την ιστορία του Έιμπ και είπε ότι τέτοια αγάπη βλέπει κανείς μόνο στην Γκίτα Γκοβίνταμ του Τζαγιαντέβα. Η Έμμα του είπε ακόμη ότι η Γκρέις ήταν βαθιά ερωτευμένη με τον Έιμπ και ότι θα τον αναζητούσε από την ημέρα που έφυγε από τη Γκόα. Η Γκρέις μπορεί να επέστρεφε στη Γκόα μέσα σε λίγες ημέρες αναζητώντας τον, καθώς η Γκρέις μπορεί να είχε συνειδητοποιήσει ότι η ζωή χωρίς τον Έιμπ ήταν άνευρη. Εκτός αυτού, θα μπορούσε να είναι μελαγχολική, λυπημένη και απελπισμένη. Υπήρξε μια έκπληξη στον Έιμπ όταν άκουσε τα λόγια της Έμμα, καθώς αναγνώρισε ότι μόνο μια γυναίκα μπορούσε να καταλάβει τα βαθιά συναισθήματα μιας άλλης γυναίκας. Η κατανόησή του για τις χειρονομίες, τα λόγια, τις σκέψεις, τις επιθυμίες και τις εκφράσεις των γυναικών ήταν ελλιπής η νηπιακή και απέτυχε να κατανοήσει τα συναισθήματα των πράξεων και των προθέσεων της Γκρέις.

Μελετητής στα σανσκριτικά, το Pali και το Prakrit, η Emma ήταν στην Ινδία για τέσσερα χρόνια και ερεύνησε την Gita Govindam για τις διδακτορικές της σπουδές. Στο αριστούργημά του, ο Τζαγιαντέβα, ο οποίος έζησε τον δωδέκατο αιώνα, περιέγραψε τη σχέση μεταξύ του Κρίσνα, ενός αγελαδάρη, και των γκόπικων, των γαλακτοφόρων στο Βρίνταβαν, ως Ράας Λίλα, ερωτικά παιχνίδια του πάθους της υπέρτατης φύσης. Παρόλο που ήταν παντρεμένος με τη Ρουκμίνι και τη Σατυαμπάμα, ο Κρίσνα αγαπούσε τη Ράντα, μια από τις γαλακτοφόρες, περισσότερο από την καρδιά του. Η Γκίτα Γκοβιντάμ ήταν η πιο όμορφη και βαθιά ποίηση για την αγάπη που γράφτηκε σε οποιαδήποτε γλώσσα. Απεικόνιζε την οδύνη του Κρίσνα λόγω του χωρισμού της Ράντα και την τέλεια χαρά της συνύπαρξής τους.

Από αγάπη, η Ράντα έγινε Κρίσνα και ο Κρίσνα έγινε Ράντα. Ο χωρισμός της Ράντχα και του Κρίσνα ήταν αναπόσπαστο μέρος της ένωσής τους. Έτσι, η Ράντα αποδείχθηκε η μακάρια χαρά του Κρίσνα και ο Κρίσνα μεταμορφώθηκε στην ολότητα της Ράντα. Και οι δύο ήταν το ίδιο. Η Έμμα εξήγησε ότι η ένωση της Ράντα με τον Κρίσνα ήταν καθαρή ευδαιμονία, το ζενίθ της ανθρώπινης αγάπης. Την εξέφραζαν χορεύοντας, τραγουδώντας, μοιράζοντας και κάνοντας έρωτα.

"Ο αποχωρισμός σας από τη Χάρη είναι στην πραγματικότητα ένωση με τη Χάρη", είπε η Έμμα.

"Όταν αναζητώ τη Χάρη, βιώνω την παρουσία της και δεν έχω καμία ξεχωριστή ύπαρξη εκτός από εκείνη της Χάρης", απάντησε ο Έιμπ.

"Κάθε λαχτάρα για την αγαπημένη είναι λαχτάρα για αγάπη και συνάντηση με την αγαπημένη", σχολίασε η Έμμα.

"Αναζητώ τη Χάρη μέσα στην καρδιά μου και υπομένω την αγωνία του χωρισμού, αλλά ταυτόχρονα βιώνω τη χαρά που παρήγαγε η αναζήτηση".

"Στην Γκίτα Γκοβιντάμ, ο Κρίσνα και η Ράντα είναι το ίδιο. Σε κάθε αληθινή αγάπη, ο ίδιος ο χωρισμός είναι μια φάση της ένωσης. Ενώνουν τον εραστή και την αγάπη ως μία οντότητα και γίνονται ένα". Ανέλυσε η Έμμα.

Ο Έιμπ κοίταξε την Έμμα.

"Τα λόγια σου ακούγονται σαν της Γκρέις, παρόλο που φαίνεσαι διαφορετική", είπε ο Έιμπ.

"Έχεις δίκιο. Η αγάπη είναι η ίδια παντού. Όταν δύο άνθρωποι αγαπιούνται και η ένωσή τους γίνεται αδιαχώριστη, η αγάπη τους μεγαλώνει όσο αγαπιούνται. Και εξελίσσεται ως οντότητα. Έτσι, η ίδια η αγάπη γίνεται πρόσωπο", απάντησε η Έμμα.

"Είναι ο λόγος που ο Κρίσνα γίνεται Ράντα και η Ράντα γίνεται Κρίσνα στην αγάπη; Και στο τέλος, η αγάπη γίνεται υπέρτατη πέρα από τα πρόσωπα που αγαπιούνται μεταξύ τους", ρώτησε ο Έιμπ.

"Έχεις δίκιο. Η αγάπη σας για τη Χάρη είναι η ίδια η Χάρη", απάντησε η Έμμα.

"Ξέρω ότι η αγάπη μου είναι Χάρη και η Χάρη είναι αγάπη. Και η αγάπη μου για τη Χάρη έχει γίνει ένα τρίτο πρόσωπο. Η Γκρέις, η αγάπη μας και εγώ είμαστε το ίδιο. Μετά από πολλά χρόνια αναζήτησης, η ίδια η αναζήτηση έχει γίνει οντότητα- η λαχτάρα της αγάπης έχει γίνει η προσωποποίηση της αγάπης", είπε ο Έιμπ.

"Τώρα έχεις γίνει ένας μυστικιστής όπως ο Τζαγιαντέβα", είπε η Έμμα.

"Μερικές φορές, σκέφτομαι ότι είμαι ο Κρίσνα, η Χάρη είναι η Ράντα μου, ή ότι ο Κρίσνα είμαι εγώ και η Ράντα είναι η Χάρη. Η αγωνία για τον χωρισμό μας δεν είναι τίποτε άλλο παρά η χαρά για την ένωσή μας- ό,τι κάνω προκύπτει από μια τέτοια αγωνία, και η ελπίδα που γεννάει οδηγεί στη συνάντηση του αγαπημένου. Η ευτυχία αυτής της συνάντησης να γίνω ένα με τη Χάρη είναι άσβεστη, και οι μονόλογοί μου μαζί της αποδείχθηκαν πραγματικότητα, μια αληθινή έκφραση της ύπαρξής της μέσα μου και πέρα από μένα. Σε κάθε στιγμή της ζωής μου, την βιώνω- αυτή η ίδια η εμπειρία είναι η Χάρη, η αγαπημένη μου".

Η Έμμα κοίταξε τον Έιμπ.

"Την βιώνεις μέσα σου και γύρω σου, και έχεις γίνει Γκρέις. Η αναζήτησή σου για τη Χάρη είναι, στην πραγματικότητα, η αναζήτησή σου για τον εαυτό σου", είπε η Έμμα.

"Αισθάνομαι έτσι, καθώς κανείς δεν μπορεί να διαχωρίσει τη Γκρέις από μένα- ούτε εγώ δεν μπορώ. Δεν είμαι σε θέση να διαχωρίσω τον εαυτό μου από τον εαυτό μου".

"Μιλήστε της αδιάκοπα στο μυαλό σας, ακόμα κι αν είναι μακριά. Η απόσταση δεν χωρίζει τους ανθρώπους, αλλά η σιωπή", έκανε μια δήλωση η Έμμα.

"Ξέρω ότι επικοινωνεί συνεχώς μαζί μου. Όπως ένας Αγκόρι, Σαντού επικοινωνεί με τη θεά του ναού Καμάκια", σχολίασε ο Έιμπ.

"Ξυπνάω κάθε πρωί και τη σκέφτομαι. Να την αγκαλιάζεις με πάθος. Κάντε την αγαπημένη σας ευτυχισμένη και μεγαλώστε μαζί της", πρότεινε η Έμμα.

Ο Έιμπ χαμογέλασε. Και ήξερε ότι η Έμμα είχε έναν θησαυρό γνώσεων για τον Κρίσνα και τη Ράντα και την αγάπη τους. Η Έμμα είχε επίσης βαθιά γνώση των Αγκόρι Σάντχους, καθώς μετακινούνταν μαζί τους τα τελευταία δύο χρόνια. Ήθελε να παραγάγει επιστημονική έρευνα με έγκυρα ευρήματα για τους γυμνούς μοναχούς, καθώς κανείς δεν θα μπορούσε ποτέ να έχει πρόσβαση στη ζωή αυτών των επαϊόντων με τον τρόπο που είχε η Έμμα.

Οι Aghoris Sadhus υπήρχαν από αμνημονεύτων χρόνων, είπε η Emma στην ερώτηση του Abe σχετικά με την προέλευση των γυμνών μοναχών. Υπήρχαν πολλές χιλιάδες από αυτούς στις σπηλιές των Ιμαλαΐων κατά τους σημερινούς χρόνους. Κατά τη διάρκεια των Kumbh Melas στο Nashik, το Ujjain, το Haridwar και το Prayag, σχεδόν όλοι γιόρταζαν το πανίσχυρο μεγαλείο του Shiva. Η Kumbh Mela διήρκεσε πολλούς μήνες και ο Aghori Sadhu περπατούσε γυμνός ανάμεσα στους πιστούς και έκανε μαγικά εν μέσω τελετουργιών. Ο ναός Kamakhya ήταν ένα ιδιαίτερο μέρος γι' αυτούς, όπου τεκνοποιούσαν τον Σίβα σαν γιους και είχαν maidhunam, πρόσθεσε ακόμη η Emma.

"Γιατί σας γοητεύουν οι Aghori Sadhus."

"Για πολλά χρόνια, αφότου ήρθα στην Ινδία, βυθίστηκα στην αγάπη μεταξύ του Κρίσνα και της Ράντα της Γκίτα Γκοβιντάμ, όπως απεικονίζεται από τον Τζαγιαντέβα. Όταν ολοκλήρωσα τη μελέτη μου και την υπέβαλα στο πανεπιστήμιο για το διδακτορικό μου, ένιωσα ένα κενό στο να μάθω περισσότερα για την Ινδία. Άρχισα να διαβάζω για την αγάπη του Σίβα και της Παρβάτι, την οποία βρήκα βαθιά και συναρπαστική, όπως και τον Κρίσνα και τη Ράντχα. Ήταν μια νέα συνειδητοποίηση ότι οι Αγκόρι ήταν αφοσιωμένοι στον Σίβα- μπορεί να μοιράζονταν την αγάπη μεταξύ του Σίβα και της Παρβάτι. Δεν έκανα λάθος, καθώς ορισμένοι από αυτούς επιδίδονταν σε maidhunam με πρόσωπα που εκτιμούσαν βαθιά", εξήγησε η Emma.

"Αλλά είναι άγαμοι", έκανε μια δήλωση ο Έιμπ.

"Ναι, είναι άγαμοι. Η αναπαραγωγή που κάνουν με άτεκνες γυναίκες δεν αντιβαίνει στην αγαμία. Δεν είναι για να απολαμβάνουν τον έρωτα, αλλά ένα καθήκον με ύψιστη σημασία στη ζωή τους. Με τον ίδιο τρόπο, το maidhunam δεν είναι πράξη ενάντια στην αγαμία- εκπληρώνει τις εκφρασμένες ανάγκες και επιθυμίες ενός πιστού. Ο Σίβα τους προστάζει να εκτελέσουν αυτό το καθήκον και οι Αγκόρι Σάντχους δεν μπορούν να αγνοήσουν τη βαθιά λαχτάρα των οπαδών του Σίβα. Μπορείτε να δείτε τέτοια γεγονότα με τη μορφή του καθήκοντος στα ινδικά έπη", δήλωσε η Έμμα.

"Πώς και πότε ένα άτομο γίνεται Σαντού;"

"Οι Αγκόρι δοκιμάζουν αυστηρά ένα άτομο προτού το δεχτούν σε μια Ακχάρα, τη σχολή εκπαίδευσης των γυμνών μοναχών. Ο υποψήφιος πρέπει να κάνει μια Ντίκσα, μια αφιέρωση σε μια θρησκευτική τελετή, για να γίνει μοναχός. Πρόκειται για μια μύηση από έναν Γκουρού ενός σίσια, ενός μαθητή. Ο σίσια αφήνει τα πάντα και ενώνεται με τον Γκουρού, ο οποίος τον δέχεται ως γιο του, ως σκλαβωμένο άτομο, για να μάθει το Μάντρα του Γκουρού. Εκτός αυτού, του δίνεται ένα νέο όνομα από τον Γκουρού", διευκρίνισε η Έμμα.

"Τι είναι το Γκουρού Μάντρα;"

"Το Γκουρού Μάντρα είναι η λέξη-κλειδί που δίνει ο Γκουρού στον σίσια. Συνήθως είναι το όνομα του Θεού και ο μαθητής πρέπει να ψέλνει αυτό το όνομα αδιάκοπα. Είναι σαν να επαναλαμβάνεις συνεχώς το όνομα του αγαπημένου σου- τραγουδάς πάντα το όνομα της Χάρης", εξήγησε η Έμμα.

Ο Έιμπ κοίταξε την Έμμα. "Μου έδωσες ένα πολύτιμο παράδειγμα. Η Γκρέις είναι πάντα η Γκουρού μου, η αγαπημένη μου".

"Μια γυναίκα μπορεί να αποτελέσει έμπνευση για έναν άνδρα. Η Γκρέις είναι η έμπνευσή σου. Είμαι έμπνευση για τον Αγκόρι Σαντού που λατρεύω. Τον αποκαλώ Μπάμπα και εκείνος με αποκαλεί Σάκτι και μερικές φορές Πάρβατι Ντέβι ή Τριπούρα Σουντάρι. Νομίζει ότι είμαι η σύζυγός του. Θα γράψω ένα βιβλίο γι' αυτόν όταν επιστρέψω στην Ολλανδία", δήλωσε η Έμμα.

"Τι κάνει ένας shishya για τον γκουρού του;"

"Για τον shishya, είναι η ανιδιοτελής αφοσίωση στον Guru. Ο μαθητής εκτελεί μετάνοιες και τις τελευταίες του τελετές, το Πίντα Ντάαν και το Σράντχα, και θεωρεί τον εαυτό του νεκρό για τους γονείς του και τα άλλα μέλη της οικογένειάς του. Επίσης, απαρνιέται όλα τα εγκόσμια αγαθά για να γίνει μαθητής και τελικά ανυψώνεται σε Aghori Sadhu", διευκρίνισε η Emma.

"Ποια είναι η διαδικασία και πόσος χρόνος χρειάζεται για να γίνει κάποιος Αγκόρι Σάντου;"

"Ένας Aghori Sadhu, γνωστός και ως Naga Sadhu, βγάζει μόνιμα τα ρούχα του, τρώει οτιδήποτε του προσφέρεται και κοιμάται χωρίς ράντζο, κρεβάτι, μαξιλάρια και σεντόνια στο πάτωμα. Συνήθως χρειάζονται δέκα έως δεκαπέντε χρόνια αυστηρής εκπαίδευσης. Η δοκιμασία πολλών ετών αγαμίας αποτελεί μέρος της. Ο Γκουρού δέχεται έναν μαθητή μόνο όταν αυτός υπερέχει στην αγαμία, την υπακοή και την αποκήρυξη. Έτσι, τα ερωτικά συναισθήματα είναι ξένα για τους Aghori Sadhus", δήλωσε η Emma.

"Γιατί διατηρούν τα ματ μαλλιά;"

"Οι Aghori Sadhus πιστεύουν ότι τα ράστα τους δίνουν μυστικιστικές δυνάμεις. Η ενέργεια της ζωτικής δύναμης εδράζεται στο κεφάλι και τα ματ μαλλιά την προστατεύουν και κάνουν το άτομο σωματικά και πνευματικά δυνατό. Το να έχει κανείς κοτσίδες στα μαλλιά εμποδίζει τη διαφυγή της ενέργειας της ζωτικής δύναμης. Ο πιο σημαντικός λόγος είναι ότι τα ματ μαλλιά δίνουν την εντύπωση ότι ο Sadhu είναι ενσάρκωση του Shiva και παρέχει υπερφυσικές δυνάμεις όπως αυτές του Shiva. Όλοι τους θεωρούν ότι το ράβδισμα είναι φυσικό για τα μαλλιά. Έτσι, στρίβουν τα χαλαρά μαλλιά τους για να σχηματίσουν ένα σχήμα που μοιάζει με σχοινί. Κανονικά χρειάζεται περίπου ένας χρόνος για να φοβηθούν τα μαλλιά", εξήγησε η Έμμα.

"Ποιος είναι ο σκοπός της ζωής ενός Aghori Sadhu;"

"Είναι πρόκληση να πούμε ποιος είναι ο σκοπός της ζωής τους. Πολλοί λένε ότι είναι το Mukti ή το Moksha που είναι η απελευθέρωση από την κοσμική ζωή. Είναι σιωπηλοί σχετικά με τον Θεό. Πολλοί από αυτούς είναι άθεοι", είπε η Έμμα κοιτάζοντας τον Έιμπ.

"Γιατί περπατούν γυμνοί".

"Οι Αγκόρι Σάντχους κάνουν πλήρη παραίτηση από τα εγκόσμια πράγματα. Έτσι, η γύμνια είναι σημάδι εγκατάλειψης του δικαιώματος στην κατοχή. Γι' αυτό και δεν στολίζουν το σώμα τους. Είναι ένα σημάδι της απόλυτης ελευθερίας, της αρχικής κατάστασης των ανθρώπων. Η γύμνια προκαλεί τον Θεό, καθώς ο Θεός είναι γυμνός και οι άνθρωποι θέλουν να του μοιάσουν, κάτι που εκείνος απεχθάνεται. Μέσω της γύμνιας, ο άνθρωπος εξελίσσεται στη θεότητα και αποκτά όλες τις υπερφυσικές δυνάμεις. Αναιρεί τη δύναμη του Θεού και τον υποβιβάζει σε άνθρωπο. Ένα άτομο, όταν είναι γυμνό, είναι απαλλαγμένο από ντροπή, επιθυμίες, ζήλια, αλαζονεία και λήθαργο και ξεπερνά όλους τους ανθρώπινους και θεϊκούς νόμους. Ένας γυμνός άνθρωπος αποκτά μια διαφορετική διάσταση ζωής πέρα από τη θρησκεία, την ηθική και τους αστικούς ή ποινικούς νόμους. Δεν υπάρχουν ψυχωτικοί και σχιζοφρενείς μεταξύ των Αγκόρι, ένα φαινόμενο που αξίζει να μελετηθεί. Στα αδιάσπαστα έθιμα περιλαμβάνεται η διατήρηση ενός τζάτα και ράστα και η επάλειψη του σώματος με στάχτη. Το να φοράτε μια σειρά από εκατόν οκτώ χάντρες Rudraksha είναι μια ιερή πράξη. Φοριέται για να βιώσει κανείς την ειρήνη, την ευτυχία και την ηρεμία. Το Rudraksha είναι ο σπόρος ενός δέντρου που ονομάζεται Elaeocarpus Garnitures", δήλωσε η Emma.

"Πώς απευθύνονται συνήθως και πού κατοικούν;"

"Οι Aghori Sadhus είναι γνωστοί ως Dhunjwale Baba. Είναι μυστικιστές, μαγικοί και αντισυμβατικοί. Κρατούν τρίαινες στεφανωμένες με ανθρώπινα κρανία και δεν κατοικούν σε πόλεις, κωμοπόλεις και χωριά, εκτός από όταν παρευρίσκονται στο Kumbh Mela ή επισκέπτονται ναούς".

"Πώς ταξιδεύουν σε τόσο μεγάλες αποστάσεις, όπως από τα Ιμαλάια στην Καμάκια", ήθελε να μάθει ο Έιμπ.

"Ταξιδεύουν με γιόγκικη τηλεμεταφορά. Καθώς οι Aghori Sadhus έχουν Sushma Sarira, ένα λεπτό σώμα, ταξιδεύουν από το ένα μέρος στο άλλο μέσα σε δευτερόλεπτα. Ένας πολύ έμπειρος και ανώτερος Sadhus μπορεί να ελέγξει τον χρόνο και τον χώρο", εξήγησε η Emma.

"Τι τρώνε".

"Τρώνε οτιδήποτε είναι διαθέσιμο, συμπεριλαμβανομένου του κρέατος, αλλά μόνο μία φορά την ημέρα. Αν η τροφή δεν ήταν διαθέσιμη, οι Αγκόρις λιμοκτονούσαν για μέρες μαζί".

Ο Έιμπ συλλογίστηκε αυτά που είπε η Έμμα. Η ζωή των Aghori Sadhus ήταν συναρπαστική, καθώς η παραίτηση από τα εγκόσμια αγαθά και τις απολαύσεις έδινε δύναμη και μαγικές δυνάμεις. Έζησαν την ψυχραιμία, ένα συναίσθημα πολύ πιο απίστευτο από την ευτυχία και τη χαρά. Η γύμνια τους, η μεγαλειώδης κατάσταση της εξελικτικής διαδικασίας ενός ατόμου, ήταν μια έκφραση ελευθερίας, απελευθέρωσης από τις επιθυμίες και το σεξ. Οι Sadhus έγιναν το ιδανικό του Abe, καθώς μπορούσαν να καταλάβουν τη σκοπιμότητα της ζωής πολύ καλύτερα από οποιονδήποτε άλλον. Μια λαχτάρα φύτρωσε μέσα του για να αγκαλιάσει όλα όσα έκανε ο Αγκόρι Σαντού, να γίνει σαν κι αυτούς με μια Τζάτα, ράστα, μια τρίαινα με ανθρώπινο κρανίο, μια κόμπρα γύρω από το λαιμό και ένα σώμα ντυμένο με στάχτη. Ο διαλογισμός πάνω από το Σύμπαν στις σπηλιές των Ιμαλαΐων, η επίσκεψη στα Kumbh Melas και η ιερή βουτιά στον Γκάνγκα, το

Γκονταβάρι και τον Μπραχμαπούτρα έγιναν έντονη λαχτάρα. Ήθελε να υπερβεί το φθαρτό σώμα του και να ξεκινήσει ένα ταξίδι στο βασίλειο της άφθαρτης ύπαρξης, έξω από τις πεποιθήσεις και την πίστη, τις ανέσεις και την ευτυχία, το σεξ και τις επιθυμίες, το φαγητό και τις λιχουδιές, τους νόμους και τους κανονισμούς, τους θεούς και τις θεότητες. Ζωγράφισε χίλιες εικόνες του εαυτού του ως Αγκόρι Σάντου μέσα στη φαντασία του και τις αφιέρωσε όλες στην αγαπημένη του Χάρη. Ένας άθεος εξελίχθηκε στις σκέψεις και τις πράξεις του, και ο Έιμπ ταξίδεψε σαν Αγκόρι Σαντού στη Σούσμα Σαρίρα, όπου ο νους του άγγιξε την αθανασία, την ύπαρξη χωρίς την ουσία.

Θεά της Kamakhya

Η Έμμα και ο Έιμπ έγιναν καλοί φίλοι μέσα σε τρεις μήνες. Ο Abe ζωγράφισε ένα πορτρέτο της Emma, το οποίο χρειάστηκε περίπου δύο μήνες για να ολοκληρωθεί. Το πρόσωπο στην εικόνα είχε πολλά χαρακτηριστικά της Γκρέις, και η Έμμα μπορούσε να παρατηρήσει αυτές τις περίπλοκες αλλαγές και ήξερε ότι επρόκειτο για μια συγχώνευση του προσώπου της με το πρόσωπο της Γκρέις. Ο Έιμπ ονόμασε το πορτρέτο Φίλος του γυμνού μοναχού. Ο Έιμπ υπέγραψε το έργο: Celibate, και κάτω από την υπογραφή έγραψε Για την Έμμα, τη φίλη μου, και της το χάρισε. Η Έμμα ενθουσιάστηκε που το πήρε και υποσχέθηκε στον Έιμπ ότι θα έδειχνε το πορτρέτο στον γυμνό μοναχό, τον οποίο αποκαλούσε Μπαμπά.

Ο Έιμπ είπε στην Έμμα ότι είχε την ειλικρινή επιθυμία να ζωγραφίσει ένα πορτρέτο του Μπάμπα.

"Αλλά ο Μπαμπά δεν ήθελε τη δημοσιότητα- δεν του αρέσει να εισβάλλει κάποιος στην ιδιωτική του ζωή", είπε η Έμμα.

"Ξέρω ότι είναι ένας αφιερωμένος άνθρωπος. Παρ' όλα αυτά, είχα τη βαθιά επιθυμία να ζωγραφίσω το πορτρέτο του μόλις τον γνώρισα. Έχει μια μοναδική προσωπικότητα, καθώς μοιάζει με τον Σίβα. Παρόλο που έχει άγρια εμφάνιση, μπορεί να έχει ευγενική καρδιά", δήλωσε ο Abe.

"Θα βάλω τα δυνατά μου για να τον πείσω", διαβεβαίωσε η Έμμα.

Μετά από μια εβδομάδα συζήτησης, ο Έιμπ είδε από μακριά τον Μπάμπα να περπατάει προς το ναό και η Έμμα ήταν στο πλευρό του. Ο Μπάμπα σταμάτησε να περπατάει μόλις είδε τον Έιμπ, στάθηκε για ένα δευτερόλεπτο και κοίταξε τον Έιμπ. Ο Έιμπ παρατήρησε ότι τα ματ μαλλιά του Σάντου ήταν χρυσά και το σώμα του καλυμμένο με στάχτη. Η χορδή Rudraksha με εκατόν οκτώ χάντρες άγγιζε τον ομφαλό του. Η γύμνια του Μπάμπα ήταν ελκυστική, δίνοντάς του μια μεγαλοπρεπή εμφάνιση, καθώς ο Έιμπ δεν είχε συναντήσει ποτέ μια τόσο επιβλητική προσωπικότητα. Ξαφνικά ο Μπάμπα συνέχισε τη βόλτα του και μπήκε στο ναό.

Η Έμμα είπε στον Έιμπ ότι είχε δείξει το πορτραίτο "Ο φίλος του γυμνού μοναχού" στον Μπάμπα, ο οποίος το κοίταξε για ένα δευτερόλεπτο και της είπε ότι η εικόνα ήταν σουρεαλιστική και συμβολική, η συγχώνευση δύο προσώπων. Ο καλλιτέχνης ήθελε να δει τη γυναίκα που αγαπάει στο πρόσωπο του φίλου του μοναχού. Είπε ακόμη ότι ο καλλιτέχνης ήταν ένας ευφυής εσωστρεφής άνθρωπος.

Η Abe αναλογίστηκε τα λόγια του Baba.

"Του είπες για την επιθυμία μου να ζωγραφίσω ένα πορτρέτο του;" ρώτησε ο Abe.

"Ναι. Αλλά ο Μπάμπα είπε ότι κάτι τέτοιο δεν είχε ξανασυμβεί ποτέ στο παρελθόν. Παρ' όλα αυτά, νέα πράγματα θα μπορούσαν να συμβούν στο μέλλον. Η ζωή είναι πάντα καινούργια, και ήταν ελεύθερος να απορρίψει το παλιό".

Η επιθυμία του Abe να συναντήσει τον Baba και να ζωγραφίσει το πορτρέτο του έγινε έντονη. Το μυαλό του γέμισε με τον Aghori Sadhu, και ο Abe φαντάστηκε πώς θα ζωγράφιζε την άγριας όψης φιγούρα με τα ράστα, την κόμπρα στο λαιμό του, το λερωμένο από τη στάχτη σώμα και τη γύμνια του. Η εμφάνισή του ήταν ηλεκτρισμένη, κομψή και μαγευτική.

Η Έμμα του είπε ότι όλοι οι άλλοι μοναχοί σέβονταν τον Μπάμπα και ότι ήταν αγέραστο στις σκέψεις και τις πράξεις του. Μεταπτυχιακός φοιτητής στη φυσική από το Ινστιτούτο Επιστημών του Μπανγκαλόρ και διδακτορικό στην κβαντική φυσική από το Ινδικό Ινστιτούτο Τεχνολογίας, απαρνήθηκε την καριέρα του ως καθηγητής και τον πλούτο για να γίνει ζητιάνος και να βρει την ειρήνη με το Σύμπαν.

"Γι' αυτόν, η ανθρώπινη ύπαρξη δεν έχει ιδιαίτερο σκοπό και δεν υπάρχει ψυχή, ούτε ζωή μετά θάνατον. Η εξέλιξη έχει έναν περιορισμένο στόχο: όλα οδηγούν προς τη Σούνια, το κενό ή την κενότητα. Το Σύμπαν θα εξαφανιστεί, ένα άλλο θα εμφανιστεί με τελείως διαφορετικούς νόμους, και θα είναι μια συνεχής διαδικασία. Στην επόμενη εμφάνιση, όλα θα είναι ανόμοια, και κανείς δεν μπορεί να προβλέψει τι θα συμβεί. Αλλά η πρόβλεψη είναι δυνατή μόνο με βάση την ιστορία όσων συνέβησαν και όσων συμβαίνουν εδώ και τώρα. Δεν υπάρχει ούτε καλό, ούτε κακό από μόνο του, ούτε Θεός ούτε διάβολος".

Τα λόγια της Έμμα ήταν εμπνευσμένα. Ο Έιμπ βρήκε ένα νέο νόημα στη ζωή του αντιπαραβάλλοντας με έναν Αγκόρι Σαντού. Ο σεβασμός του για τον Μπάμπα αυξήθηκε πολλαπλά, ήθελε να του μιλήσει και να ζωγραφίσει το πορτρέτο του.

Μετά από τρεις ημέρες, ο Έιμπ είδε τον Μπάμπα να βαδίζει προς το ναό με την Έμμα. Η γυμνή, καλοφτιαγμένη, ψηλή φιγούρα του γοήτευσε τον

Έιμπ. Ήθελε να τον αποτυπώσει στην πληρότητά του στο πορτρέτο. Θα είναι η πρώτη προσπάθεια από οποιονδήποτε και θα είναι κάτι μοναδικό.

Μετά από λίγο καιρό, ο Έιμπ είδε την Έμμα να έρχεται προς το μέρος του.

"Ο Έιμπ, ο Μπάμπα, θέλει να σε γνωρίσει. Έλα μαζί μου", είπε,

"Πού είναι", ρώτησε ο Έιμπ ενώ περπατούσε μαζί της.

"Κάθεται κάτω από το δέντρο μπανιάν και διαλογίζεται. Είχα μιλήσει για την επιθυμία σας να ζωγραφίσετε το πορτρέτο του. Μου είπε ότι θα το συζητούσε μαζί σου", εξήγησε η Έμμα ενώ έστριβε προς τη δεξιά πλευρά του ναού. Ένα τεράστιο δέντρο μπανγιάν απλωνόταν σε μια τεράστια έκταση και ο Έιμπ είδε τον Μπάμπα να κάθεται κάτω από το δέντρο και να διαλογίζεται.

Η Έμμα και ο Έιμπ έφτασαν εκεί όπου καθόταν ο Μπάμπα. Ήταν οκλαδόν σε ένα ψηλό μέρος που ήταν χτισμένο γύρω από ένα δέντρο. Πολλοί πιστοί και προσκυνητές βρίσκονταν εκεί- κάποιοι διαλογίζονταν. Ο Μπάμπα βρισκόταν στην Παντμασάνα, τη στάση του λωτού στη γιόγκα, και τα μάτια του ήταν κλειστά.

Ο Έιμπ και η Έμμα στάθηκαν μπροστά από τον Μπάμπα. Καθώς καθόταν σε μια υπερυψωμένη θέση, ο Έιμπ σήκωσε ελαφρώς το κεφάλι του για να δει το πρόσωπό του.

"Λοιπόν, είσαι άγαμος", άκουσε ξαφνικά ο Έιμπ να του μιλάει ο Μπάμπα. Τα μάτια του ήταν ακόμα κλειστά.

"Ναι, Μπάμπα", είπε ο Έιμπ.

"Αλλά δεν είσαι Σαντού για να είσαι άγαμος. Το να παραμείνεις άγαμος είναι ενάντια στο στόχο της ζωής σου. Πρέπει να τεκνοποιείς- αυτός είναι ο σκοπός της ζωής σου", είπε ο Μπάμπα.

"Γιατί δεν μπορώ να συνεχίσω να είμαι άγαμος;" ρώτησε ο Abe.

"Αυτή η ερώτηση είναι άσχετη. Βρίσκεσαι σε αυτόν τον κόσμο για να τεκνοποιείς. Όπως οι γονείς σας σας τεκνοποίησαν, έτσι πρέπει να τεκνοποιήσετε και τα παιδιά σας", είπε ο Μπάμπα.

Ο Abe κοίταξε τον Baba και διαπίστωσε ότι ήταν ένας βαθύς στοχασμός, αλλά ένιωσε την εσωτερική συνείδηση του Baba να του μιλάει.

"Ένας άνθρωπος που δεν δημιουργεί μια νέα ζωή δεν θα αποκτήσει ποτέ την απελευθέρωση. Δεν έχει ούτε Mukti ούτε Moksha. Θα ξαναγεννιέται ξανά και ξανά μέχρι να δημιουργήσει ανθρώπινη ζωή. Εσύ είσαι ο Θεός σου και κάνε το καθήκον σου. Ακόμη και ένας άγαμος είναι υποχρεωμένος να δημιουργήσει τους απογόνους του. Είναι το καθήκον του", εξήγησε ο Μπάμπα.

"Καταλαβαίνω, Μπάμπα", είπε ο Έιμπ.

Υπήρξε μια μακρά σιωπή. Ο Έιμπ στάθηκε ακίνητος και μπορούσε να δει τον Μπάμπα να αναπνέει χωρίς να βγάζει ήχο, και ήταν ακίνητος, καθισμένος σαν άγαλμα του Βούδα. Ο Έιμπ σκέφτηκε ότι ο Μπάμπα είχε εγκλωβίσει μέσα του ολόκληρο το Σύμπαν και η πυράκτωση που παρήχθη κατά τη διαδικασία αυτή τύλιξε τον Έιμπ.

"Μπάμπα, δεν μπορώ να το αντέξω", είπε δυνατά ο Έιμπ.

"Τι;" Ρώτησε ο Μπάμπα.

"Το φως, το οποίο αντανακλάται από εσένα", απάντησε ο Άμπε.

"Το φως είναι δημιούργημα του νου σου- δεν είναι εξωτερικό, αλλά εσωτερικό. Εσύ είσαι το φως. Να είσαι ψύχραιμος, να κοιτάς μέσα σου και να βιώνεις την ύπαρξή σου. Παρατηρήστε τον εαυτό σας, πετάξτε τα ρούχα σας και δείτε τα δάχτυλα των ποδιών, τα πόδια, τους μηρούς, τα γεννητικά όργανα, τον αφαλό, την κοιλιά, το στήθος, το λαιμό, τους ώμους, τα σαγόνια, το στόμα, τη μύτη, τα αυτιά, τα μάγουλα, τα μάτια, το μέτωπο και τα μαλλιά σας. Αγγίξτε τα εσωτερικά σας όργανα. Αυτά δονούνται- εσείς είστε τα όργανά σας. Νιώστε τα και αγαπήστε τα. Συνειδητοποιήστε ότι είστε γυμνοί σαν νεογέννητο, η πραγματική σας φύση. Αγαπήστε το σώμα σας- απολαύστε τη γύμνια σας- εκτιμήστε την ύπαρξή σας. Να είστε ευγνώμονες στον εαυτό σας για τα συναισθήματά σας. Γίνετε ένα με εσάς και ελέγξτε το νου σας- συγκεντρωθείτε σε εσάς γιατί είστε ο Γκουρού σας". Ο Έιμπ άκουσε τον Μπάμπα. Η φωνή του ήταν σαν κεραυνός.

Ο Έιμπ έμεινε ακίνητος και μεσολάβησε πάνω από τον Μπάμπα. Αφαίρεσε τη διαδικασία της σκέψης του από το μυαλό του- η λογική έγινε κενή. Το κενό ήταν ευχάριστο, αναζωογονητικό και ο Έιμπ αναγνώρισε ότι ήταν μόνος του, ασυνόδευτος. Το Σύμπαν ήταν μέσα του, αυτός μέσα στο Σύμπαν, σαν να επρόκειτο για τη συμμετοχή της ενότητας με ολόκληρο το σύμπαν, μια κατ' εξοχήν εμπειρία, η διαφώτιση στη μοναξιά. Μια απεραντοσύνη τον περιέβαλλε και εξελίχθηκε σε ένα άτομο χωρίς βάρος και μάζα- μια απεραντοσύνη ήταν μέσα του. Ήταν το όριο, η απεραντοσύνη και η ανυπαρξία. Υπήρχε αιώνιο φως, ούτε ίχνος σκοταδιού, και ταξίδεψε με τα φώτα πέρα από τον χώρο, τον χρόνο και τη σκέψη στο βασίλειο της συνείδησης, της διαφώτισης. Ο Έιμπ ήταν το φως, η ύπαρξη μέσα στη συνείδηση.

Ο Έιμπ μπορεί να πέρασε πολύ καιρό έτσι. Όταν άνοιξε τα μάτια του, ο Μπαμπάς δεν ήταν εκεί και η Έμμα είχε φύγει. Στεκόταν εκεί για περισσότερες από εννέα ώρες χωρίς να έχει καμία επίγνωση του κόσμου. Ξαφνικά ο Έιμπ κατάλαβε τι ήταν ο διαλογισμός, και ακόμη και στο πρώτο βήμα, μπορούσε να βιώσει την έκσταση. Μάθαινε τη φύση των διαφόρων σταδίων που κορυφώνονται με το ξόρκι, την τελειότητα της αντανάκλασης. Στα τέσσερα χρόνια εντατικής εκπαίδευσης με τους Ιησουίτες, δεν θα μπορούσε ποτέ να έχει μια τέτοια εμπειρία, και η Χάρη ήταν συνεχώς στο μυαλό του. Ακόμη και η Αγία Τερέζα της Αβίλας ή ο Άγιος Φραγκίσκος της Ασίζης δεν θα μπορούσαν να έχουν βιώσει ένα τόσο βαθύ αίσθημα του εαυτού. Ο διαλογισμός ήταν ένα ταξίδι μέσα από τον εαυτό- ήταν μια εμπειρία του προσώπου. Ήταν η απόκτηση του ελέγχου του εγώ, η απόρριψη όλων των κοσμικών σκέψεων και ο εναγκαλισμός με την ανυπαρξία. Ο απώτερος στόχος ήταν η κένωση του εαυτού, η απελευθέρωση, το Μούκτι, το Μόκσα και ο κόσμος της Σούνια.

Μετά από δύο ημέρες, η Έμμα συνάντησε τον Έιμπ και τον ρώτησε: "Πώς ήταν η εμπειρία της συνάντησης με τον Μπάμπα".

"Ήταν υπέροχη, πράγματι, μια μυστικιστική εμπειρία. Η μεταφορά μου σε ένα βασίλειο της ανυπαρξίας ήταν το πρώτο μου ταξίδι πέρα από το χώρο και το χρόνο", απάντησε ο Άμπε.

"Εκείνη τη μέρα, σε περίμενα δύο ώρες, αλλά ήσουν σε έκσταση- και στεκόσουν εκεί χωρίς καμία κίνηση, χωρίς να έχεις επίγνωση του τι συνέβαινε γύρω σου", είπε η Έμμα.

"Ναι, ήμουν εκεί για περισσότερες από εννέα ώρες", απάντησε ο Έιμπ.

"Αυτό είναι βουδιστική πνευματικότητα και διαλογισμός. Δεν χρειάζεσαι έναν Θεό για να είσαι μυστικιστής. Ο Μπάμπα είναι πολύ επηρεασμένος από τον βουδισμό, παρόλο που είναι θιασώτης του Σίβα. Οι ενέργειές του βασίζονται στην αυτογνωσία, στην εμβάθυνση στον εαυτό μας, στην κατανόηση του εαυτού μας και στη γνώση του εαυτού μας. Αυτό ασκείται στον βουδισμό Χιναγιάνα από μεγάλους δασκάλους, τον οποίο ο Ιησούς έμαθε στην Ινδία", δήλωσε η Έμμα.

"Πώς συνδέεις τον Ιησού με τον βουδισμό", διερωτήθηκε ο Έιμπ.

"Υπάρχει μια ισχυρή πεποίθηση ότι ο Ιησούς έγινε βουδιστής μοναχός. Έμαθε τις αρχές και τη φιλοσοφία του βουδισμού ενώ βρισκόταν στην Ινδία για περίπου είκοσι χρόνια. Ο Ιησούς έφτασε εδώ μαζί με τους εμπόρους όταν ήταν δωδεκάχρονος και σπούδασε κάτω από βουδιστές και ινδουιστές δασκάλους. Βρισκόταν στην Ινδία, όπως και πολλές εβραϊκές κοινότητες που βρίσκονταν εδώ, ιδίως στο Κασμίρ και στην ακτή Μαλαμπάρ. Οι μελετητές λένε ότι ο Ιησούς ήταν στο Πανεπιστήμιο της Ναλάντα για μεγάλο χρονικό διάστημα", έκανε δήλωση η Έμμα.

Στη συνέχεια, ο Έιμπ και η Έμμα κάθισαν κάτω από το δέντρο Μπανιάν, πρόσωπο με πρόσωπο.

"Υπάρχει κάποια ιστορική απόδειξη για την επίσκεψη του Ιησού στην Ινδία;" ρώτησε ο Έιμπ.

"Δεν υπάρχουν αποδείξεις. Ακόμη και για τη ζωή και την εποχή του Ιησού, δεν υπάρχουν ιστορικές αποδείξεις. Οι Ρωμαίοι, οι ηγεμόνες της Παλαιστίνης, δεν έχουν γράψει τίποτα για τον Ιησού, παρόλο που ήταν σχολαστικοί στην πραγματική καταγραφή των γεγονότων που συνέβαιναν στην αυτοκρατορία τους. Υπάρχουν όμως ισχυρές παραδόσεις. Ο Ιησούς ήρθε στην Ινδία για να μάθει τις βουδιστικές αξίες, τις σκέψεις και τις διδασκαλίες του Βούδα. Έγινε αρχιμοναχός, το δεύτερο πιο σημαντικό πρόσωπο στον Βουδισμό μετά τον Βούδα", εξήγησε η Έμμα.

"Λες ότι ο βουδισμός επηρέασε τον χριστιανισμό", σχολίασε ο Έιμπ.

"Είναι κάτι πολύ περισσότερο από απλή επιρροή. Ο χριστιανισμός είναι ένα αντίγραφο του βουδισμού. Αφού επέστρεψε στην Παλαιστίνη από την Ινδία, ο Ιησούς δεν κήρυξε τη θρησκεία, αλλά εφάρμοσε έναν νέο τρόπο ζωής για τους Εβραίους. Ο Θεός που προβάλλεται από τον Ιησού στο Ευαγγέλιο του Ματθαίου ήταν εντελώς διαφορετικός από τον Θεό της Παλαιάς Διαθήκης. Ο Ιησούς εξέθεσε έναν στοργικό και ευγενικό Θεό, έναν Θεό που συγχωρεί και ενθαρρύνει. Στην Παλαιά Διαθήκη, ο Θεός ήταν ένας σκληρός τύραννος", ανέλυσε η Έμμα.

"Από πού πήρε ο Ιησούς την έννοια του στοργικού και ευγενικού Θεού;" ρώτησε ο Abe.

"Για τον Ιησού, ο Θεός ήταν ένα σύμβολο καλοσύνης, ενότητας και καλοσύνης, όχι ένα πρόσωπο, όχι μια οντότητα. Ας υποθέσουμε ότι διαβάζετε το Lalitavistara, μια βιογραφία του Βούδα που γράφτηκε στα σανσκριτικά αμέσως μετά τον θάνατο του Βούδα- θα μάθετε ότι πολλά πράγματα στα Ευαγγέλια οι συγγραφείς δανείστηκαν, αντέγραψαν και ανέλκυσαν από το Lalitavistara. Μπορώ να σας δώσω μερικά παραδείγματα. Στο Lalitavistara, ο Βούδας γεννήθηκε από μια παρθένα και ήταν γνωστός ως ο Υιός του Ανθρώπου. Ο Βούδας επέλεξε τους μαθητές του από απλούς ανθρώπους και ταξίδεψε σε όλη τη βόρεια Ινδία. Ο Ιησούς, επίσης, γεννήθηκε από παρθένα. Επέλεξε τους μαθητές του από κοινούς ανθρώπους και ταξίδεψε σε όλο αυτό το κομμάτι της γης της Παλαιστίνης. Ο Βούδας έζησε πεντακόσια χρόνια πριν από τον Ιησού και έκανε πολλά θαύματα, τα ίδια με τα θαύματα του Ιησού. Ο Βούδας θεράπευε τους αρρώστους, έδινε όραση στους τυφλούς, βοηθούσε τους κωφούς να ακούσουν και θεράπευε τους ανθρώπους που έπασχαν από λέπρα, όπως έκανε και ο Ιησούς. Ο Βούδας θεράπευσε έναν σωματικά ανάπηρο και του ζήτησε να περπατήσει κουβαλώντας το κρεβάτι του, και ο Ιησούς έκανε το ίδιο. Ο Βούδας περπάτησε πάνω από τα νερά του Γκάνγκα. Οι μαθητές του νόμιζαν ότι ήταν ένα πνεύμα που περπατούσε. Και ο Ιησούς περπάτησε πάνω από τη λίμνη της Γαλιλαίας και οι μαθητές του νόμιζαν ότι ήταν ένα πνεύμα", διευκρίνισε η Έμμα.

"Είναι εκπληκτικό ότι τα Ευαγγέλια αντέγραψαν πολλά γεγονότα και δραστηριότητες του Ιησού από τα ιερά βιβλία και τη βιβλιογραφία του Βουδισμού- φαίνεται", σχολίασε ο Έιμπ.

"Στο Λαλιταβιστάρα, υπάρχει η ιστορία μιας χήρας που προσέφερε ένα μικρό νόμισμα στο ναό. Και στο Ευαγγέλιο, σύμφωνα με τον Μάρκο, ο Ιησούς επαινεί μια χήρα, η οποία της πρόσφερε ένα μικρό νόμισμα. Ο Βούδας πολλαπλασίασε τα τρόφιμα και τάισε πολλές χιλιάδες ανθρώπους, και ο Ιησούς έκανε το ίδιο περισσότερες από μία φορές. Υπάρχουν πολλά ακόμη τέτοια περιστατικά που πραγματοποίησε ο Βούδας και μιμήθηκε ο Ιησούς. Η θεολογία του Χριστιανισμού είναι ο Βουδισμός, τον οποίο ο Ιησούς απέκτησε όταν βρισκόταν στην Ινδία. Η έννοια και η πρακτική των διαλογισμών, των προσευχών, των πνευματικών ασκήσεων, της νηστείας και της μετάνοιας των πρώτων χριστιανών αντλήθηκαν από τον Βουδισμό", είπε η Έμμα κοιτάζοντας τον Έιμπ.

"Από πού πήρες όλες αυτές τις πληροφορίες;" διερωτήθηκε ο Έιμπ.

"Έχω διαβάσει πολλά πρωτότυπα βιβλία στα Σανσκριτικά, το Pali και το Prakrit. Συνέκρινα τη διδασκαλία και τα θαύματα του Βούδα με αυτά του Ιησού. Κανείς δεν μπορεί να κρύψει την επιρροή του Βούδα στον Ιησού, καθώς είναι αναμφισβήτητη. Οι βουδιστές μοναχοί ζούσαν με απόλυτη αποκήρυξη, βασιζόμενοι σε ελεημοσύνες που λάμβαναν από τους ανθρώπους, όπως οι μοναχοί του πρώιμου Χριστιανισμού. Οι βουδιστές μοναχοί ήταν μεγάλοι ασκητές, λόγιοι και φιλόσοφοι. Ορισμένοι λόγιοι ανέβασαν σταδιακά τον Βούδα στη θέση του Θεού στον βουδισμό Μαχαγιάνα. Το ίδιο συνέβη και στον Χριστιανισμό, όπως ο Άγιος Παύλος, ο οποίος μετέτρεψε τον Ιησού σε Χριστό, Θεό. Αλλά ο Βούδας και ο Ιησούς δεν ισχυρίστηκαν ποτέ ότι ήταν Θεός", έκανε μια δήλωση η Έμμα.

Ο Abe ρώτησε για το πού βρισκόταν ο Baba και η Emma του είπε ότι ο Baba είχε πάει στο Haridwar και επισκέφθηκε το Prayag, το Ujjain και επέστρεφε το ίδιο πρωί. Ο Abe κοίταξε την Emma έκπληκτος και η Emma του είπε ότι ο Baba χρησιμοποιούσε τηλεμεταφορά και δεν του πήρε χρόνο να ταξιδέψει. Η Έμμα ενημέρωσε τον Έιμπ ότι ο Μπάμπα είχε εκφράσει την προθυμία του να ποζάρει μπροστά στον Έιμπ για ένα πορτρέτο την επόμενη μέρα. Ακούγοντας τον Έιμπ ήταν ενθουσιασμένος. Μια σπάνια ηρεμία υπήρχε στο μυαλό του Άμπε- η ελπίδα άνθισε στην καρδιά του και εξέφρασε ενθουσιασμό για τη συνάντηση με τον Μπάμπα.

Την επόμενη μέρα, ο Άμπε άρχισε να ζωγραφίζει το πορτρέτο. Ο Μπάμπα κάθισε κάτω από το δέντρο μπανιάν στην Padmasana. Η ειρήνη και η αρμονία αντανακλούσαν στο πρόσωπό του, παρόλο που είχε κλείσει τα μάτια του, και φαινόταν ότι βρισκόταν σε βαθύ διαλογισμό. Αλλά για τον Abe, τα μάτια του ήταν ορθάνοιχτα σαν τον πρωινό ήλιο πάνω από τον Brahmaputra. Το Rudraksha του έλαμπε και το φίδι στο λαιμό του έμεινε ακίνητο. Τα ράστα του ήταν πανέμορφα, και το φεγγάρι του πρώτου τετάρτου που εμφανίστηκε πάνω από το κεφάλι του είχε μια σπάνια λάμψη σαν να καθόταν κάτω από το σύζυγό του. Το σέλας ήταν αιθέριο. Ο Μπάμπα έμοιαζε με μια συγχώνευση του Σίβα και του Βούδα.

Κάθε μέρα, για τρεις με τέσσερις ώρες, ο Έιμπ δούλευε. Η Έμμα του είπε ότι ο Μπάμπα επισκεπτόταν τους ναούς του Σίβα σε όλη την Ινδία, συνομιλούσε με τον Βούδα, άλλους μεγάλους δασκάλους του Βουδισμού, τους Ρίσι του Ινδουισμού ή τον Ιησού από τη Ναζαρέτ κατά τη διάρκεια αυτών των ωρών. Ο Έιμπ είδε τον Μπάμπα στην εικονική του εικόνα, που αντανακλούσε τη συνείδησή του, την ύπαρξή του. Κανείς άλλος εκτός από τον Έιμπ δεν μπορούσε να τον δει να κάθεται δίπλα στο δέντρο μπανιάν. Όταν περπατούσε γύρω από το ναό, παρέμενε adurshya, αόρατος, γιατί όλοι, εκτός από εκείνους που ο Μπάμπα θεωρεί επιλέξιμους, μπορούσαν να τον δουν.

Η ζωγραφική συνεχίστηκε για πολλές εβδομάδες και στον ελεύθερο χρόνο του Άμπε, η Έμμα τον επισκεπτόταν.

Η Έμμα και ο Έιμπ είχαν μακρές συζητήσεις για τον Σίβα, τον Σαϊβισμό, τον Χιναγιάνα, τον Μαχαγιάνα, τους Εσσαίους, τους Ναζωραίους και άλλες αυθεντικές χριστιανικές κοινότητες εκτός της ελληνικής φιλοσοφίας και της ρωμαϊκής πολιτικής. Ο Abe βρήκε ότι οι γνώσεις της Emma στα

Σανσκριτικά, το Pali και τη λογοτεχνία Prakrit και η κατανόησή της για τον Σίβα, τον Κρίσνα, τον Βούδα και τον Ιησού ήταν απαράμιλλες.

"Έμμα, τι δεν σου αρέσει περισσότερο;" Ξαφνικά, ο Έιμπ έκανε μια ερώτηση που ξέφυγε από το κεντρικό θέμα της συζήτησής τους.

Κοίταξε τον Έιμπ και είπε χαμηλόφωνα: "Δεν μου αρέσουν οι θρησκευτικοί φονταμενταλιστές και οι φανατικοί. Αντιπαθώ τους πολιτικούς που δεν έχουν καμία ενσυναίσθηση και είναι ανέντιμοι, σκληροί και τυραννικοί. Αντιπαθώ τους ανθρώπους που εγκαταλείπουν τις γυναίκες τους".

"Άρα, οι περισσότεροι θρησκευτικοί ηγέτες και πολιτικοί εμπίπτουν σε αυτές τις κατηγορίες", παρατήρησε ο Άμπε.

"Πράγματι", απάντησε η Έμμα.

"Σε τι πιστεύεις, Έμμα;" ρώτησε ξανά ο Έιμπ.

"Πιστεύω στη συμπόνια, την καλοσύνη, τη λογική, τον ορθολογισμό, την ισότητα, την ενσυναίσθηση, την αξιοπρέπεια και τα δικαιώματα των ανθρώπων και των ζώων", είπε η Έμμα.

"Φαίνεται ότι θέλεις να πεις κάτι περισσότερο", είπε ο Έιμπ.

"Ναι, Έιμπ. Λατρεύω το σεξ- δηλαδή την αγνή ερωτική συνεύρεση με ένα άτομο που αγαπώ βαθιά και θαυμάζω. Είναι η απόλυτη χαρά, η πιο όμορφη πράξη σε αυτόν τον κόσμο", είπε η Έμμα.

"Είναι ο έρωτας μια τόσο όμορφη πράξη;" ρώτησε ο Έιμπ.

"Βέβαια, Έιμπ, είσαι άγαμος και δεν το έχεις βιώσει ποτέ. Είναι σκέτη χαρά αν αγαπάς έναν άνθρωπο. Με την αγάπη έρχεται ο θαυμασμός- με τον θαυμασμό πραγματοποιείται η ένωση. Μπορείς να κάνεις σεξ με περισσότερα από ένα άτομα, αν τα αγαπάς στην πληρότητά τους. Η αγάπη πολλών προσώπων είναι δυνατή αν δεν είστε εγωιστές. Βλέπετε, ο Κρίσνα απολαμβάνει τη ρααςλίλα, τον γνήσιο έρωτα με πολλές γκόπικες, τις γαλαζοκόρες, παρόλο που είχε δύο συζύγους και τις αγαπούσε βαθιά. Αγαπούσε έντονα τη Ράντα, μία από τις γαλακτοκόμες. Ο Κρίσνα έγινε Ράντα, και πίστευε ότι ο έρωτάς του μαζί της ήταν η τέλεια ένωση του σώματος και της ψυχής τους, και οι δύο το αγαπούσαν πάρα πολύ", είπε η Έμμα.

"Είναι το σεξ, ο έρωτας, μια πνευματική εμπειρία", ρώτησε ο Έιμπ.

"Η έννοια της πνευματικότητας είναι άχρηστη και ψεύτικη, επειδή δεν μπορεί να υπάρξει έξω από τους ανθρώπους, και μέσα σε αυτούς, είναι υποταγμένη σε άλλες ανθρώπινες ιδιότητες. Αν είσαι ένας καλός άνθρωπος που δεν βλάπτει τους άλλους, είσαι γνήσιος- αυτό είναι ανώτερο από την πνευματικότητα. Το σεξ είναι η ένωση δύο ερωτευμένων ατόμων, έτοιμων να μοιραστούν το σώμα τους και τα ενδόμυχα συναισθήματά τους. Μια τέτοια ένωση είναι ευχάριστη, ουσιαστική και διαρκής- καμία πνευματικότητα δεν μπορεί να την προσφέρει. Δεν αποτελεί απαίτηση να παντρευτείτε το άτομο, καθώς ο γάμος αποτελεί τροχοπέδη για την αγάπη. Χρειάζεται να αγαπάτε σαν ελεύθεροι άνθρωποι, χωρίς καμία δέσμευση, την ίδια στιγμή βαθιά αφοσιωμένοι και αγαπημένοι", ήταν κατηγορηματική η Έμμα.

Ο Έιμπ σκέφτηκε για μια στιγμή και στη συνέχεια ρώτησε: "Αγαπάς και θαυμάζεις πολλούς;"

"Αγαπώ και θαυμάζω τον Σίβα, τον Κρίσνα, τον Βούδα και τον Ιησού από τη Ναζαρέτ. Αν ήμουν με τον Κρίσνα, θα ζητούσα από τον Κρίσνα να με θεωρήσει γκόπικα, και για τον Ιησού, είμαι η Μαγδαληνή του", είπε η Έμμα.

"Παρ' όλα αυτά, κάποιοι από αυτούς ήταν μυθικές μορφές", σχολίασε ο Έιμπ.

"Ναι, η Μαχαμπαράτα και η Βίβλος δεν είναι πραγματικές ιστορίες. Είναι ως επί το πλείστον φανταστικές- δεν χρειάζεται να τις θεωρήσει κανείς ως πραγματικές. Τα προβλήματα ξεκινούν όταν οι άνθρωποι πιστεύουν και αποδέχονται τους μύθους ως αλήθειες και ως μαγική επιστήμη. Αλλά οι φανταστικοί χαρακτήρες έχουν αληθοφανή χαρακτήρα, επειδή τους δημιουργήσαμε από το προσωπικό, κοινωνικό, ψυχολογικό και οικονομικό μας υπόβαθρο. Προέκυψαν από τις πεποιθήσεις, τις επιθυμίες, τους φόβους, τις αποτυχίες και τις αδυναμίες μας. Μας εκπροσωπούν, μας υπερασπίζονται, μιλούν και αγωνίζονται για εμάς. Τους αποδεχόμαστε ως πραγματικά πρόσωπα και σταδιακά μας ξεπερνούν, μας εξουσιάζουν και εξελίσσονται σε ήρωες, ιδανικά, θεμέλια πίστης και θεούς. Συγκεντρώνουν πλούτο, θεότητα και δύναμη, που είναι αδύνατο να διαγραφεί. Αυτοί αποφασίζουν για τις αξίες, τις συνήθειες, τους κανόνες και τους νόμους μας- το να μιλάς εναντίον τους είναι αμαρτία και έγκλημα. Μας τιμωρούν μέσω άλλων ανθρώπων, και η τιμωρία μπορεί συχνά να είναι θανατηφόρα με αποκεφαλισμό, πυροβολισμό ή απαγχονισμό. Οι άνθρωποι έχουν ηλικία περίπου δέκα λακ χρόνια, αλλά κανένας θεός του σήμερα δεν είναι πάνω από πέντε χιλιάδες χρόνια. Για να εκθρονιστούν οι θεοί, πρέπει να εμφανιστεί ένας άλλος πολιτισμός. Οι θεοί της Μεσοποταμίας, της Αιγύπτου και της Ελλάδας, που κάποτε ήταν οι πιο ισχυροί και αποφασιστικοί παράγοντες της ανθρώπινης ζωής, εξαφανίστηκαν στη λήθη. Οι σημερινοί μας θεοί θα εξαφανιστούν όταν εμφανιστούν οι ψηφιακοί άνθρωποι, καθώς οι θεοί δεν έχουν κανένα ρόλο να παίξουν στον νέο κόσμο. Η λατρεία και η πνευματικότητα θα γίνουν ιστορίες του παρελθόντος". εξήγησε η Έμμα.

"Ο Μπάμπα είναι θεός;"

"Ο Μπάμπα είναι άθεος- δεν είναι μυθικός- είναι πραγματικός- τον αγαπώ και τον θαυμάζω. Ποτέ δεν ρώτησα για την καταγωγή του ή την ηλικία του. Τώρα αγαπώ και θαυμάζω ένα ακόμη πρόσωπο", είπε η Έμμα κοιτάζοντας τον Έιμπ.

"Με αγαπάς, με θαυμάζεις;" Ο Έιμπ έκανε μια δήλωση σαν ερώτηση.

"Βεβαίως", απάντησε η Έμμα.

"Αλλά είμαι άγαμος και βαθιά ερωτευμένος με τη Γκρέις. Είμαι σίγουρος ότι με περιμένει τα τελευταία δέκα χρόνια", είπε ο Έιμπ

"Ο καθένας είναι άγαμος πριν από την πρώτη του ερωτική πράξη. Μπορείς ακόμα να αγαπάς βαθιά τη Γκρέις ακόμα και μετά την ένωση με ένα άτομο που σε αγαπάει, όπως εγώ", η Έμμα ήταν ανοιχτή και τολμηρή.

"Αφήστε με να το σκεφτώ", είπε ο Έιμπ.

"Το να κάνω σεξ μαζί σου είναι ο διακαής μου πόθος", είπε χαμογελώντας η Έμμα.

Το χαμόγελό της έμοιαζε με εκείνο της Γκρέις. Η Έμμα ήταν έξυπνη, λογική, ατρόμητη και οξυδερκής όπως η Γκρέις και μοιραζόταν πολλές από τις ιδιότητές της. Η Γκρέις ήταν μια άλλη πρόσοψη της Έμμα, αθέατη, ανείπωτη, ανέκφραστη και ασυνείδητη. Αν η Έμμα βρισκόταν στο Singuerim, θα συμπεριφερόταν όπως η Γκρέις, και αν η Γκρέις βρισκόταν με τον Μπάμπα στην Kamakhya, θα συμπεριφερόταν όπως η Έμμα. Αλλά η ευτυχής πρόσκληση της Έμμα εισέβαλε στον εσωτερικό εαυτό της Έιμπ και ξεκίνησε εσωτερικές συγκρούσεις όπως η πρόσκληση της Γκρέις να μείνει μαζί της για μια νύχτα. Δεν υπήρχε καμία διαφορά, καθώς οι προθέσεις ήταν οι ίδιες. Όχι το άγγιγμα της Γκρέις ήταν σαν να την αγκάλιαζε χίλιες φορές στη διαδικασία της σκέψης, να την κουβαλούσε στην αγκαλιά της σαν πολύτιμη πέτρα. Η Έμμα έδειχνε τα συναισθήματά της ανοιχτά, αλλά η Γκρέις διακριτικά.

Η γοητευτική προσωπικότητα της Γκρέις εξακολουθούσε να εξουσιάζει πλήρως τον Έιμπ. Τα προηγούμενα δέκα χρόνια την αναζητούσε. Γνώριζε ότι είχε δώσει όρκο αγνότητας στην Εταιρεία του Ιησού, και μόλις εγκατέλειψε τους Ιησουίτες, η υπόσχεση είχε γίνει αδέσμευτη και περιττή.

Όμως η αγάπη του για τη Χάρη τον παρέσυρε να συνεχίσει να ζει χωρίς σεξουαλικές σχέσεις με καμία, παρόλο που ήταν ήδη τριάντα πέντε ετών. Ο Έιμπ συζητούσε για πολλές μέρες τα υπέρ και τα κατά της πρόσκλησης που του έκανε η Έμμα.

Κάθε φορά που συναντούσε την Έμμα, ήταν διακριτικοί μεταξύ τους, χαμογελούσαν και μοιράζονταν ευχάριστες κουβέντες και ιστορίες. Το αίτημά της να ενωθεί μαζί της δεν επηρέασε τη σχέση τους, καθώς σεβόταν ο ένας τον άλλον. Εκτός αυτού, ο Έιμπ θαύμαζε τις γνώσεις της στα σανσκριτικά, τον βουδισμό και την Γκίτα Γκοβιντάμ. Απέφευγε να μιλάει για τον έρωτα, παρόλο που είχε έντονη προδιάθεση γι' αυτόν και αγαπούσε τις σκέψεις. Παρ' όλα αυτά, το σεξ είχε γίνει ξένο και εφαπτόμενο στη ζωή του, επειδή φοβόταν να χάσει την αγαμία του.

Ο γυμνός μοναχός πόζαρε για τον Έιμπ κάθε μέρα, χωρίς να παραλείπει να ποζάρει. Συνέχισε να βρίσκεται σε διαλογισμό ενώ ο Άμπε έκανε τη ζωγραφική. Μια μέρα, είπε ξαφνικά ο μοναχός, τα μάτια του ήταν σαν τον ήλιο πάνω από το ναό της Καμάκια: "Ένας άγαμος βρίσκεται σε άρνηση". Ο Άμπε κοίταξε τον μοναχό- καθόταν ακίνητος στην Παντμασάνα. Ο Έιμπ αμφιβάλλει αν ο Σάντου μίλησε, καθώς τα λόγια του ήταν σαν βουητό από μακρινό κεραυνό.

"Μπαμπά, είπες κάτι", ρώτησε χαμηλόφωνα ο Έιμπ, με τη βούρτσα στο χέρι του. Η Έμμα στεκόταν κοντά στον Έιμπ.

"Κάθε άνθρωπος έχει κάποιες ζωτικές δυνάμεις και ο άγαμος τις αναιρεί", είπε ο Μπάμπα. Αυτά τα λόγια μπήκαν κατευθείαν στην καρδιά του Έιμπ. Αναιρώ τις ζωτικές μου δυνάμεις; αναρωτήθηκε ο Έιμπ.

Η Έμμα κοίταξε τον Έιμπ- τα μάτια της έκαιγαν. Ο Έιμπ το πρόσεξε.

"Μπάμπα, σπαταλώ τον εαυτό μου ως άντρα;" ρώτησε ο Έιμπ.

"Ένας άγαμος δεν απολαμβάνει ποτέ την πληρότητα της ύπαρξής του", συνέχισε να μιλάει ο Μπάμπα. Δεν απαντούσε στις ερωτήσεις του Έιμπ, αλλά μιλούσε σαν να βρισκόταν σε έκσταση, σε διαλογισμό.

"Έχω μια βαθιά επιθυμία να απολαύσω την πληρότητα της ζωής μου. Σε παρακαλώ, δείξε μου τον τρόπο", είπε ο Έιμπ.

"Αν συνεχίσεις να είσαι άγαμος, δεν θα φτάσεις ποτέ στη Σαγιούτζια, την απελευθέρωση από τη γέννηση και την αναγέννηση", μίλησε με κομψότητα ο Μπάμπα. Τα λόγια του ήταν πειστικά, αλλά ακούγονταν σαν τσουνάμι από τον κόλπο της Βεγγάλης.

"Το να αγαπώ τη Σαγιούτζια είναι η ανθρώπινη ανάγκη μου και αντιπαθώ να γεννιέμαι ξανά και ξανά", μουρμούρισε ο Έιμπ.

Ο Έιμπ δεν μπορούσε να κάνει πολλή δουλειά εκείνη την ημέρα, καθώς ήταν ταραγμένος και ανήσυχος. Ήξερε ότι δεν υπήρχε ψυχή και αναγέννηση. Έτσι, τα λόγια του Μπάμπα μπορεί να είχαν μια διαφορετική χροιά. Ο Άμπε δεν συζήτησε το νόημα αυτών που είχε πει ο Μπάμπα. Ο Έιμπ συμπαθούσε την Έμμα, αλλά δεν ήθελε να πετάξει την αγαμία του.

Για τις επόμενες δώδεκα ημέρες, ο Μπάμπα δεν μίλησε καθόλου. Ήταν σε διαλογισμό. Αλλά μια μέρα, ξαφνικά, είπε: "Ο Μπάμπα δεν είναι ο μόνος που μπορεί να κάνει κάτι τέτοιο: "Χωρίς να κάνεις παιδί, μετά το θάνατο, η ψυχή σου θα περιπλανιέται αναζητώντας μια θεά. Αλλά εκείνη θα σε απορρίψει". Ο Έιμπ ήξερε ότι τα λόγια του δεν είχαν κανένα νόημα, καθώς ήταν απλώς φανφαρονισμοί. Μπορεί ο Μπαμπά να προσπαθούσε να δημιουργήσει σύγχυση, αλλά πώς θα μπορούσε να το κάνει αυτό; Ο Μπάμπα δεν έπρεπε να μιλήσει για την ψυχή και την αναγέννηση ως άθεος.

Για πολλές μέρες ο Έιμπ σκεφτόταν τον Μπάμπα. Μερικές φορές, ακόμη και μεγάλοι άνθρωποι μιλούσαν ανόητα πράγματα- ο Έιμπ παρηγορούσε νοερά τον Μπάμπα, καθώς μπορεί να είχε υπερβάλει στα λόγια του για να απορρίψει την αγαμία του. Αλλά υπήρχε κάποια αλήθεια σε αυτά που είπε, καθώς ο στόχος της ζωής ήταν η τεκνοποίηση.

Ο Abe είχε ήδη συμπληρώσει δύο μήνες ζωγραφικής του πορτραίτου του Baba και ήταν ευχαριστημένος με την πρόοδο του έργου. Ήταν σίγουρος ότι θα μπορούσε να το ολοκληρώσει μέσα σε ένα μήνα. Ο Μπάμπα καθόταν σε διαλογισμό για πολλές ημέρες και η Έμμα στεκόταν στο πλευρό του, ενώ ο Έιμπ ζωγράφιζε το πορτρέτο.

Η Έμμα πάντα ενθάρρυνε τον Έιμπ και εκτιμούσε την πρόοδό του. Τα λόγια της ήταν καταπραϋντικά και στοργικά, διαπίστωσε ο Έιμπ και την ευχαρίστησε για την παρουσία της. Ήξερε ότι εξαιτίας της ο Μπάμπα αποφάσισε να ποζάρει για το πορτραίτο, και η Έμμα ήταν η μόνη αιτία που του δόθηκε μια τέτοια ευκαιρία να ζωγραφίσει την εικόνα ενός γυμνού ζητιάνου.

"Έμμα, σου είμαι πάντα ευγνώμων για την καλοσύνη σου, την ενθάρρυνσή σου και το ότι έπεισες τον Μπάμπα να ποζάρει για το πορτρέτο".

"Ήταν η αγάπη μου για σένα, Έιμπ, ήταν το καθήκον μου και έπρεπε να το κάνω".

"Το εκτιμώ", είπε κοιτάζοντας την Έμμα, ο Έιμπ.

Η Έμμα χαμογέλασε. Το χαμόγελό της έμοιαζε λίγο-πολύ με αυτό της Γκρέις. Μίλησε σαν τη Γκρέις και η απήχηση της φωνής της δημιουργούσε μια εικόνα της Γκρέις. Η Έμμα εξελισσόταν σταδιακά ως Γκρέις.

"Έμμα, με καταλαβαίνεις περισσότερο από οποιονδήποτε άλλον, και το έχω βιώσει όλο και περισσότερο τα τελευταία δύο χρόνια. Τώρα έχω μια εμπειρία της Χάριτος μαζί σου".

"Αυτό οφείλεται στο γεγονός ότι σταδιακά αναπτύσσεις αγάπη και θαυμασμό προς εμένα. Η Γκρέις ήταν η καλύτερη εικόνα της καλοσύνης, της αγάπης και της ελπίδας για σένα- τα τελευταία δέκα χρόνια την αναζητούσες. Μπορεί να σκεφτήκατε ότι η αναζήτησή σας ήταν μάταιη- ως εκ τούτου, θέλετε να δείτε τη Χάρη σε μένα. Αλλά μη βλέπετε τη Γκρέις σε μένα. Είμαι ένα ανεξάρτητο άτομο. Ας υποθέσουμε ότι είμαστε μαζί, και αν δεν καταφέρνατε να βρείτε τη Χάρη σε μένα, θα απογοητευόσασταν. Για σένα, πρέπει να είμαι η Έμμα, όχι η Χάρη".

"Έχεις δίκιο, Έμμα- έχεις μια μοναδική προσωπικότητα- είσαι διαφορετική στην ευαισθησία, την αντίληψη, τις αξίες και την αξιολόγηση. Είσαι μια από τις σπάνιες προσωπικότητες που έχω γνωρίσει ποτέ. Ειλικρινής και ειλικρινής, εκτιμάς τις σχέσεις και αγαπάς τη φιλία. Σε θαυμάζω".

"Σ' ευχαριστώ, Έιμπ, για την κατανόησή σου. Κι εγώ την εκτιμώ".

Κατά τη διάρκεια της εβδομάδας, ο Μπάμπα ήταν σιωπηλός. Δεν μιλούσε ποτέ, αλλά ο Έιμπ και η Έμμα μπορούσαν να νιώσουν τον μονόλογο, το διαλογιστικό μουρμουρητό και τα μοτίβα σκέψης του γύρω τους. Και μια μέρα, ο Μπάμπα είπε: "Είστε δειλοί και αδύναμοι".

Ξαφνικά ο Έιμπ θυμήθηκε ότι η Γκρέις έλεγε ότι ήταν εσωστρεφής.

"Μπάμπα, είναι αλήθεια", είπε ο Έιμπ.

"Αρνείσαι να αποδεχτείς την ουσία σου", άκουσε ξανά ο Έιμπ.

"Έχεις δίκιο, Μπάμπα. Μου έχει συμβεί πολλές φορές".

"Παρουσιάζεις τον εαυτό σου ως ανίκανο άτομο μπροστά σε μια γυναίκα".

"Είμαι; Εσύ τι νομίζεις, Έμμα;" ρώτησε ο Έιμπ.

"Ναι, Έιμπ. Υπάρχει μια γυναίκα που σε αγαπάει, σε θαυμάζει και λαχταράει να είναι μαζί σου. Αλλά εσύ νομίζεις ότι είσαι ένα σεξουαλικά ανίκανο άτομο", απάντησε εκείνη.

"Τι πρέπει να κάνω;" ρώτησε ο Έιμπ.

"Ανταποδώστε τα συναισθήματα μου προς εσάς. Θα σου κάνει καλό. Θα νιώσεις την ουσία σου και την ατομικότητά σου".

"Αλλά είμαι ανίκανος να εγκαταλείψω την αγαμία μου", είπε ο Έιμπ.

"Παραποιείς τα συναισθήματά σου και λες στη γυναίκα που σε αγαπάει ότι μπορείς να απαρνηθείς τις σεξουαλικές σου ανάγκες για πάντα", άκουσε ξαφνικά ο Έιμπ να μιλάει ο Μπάμπα.

Αυτό ήταν πάρα πολύ για τον Έιμπ. Έτρεμε από το άγχος, τη θλίψη και την απελπισία.

"Έιμπ, είναι αλήθεια. Δεν μπορείς να απαρνηθείς τα σεξουαλικά σου αισθήματα για πάντα. Μην καταπιέζεις τα συναισθήματά σου και μην καταστρέφεις τον εαυτό σου", είπε η Έμμα.

"Είσαι ένας υποκριτής, ένα συναισθηματικό ερείπιο", διατύπωσε ο Μπάμπα.

Ξαφνικά ο Έιμπ άφησε κάτω το πινέλο του. "Μπάμπα, αυτό είναι πάρα πολύ για μένα. Λες την αλήθεια, αλλά εγώ δεν τολμώ να αντιμετωπίσω την αλήθεια. Πράγματι υποφέρω από βαθιά ριζωμένα συναισθηματικά προβλήματα και φοράω πολλές μάσκες. Αυτή η αγαμία με σκοτώνει. Δεν μπορώ να το αντέξω", φώναξε ο Άμπε. Ήταν η πρώτη φορά στη ζωή του που έκλαιγε.

"Έιμπ, ξύπνα. Σκέφτεσαι δυνατά", είπε η Έμμα.

"Έμμα, ήταν μια πραγματική συζήτηση. Ξέρω ότι δεν είναι όνειρο- την άκουσα από το μυαλό του Μπάμπα. Και είναι αληθινή".

"Έχεις δίκιο, Έιμπ. Το μυαλό του Μπάμπα σου μίλησε για να σε κάνει να συνειδητοποιήσεις την κατάστασή σου, ώστε να γίνεις θαρραλέος και να αντιμετωπίσεις την πραγματικότητα της ζωής με τόλμη και να μην εξαρτάσαι ποτέ από ψεύτικες αξίες".

"Μίλησες την αλήθεια, Έμμα. Έχω συνειδητοποιήσει ότι η αγαμία και η παρθενία είναι ψεύτικες. Είναι ένα ψέμα και το ξέρω ότι είναι ψέμα. Παρόλα αυτά, είμαι προσκολλημένη στο ψέμα".

"Η αγαμία και η παρθενία αναπτύσσουν ένα αρνητικό σύστημα αξιών. Οι έννοιες αυτές είναι προϊόν μιας αποδιοργανωμένης και καταπιεστικής κοινότητας. Η Ρωμαιοκαθολική Εκκλησία ευνούχισε εκατοντάδες αγόρια για να τα συνεχίσει σε χορωδιακές ομάδες μέχρι πρόσφατα, και ο κλήρος μόλυνε πολλούς. Τέτοια έθιμα ήταν διαδεδομένα σε ολόκληρη την Ευρώπη. Χιλιάδες ευνουχισμένα άτομα υπήρχαν ως φύλακες ή προστάτες των χαρεμιών των χαλίφηδων, των maulvis, των ιμάμηδων Mullas και των αραβικών νοικοκυριών σε όλη τη Μέση Ανατολή, τη Βόρεια Αφρική και τη Νοτιοανατολική Ασία. Κινέζοι και Ιάπωνες αυτοκράτορες και βασιλείς των Mughal και Rajput ήταν πελάτες ευνουχισμένων ανηλίκων. Ο ευνουχισμός των νέων ήταν διαδεδομένος στον Ινδουισμό, το Ισλάμ και τον Βουδισμό για να τους χρησιμοποιούν ως σεξουαλικά αντικείμενα για τους πλούσιους, τους ισχυρούς, τους bhikshus, τους sadhus και τους μοναχούς. Η αγαμία είναι ο αυτο-καστρακισμός, που επιβάλλεται από την κοινωνία και τις θρησκείες, καταστρέφοντας και εξευτελίζοντας τους ανθρώπους. Μια ολόκληρη ανθρώπινη ζωή σπαταλήθηκε στο όνομα των μύθων. Η καταπάτηση της ανθρώπινης αξιοπρέπειας και η υποταγή της ανθρωπότητας είναι μια παραποίηση της ανθρώπινης φύσης, καθώς είναι εντελώς αντίθετη με τον ανθρώπινο ψυχισμό και την ελευθερία. Δεν χρειαζόμαστε έναν Θεό, μια θρησκεία ή έναν βασιλιά που προστάζει τον ευνουχισμό, αφαιρώντας την ανδροπρέπεια και την ικανότητα αναπαραγωγής. Θάψτε αυτή τη δειλή πράξη, ώστε να μην την αναστήσετε στο μέλλον", είπε η Emma. Τα λόγια της αντηχούσαν χίλιες φορές στο μυαλό του Έιμπ. Αποφάσισε να αλλάξει, αλλά η αλλαγή ήταν επώδυνη.

Το να συλλογίζεται την Έμμα για μέρες μαζί έδωσε παρηγοριά στον Έιμπ. Ο σεβασμός του γι' αυτήν αυξήθηκε πολλαπλά και του άρεσαν οι ιδέες και οι αξίες της.

Ο Έιμπ ολοκλήρωσε τον πίνακα σε τρεις μήνες. Ο καμβάς ήταν ύφασμα, λινό υψηλής πυκνότητας, και το μέσο ήταν ελαιοχρώματα. Το είδος ήταν πορτρέτο- το μέγεθος ήταν ενενήντα δύο εκατοστά επί εβδομήντα τέσσερα εκατοστά. Ο Abe ονόμασε τον πίνακα The Naked Monk (Ο γυμνός μοναχός) και τον υπέγραψε Celibate (Άγαμος). Όταν ο Abe έκανε την τελευταία πινελιά με το πινέλο του, ο Aghori Sadhu σηκώθηκε και μπήκε στο ναό. Ο Άμπε δεν πρόλαβε να του εκφράσει την ευγνωμοσύνη του και αναρωτήθηκε πώς ο Σάντου μπορούσε να ξέρει ότι το έργο είχε ολοκληρωθεί. Ο Έιμπ συζήτησε το θέμα με την Έμμα και εκείνη του είπε ότι ο Μπάμπα παρακολουθούσε κάθε πινελιά μέσα από τα εσωτερικά του μάτια.

"Έιμπ, η εμπειρία σου ότι ο Μπάμπα καθόταν μπροστά σου ήταν μια ψευδαίσθηση", είπε η Έμμα.

"Εσύ είσαι μια ψευδαίσθηση;" ρώτησε ο Έιμπ.

"Ναι, αν παραμείνεις άγαμος. Όχι, αν σπάσεις την αγαμία σου".

"Θέλω να γκρεμίσω αυτή την απάτη".

"Γίνε άνθρωπος. Αυτή είναι η μόνη λύση. Αλλά βρίσκεσαι μέσα σε μια φυλακή της επιλογής σου- οι τοίχοι της είναι χοντροί, ισχυροί και ψηλοί. Μόνο εσύ μπορείς να την γκρεμίσεις- υπάρχει μια βαριοπούλα μέσα σου και χρησιμοποίησέ την με θάρρος".

"Θα το κάνω", υποσχέθηκε ο Έιμπ.

Η Έμμα τον ρώτησε γιατί συνέχισε να υπογράφει τους πίνακές του Celibate, και ο Έιμπ απάντησε ότι το έκανε από τότε που έφυγε από το Loyola Hall, και ότι η αλλαγή του ονόματος δεν είχε νόημα.

Η Έμμα του είπε ότι το πορτρέτο του με τίτλο Ο γυμνός μοναχός ήταν εξαιρετικό, μοναδικό και αναμφίβολα θα γινόταν διεθνώς γνωστό. Ο Έιμπ ευχαρίστησε την Έμμα για τα καλά της λόγια.

Για πολλές ημέρες, η Έμμα προσκαλούσε τον Έιμπ να δει τα αγάλματα μέσα στο ναό και στους εξωτερικούς τοίχους του- ήταν μια νέα αποκάλυψη γι' αυτόν. Εξέφρασε την επιθυμία του να μάθει το ύφος, το θέμα και τη δομή των γλυπτών σε πολλές θέσεις σκαλισμένες από γρανίτη στους τοίχους του ναού. Ο Abe ρώτησε για διάφορες πτυχές των αγαλμάτων. Διαπίστωσε ότι η Έμμα γνώριζε σε βάθος την ιστορία του ναού, τις μυθολογίες που συνδέονται με τον Σίβα και τη Σάκτι και τη συνάφεια των μορφών με κάθε ιστορία. Καθώς χιλιάδες προσκυνητές επισκέπτονταν τον ναό, υπήρχε πάντα μια εορταστική ατμόσφαιρα γύρω από τον λόφο Nilachal, στον οποίο βρίσκεται ο ναός.

Η Emma είπε στον Abe ότι ο Kamakhya ήταν ένας σπάνιος ναός και ένας από τους πιο διάσημους, αφιερωμένος σε μια θεά Shakti, τη σύζυγο του Shiva. Ο ναός συμβόλιζε την αγάπη της Σάκτι και του Σίβα, όπου ο Σίβα λαχταρούσε να ενωθεί με τη σύντροφό του Σάκτι. Η αγάπη τους ήταν βαθιά και κανείς δεν μπορούσε να τους χωρίσει. Ο Σίβα αγαπούσε τον εαυτό του τόσο πολύ που μπορούσε να αγαπήσει τη Σάκτι όπως τον εαυτό του.

"Είναι επιτακτική ανάγκη να αγαπάς τον εαυτό σου για να αγαπάς τους άλλους;", ρώτησε η Έιμπ την Έμμα ενώ παρακολουθούσε το άγαλμα του Σίβα και της Σάκτι.

"Σίγουρα, αν δεν αγαπάς τον εαυτό σου, δεν μπορείς να αγαπήσεις τους άλλους. Η πηγή της αγάπης σου είσαι εσύ- μπορείς να τη μοιραστείς με τους άλλους όταν ξεχειλίζεις από αυτήν. Δεν μπορείτε να τη μοιραστείτε αν δεν ξεχειλίζετε από αγάπη ή αν είστε άδειοι".

Ο Έιμπ κοίταξε την Έμμα. Παρατήρησε ότι η Έμμα έμοιαζε με τη Γκρέις- μιλούσε πειστικά και είχε την ικανότητα να τον πείθει όπως η Γκρέις. Αλλά η Γκρέις δεν μιλούσε ποτέ για το σεξ. Αντίθετα, η Έμμα δεν είχε αναστολές να μιλήσει για τον έρωτα, σαν να ήταν αναπόσπαστο κομμάτι της ζωής, αδιαχώριστο, και χωρίς αυτό η ζωή ήταν ατελής.

"Έμμα, είσαι πολύ ειλικρινής στις συζητήσεις σου μαζί μου", προσπάθησε να την εκτιμήσει ο Έιμπ.

"Επειδή σε αγαπώ. Αυτό είναι δυνατό επειδή αγαπώ τον εαυτό μου. Αν δεν αγαπώ τον εαυτό μου, δεν μπορώ να σε αγαπήσω. Είμαι η δική σου Μαρία Μαγδαληνή", εξήγησε η Έμμα.

"Δηλαδή, μου λες ότι είμαι ο Ιησούς σου και ότι πρέπει να αγαπήσω τον εαυτό μου πριν αρχίσω να αγαπώ την ανθρωπότητα", σχολίασε ο Έιμπ.

"Έχεις δίκιο, Έιμπ. Πρέπει να αγαπήσεις τον εαυτό σου- μόνο τότε μπορείς να αγαπήσεις τη Γκρέις και εμένα. Φοβάσαι να αγαπήσεις τον εαυτό σου- φοβάσαι ότι το να εκτιμάς τον εαυτό σου είναι ενάντια στην αγαμία σου. Πέτα τα ρούχα σου, γίνε ο γυμνός μου Ιησούς. Κάψε τον σταυρό σου".

"Πώς να κάψω αυτόν τον σταυρό και πώς μπορώ να αγαπήσω τον εαυτό μου;" διερωτήθηκε ο Έιμπ.

"Κανείς δεν μπορεί να σώσει τον κόσμο μέσω ενός σταυρού, ενός σημείου αποτυχίας και ήττας. Ο σταυρός συμβολίζει τη θυματοποίηση. Abe, ξεπεράστε τον Ιησού, τους μύθους γύρω του και τον επαίσχυντο σταυρό. Πρέπει να είσαι ο αναστημένος Ιησούς, γυμνός και ελεύθερος από κάθε βάρος. Αρχικά, ξεκίνα να σκέφτεσαι τον εαυτό σου, τις ανάγκες, την προσωπικότητα, τις επιθυμίες και το προσωπικό σου περιβάλλον. Θεωρήστε τον εαυτό σας ένα ξεχωριστό άτομο με συναισθήματα και αισθήματα που χρειάζεται φροντίδα και ενθάρρυνση. Αυτό είναι το πρώτο βήμα προς την κατεύθυνση της αγάπης προς τον εαυτό σας. Ο Κρίσνα αγάπησε τον εαυτό του χωρίς αναστολές ή όρια, ώστε να μπορεί να αγαπάει τόσο τις γυναίκες του όσο και τις χιλιάδες γκόπικες. Η αγάπη του για τη Ράντα ήταν σαν τη ροή του νερού του Γκάνγκα στα Ιμαλάια, καθώς ήταν καθαρή και ισχυρή, καθαρή και ευχάριστη. Η Γκίτα Γκοβιντάμ είναι ένα έπος της ρααολεέλας του Κρίσνα με τις γκόπικες στο Βρινταβάν και στην όχθη του Γιαμούνα. Αποτελεί το καλύτερο παράδειγμα αυτο-αγάπης και αγάπης προς τους άλλους. Άμπε, αγαπήστε τον εαυτό σας και επεκτείνετε την αγάπη σας στους άλλους όπως ο Κρίσνα. Πολλοί χριστιανοί μυστικιστές απέτυχαν οικτρά από αυτή την άποψη επειδή μισούσαν το σώμα τους και πίστευαν ότι η ύπαρξη του εαυτού ήταν ενάντια στο θέλημα του Θεού. Γι' αυτούς, το σώμα τους ήταν η κόλασή τους. Ακόμη και όταν έκαναν ντους, δεν κοίταζαν ποτέ τη γύμνια τους. Πρέπει να κοιτάζετε το σώμα σας, να απολαμβάνετε τα διάφορα μέρη του, να τα αγγίζετε, να τα αισθάνεστε και να βιώνετε τις απολαύσεις και τις χαρές της θέασης και του αγγίγματός τους. Τότε, σταδιακά, θα αρχίσετε να αγαπάτε τον εαυτό σας. Είσαι ένα θαύμα, Έιμπ, και το σώμα σου είναι η πιο όμορφη τέχνη για σένα. Το ζωγραφίζεις με διάφορα χρώματα, του δίνεις ζωή και το κάνεις ζωντανό και δραστήριο. Και όταν συνειδητοποιήσεις ότι έχεις αρκετή αγάπη για τον εαυτό σου, θα τη μοιραστείς με τους άλλους".

"Ως άγαμος, πώς μπορώ να βλέπω το γυμνό μου σώμα; Πώς μπορώ να αγγίξω τα γεννητικά μου όργανα;" Ο Abe εξέφρασε τους φόβους του.

"Έιμπ, κάθε μέρος του σώματός σου είναι εσύ. Παρατηρήστε τα λεπτομερώς. Απόλαυσε τη γύμνια σου. Απλά νιώσε το σχήμα και το μέγεθος των γεννητικών σου οργάνων. Τότε θα αναρωτηθείς πόσο θαυμάσιος άνθρωπος είσαι. Θα καταλάβεις ότι το σώμα σου είναι τόσο περίπλοκο, όμορφο και πολύτιμο, και ως σύνολο, σε διαμορφώνουν, αυτό είναι ο Έιμπ", εξήγησε η Έμμα.

Ο Έιμπ κοίταξε την Έμμα. "Επικεντρώνομαι σε αυτά που μου λες, Έμμα".

"Έιμπ, φέρσου στον εαυτό σου σαν τη Γκρέις και αγάπα τον εαυτό σου όπως αγαπάς τη Γκρέις. Αλλά πρέπει να πετάξεις μακριά τον ντυμένο Ιησού μέσα σου. Ο ντυμένος με τον σταυρό μπορεί να σου δώσει μόνο θλίψη, λύπη και ντροπή. Γίνε σαν τον Κρίσνα, τον κομψό, τον ενσαρκωμένο έρωτα".

"Έμμα, αυτή είναι σπουδαία γνώση- κανείς δεν μου το έχει πει ποτέ αυτό".

"Να απολαμβάνεις ορισμένα μικρά πράγματα στη ζωή και να αποδίδεις δικαιοσύνη στον εαυτό σου".

"Θα αρχίσω να το κάνω, Έμμα".

"Έιμπ, η καθολική σου εκπαίδευση σε έχει κακομάθει σε υπερβολικό βαθμό. Για τους καθολικούς, η ίδια η ύπαρξή σου είναι αμαρτωλή. Γεννιέσαι αμαρτωλός και το σώμα σου είναι κακό, που είναι μια γελοία φιλοσοφία. Είναι σκέτη ανοησία. Η γέννηση και η ζωή είναι το πιο όμορφο γεγονός".

"Έμμα, φοβάμαι να μιλήσω σε κανέναν για τις σεξουαλικές μου επιθυμίες και τις συγκρούσεις που βιώνω μέσα μου".

"Έιμπ, οι σεξουαλικές επιθυμίες είναι φυσικά ανθρώπινα συναισθήματα. Η πιο ζωτική δύναμη στους ανθρώπους και σε όλα τα άλλα έμβια όντα. Χωρίς αυτήν, δεν μπορείτε να υπάρξετε. Αλλά προσπαθείς να την καταπιέσεις και δεν την ενθαρρύνεις να αναπτυχθεί".

"Έχεις δίκιο. Το καθολικό μου υπόβαθρο με έχει απανθρωποποιήσει. Φοβάμαι την επιτυχία μου, επειδή ανησυχώ ότι η επιτυχία μου θα φέρει την οργή του Θεού, καθώς η επιτυχία είναι ενάντια στη θέλησή του. Οι καθολικοί θέλουν μια μίζερη ζωή όπου το σεξ είναι ανάθεμα, η φτώχεια είναι δώρο του Θεού και ο πόνος είναι το πεπρωμένο της ψυχής. Γι' αυτούς, η ζωή είναι μόνο στον ουρανό και ό,τι περνάμε στη γη είναι μια συνεχής δοκιμασία για την προετοιμασία της ζωής στον ουρανό με τον Θεό".

"Άμπε, απαρνήσου όλες αυτές τις μυθολογίες, τις αυτοκαταστροφικές διδασκαλίες, τις αξίες και τα δόγματα. Είσαι ένα ανθρώπινο ον που έχει αξιοπρέπεια με βάση τις επιθυμίες, τις προσδοκίες και τα συναισθήματά σου. Βάλε τους δικούς σου στόχους που βασίζονται στην ανθρώπινη ευημερία. Οι θρησκείες με επίκεντρο τον Θεό είναι πάντα καταπιεστικές και πατριαρχικές. Καταργήστε τις από τη ζωή σας. Την ημέρα που εξόρισα τον χριστιανισμό από τη ζωή μου, άρχισα να βιώνω το πραγματικό νόημα και τη χαρά της ελευθερίας".

Ο Έιμπ και η Έμμα περπατούσαν κοντά στο ιερό του ναού, όπου τιμάται ο κόλπος της θεάς Σάκτι. Εκατοντάδες πιστοί θεωρούσαν ότι μια γυναίκα, μια θεά, ήταν η απόλυτη δύναμη του Σύμπαντος.

"Στον Ινδουισμό, όλοι οι θεοί και οι θεές είναι άνθρωποι με ανθρώπινα συναισθήματα. Η δύναμη και οι ικανότητές τους είναι αυτές των ανθρώπων. Αλλά στον Χριστιανισμό, ο άνθρωπος είναι ένα ον που δημιουργεί την αμαρτία. Ο Θεός στον ουρανό υπάρχει για να κρίνει, να τιμωρεί, να τιμωρεί και να σε βάζει στην κόλαση. Για τους αγίους, το ανθρώπινο σώμα είναι κακό και για να ξεφύγεις από το σώμα, πρέπει να το βασανίσεις και να ζήσεις μια άθλια ζωή. Έτσι, η χριστιανική θεολογία απορρίπτει το σώμα, τις ανθρώπινες επιθυμίες και τα συναισθήματα. Αν κάποιος δεν εξαλείψει το σώμα, η είσοδος στον παράδεισο και η συνάντηση με τον Θεό είναι αδύνατη. Κάποιος ψυχικά ασταθής μπορεί να έχει αναπτύξει τη χριστιανική θεολογία και να πάσχει από παράνοια και ψυχοπάθεια. Αλλά Έιμπ, πρέπει να τα απορρίψεις".

"Πώς είναι δυνατόν;"

"Πρέπει να απορρίψετε τον χριστιανικό παράδεισο, ο οποίος απορρίπτει την ευτυχία και τις απολαύσεις στη γη. Οι αξίες του θεοκεντρικού ουρανού έχουν εισχωρήσει βαθιά στο μυαλό σας και πρέπει να απελευθερωθείτε από αυτές. Για να απολαύσετε τη ζωή, να βιώσετε την ομορφιά της ύπαρξής σας και την παρουσία των άλλων, να έχετε ενσυναίσθηση, να είστε ευγενικοί με όλες τις μορφές ζωής και να γίνετε ένα με το Σύμπαν. Φτιάξτε έναν γήινοκεντρικό παράδεισο όπου εκατομμύρια άνθρωποι ζουν με αγάπη και αρμονία- οι άνθρωποι εργάζονται για τον εαυτό τους και τους άλλους, δημιουργούν και αναπτύσσονται και απολαμβάνουν τη μουσική, τις τέχνες, τη λογοτεχνία και τις ταινίες".

"Θα προσπαθήσω να βιώσω την ύπαρξή μου, απορρίπτοντας τις πατριαρχικές αξίες, την καταπιεστική θρησκεία και τον αμαρτωλό Θεό που δημιουργεί".

"Σκόπιμα, σας οδήγησα στο άδυτο, ώστε να μπορέσετε να δείτε τον κόλπο της θεάς. Η παρακολούθησή του δεν είναι αμαρτία, αλλά γιορτή της ζωής. Το σεξ είναι πολύτιμο στο ναό της Καμάκια, το ίδιο και στο Κατζουράχο. Abe, το σεξ είναι η ουσία της ζωής", τόνισε η Emma τη λέξη ουσία.

"Ακόμα και πριν από την πρώτη μου Θεία Κοινωνία, είχα διδαχθεί ότι ο έρωτας ήταν η πιο ειδεχθής αμαρτία. Μια τέτοια στάση δημιούργησε μίσος για το σεξ. Ωστόσο, δεν ήξερα τι ήταν το σεξ σε εκείνη την ηλικία", είπε ο Έιμπ.

"Αυτό οφείλεται στη θεολογία του Αγίου Παύλου. Ήταν ο χειρότερος μισογύνης που θα μπορούσατε να συναντήσετε οπουδήποτε. Μισούσε τις γυναίκες, τις καταπίεζε και τους ζητούσε να είναι σκλάβες των συζύγων τους. Σύμφωνα με τον Παύλο, οι γυναίκες δεν έχουν σεξουαλικές επιλογές και σεξουαλική ελευθερία. Ακόμη και η γέννηση ενός παιδιού ήταν μια αμαρτωλή πράξη για τον Παύλο. Αυτός ήταν ο λόγος για τον οποίο η μητέρα του Ιησού θεωρούνταν παρθένα, ακόμη και αφού γέννησε τον Ιησού και τα αδέλφια του. Ο καθολικισμός κάνει τους ανθρώπους να λιμοκτονούν σεξουαλικά και πολλοί ιερείς, επίσκοποι, πάπες και μοναχοί έχουν γίνει σεξουαλικά ανώμαλοι και αρπακτικά".

"Ο Παύλος διαμόρφωσε έναν χριστιανισμό, ο οποίος είχε ελπίδα μόνο στην αμαρτία, και η εκκλησία του θα είχε καταρρεύσει αν δεν υπήρχε αμαρτία. Αυτός είναι ο λόγος για τον οποίο ο σταυρός, που συμβολίζει την αμαρτία και την ντροπή, είναι η μεγαλύτερη δύναμη της εκκλησίας", σημείωσε ο Abe.

"Ο Παύλος ήταν ομοφυλόφιλος. Είπε ότι υπήρχε ένα αγκάθι στη σάρκα του σχετικά με την ομοφυλοφιλική του συμπεριφορά. Αλλά δεν είναι κακό να είσαι γκέι, αν δεν γελοιοποιείς και δεν μισείς τις γυναίκες και τις σεξουαλικές τους συμπεριφορές. Αλλά ο Παύλος είχε υπερβολική εμμονή με το σεξ των γυναικών. Ως εκ τούτου, εκτόπισε σχεδόν όλες τις γυναίκες από την Καινή Διαθήκη και προσπάθησε με τη βία και με επιτυχία να φορέσει ζώνες αγνότητας στη Μαρία Μαγδαληνή και στη Μαρία, τη μητέρα του Ιησού, ανακηρύσσοντάς τες παρθένες", ήταν κατηγορηματική η Έμμα.

"Συμφωνώ μαζί σου".

"Έιμπ, έχεις δει εκατοντάδες Αγκόρι Σάντχους, τους γυμνούς μοναχούς. Μπορεί να έχεις δει κάπου και γυμνούς άντρες κάποια στιγμή. Αλλά έχεις δει ποτέ μια γυναίκα γυμνή;" Θέτοντας μια ερώτηση, η Έμμα κοίταξε τον Έιμπ.

"Όχι, Έμμα, δεν έχω δει ποτέ γυναίκα γυμνή. Δεν έχω δει ποτέ εικόνα γυμνής γυναίκας", εξομολογήθηκε ο Έιμπ.

"Είσαι απλός, πάρα πολύ αθώος, αν μπορώ να χρησιμοποιήσω αυτές τις λέξεις. Αλλά δεν είναι κακό να βλέπεις μια γυναίκα γυμνή, αν η γυναίκα αυτή σε προσκαλεί να το κάνεις. Έχεις τόνους αναστολών και ήρθε η ώρα να τις αποβάλεις όλες. Η ζωή είναι μια απλή, ανοιχτή, ευτυχισμένη, ευχάριστη, απολαυστική διαδικασία, χωρίς να βλάπτεις τους άλλους".

"Είμαι ήδη τριάντα πέντε ετών, αλλά ποτέ δεν βίωσα τις θεμελιώδεις αλήθειες της ζωής, οι οποίες είναι ζωογόνοι", είπε ο Abe.

"Έιμπ, έλα στο σπίτι μου. Θα σου δείξω πώς μοιάζει μια ενήλικη γυναίκα και πώς το σώμα της εμφανίζεται σε πλήρη δόξα και αξιοπρέπεια. Θα μοιάζει με τον αναστημένο Ιησού στη γύμνια της", είπε η Έμμα προσκαλώντας τον Έιμπ.

"Είναι πολύ αργά για μένα, Έμμα- εξάλλου, φοβάμαι να δω μια γυναίκα γυμνή", εξομολογήθηκε ο Έιμπ.

"Τίποτα δεν είναι πολύ αργά. Αλλά αν δεν βγεις από τις αναστολές σου, αν δεν σπάσεις το κουκούλι σου, αν δεν ξεπεράσεις τους φόβους σου, δεν θα πετύχεις ποτέ τον στόχο της ζωής σου".

"Θα έρθω στο σπίτι σου. Άσε με να σε δω όπως είσαι".

Αφού έφυγε από το μονόχωρο σπίτι της Γκρέις, ο Έιμπ δεν είχε πάει ποτέ σε διαμέρισμα γυναίκας. Ήξερε ότι η Έμμα ήταν ανύπαντρη και έμενε μόνη της.

Γέφυρα πάνω από το Hooghly

Το επόμενο πρωί, όταν ο Έιμπ έφτασε στην κατοικία της Έμμα, εκείνη τον περίμενε στην πόρτα. Η Έμμα είχε ένα χαμόγελο στο πρόσωπό της που έσβησε τους κρυμμένους φόβους και τις ανησυχίες του. Έμοιαζε με τη Γκρέις, που εξέπεμπε αυτοπεποίθηση και αξιοπρέπεια, και ο Έιμπ είχε μια υπερβολική επιθυμία να σταθεί κοντά της για να νιώσει την εγγύτητά της. Αλλά δεν ήθελε να την αγγίξει, καθώς δεν είχε αγγίξει ποτέ γυναίκα εκτός από τα μέλη της οικογένειάς του. Είχε σταθεί κοντά στην Γκρέις πολλές φορές και θυμόταν τη βαρκάδα τους στο Μαντόβι. Μπορεί να είχε αγγίξει τα μάγουλά του με το πηγούνι της όταν η βάρκα χόρευε στα κύματα, αλλά δεν ήταν σίγουρος. Ήταν μια συναρπαστική εμπειρία, σαν να βρέχεται από την πρώτη βροχή μετά το καλοκαίρι. Η Γκρέις ήταν πάντα ήρεμη, υπέροχη και απρόσιτη στην εμφάνιση, στο πρόσωπο και στις προθέσεις της. Η Έμμα εξελισσόταν σαν τη Γκρέις- ήταν η Γκρέις.

"Καλώς ήρθες, Έιμπ", είπε η Έμμα.

"Ευχαριστώ, Έμμα", ανταπέδωσε τον χαιρετισμό της.

Το διαμέρισμα της Έμμα ήταν τακτοποιημένο και ευχάριστο, με πολύ φως και καθαρό αέρα. Είχε μερικά ράφια με βιβλία στα Σανσκριτικά, το Πάλι και τα Αγγλικά στο γραφείο της, μαζί με έναν υπολογιστή και μια τηλεόραση. Όλα ήταν σε τάξη και το πάτωμα ήταν αστραφτερό. Από το μπαλκόνι, η Έμμα έδειξε στον Έιμπ τον ποταμό Μπραχμαπούτρα.

"Τι όμορφο θέαμα είναι αυτό. Ο Βραχμαπούτρα είναι μεγαλοπρεπής και μαγικός", είπε ο Έιμπ.

"Είναι ένας μεγάλος ποταμός και θεωρείται θεά. Είναι πάντα γοητευτική", είπε η Έμμα.

"Αυτές οι βάρκες φαίνονται μαγευτικές", είπε ο Έιμπ.

"Εκατοντάδες τουρίστες κάνουν βόλτα με βάρκα στον Μπραχμαπούτρα. Είναι μια αιθέρια εμπειρία και δεν θα την ξεχάσετε ποτέ", απάντησε η Έμμα.

Ο Έιμπ κοίταξε την Έμμα και χαμογέλασε. Ήταν πανέμορφη και είχε ελαφρώς πρασινωπά μάτια και χρυσά μαλλιά. Το λεπτό, ψηλό σώμα της έμοιαζε με χάλκινο άγαλμα που είχε δει ο Έιμπ σε έναν ναό του Ταντζόρε στο Ταμίλ Ναντού.

"Πόσο καιρό είσαι στην Ινδία", ρώτησε ο Έιμπ.

"Περίπου επτά χρόνια. Μετά το μεταπτυχιακό μου στα σανσκριτικά από το Πανεπιστήμιο της Χαϊδελβέργης, αρχικά συνέλεξα στοιχεία για τις διδακτορικές μου μελέτες πάνω στην Γκίτα Γκοβιντάμ. Η Γκίτα Γκοβιντάμ ήταν τόσο εμπλουτιστική, πανέμορφη, συναρπαστική και αισθητικά περιεκτική. Πέρασα τέσσερα χρόνια στην Ινδία, επισκεπτόμενος διάφορα κέντρα παλίμψηστα σανσκριτικών, βιβλιοθήκες, πανεπιστήμια και ναούς. Ήταν όμορφα χρόνια με πλούσιες συναντήσεις με άνδρες, γυναίκες, μελετητές, συγγραφείς, ποιητές και ηθοποιούς. Η Ινδία είναι τόσο πλούσια σε πολιτισμό, γλώσσες και παραδόσεις. Οι άνθρωποι είναι το μεγαλύτερο κεφάλαιο της Ινδίας- πολλοί είναι ζωντανές βιβλιοθήκες. Πουθενά στον κόσμο δεν μπορεί κανείς να συναντήσει τέτοια συναρπαστική, εμπνευσμένη και ζωντανή ποικιλομορφία, ανοιχτότητα, πεποιθήσεις, ενθουσιασμό, συμπόνια και σεβασμό".

"Πώς βρίσκετε την Γκίτα Γκοβιντάμ;"

"Η Γκίτα Γκοβιντάμ είναι το υπέρτατο τραγούδι της αγάπης. Είναι πολύ πιο εμπλουτιστικό από το Άσμα του Σολομώντα. Η ομορφιά και η αισθητική του πληρότητα, οι ολιστικές εκφράσεις των ανθρώπινων συναισθημάτων και οι συμβολικές αλληλεπιδράσεις του Κρίσνα με τις γκόπικες είναι απαράμιλλες. Απόλαυσα την αίσθηση των έντονων συναισθημάτων του, την ανεμπόδιστη ερωτική πράξη και την αίσθηση της ανθρωπιάς. Θα γίνετε ένας εμπλουτισμένος άνθρωπος όταν το διαβάσετε".

"Έτσι, ο Κρίσνα και η Ράντα είναι οι κεντρικοί χαρακτήρες της Γκίτα Γκοβιντάμ", έκανε μια δήλωση ο Έιμπ.

"Πράγματι. Στον έρωτα, ο Κρίσνα γίνεται Ράντα και η Ράντα γίνεται Κρίσνα. Με την επιστημολογική έννοια, είναι σαν το είναι να είναι η γνώση, και η γνώση να είναι η ύπαρξη. Στην αγάπη, εσύ γίνεσαι εγώ, και εγώ γίνομαι εσύ. Είναι ένα, οι διαφορετικές προσωπικότητες του Κρίσνα". εξήγησε η Έμμα.

Ο Έιμπ κοίταξε την Έμμα και χαμογέλασε. Και η Γκρέις μιλούσε με τα ίδια συναισθήματα, τις ίδιες εκφράσεις, τα ίδια μοτίβα σκέψης και την ίδια διαφάνεια.

"Στην Γκίτα Γκοβιντάμ, ο αγελαδάρης Κρίσνα κλέβει τα ρούχα των γκόπικων, των γαλακτοφόρων, και οι γκόπικες έτρεξαν πίσω του με εγκατάλειψη. Το να κρύβουν τα ρούχα των γκόπικων ήταν η πιο αυθεντική μορφή της ανθρώπινης αλληλεπίδρασης, της ελευθερίας και της αγάπης. Ο

Κρίσνα τις αγαπούσε και οι γκόπικες λάτρευαν τον Κρίσνα. Στη Ριγκβέντα, μπορεί κανείς να διαβάσει τις γυναίκες ως ομάδα να πλένουν τα ρούχα τους και να κολυμπούν στο ποτάμι, εκφράζοντας αγνή χαρά και συντροφικότητα. Η Γκίτα Γκοβιντάμ αφηγείται τον Κρίσνα και τις γκόπικες να παίζουν μαζί στον Γιαμούνα και στο Βρινταβάν, αναπαράγοντας την ευτυχία που εκφράζουν οι γυναίκες στη Ριγκβέντα. Με την υπέρτατη έννοια, η ρaaσλίλα ήταν η απαράμιλλη έκφραση της ανθρώπινης ελευθερίας, της ισότητας, της συντροφικότητας και της αγάπης".

"Γιατί οι γκόπικες ήταν γυμνές;" διερωτήθηκε ο Έιμπ.

"Ο ποταμός Γιαμούνα και το Βρινταβάν είναι οι κυψέλες της ζωής. Ο Κρίσνα είναι ο καλύτερος φίλος που μπορεί να έχει κανείς και οι γκόπικες η φύση- η γύμνια τους η απλότητα της φύσης. Ο Κρίσνα είναι ο Πουρούσα και οι γκόπικες η Πρακρίτι. Όταν ο Πουρούσα συναντά την Πρακρίτι, υπάρχει ζωή. Οι γκόπικες δεν είχαν αναστολές και βίωναν την απόλυτη ελευθερία και ισοτιμία με τον Κρίσνα- μπορούσαν να είναι γυμνοί μπροστά του και δεν είχαν τίποτα να κρύψουν. Ο Κρίσνα αισθανόταν ένα με τις γαλαζοπαρθένες και τα ερωτικά τους παιχνίδια ήταν μια έκφραση γνησιότητας και εμπιστοσύνης".

"Γιατί κάποιοι άνθρωποι νιώθουν φόβο για τη γύμνια τους", ήθελε να μάθει ο Έιμπ.

"Είναι επειδή έχουν αυτοπεποίθηση για την έλλειψη του αυτοσεβασμού τους. Είναι ο φόβος ότι μπορεί να γίνουν αντικείμενα μπροστά στους άλλους. Νομίζουν ότι τα ρούχα μπορούν να κρύψουν τη συστολή και τη ντροπαλότητά τους, που μπορεί να τους γλιτώσει από την αμηχανία και τη δυσφορία. Τα ρούχα καλύπτουν τους αδύναμους, τους ευκίνητους και τους θεοσεβούμενους. Οι Αγκόρι Σάντχους δεν φοβούνται τον Θεό, αλλά ο Θεός φοβάται τους γυμνούς Σάντχους. Στην Εδέμ, ο Αδάμ και η Εύα ήταν γυμνοί, χωρίς να φοβούνται τον Θεό. Την ημέρα που οι άνθρωποι θα απορρίψουν τα ρούχα, όλες οι θρησκείες θα καταρρεύσουν και όλοι θα απελευθερωθούν." άτομο,"

"Δεν αγαπάτε τη γύμνια;" Ο Έιμπ ήταν περίεργος.

"Η γύμνια είναι η αρχική κατάσταση των ανθρώπων, μια έκφραση του αυτοπροσδιορισμού. Απελευθερώνει τους ανθρώπους από την καταπίεση και την υποταγή των κανόνων και των νόμων της κοινωνίας. Τίποτα δεν μπορεί να εμποδίσει έναν άνθρωπο από το να είναι γυμνός. Παίρνω όλες τις αποφάσεις μου με βάση την ανεξαρτησία, η οποία είναι δικαίωμά μου", ήταν κατηγορηματική η Emma.

"Είναι αυτός ο λόγος που βρίσκεστε στην Ινδία;

"Ήρθα στην Ινδία για να κάνω έρευνα".

"Γιατί βρίσκεστε στην Ινδία για δεύτερη φορά;" ρώτησε ο Έιμπ.

"Αφού ολοκλήρωσα το διδακτορικό μου, εργάστηκα στο πανεπιστήμιο για τρία χρόνια. Στη συνέχεια έκανα αίτηση για ένα ερευνητικό πρόγραμμα σχετικά με τους γυμνούς μοναχούς της Ινδίας. Και τα τελευταία τρία χρόνια βρίσκομαι εδώ και έχω την τύχη να συναντήσω τον Μπάμπα, ο οποίος με βοήθησε. Και είμαι τόσο χαρούμενη που σας γνωρίζω", είπε η Έμμα κοιτάζοντας τον Έιμπ.

"Θα ολοκληρώσετε σύντομα τη μελέτη;" ρώτησε ο Έιμπ.

"Θα υποβάλω τη μελέτη μέσα σε έξι μήνες. Στη συνέχεια, θα συνεχίσω τη δουλειά μου στο πανεπιστήμιο", είπε η Έμμα.

Ο Έιμπ δεν ρώτησε ποτέ την Γκρέις τίποτα γι' αυτήν, ούτε μια προσωπική ερώτηση, και εκείνη, επίσης, δεν εξέφρασε ποτέ ενδιαφέρον να μάθει κάτι γι' αυτόν. Αλλά η Έμμα ήταν διαφορετική, δεν είχε αναστολές στο να αποκαλύψει τον εαυτό της, και ένιωθε κι εκείνος ελεύθερος να ρωτήσει για την Έμμα.

Αλλά αγαπούσε τη Γκρέις πέρα από όσα θα μπορούσαν να εκφράσουν οι λέξεις. Αλλά την Έμμα, την εμπιστευόταν και τη σεβόταν.

"Έιμπ, σε ρώτησα τις προάλλες αν είχες δει ποτέ μια γυναίκα γυμνή- μου απάντησες αρνητικά. Παραμένεις άγαμος και βιώνεις φόβο όταν παρατηρείς μια γυναίκα γυμνή. Ο φόβος σου οφείλεται στα κολλήματά σου, στον δισταγμό σου να αποδεχτείς την πραγματικότητα". σχολίασε η Έμμα.

"Έχεις δίκιο", απάντησε ο Έιμπ.

"Αν είσαι πρόθυμη, δεν έχεις φόβο και δεν αισθάνεσαι άβολα, μπορώ να σου αποκαλυφθώ", είπε η Έμμα.

Ο Έιμπ κοίταξε την Έμμα. Έδειχνε σοβαρή και σοβαρή.

"Δεν έχω κανένα φόβο, καμία συστολή, κανένα δισταγμό να σε δω γυμνή", απάντησε ο Έιμπ.

Τότε η Έμμα έβγαλε όλα τα ρούχα της. Ο Έιμπ την κοίταξε χωρίς καμία συστολή. Η Έμμα έμεινε ακίνητη για μια στιγμή και άρχισε να περπατάει χωρίς να μιλάει. Πλησίασε τον Έιμπ και εκείνος ένιωσε την αναπνοή της.

"Έιμπ, αυτή είμαι εγώ, η Έμμα, μια γυναίκα. Είμαι γυμνή- θέλω να σου δείξω ότι αυτό είναι το γυμνό σώμα μιας γυναίκας, το οποίο δεν διαφέρει πάρα πολύ από το γυμνό σώμα ενός άντρα".

"Ναι, Έμμα, το βλέπω. Αλλά πέρα από τη γύμνια σου, βλέπω έναν άνθρωπο γεμάτο συναισθήματα, αισθήματα, αγάπη και ευαισθησία. Αυτή είσαι εσύ".

"Έχεις δίκιο, Έιμπ. Δεν είμαι μόνο αυτή η γύμνια- είναι μόνο η εξωτερική μου έκφραση. Ένα πρόσωπο γυμνό είναι ένας άνθρωπος με αξιοπρέπεια, δικαιώματα, ελευθερία και ισότητα που μπορεί να σκέφτεται, να παίρνει αποφάσεις και να ενεργεί σύμφωνα με τη θέλησή του. Η κοινωνία δεν μπορεί να με τυλίξει με ρούχα, με νόμους που έχουν φτιαχτεί από ανθρώπους και καταπιεστικές ρουμπρίκες, με πατριαρχικά χιτζάμπ που εξαναγκάζουν και υποτάσσουν τις γυναίκες, τις ρίχνουν στο επίπεδο ενός ζώου σε κλουβί. Όταν μια γυναίκα μπορεί να απολαύσει τη γύμνια της, είναι ελεύθερη- το αν οι άλλοι το αποδέχονται, το εκτιμούν ή το καταδικάζουν δεν με αφορά. Η γυναίκα είναι αναπόσπαστο κομμάτι της κοινωνίας- δεν είναι αντικείμενο του σεξ, αλλά ένα σκεπτόμενο άτομο με αυτοεκτίμηση που αποφασίζει τι πρέπει να κάνει. Υπάρχει ανεξαρτησία μέσα μου- σας κάλεσα να δείξω το σώμα μου στη γύμνια του, καθώς ξεπερνάτε τις αναστολές και τη δειλία σας. Αυτά είναι τα στήθη μου. Είναι πολύ μεγαλύτερα από τα στήθη ενός φυσιολογικού άνδρα".

"Τα βλέπω", είπε ο Έιμπ.

"Κοίτα τα μαλλιά μου, το κεφάλι, τη μύτη, τα μάγουλα, το σαγόνι, τα χέρια και τα πόδια μου. Όλα αυτά είναι σχεδόν ίδια με εκείνα ενός άντρα. Ένας άντρας σαν εσένα μπορεί να έχει πιο δυνατούς μύες και μεγαλύτερο σώμα".

"Ναι, οι μύες μου είναι πιο δυνατοί- τα πόδια και τα χέρια μου είναι πιο ισχυρά- το σώμα μου είναι μεγαλύτερο από το δικό σου".

"Έιμπ, έχω κόλπο. Μπορεί να έχεις δει τον κόλπο της θεάς στο ιερό του ναού".

"Ναι, Έμμα, μπορώ να το παρατηρήσω".

"Έιμπ, αν δεν αισθάνεσαι δυσφορία και απροθυμία, μπορείς τώρα να βγάλεις τα ρούχα σου", ζήτησε η Έμμα.

Χωρίς κανένα δισταγμό, ο Έιμπ έβγαλε τα ρούχα του. Τώρα ήταν γυμνός όπως η Έμμα.

"Εδώ είμαι", είπε.

"Συγχαρητήρια, Έιμπ- θαυμάζω το θάρρος σου. Έχεις ξεπεράσει τη ντροπαλότητά σου. Μπορείς να μάθεις γρήγορα", παρατήρησε η Έμμα.

"Σ' ευχαριστώ, Έμμα".

"Τώρα, σε παρακαλώ, κάνε μια βόλτα. Άσε με να δω το σώμα σου από πάνω ως κάτω, μπροστά και πίσω".

Ο Έιμπ άρχισε να περπατάει από τη μια άκρη της αίθουσας στην άλλη. Ένιωθε άνετα, χωρίς να ντρέπεται, και είχε ξεπεράσει κάθε ντροπαλότητα. Η Έμμα κινήθηκε προς το μέρος του και στάθηκε πίσω του, και αφού τον παρατήρησε για λίγα λεπτά, είπε "Έιμπ, έχεις ένα καλογυμνασμένο σώμα. Φαίνεσαι μεγαλοπρεπής και από πίσω. Έχεις μεγάλους γλουτούς, καλοσχηματισμένα χέρια και δυνατά πόδια. Έχεις ένα τέλειο σώμα".

"Σ' ευχαριστώ, Έμμα. Η εκτίμησή σου είναι πολύτιμη για μένα".

"Τώρα, σε παρακαλώ, κοίταξέ με", παρακάλεσε η Έμμα.

Ο Έιμπ γύρισε και κοίταξε την Έμμα.

"Έμμα", την αποκάλεσε ο Έιμπ.

"Έιμπ, είσαι πολύ όμορφος. Τώρα, κοίτα τα γεννητικά σου όργανα. Βλέπεις, μοιάζουν διαφορετικά από εκείνα μιας γυναίκας. Έχεις ένα πέος και δύο όρχεις, πράγμα που σε κάνει αρσενικό. Αλλά η στάση, οι αξίες, η συμπεριφορά, οι αντιδράσεις και τα λόγια σου σε κάνουν άντρα".

"Καταλαβαίνω", αντέδρασε ο Έιμπ.

"Έιμπ, είσαι ο γυμνός μου Ιησούς. Σκέψου τη Μαρία Μαγδαληνή και τον Ιησού πριν κάνουν τον πρώτο τους έρωτα. Και οι δύο ήταν γυμνοί στην ιδιωτική τους ζωή, αγκαλιάζοντας ο ένας τον άλλον. Αγαπούσαν και σέβονταν ο ένας τον άλλον και την ένωσή τους, εκπληρώνοντας τη λαχτάρα τους, τη συντροφικότητα και τη συντροφικότητα. Τώρα δεν σας υποχρεώνω να με αγκαλιάσετε- κάντε μου έρωτα. Είμαι η Μαρία Μαγδαληνή σου- αν με αγκαλιάσεις, αν κάνεις έρωτα μαζί μου, θα χαρώ πολύ. Αλλά ακόμα κι αν δεν το κάνεις, ούτε εγώ θα νιώσω άσχημα", είπε η Έμμα χαμογελώντας.

"Έμμα, άσε με να αγκαλιάσω πρώτα τη Χάρη μου", είπε ο Έιμπ.

Η Έμμα χαμογέλασε ξανά.

"Έιμπ, σε θαυμάζω. Είσαι ένα σπάνιο κόσμημα, ένα στο εκατομμύριο. Έχεις τεράστια δύναμη θέλησης και μπορείς να ελέγξεις τον εαυτό σου".

"Το κάνω", διαβεβαίωσε ο Έιμπ.

"Τώρα, σε παρακαλώ, φόρεσε τα ρούχα σου", βάζοντας τα δικά της, είπε η Έμμα.

"Σ' ευχαριστώ, Έμμα. Αυτό είναι ένα σπουδαίο μάθημα, μια πολύτιμη εμπειρία", απάντησε ο Έιμπ.

"Έιμπ, κι εγώ το εκτιμώ πολύ. Τώρα έχεις γίνει ο καλύτερός μου φίλος. Στέκεσαι πάντα ψηλά στο μυαλό μου και σε θαυμάζω πέρα από κάθε σύγκριση".

"Έμμα, είσαι μια αξιοθαύμαστη γυναίκα με δυνατή, τρυφερή και στοργική καρδιά. Σε εκτιμώ".

Εκείνη την ημέρα έφαγαν μαζί δείπνο, που μαγείρεψαν η Έμμα και ο Έιμπ. Έφαγαν Khaar, ένα παρασκεύασμα κρέατος από την Ασάμη, κάρυ από κρέας πάπιας, τηγανητά ψάρια και ρύζι. Μετά το δείπνο, ο Abe και η Emma μοιράστηκαν τις παιδικές τους ιστορίες μέχρι τις πρώτες πρωινές ώρες της νύχτας. Όταν αποκοιμήθηκε νωρίς το πρωί, η Έμμα τον σκέπασε με μια μαλακή κουβέρτα σαν νεαρή μητέρα που φροντίζει τον έφηβο γιο της.

Ο Abe εξέφρασε την επιθυμία του να ζωγραφίσει τον Brahmaputra που εμφανίστηκε από το μπαλκόνι της Emma και εκείνη τον ενθάρρυνε. Εκείνος ξεκίνησε τη δουλειά την επόμενη μέρα, και η Έμμα ασχολήθηκε με τη συγγραφική της εργασία για τους γυμνούς μοναχούς της Ινδίας. Μια στο τόσο, στεκόταν μπροστά στο καβαλέτο του και παρακολουθούσε τις πιο λεπτομερείς πινελιές του, απεικονίζοντας με περιέργεια και θαυμασμό τα γαλάζια νερά και τις σμαραγδένιες όχθες του μεγαλοπρεπούς ποταμού. Της άρεσε να βλέπει τον Έιμπ να συγκεντρώνεται στη ζωγραφική του και μπορούσε να φανταστεί το μεγαλείο του έργου όταν το ολοκλήρωνε.

Ο Abe χρειάστηκε σχεδόν τρεις μήνες για να αγγίξει τις τελευταίες πινελιές και το ονόμασε, Η Θεά του Assam και υπέγραψε Celibate. Το ποτάμι έδειχνε γαλήνιο- υπήρχαν μερικές βάρκες και μεγάλα φέριμποτ με τις όχθες του ποταμού να είναι γεμάτες πράσινο. Η εικόνα ενσάρκωνε την προσμονή στην ολότητα, όχι μόνο της φύσης αλλά και των ζώων και των ανθρώπων- η συνύπαρξη ήταν δυναμική. Στη γωνία της εικόνας, δύο γυναικείες φιγούρες κοιτούσαν προς το ποτάμι από το μπαλκόνι- η μία είχε μαύρα μαλλιά που άγγιζαν τους λοβούς των αυτιών της και η άλλη είχε χρυσά μαλλιά. Στεκόντουσαν κοντά και κρατούσαν τα χέρια τους, μόνο η πλάτη τους ήταν στην εικόνα. Η Έμμα χαμογέλασε, κοιτάζοντας τις γυναικείες φιγούρες στη σιλουέτα του μπλε ποταμού, λέγοντας στον Έιμπ ότι της άρεσε πάρα πολύ ο πίνακας. Ο πίνακας ήταν σε λινό ύφασμα και το μέγεθός του ήταν τριακόσια σαράντα εννέα εκατοστά επί διακόσια έντεκα εκατοστά.

Το να περπατούν μαζί στις γωνιές και τις γωνιές της πόλης Γκουαχάτι τις βραδινές ώρες έγινε τακτική τους συνήθεια, καθώς απολάμβαναν την παρέα του καθενός και περνούσαν πολύ χρόνο σε παραλιακά εστιατόρια, πίνοντας το χρυσό τσάι του Άσαμ. Το πολύχρωμο ντύσιμο των όμορφων κοριτσιών και γυναικών του Assam τους γοήτευσε και ο Abe άρχισε να τις απεικονίζει σε πολλούς πίνακές του μέσα στα εξωτικά τοπία της πόλης.

Το βράδυ έκαναν μερικές βόλτες με βάρκα στον Μπραχμαπούτρα και η Έμμα ήταν παιχνιδιάρα και μερικές φορές έβαζε τη δεξιά της παλάμη στο ποτάμι, το οποίο όργωνε το νερό σαν φίδι που κολυμπούσε μαζί με τη βάρκα. Ενώ έπαιζε, η Έμμα έμοιαζε χαριτωμένη σαν τη Γκρέις στο Μαντόβι, και δεν ήταν εύκολο να ξεχωρίσεις ποιος ήταν ποιος. Ο Έιμπ αγαπούσε την παρέα της και σκεφτόταν να μείνει μαζί της και να ταξιδέψει, ενώ αναζητούσε τη Γκρέις. Συχνά, ένιωθε ότι είχε ήδη γνωρίσει τη Γκρέις και η αναζήτηση της Γκρέις ήταν περιττή. Το ίδιο πρόσωπο εμφανιζόταν διαφορετικά, αν και η διαφορά δεν ήταν επιτακτική. Η Έμμα ήταν η Γκρέις, με την ίδια εμφάνιση, τα ίδια συναισθήματα και τις ίδιες αντιδράσεις. Όλα ήταν αρχικά τα ίδια- στο τέλος, η διαφορά ήταν μόνο εφαπτόμενη. Ο Έιμπ δεν μπορούσε να ξεχωρίσει το ποτάμι από τα κύματά του και τα κύματα από τη βάρκα, ακόμη και την Έμμα από τη Γκρέις και εκείνον από την Έμμα.

Οι γεμάτες πράσινο πεδιάδες και στις δύο πλευρές του Μπραχμαπούτρα συγχωνεύτηκαν με τον ορίζοντα και έγιναν ένα. Ο Brahmaputra συγχωνεύτηκε με τις λιβαδικές εκτάσεις του Assam, οι οποίες συγχωνεύτηκαν με τον ορίζοντα. Ο Άμπε θυμήθηκε τα μαγευτικά ταξίδια του με τη Γκρέις μέσω του ποταμού Μαντόβι και δεν κατάφερε να ξεχωρίσει το πλοίο από το ποτάμι και τη Γκρέις από το πλοίο ή τον ίδιο από τη Γκρέις. Το Σύμπαν ήταν ένα- ό,τι εμφανιζόταν ήταν το Σύμπαν σε ποικιλία, και η ποικιλία συγχωνεύτηκε σε μια μοναδικότητα.

Μετά από λίγες μέρες, ο Έιμπ ξεκίνησε ένα νέο έργο, και η Έμμα ήταν το θέμα του, καθώς βρισκόταν σε μια βάρκα, μόνη της στο ποτάμι, το οποίο θα μπορούσε να είναι είτε το Μαντόβι είτε ο Μπραχμαπούτρα, καθώς δεν φαίνονταν οι όχθες του ποταμού. Η εικόνα ήταν σουρεαλιστική- η σκιά της έμοιαζε με τη Γκρέις από μια συγκεκριμένη γωνία, αλλά με τη Μαρία Μαγδαληνή από μια άλλη. Ο Έιμπ την ονόμασε Κορίτσι σε βάρκα και την τραγούδησε άγαμη.

Εκείνο το βράδυ, ο Έιμπ την παρουσίασε στην Έμμα. "Έμμα, αυτό είναι ένα δώρο από μένα", είπε.

Η Έμμα ένιωσε να πνίγεται από τα συναισθήματα. "Σ' ευχαριστώ, Έιμπ, η Χάρη σου έχει γίνει εγώ, και εσύ είσαι ο γυμνός μου Ιησούς, ο αναστημένος", είπε.

Και ξαφνικά, η Έμμα φίλησε τα μάγουλά του. Ο Έιμπ εξεπλάγη, δημιουργώντας του ένα μοναδικό, συναρπαστικό συναίσθημα. Ήταν πολύ ευχάριστο και ελκυστικό, καθώς ήταν η πρώτη φορά που τον φιλούσε μια γυναίκα. Ο Έιμπ δεν ήξερε ποτέ ότι ένα φιλί στο μάγουλο μπορούσε να είναι διεγερτικό, ευχάριστο, θεαματικό και χαρούμενο.

"Ω! Έμμα", φώναξε το όνομά της με ενθουσιασμό.

"Έιμπ, αγαπητέ Έιμπ", επανέλαβε.

"Είναι ένα καινούργιο συναίσθημα. Τόσο απαλό και πανέμορφο. Ποτέ δεν ήξερα ότι ένα φιλί μπορεί να προκαλέσει έκρηξη μέσα μου", είπε ο Έιμπ.

"Είναι ο πιο εκλεπτυσμένος τρόπος για να εκφράσει κανείς την αγάπη του. Σκεφτείτε τη Μαρία Μαγδαληνή, το πιο καλλιεργημένο άτομο στην Παλαιστίνη, μορφωμένο και εκλεπτυσμένο- εκείνη τη νύχτα φίλησε τον εραστή της. Ο Ιησούς ήταν σε πλήρη δόξα μετά την ανάστασή του. Ο Ιησούς και η Μαρία Μαγδαληνή ήταν μόνοι τους. Οι άνδρες μαθητές του Ιησού κρύφτηκαν στην έρημο, φοβούμενοι να εμφανιστούν σε ανοιχτό χώρο- κανείς δεν τόλμησε να διακηρύξει ότι ο Ιησούς ήταν ο δάσκαλός του. Η Μαρία Μαγδαληνή τον περίμενε στο σκοτάδι, μόνη της- δεν φοβόταν και ήταν η προσωποποίηση του θάρρους. Είχε την ελπίδα να συναντήσει τον εραστή της. Άμπε, είσαι ο Ιησούς μου, ο γυμνός, που αναστήθηκε από τη δειλία, τη συστολή, τις αναστολές, το φόβο και τη μοναξιά σου. Είσαι πάντα υπέροχος, ένδοξος και δελεαστικός", αντέδρασε η Έμμα.

"Έμμα, Μαρία μου Μαγδαληνή", τα λόγια του Έιμπ ήταν απαλά και γεμάτα αγάπη.

"Αλλά οι άνδρες μαθητές του Ιησού εκτόπισαν τη Μαρία Μαγδαληνή και στρίμωξαν τη δύναμη και τη θέση της στην Εκκλησία, και έγινε μια απορριφθείσα γυναίκα. Αυτοί οι άνδρες τη ζωγράφισαν ως αμαρτωλή".

Ο Έιμπ κοίταξε την Έμμα. Εκείνη χαμογελούσε με την ίδια όμορφη ακτίνα Χάριτος.

Αν η Γκρέις τον είχε φιλήσει ποτέ στα μάγουλά του, μπορεί να το είχε κάνει ενώ κοιμόταν, ή μπορεί να τον είχε φιλήσει ήπια όταν ήταν στο πλοίο, πηγαίνοντας στο καταφύγιο πουλιών, ενώ το πλοίο επέπλεε στα κύματα- μπορεί να μην το είχε προσέξει. Αλλά το φιλί είναι ανθρώπινο. Είδε τη θεά του Ασάμ κοντά του, με τον τυλιγμένο πίνακα στο χέρι της- τα πρασινωπά μάτια της έλαμπαν και τα χρυσά μαλλιά της κινούνταν ελαφρά πάνω-κάτω στο δροσερό αεράκι από τον Μπραχμαπούτρα.

"Ας πάμε μια βόλτα στην όχθη του ποταμού", είπε ο Έιμπ στην Έμμα.

"Είμαι πάντα έτοιμη να περπατήσω μαζί σου μέχρι την αιωνιότητα", απάντησε η Έμμα.

Υπήρχαν εκατοντάδες τουρίστες- η Έμμα και ο Έιμπ έκαναν βόλτα, απολαμβάνοντας τη βραδιά. Το σούρουπο είχε μια μοναδική γοητεία, η οποία ίσως οφειλόταν στην παρέα της Έμμα.

Δείπνησαν με λιχουδιές από το Ασάμ.

"Έιμπ, έχω σχεδόν ολοκληρώσει την ερευνητική μου εργασία και θα φύγω για τις Κάτω Χώρες μέσα σε μια εβδομάδα", είπε η Έμμα ενώ βρίσκονταν στο εστιατόριο.

Ο Έιμπ δεν περίμενε ποτέ ότι η Έμμα θα τον άφηνε τόσο γρήγορα. Ξαφνικά, θυμήθηκε ότι του είχε πει ότι θα επέστρεφε στη χώρα της μέσα σε έξι μήνες. Αλλά ένιωσε άβολα και βίωσε ένα κενό στην καρδιά του.

"Οπότε, ολοκληρώσατε την ερευνητική σας εργασία", δήλωσε ο Άμπε.

"Ναι, τώρα θα συνεχίσω την πανεπιστημιακή μου εργασία".

Ο Έιμπ σιώπησε για αρκετή ώρα. Μετά από πολλά χρόνια, ένιωθε και πάλι μοναξιά. Η Γκρέις τον είχε εγκαταλείψει πριν από έντεκα χρόνια. Η Έμμα θα έφευγε σύντομα. Η ζωή ήταν το σύνολο της μοναξιάς, σχημάτιζε στενούς κύκλους και δεν υπήρχε έξοδος από αυτούς. Τελικά, ο καθένας δημιούργησε την απομόνωσή του σαν τους τοίχους της φυλακής χωρίς πόρτα. Κανείς δεν μπορούσε να ζήσει τη ζωή ενός άλλου ανθρώπου, καθώς εσύ μόνος σου αναλάμβανες το ταξίδι σου.

Το επόμενο βράδυ, η Έμμα συνάντησε τον Έιμπ και του είπε ότι αποχαιρέτησε τον Μπάμπα, κι εκείνος την ευλόγησε και της ευχήθηκε ένα λαμπρό μέλλον.

"Μόνο χάρη στον Μπάμπα- μπόρεσα να ολοκληρώσω το έργο. Μπορούσε να καταλάβει τη σοβαρότητα της έρευνάς μου, καθώς είναι ένας άνθρωπος με υψηλή μόρφωση. Ένα άτομο που μπορεί να σκεφτεί και να ενεργήσει ανάλογα".

"Ήσουν τυχερή, Έμμα".

"Είμαι επίσης τυχερή που σε γνώρισα, Έιμπ".

Κατά την αναχώρησή της, ο Έιμπ πήγε με την Έμμα στο αεροδρόμιο. Θα έπαιρνε μια πτήση για το Δελχί και μια απευθείας πτήση για το Άμστερνταμ.

"Έιμπ, είναι ωραίο- μου δόθηκε η ευκαιρία να σε γνωρίσω. Εκτιμώ τη φιλία σου. Είναι η πιο πολύτιμη σχέση στη ζωή μου", είπε η Έμμα.

"Έμμα, κι εγώ το χάρηκα. Θα ήθελα πολύ να συνεχίσουμε αυτή τη σχέση". απάντησε ο Έιμπ.

Τότε, ξαφνικά, η Έμμα αγκάλιασε τον Έιμπ. Μπορούσε να νιώσει τα απαλά στήθη της στο στήθος του. Ήταν τόσο κοντά του και έτριφε τα χείλη της στα μάγουλά του. Ο Έιμπ παρέμεινε στην αγκαλιά της για λίγα λεπτά. Γι' αυτόν, ήταν η πρώτη του εμπειρία να τον αγκαλιάζει μια γυναίκα. Τότε έβαλε αργά το χέρι του πίσω της, την έσπρωξε προς το μέρος του και είπε "Έμμα, σ' αγαπώ".

Μόλις το άκουσε, τον κοίταξε. Τα μάτια της έλαμπαν.

"Έιμπ, κι εγώ σ' αγαπώ- θα σε κρατήσω στην καρδιά μου", ψιθύρισε.

"Θα είσαι στην καρδιά μου για πάντα", απάντησε ο Έιμπ.

"Ψάξτε για τη χάρη σας. Αν δεν τη βρεις ή αν δεν μπορεί να έρθει μαζί σου, μη θέλοντας να μοιραστεί τη ζωή σου, εγώ θα είμαι εκεί και πάντα ευτυχής να ζήσω μαζί σου μέχρι το τέλος του κόσμου", είπε η Έμμα.

"Έμμα", την φώναξε ξανά ο Έιμπ.

Εκείνη φίλησε για άλλη μια φορά και τα δύο μάγουλά του. Ο Έιμπ τη φίλησε στο μέτωπο, το πρώτο φιλί που έδωσε ποτέ σε γυναίκα. Και η Έμμα το σεβάστηκε.

Η πτήση ήταν στην ώρα της. Ο Έιμπ ένιωσε μοναξιά, και το Γκουαχάτι και ο ναός Καμάκια έγιναν ξένοι.

Σκέφτηκε να φύγει από το Γκουαχάτι μετά από δύο χρόνια παραμονής εκεί. Η συνάντηση με τον Aghori Sadhu και την Emma ήταν άκρως ικανοποιητική και εμπλουτιστική. Η συμβολή τους στο έργο του ήταν τεράστια, καθώς μπόρεσε να κάνει πολλούς μικρούς και δύο μεγάλους πίνακες ενώ βρισκόταν στην Kamakhya.

Φτάνοντας στην Καλκούτα, ο Έιμπ έκανε μια έκθεση μερικών από τους πίνακές του- την παρακολούθησαν πολλοί άνθρωποι. Οι εφημερίδες, τα τηλεοπτικά κανάλια και τα μέσα κοινωνικής δικτύωσης έδωσαν σπουδαίες κριτικές και ο Κηδεμόνας έγινε διάσημος. Πούλησε δώδεκα από τους πίνακές του και, από τα έσοδα, άνοιξε ένα στούντιο και ένα εκθεσιακό κέντρο, το οποίο ονόμασε Grace-Emma Art Gallery (GEAG). Το στούντιό του βρισκόταν απέναντι από την εμβληματική γέφυρα Howrah στην ανατολική πλευρά του ποταμού Hooghly. Στην Καλκούτα, ο κόσμος αποκαλούσε τον Έιμπ τον άγαμο- στο όνομα αυτό, άρχισε να διοργανώνει σεμινάρια, συνέδρια και εκθέσεις προς όφελος των νέων ζωγράφων και του κοινού. Πολλοί καλλιτέχνες επισκέφθηκαν το GEAG για να μάθουν τεχνικές και στυλ που χρησιμοποιούνται στη σύγχρονη ζωγραφική από τον Κηδεμόνα. Μέσα σε δύο χρόνια, η γκαλερί Grace-Emma Art Gallery έγινε γνωστή στην Καλκούτα, την πολιτιστική πρωτεύουσα της Ινδίας.

Μόλις ο Έιμπ εγκαταστάθηκε στην Καλκούτα, ξεκίνησε ένα σημαντικό έργο, το The Bridge Over the Hooghly, σε λινό ύφασμα υψηλής πυκνότητας, διαστάσεων τριακοσίων πέντε επί διακοσίων δεκατριών εκατοστών, χρησιμοποιώντας ελαιοχρώματα. Ο Abe χρειάστηκε περισσότερο από ένα χρόνο για να ολοκληρώσει το έργο. Τα μέσα ενημέρωσης έδωσαν επιστημονικές κριτικές για τον πίνακα και πολυάριθμοι Βεγγαλοί άρχισαν να συρρέουν στο GEAG για να ρίξουν μια ματιά στη Γέφυρα πάνω από το Hooghly. Ο Abe γνώριζε ότι οι Βεγγαλοί είχαν ιδιαίτερα ανεπτυγμένη την αίσθηση της αισθητικής και μπορούσαν να απολαύσουν την εσωτερική ομορφιά της τέχνης πολύ περισσότερο από οποιονδήποτε άλλον στον κόσμο. Μέσα σε λίγους μήνες, η Γέφυρα πάνω από το Hooghly έγινε μέρος της λαογραφίας και της πολιτιστικής ζωής των Βεγγαλών. Άνδρες και γυναίκες, φοιτητές και δάσκαλοι, έμποροι και επιχειρηματίες, αστυνομικοί και στρατιώτες, αισθάνονταν υπερήφανοι για τον πίνακα του Κελίγκα. Ο Έιμπ αισθανόταν ευτυχής που ο εκλεπτυσμένος λαός της Βεγγάλης μπορούσε να απολαύσει τον συμβολισμό που κρυβόταν πίσω από το έργο του.

Στο GEAG, υπήρχε μια αίθουσα αφιερωμένη μόνο στους πίνακες του Abe. Οι λάτρεις της τέχνης από όλη την Ινδία επισκέπτονταν την γκαλερί Grace-Emma Art Gallery για να απολαύσουν την ποικιλομορφία, την εγγενή ομορφιά και την άπειρη αξία του έργου του. Σταδιακά, γνώστες της τέχνης από την Κίνα, την Ιαπωνία, τη Δυτική και Ανατολική Ευρώπη και τις ΗΠΑ άρχισαν να επισκέπτονται την GEAG. Πολλοί θαύμαζαν τους πίνακες, ιδιαίτερα τους πίνακες "Ο γυμνός μοναχός", "Η θεά του Assam" και "Η γέφυρα πάνω από το Hooghly".

Ο Abe άρχισε να απολαμβάνει εσωτερική γαλήνη και ηρεμία. Σύντομα απέκτησε ένα πιάνο και έπαιζε Μπαχ και Μότσαρτ, κάτι που έκανε στο Κολέγιο των Ιησουιτών για τρία χρόνια. Απολάμβανε να κάθεται στο πιάνο του, το οποίο αποκαλούσε Αγαπητή Χάρη, για περίπου δύο ώρες καθημερινά. Η μουσική τον οδηγούσε στο να δημιουργεί απαλά και ευγενικά ανθρώπινα συναισθήματα και να ζωγραφίζει τα πιο γοητευτικά πορτρέτα, και η Καλκούτα τον δελέασε να γίνει καλλιτέχνης των λεπτών ανθρώπινων συναισθημάτων.

Μέσα σε πέντε χρόνια από το άνοιγμα του GEAG, ο Celibate ολοκλήρωσε μια παρτίδα μικρών και τρεις πιο σημαντικούς πίνακες. Ένας από αυτούς ήταν ένα πορτρέτο της Έμμα, με τίτλο Το κορίτσι των λουλουδιών, στο οποίο η Έμμα στόλιζε πολύχρωμα λουλούδια στα μαλλιά της και πάνω από τα αυτιά της. Τα πρασινωπά μάτια της ήταν ευδιάκριτα και διαπεραστικά, τα χείλη ελαφρώς ροζιασμένα, τα μάγουλα χερουβικά. Η εικόνα ήταν σε μια σανίδα λεύκας με ελαιοχρώματα λινέλαιο. Το ιξώδες του χρώματος τροποποιήθηκε με την προσθήκη διαλύτη και ο Abe χρησιμοποίησε βερνίκι για να εξισορροπήσει τη γυαλάδα. Το μέγεθος του πορτρέτου ήταν εβδομήντα επτά εκατοστά σε πενήντα τρία εκατοστά. Όταν τελείωσε, ο Abe το φύλαξε στην κρεβατοκάμαρά του.

Εν τω μεταξύ, ο Abe έλαβε μια πρόσκληση από την Whitworth Art Gallery για να εκθέσει το The Naked Monk (Ο γυμνός μοναχός). Μέσα σε δύο ημέρες από την έκθεση, χιλιάδες γνώστες συνέρρευσαν για να δουν το έργο του. Έγινε αμέσως αίσθηση, και ο Κηδεμόνας και η τέχνη του έγιναν αντικείμενο επιστημονικών συζητήσεων στην τηλεόραση κατά τη διάρκεια σεμιναρίων και συνεδρίων. Οι εφημερίδες έγραψαν εμπνευσμένα άρθρα για τον Γυμνό Μοναχό και τον δημιουργό του, τον Celibate.

Η Έμμα επισκέφθηκε τον Έιμπ στην Καλκούτα πολλές φορές από την ίδρυση της GEAG και λάτρευε την παρέα του Έιμπ, ενώ και εκείνος απολάμβανε να είναι με την Έμμα. Ο μόνος του πόνος ήταν η απουσία της αγαπημένης του Γκρέις, την οποία λαχταρούσε σε όλη του τη νιότη. Θα ένιωθε ευτυχισμένος αν η Γκρέις ήταν εκεί και έμενε για πάντα μαζί του.

Τον έκτο χρόνο από το άνοιγμα του GEAG, ο Έιμπ ανέλαβε ένα νέο έργο με τίτλο "Ο σκακιστής", το οποίο ήταν σε εξπρεσιονιστικό ύφος, και ο Έιμπ είχε την ευκαιρία να το εκθέσει στο Μουσείο του Λούβρου στο Παρίσι. Την πρώτη ημέρα δέχτηκε το τηλεφώνημα ενός Κινέζου μεγιστάνα της πληροφορικής και το αγόρασε για ένα άγνωστο ποσό. Επιστρέφοντας στην Καλκούτα, ο Abe ξεκίνησε ένα νέο έργο με τίτλο "Η αγκαλιά", το θέμα του οποίου προέκυψε όταν ήταν με τους Ιησουίτες, και χρειάστηκαν πολλοί μήνες για να ολοκληρωθεί η δουλειά. Η Έμμα κανόνισε την έκθεση του πίνακα στο μουσείο Rijksmuseum του Άμστερνταμ. Αργότερα, ο Έιμπ τον εξέθεσε στην Πινακοθήκη Ουφίτσι στη Φλωρεντία και στο Padro στη Μαδρίτη. Η Έμμα ταξίδεψε με τον Έιμπ στις Κάτω Χώρες, την Ιταλία και την Ισπανία και ο Έιμπ βρήκε την παρουσία της υποστηρικτική. Ένιωθε όμως πόνο που η Γκρέις δεν ήταν εκεί για να δει την επιτυχία του και να μοιραστεί τη φήμη του.

Ξαφνικά, όταν επέστρεψε μόνος στο στούντιό του στην Καλκούτα, ο Έιμπ ένιωσε ανησυχία. Υπήρχε ανεξήγητη ανησυχία και κενό στο μυαλό του, το οποίο κράτησε για πολλές ημέρες. Σταδιακά έγινε κυκλοθυμικός και σταμάτησε να μιλάει με τους υπαλλήλους του στο στούντιο. Πολλοί από αυτούς διατηρούσαν μια θερμή σχέση μαζί του, αλλά εξεπλάγησαν βλέποντας την ξαφνική του αλλαγή. Ένιωσαν ανησυχία για την υγεία του. Το προσωπικό πίστευε ότι κάτι παράξενο μπορεί να είχε συμβεί στον Κελίβα όταν επισκέφθηκε την Ευρώπη. Όλοι τον γνώριζαν ως ένα χαρούμενο, ενθαρρυντικό και ευγενικό άτομο που πάντα σκεφτόταν την ευημερία και τη βελτίωσή τους.

Αλλά ο Έιμπ υπέφερε σιωπηλά και ποτέ δεν σκέφτηκε να μοιραστεί την ψυχική του αγωνία με κανέναν. Σταμάτησε να ζωγραφίζει νέα έργα και παρέμεινε στο διαμέρισμά του που ήταν προσαρτημένο στο στούντιο. Στα μάτια του υπήρχε θλίψη, τόσο επίμονη και καταθλιπτική. Ο Έιμπ σταμάτησε να αλληλογραφεί με την Έμμα και τα email της παρέμεναν αδιάβαστα, όχι επειδή δεν την αγαπούσε, αλλά επειδή δεν μπορούσε να ανταποδώσει την αγάπη της. Δεν ήξερε πώς να της αντιδράσει, καθώς το μυαλό του γέμιζε λήθαργο και τεμπελιά.

Ο Έιμπ έχασε το ενδιαφέρον του για τη ζωγραφική. Οι φοιτητές τέχνης σταδιακά σταμάτησαν να έρχονται στο στούντιό του και τα σεμινάρια και τα συνέδρια στην γκαλερί Grace-Emma Art Gallery έγιναν λιγότερα. Παρόλο που οι τραπεζικοί του λογαριασμοί είχαν αρκετά μετρητά και οι εργαζόμενοι έπαιρναν τακτικά τους μισθούς τους, δεν κατάφεραν να νιώσουν ικανοποίηση από την εργασία τους και περίπου δώδεκα από αυτούς εγκατέλειψαν το στούντιο ο ένας μετά τον άλλο μέσα σε έξι μήνες. Αυτοί που δεν έφυγαν ήταν ο διευθυντής της Πινακοθήκης, ο επιμελητής και η γραμματέας του. Ο Abe σταδιακά σταμάτησε να επικοινωνεί μαζί τους και η σιωπή διαπέρασε το στούντιο- η GEAG έγινε ένα νεκροταφείο σιωπής. Ο Διευθυντής συμβουλεύτηκε πολλούς γιατρούς και ειδικούς, και κανείς δεν μπόρεσε να βοηθήσει τον Abe. Για όλους αυτούς, ο Έιμπ ήταν μια "χαμένη περίπτωση".

Ο Έφορος είδε τον Έιμπ να γίνεται εύκολα ευερέθιστος και ανήσυχος και να εκφράζει συνεχώς ενοχές. Ο Abe δεν μπορούσε να επικοινωνήσει με τη γραμματέα του και εκείνη συνειδητοποίησε ότι το αφεντικό της αισθανόταν συνεχώς εξαντλημένο και η έντονη κούραση τον είχε καταβάλει. Σταμάτησε να μοιράζεται με τον έξω κόσμο και έπαιζε πιάνο για ώρες μαζί. Αλλά μέσα σε τρεις μήνες, ξαφνικά σταμάτησε να το παίζει. Ο Abe δεν μπορούσε να συγκεντρωθεί και δεν μπορούσε να θυμηθεί ούτε συγκεκριμένες βασικές λεπτομέρειες του στούντιό του. Πολλές επιστολές από την Ευρώπη και την Αμερική που προσκαλούσαν τον Abe να εκθέσει το έργο του παρέμεναν αναπάντητες.

Υπήρχαν διαταραχές του ύπνου στον Abe. Άλλαξε τις συνήθειες του ύπνου του. Για εβδομάδες μαζί, συνέχιζε να είναι ξύπνιος κατά τη διάρκεια της νύχτας και κοιμόταν το πρωί μέχρι το μεσημέρι. Του ήταν δύσκολο να χαλαρώσει σε συγκεκριμένες ημέρες- σε ορισμένες ημέρες, κοιμόταν συνεχώς για είκοσι έως είκοσι τέσσερις ώρες. Το να ξυπνάει πολύ νωρίς ήταν ένα άλλο πρόβλημα που αντιμετώπιζε. Συχνά, είχε τρομακτικούς εφιάλτες και σε πολλές από αυτές, βίωσε ατυχήματα ενώ ταξίδευε με τη Γκρέις. Στενοχωριόταν βαθιά όταν έβλεπε το νεκρό σώμα της κατά τη διάρκεια αυτών των παραισθήσεων και έκλαιγε δυνατά. Ο Έιμπ έχασε τις σεξουαλικές του επιθυμίες και ένιωθε ότι είχε μετατραπεί σε ένα άφυλο άτομο. Πονοκέφαλοι, πόνοι στο σώμα, στομαχόπονοι, πόνοι στις αρθρώσεις και κράμπες τον έκαναν κατάκοιτο.

Η γραμματέας του συμβουλεύτηκε έναν ειδικό σε θέματα ψυχικής υγείας. Ο γιατρός έκρινε ότι ο Abe έπασχε από βαθιά ριζωμένη κατάθλιψη, την οποία κουβαλούσε για πολλά χρόνια. Ο ειδικός ψυχικής υγείας πρότεινε ότι αυτό που χρειαζόταν ήταν αγάπη και φροντίδα από κάποιον πολύ κοντινό στον ασθενή, αγκαλιές, χάδια και μοιρασιά. Ο γιατρός είπε ακόμη ότι ο Abe βίωνε την απώλεια της αγάπης, την απώλεια ενός αγαπημένου προσώπου και την απουσία κάποιου στον οποίο θα μπορούσε να μεταφέρει το πάθος του. Καθώς βίωνε ανεπανόρθωτες βλάβες, χρειαζόταν ανεμπόδιστες εκφράσεις στοργής από κάποιον πολύ πολύτιμο, ένα άτομο που θα μπορούσε να του δώσει ζεστασιά στο σώμα, την καρδιά και το μυαλό του. Ήταν απαραίτητο να επαναφέρει τον Abe σε έναν κόσμο ελπίδας, χαράς, ευτυχίας και συντροφικότητας.

Ο Abe χρειαζόταν βοήθεια, καθώς είχε βιώσει μια κολασμένη εμπειρία αμέσως μετά την επιστροφή του από την ευρωπαϊκή του περιοδεία, ανέλυσε ο ψυχίατρος. Άλλωστε, ο ψυχολόγος προειδοποίησε ότι βρισκόταν σε προχωρημένο στάδιο κατάθλιψης.

Ο γραμματέας έστειλε email στην Έμμα εξηγώντας τα πάντα, και η Έμμα έφτασε στην Καλκούτα μέσα σε τρεις ημέρες. Βλέποντας τον Abe, έκλαψε δυνατά και τον αγκάλιασε επανειλημμένα, λέγοντάς του ότι θα συνέλθει από την ασθένειά του το συντομότερο δυνατό. Συμβουλεύτηκε τους καλύτερους γιατρούς στην Καλκούτα. Διέγνωσαν τον Abe και έφτιαξαν ένα λεπτομερές σχέδιο θεραπείας, διαδικασίας ανάρρωσης και αποκατάστασης. Η Έμμα άρχισε να περνάει όλες τις ώρες που ήταν ξύπνια μαζί του. Έπαιζε πιάνο για να προσελκύσει την προσοχή του Abe και χρειάστηκε περίπου ένα δεκαπενθήμερο για να καταφέρει να συγκεντρώσει την προσοχή του στη μουσική.

Η Emma άρχισε να μαγειρεύει το φαγητό του Abe και να τον ταΐζει μικρές μερίδες από τα αγαπημένα του πιάτα πέντε με έξι φορές την ημέρα. Η πιο κρίσιμη απόφαση που πήρε η Έμμα ήταν να κοιμάται με τον Έιμπ στο ίδιο κρεβάτι. Έβαζε το δεξί της χέρι γύρω του όλη τη νύχτα και τον πίεζε προς το μέρος της, ώστε ο Abe να κοιμάται βαθιά. Πολλές νύχτες, η Έμμα του επέτρεπε να κρατάει το κεφάλι του στην αγκαλιά της, ενώ εκείνη καθόταν στο κρεβάτι, ώστε να απολαμβάνει μια καλή ξεκούραση χωρίς εφιάλτες. Του έκανε μασάζ στο μέτωπο, τα φρύδια, τα μάγουλα, τα χείλη, το σαγόνι και τη μύτη για να τον κάνει να νιώθει άνετα και να αισθάνεται την αίσθηση ότι τον φροντίζουν και τον προστατεύουν όταν το μυαλό του βρισκόταν σε άγχος και αναταραχή. Η Έμμα έγινε η μητέρα, η αδελφή, η κόρη και η αγαπημένη του Έιμπ για να τον βγάλει από την άβυσσο της απώλειας και της απόρριψης.

Κάθε πρωί, η Έμμα του ετοίμαζε τον καφέ του κρεβατιού και τον βοηθούσε να τον ρουφήξει για να απολαύσει το άρωμα και τη γεύση του. Άρχισε να παίζει σκάκι μαζί του, παρατηρώντας μια σκακιέρα στο ντουλάπι του.

Ο Abe δεν μπορούσε να συγκεντρωθεί για περισσότερο από πέντε λεπτά, οπότε τον βοηθούσε να περπατήσει, κρατώντας το χέρι του και προστατεύοντάς τον από πιθανές πτώσεις. Του έκανε ντους με ζεστό νερό κάθε πρωί και του στέγνωνε τα μαλλιά και το σώμα με βαμβακερή πετσέτα. Βοηθώντας τον να βουρτσίζει τα δόντια του, να ξυρίζει τα γένια του, να χτενίζει τα μαλλιά του και να τον βοηθάει να φοράει τα ρούχα του, η Έμμα έγινε απασχολημένη. Της άρεσε να κόβει τα μαλλιά του κάθε δεκαπέντε μέρες, να του μιλάει ασταμάτητα ενώ του έκοβε τα μαλλιά και να τον ενθαρρύνει να της μιλάει.

Η Έμμα τραγουδούσε τραγούδια στα ολλανδικά. Συχνά απήγγειλε στροφές από τη Γκίτα Γκοβιντάμ και εξηγούσε την κρυμμένη αγάπη σε κάθε λέξη. Έλεγε στον Έιμπ ότι ήταν ο Κρίσνα της και εκείνη η Ράντα του και ότι τραγουδούσαν και χόρευαν στην όχθη του ποταμού Γιαμούνα.

Μέσα σε έξι μήνες από την άφιξη της Emma, ο Abe μπορούσε να κάνει μικρά βήματα ενώ η Emma τον κρατούσε και συνειδητοποίησε ότι η ανάρρωση του Abe ήταν εφικτή. Η Έμμα του μιλούσε πάντα, του έλεγε ιστορίες, μιλούσε για τους πίνακές του, τις εκθέσεις στην Ευρώπη και την Αμερική και τους θαυμασμούς που δεχόταν παντού. Τον βοηθούσε να παίζει πιάνο- ο Έιμπ το απολάμβανε και αγαπούσε την παρέα της. Σταδιακά, ο Έιμπ μπορούσε να παίζει πιάνο χωρίς τη βοήθειά της. Γνωρίζοντας ότι ο Έιμπ έπρεπε να εκτονώνει τα συναισθήματά του, καθώς δεν έπρεπε να τα αποθηκεύει στο μυαλό του χωρίς διέξοδο, η Έμμα βοηθούσε τον Έιμπ να μιλάει και να γελάει δυνατά. Αυτό έκανε τον Έιμπ να νιώθει ελεύθερος και να αποβάλλει τις λύπες, τις ανησυχίες και τα άγχη του. Η Έμμα ήξερε ότι ο Έιμπ χρειαζόταν τακτική άσκηση σε εξωτερικούς χώρους για να αναπνέει σωστά και να τεντώνει τους μυς χωρίς πόνους και κράμπες. Τον πήγαινε στον κήπο του σπιτιού του πάνω στο αναπηρικό καροτσάκι του και το έσπρωχναν για ώρες μαζί, ενώ του μιλούσαν και του τραγουδούσαν ή του απήγγειλαν ερωτικά ποιήματα από το Gita Govindam.

Η Έμμα ήταν με τον Έιμπ για σχεδόν οκτώ μήνες και άρχισε να τον πηγαίνει για μεγάλες βόλτες μέσα στην Καλκούτα, επισκεπτόμενη κάθε μέρα ένα διάσημο μνημείο ή ένα αξιοθέατο. Πήγαν να δουν το Μνημείο Βικτώριας, το Ναό Καλιγκάτ, το Φορτ Γουίλιαμ, το Πλανητάριο Μπίρλα, το Ινδικό Μουσείο, το Μητρικό Σπίτι, την Πόλη της Επιστήμης, τον Καθεδρικό Ναό του Αγίου Παύλου, το Μέγαρο Μαρμάρινο Παλάτι, τον Κήπο της Εδέμ, το Ζωολογικό Κήπο του Άλιπορ και το Κολέγιο του Αγίου Ξαβιέ. Περπάτησαν χέρι-χέρι και μίλησαν για την τέχνη, τη μουσική, τις παρτίδες σκακιού, τους Aghori Sadhus, το Kumbh Mela, τις εκθέσεις τέχνης, τις ολλανδικές αποικίες στην Ινδία και την Ινδονησία και πολλά άλλα θέματα. Τους άρεσε να κάθονται μαζί, να συζητούν και να οδηγούν.

Ο Abe και η Emma επισκέφθηκαν δεκάδες εστιατόρια για να απολαύσουν τις λιχουδιές της Βεγγάλης.

Ο Abe ανάρρωσε από την ασθένειά του μέσα σε εννέα μήνες, αλλά εξακολουθούσε να μην μπορεί να συγκεντρωθεί στο διάβασμα, τη γραφή και τη ζωγραφική. Η Έμμα άρχισε να προσλαμβάνει νέο προσωπικό για το στούντιο και την γκαλερί Grace-Emma Art Gallery και τους έδωσε μια λεπτομερή ενημέρωση για ένα μήνα σχετικά με τη φύση των καθηκόντων παρουσία του Έιμπ. Για άλλη μια φορά, ο Abe ξεκίνησε τις προκαταρκτικές εργασίες για τη διοργάνωση σεμιναρίων, συνεδρίων και εκθέσεων. Μέσα σε δύο μήνες, η GEAG ζωντάνεψε- εκατοντάδες ξένοι και ντόπιοι τουρίστες άρχισαν να επισκέπτονται τις εκθέσεις τέχνης.

Γυμνός μοναχός του Prayag

Η Έμμα ήθελε να διασφαλίσει ότι ο φίλος της θα αναρρώσει και θα μπορεί να κάνει τη δουλειά του ανεξάρτητα. Ο Abe συνέχισε να κοιμάται μέσα στην άνετη παρηγοριά του δεξιού χεριού της Emma, ενώ βρισκόταν στο κρεβάτι. Όταν ξυπνούσε, κρατούσε το κεφάλι του στην αγκαλιά της και του έλεγε δεκάδες ιστορίες από ολλανδικά λαϊκά παραμύθια, βουδιστικά Jatakas της λογοτεχνίας Pali με περίπλοκα στρώματα συμβολισμών και τα μαγευτικά Puranas γραμμένα στα σανσκριτικά. Μέσα σε ένα χρόνο από την άφιξή της, ο Έιμπ άρχισε και πάλι να ζωγραφίζει. Η Έμμα του έδωσε μια ιδέα και ένα θέμα για να κάνει έναν νέο πίνακα. Δούλεψε για έξι μήνες για να ολοκληρώσει το έργο και ζήτησε από την Έμμα να του δώσει ένα όνομα. Εκείνη πρότεινε τον τίτλο: Το φιλί. Και ο τίτλος άρεσε στον Έιμπ.

Η Έμμα και ο Έιμπ συνέχισαν να παίζουν σκάκι και ο Έιμπ σύντομα ανακάλυψε ότι μπορούσε εύκολα να την νικήσει μέσα σε δεκαπέντε κινήσεις. Η Έμμα δεν μπορούσε ποτέ να κερδίσει μια παρτίδα εναντίον του Έιμπ.

Η Έμμα έμεινε με τον Έιμπ για περίπου ενάμιση χρόνο, και κατά τη διάρκεια του τελευταίου μήνα, ο Έιμπ ανέκαμψε πλήρως από την κατάθλιψή του. Ήρθε η ώρα για την Έμμα να επιστρέψει στο Άμστερνταμ και να συνεχίσει τα πανεπιστημιακά της καθήκοντα.

"Έιμπ, χαίρομαι τόσο πολύ που ανάρρωσες πλήρως και μπορείς να συγκεντρωθείς στη δουλειά σου στο στούντιό σου".

"Έμμα, αυτό οφείλεται σε σένα. Η αγάπη σου με έσωσε από βέβαιο θάνατο".

"Αν δεν είχα κάνει τίποτα για σένα, θα είχα πεθάνει από κατάθλιψη. Είσαι εγώ, και καμία δύναμη δεν μπορεί να με χωρίσει από σένα", είπε η Έμμα.

"Έχεις δίκιο. Η αγάπη είναι πολύ πιο βαθιά από το να ερωτεύεσαι. Όταν αγαπάμε, γινόμαστε ο άλλος- δεν υπάρχει διαχωρισμός", σχολίασε ο Έιμπ.

"Συμφωνώ μαζί σου, Έιμπ. Η αγάπη δεν είναι μια εξωτερική δραστηριότητα- είναι μια εσωτερική δουλειά. Είναι η συντροφικότητα δύο καρδιών, η ένωση δύο ανεξάρτητων ανθρώπινων όντων".

"Έμμα, πρέπει να υπάρχουν τουλάχιστον δύο άνθρωποι για να αγαπάς. Μπορεί να διαφωνώ με τις συμπεριφορές, τις στάσεις, τις απόψεις και τις ιδεολογίες του άλλου ατόμου. Μερικές φορές, μπορεί να εκφράσω τη διαφωνία μου με λόγια και πράξεις. Αλλά στην αγάπη, το άλλο πρόσωπο είναι πέρα από τη συμπεριφορά και την πράξη του. Αυτό που αγαπώ είναι η ολότητα του ατόμου".

"Πολύ σωστά. Ένα άτομο μπορεί να ερωτευτεί για εγωιστικούς λόγους, να εγκαταλείψει τον έρωτα όταν οι λόγοι ικανοποιούνται, να μην ικανοποιούνται και μερικές φορές να μην έχει τίποτα άλλο να κερδίσει. Εδώ αυτό που λείπει είναι η ύπαρξη του ατόμου ως προσώπου".

"Καταλαβαίνω την άποψή σας. Το να ερωτεύεσαι μπορεί να οδηγήσει στο να ερωτευτείς, όταν η επιθυμία σου είναι αντίθετη με την πραγματικότητα. Το να ερωτευτείς μπορεί να είναι περιφερειακό και παροδικό, αν δεν καταφέρεις να αναζητήσεις το πρόσωπο. Άλλωστε, δεν χρειάζεται να ερωτευτείς κάποιον για να αγαπήσεις αυτό το πρόσωπο. Ακόμα και χωρίς να ερωτευτείτε, η αγάπη σας για το άτομο μπορεί να αναπτυχθεί και να ανθίσει", δήλωσε ο Abe.

"Έχεις δίκιο, Έιμπ. Τα επιχειρήματά σου οδηγούν επίσης σε μια άλλη πιθανότητα, η οποία είναι εξίσου έγκυρη και πιθανή. Ένας άνδρας ή μια γυναίκα μπορεί ταυτόχρονα να είναι βαθιά ερωτευμένος με περισσότερα από ένα άτομα".

"Αυτό είναι αλήθεια, Έμμα. Χωρίς κανέναν διαχωρισμό, αγαπώ την Γκρέις. Σ' αγαπώ χωρίς όρια, χωρίς όρους".

Η Έμμα κοίταξε τον Έιμπ. Ο Έιμπ παραδέχτηκε για πρώτη φορά ότι την αγαπούσε και ότι την αγαπούσε ολοκληρωτικά και άνευ όρων. Η χαρά που έδωσε στην Έμμα ήταν τεράστια και ένιωσε την καρδιά της να εκρήγνυται από ευτυχία.

"Σ' αγαπώ πάρα πολύ. Δεν έχω λόγια να εκφράσω τη χαρά μου. Όταν σε σκέφτομαι, νιώθω ότι υπάρχεις μέσα μου. Είσαι μια αδιάκοπη αίσθηση μέσα μου. Έτσι, έχεις γίνει η ολότητα της ύπαρξής μου, αγαπητέ Έιμπ".

"Έμμα, χαίρομαι τόσο πολύ που το ακούω αυτό. Αλλά αγαπώ και τη Γκρέις-είναι αχώριστη, όπως κι εσύ, και δεν μπορώ να έχω ζωή χωρίς τη Γκρέις, μέλλον χωρίς τη Γκρέις. Και εγώ δεν μπορώ να ζήσω χωρίς εσένα. Ας υποθέσουμε ότι αν με απορρίψεις, θα πεθάνω από κατάθλιψη και δεν θα μπορέσω να συνεχίσω να ζω".

"Έιμπ, αυτό είναι ένα γνήσιο συναίσθημα, ένα πραγματικό συναίσθημα, και το λες εσύ. Το δικό σου είναι πραγματική αγάπη. Αγαπάς την Γκρέις και εμένα. Και οι δύο είμαστε αχώριστοι από σένα, και δεν μπορείς να σκεφτείς μια κατάσταση όπου ένας από εμάς δεν υπάρχει για σένα ή ένας από εμάς απορρίπτει την αγάπη σου".

"Έχεις δίκιο. Εσείς οι δύο έχετε γίνει η ύπαρξή μου. Και οι δυο σας είστε εγώ". Ο Έιμπ αντέδρασε.

"Το αισθάνομαι, το νιώθω και το έχω βιώσει", απάντησε η Έμμα.

"Μέχρι σήμερα, δεν είχα σεξουαλικές σχέσεις μαζί σας και δεν το σκέφτηκα ποτέ. Είχα όμως μια έντονη επιθυμία να κάνω σεξ με την Γκρέις, αλλά δεν ήθελα να την προσβάλω. Δεν ήθελα να μειώσω την αξιοπρέπειά της- δεν μου άρεσε να αμφισβητώ την ισότητά της. Συχνά προσπαθούσα να της πω ότι μου άρεσε να κάνω σεξ μαζί της, αλλά δεν το έκανα γιατί ένιωθα ότι μπορεί να αντιδρούσε, καθώς αποτελούσε παραβίαση της ελευθερίας της. Σέβομαι τις γυναίκες, την ιδιωτική τους ζωή και την ανεξάρτητη ικανότητά τους να λαμβάνουν αποφάσεις, και εκτιμώ και τιμώ τη δική σας και της Γκρέις. Μια τέτοια συμπεριφορά έμαθα από τους γονείς μου, οι οποίοι αναγνώρισαν την ελευθερία μου. Παρέμεινα άγαμος, όχι εξαιτίας της Γκρέις ή εξαιτίας σας. Ήταν δική μου επιλογή, δική μου απόφαση.

"Αλλά Έιμπ, ποια θα είναι η αντίδρασή σου αν σου πω ότι αγαπώ κάποιον άλλον με τον ίδιο τρόπο που αγαπώ εσένα, και έχω σεξουαλική οικειότητα με αυτό το άτομο;"

"Έμμα, δεν θα αναμειχθώ στην προσωπική σου ζωή. Ποτέ δεν σε ρώτησα αν είσαι παντρεμένη ή ερωτευμένη με κάποιον ή αν είσαι παρθένα. Αυτά είναι η ιδιωτική σου ζωή και δεν έχω κανένα δικαίωμα να κάνω τέτοιες ερωτήσεις. Σε έχω αποδεχτεί ως άτομο που επιδιώκει την αυτοπραγμάτωση και ως άτομο που έχει ικανότητες λήψης αποφάσεων και ελευθερίες. Σε αγαπώ επειδή σε θαυμάζω, καθώς είσαι ένα ανεξάρτητο άτομο και βιώνω την ύπαρξή σου μέσα μου. Με τον ίδιο τρόπο, δεν γνωρίζω τίποτα για τη Γκρέις. Μείναμε μαζί για εννέα μήνες, κοιμηθήκαμε στο ίδιο κρεβάτι, δουλέψαμε μαζί, μοιραστήκαμε το φαγητό μας, επισκεφτήκαμε πολλά εστιατόρια, κάναμε πικνίκ και κολύμπι. Δεν την άγγιξα ποτέ, αλλά την αγαπώ πέρα από όσα μπορούν να εξηγήσουν οι λέξεις. Ξέρω ότι και εκείνη με αγαπούσε. Έφυγε μακριά μου γιατί είχε βάσιμους λόγους. Ακόμη και χωρίς να μου πει τον λόγο της, ήταν ελεύθερη να φύγει, πράγμα που ήταν η αυτονομία της. Μου είχες πει ότι μπορεί να με έψαχνε τα τελευταία δεκαεννέα χρόνια. Με τον ίδιο τρόπο, την ψάχνω κι εγώ. Αν παντρεύτηκε ή αν έχει παιδιά, αυτό δεν με επηρεάζει. Η αγάπη μου γι' αυτήν είναι πέρα από τις ελευθερίες της. Αγαπώ τη Γκρέις- αυτό είναι όλο. Και αγαπώ την Έμμα, αυτό είναι όλο. Σας αγαπώ και τις δύο χωρίς καμία προϋπόθεση".

"Δεν υπάρχει κανένας κανόνας που να ορίζει ότι ένα άτομο μπορεί να έχει σεξουαλικές σχέσεις μόνο με ένα άτομο. Η μονογαμία είναι ενάντια στην ανθρώπινη ψυχολογία και βιολογία. Από τη φύση τους, οι homo sapiens απολαμβάνουν να έχουν σεξουαλική οικειότητα με πολλούς και με τον Κρίσνα, και οι γκόπικες είναι τα καλύτερα παραδείγματα. Στη Μαχαμπαράτα, τα παιδιά της Κούντι είχαν διαφορετικούς προγόνους. Οι ναοί Khajuraho και Kamakhya αποτελούν κορυφαία παραδείγματα ανδρών και γυναικών που έχουν περισσότερους από έναν σεξουαλικούς συντρόφους. Αλλά η αγάπη είναι επίσης πέρα από το σεξ- είναι μια ένωση καρδιών, όχι πάντα αυτή των γεννητικών οργάνων. Όλοι οι κανόνες είναι ανθρώπινης κατασκευής και μπορείτε να τους παραβιάσετε κατά βούληση. Από αυτό προκύπτει ότι οι κανόνες των μονογαμικών σχέσεων προορίζονται για παραβίαση, καθώς δεν συνάδουν με την ανθρώπινη φύση. Μελέτες αποδεικνύουν ότι οι περισσότεροι ζωντανοί άνθρωποι, παντρεμένοι και ανύπαντροι, έχουν πολλαπλούς σεξουαλικούς συντρόφους", ανέλυσε η Emma.

"Η έννοια της απιστίας είναι ένα αυτοψεύδος. Αλλά δεν με ενδιαφέρει ούτε αυτό", είπε ο Έιμπ.

"Ένας άνδρας ή μια γυναίκα μπορεί να έχει στενή σχέση με περισσότερα από ένα άτομα. Η στενή σχέση δεν σημαίνει πάντα σεξουαλική. Μπορεί να υπάρχει μια μη σεξουαλική, οικεία, αδιαχώριστη σχέση, όπως η δική σας και η δική μου, καθώς δεν κάναμε ποτέ σεξ".

"Έμμα, πάντα με εμπνέεις να σκέφτομαι. Ναι, μια οικεία σχέση με περισσότερα από ένα άτομα είναι δυνατή. Και οι δυο μας το έχουμε αποδείξει. Για μένα, η αγάπη μεταξύ των προσώπων που εμπλέκονται σε τέτοιες σχέσεις είναι γνήσια και βαθιά. Τα τελευταία χρόνια, δεν μπορώ παρά να σκέφτομαι μια ζωή χωρίς εσένα. Οι σχέσεις εξαρτώνται από το πώς οι άνθρωποι αντιλαμβάνονται τη φύση και το νόημα της συντροφικότητας τους".

"Μια γυναίκα μπορεί να αγαπάει περισσότερους από έναν άντρες ταυτόχρονα. Το πρόβλημα προκύπτει όταν σκεφτόμαστε τον θεσμό του γάμου. Όμως ο γάμος δεν είναι επιβεβλημένος για την αναπαραγωγή, τη συνέχιση του ανθρώπινου γένους ή τη φροντίδα και την προστασία των παιδιών. Μπορούμε να υπερβούμε τον γάμο, καθώς η δέσμευση δύο ανθρώπων με γάμο μπορεί να οδηγήσει στην απώλεια της απόλυτης προσωπικής ελευθερίας, της ισότητας και των ίσων ευκαιριών. Μερικές φορές, ο γάμος αποτελεί άδεια για βία, καταπίεση και υποταγή. Μπορεί να είναι μια φυλακή για πολλούς ή ο προάγγελος δεινών, λύπης, απόρριψης και απογοήτευσης. Η απιστία και η αυτοκτονία είναι μέρος των αποτυχημένων γάμων. Ως θεσμός, ο γάμος έχει χάσει το νόημα, τον σκοπό και την αναγκαιότητά του. Είναι μαζί με το ανθρώπινο γένος τα τελευταία πέντε χιλιάδες χρόνια. Παρόλα αυτά, εδώ και μερικούς αιώνες, η μονογαμία είναι ο πυλώνας του γάμου, παρόλο που οι σύντροφοι επιδίδονται σε σεξουαλικές σχέσεις χωρίς άλλους, χωρίς να το γνωρίζει ο σύντροφος. Ο γάμος, όπως και η θρησκεία, πεθαίνει και δεν μπορεί να διαρκέσει για πολύ. Δεν μπορείτε να φυλακίσετε τα ανθρώπινα συναισθήματα, τις ανάγκες και τους πόθους για μεγάλο χρονικό διάστημα. Για εκατομμύρια χρόνια οι άνθρωποι ζούσαν χωρίς γάμο και στο μέλλον οι άνθρωποι θα μπορέσουν να ξεπεράσουν τον γάμο", εξήγησε η Emma.

"Το να έχεις μία γυναίκα και έναν σύζυγο είναι ένα νέο φαινόμενο. Η σχέση συζύγου-συζύγου είναι αφύσικη και ανάθεμα για τον ανθρώπινο πολιτισμό και την πρόοδο", δήλωσε ο Abe.

Η Έμμα κοίταξε τον Έιμπ και τα μάτια της ήταν φωτεινά σαν τις λάμπες πετρελαίου στο ναό Καλιγκάτ. "Σ' αγαπώ, Έιμπ", είπε η Έμμα, πλησίασε τον Έιμπ και τον φίλησε στα μάγουλά του.

"Σ' αγαπώ, αγαπητή Έμμα. Η ζωή είναι μόνο μια φορά, και χρειάζομαι όλη μου τη ζωή για να εκφράσω την αγάπη μου και να σου πω ότι σου είμαι ευγνώμων. Είσαι η Χάρη μου και η Χάρη είσαι εσύ".

"Είσαι ο Έιμπ μου, ο γυμνός μου Ιησούς, τον οποίο η Μαρία Μαγδαληνή συνάντησε στον τάφο τα μεσάνυχτα. Εγώ είμαι η Μαγδαληνή- μόνο αυτή τόλμησε να σταθεί μαζί του ακόμα και τα μεσάνυχτα στο νεκροταφείο. Οι μαθητές, ο Πέτρος και ο Ιάκωβος, ο Ματθαίος και ο Φίλιππος, ο Ανδρέας και ο Ιωάννης και όλοι οι άλλοι, ήταν δειλοί. Η Μαρία η Μαγδαληνή τους είπε ότι ο Ιησούς αναστήθηκε από τους νεκρούς. Εκείνοι όμως δεν την πίστεψαν, αλλά επέμενε να πάνε μαζί της. Αφού συνάντησαν αυτοπροσώπως τον Ιησού, έδιωξαν τη Μαρία Μαγδαληνή από την εκκλησία και τη σφράγισαν ως παράνομη, αμαρτωλή και μοιχαλίδα. Αυτοί έκαναν τους νόμους για την Εκκλησία, χειραγωγούσαν τα πάντα και την εξέθρεψαν σε ισχυρή πατριαρχία όπως το Ισλάμ. Σας μοιράζομαι με τη Χάρη, την οποία δεν έχω δει ποτέ, αλλά είμαι βέβαιος ότι την αγαπώ, επειδή την έχω δει μέσα σας. Εκείνη και εγώ δεν μπορούμε να ανταγωνιστούμε ο ένας τον άλλον, και η Γκρέις και εγώ σχηματίζουμε μια ενότητα μέσα σου. Εξάλλου, είμαστε ενήλικοι άνθρωποι. Από εσάς έμαθα ότι η Γκρέις ήταν μεγαλόψυχη και υπέροχη. Ήταν γεμάτη αγάπη. Η αγάπη της ήταν σαν της Ράντα, καθώς ποτέ δεν ζήλευε τις συζύγους του Κρίσνα, ποτέ δεν ζήλευε τις άλλες γκόπικες. Τι θαυμάσια σχέση ήταν αυτή. Ο Κρίσνα ήταν ένα άτομο με μεγάλο όραμα και μια καρδιά γεμάτη στοργή, και η Ράντα και οι γκόπικες το ανταπέδιδαν. Κατά τη διαδικασία αυτή, ο Κρίσνα μεταμορφώθηκε σε Ράντα και άλλες γαλαζοκόρες και αυτές εξελίχθηκαν σε Κρίσνα. Αυτό είναι το απόλυτο νόημα της αγάπης. Αυτός είναι ο λόγος για τον οποίο η Γκίτα Γκοβιντάμ έγινε η αρχετυπική και υπέρτατη ανάλυση της αγάπης και κανένας ψυχολόγος δεν θα μπορούσε να εξηγήσει το νόημα, το βάθος και την ομορφιά της αγάπης με τόσο σαφή και συγκινητικά λόγια".

Ο Έιμπ άκουσε την Έμμα με απόλυτη προσοχή. Ένιωθε ότι κάθε λέξη ήταν πειστική, γεμάτη νόημα και προερχόταν από μια ειλικρινή και τίμια καρδιά. Ξαφνικά, ο Έιμπ σηκώθηκε από τον καναπέ, πλησίασε την Έμμα και την αγκάλιασε. Για πρώτη φορά στη ζωή του, αγκάλιαζε μια γυναίκα. Την πίεσε στο στήθος του, νιώθοντας την καρδιά της να πάλλεται.

"Έμμα, σ' αγαπώ πάρα πολύ", λέγοντας της έδωσε ένα φιλί στα μάγουλά της. Για πρώτη φορά, φίλησε μια γυναίκα. Ο Έιμπ ένιωσε υπέροχα, ένα υπέροχο συναίσθημα, πολύ πιο έντονο από το να ακούει Μπαχ ή να παίζει μια παρτίδα σκάκι με την Γκρέις.

"Σ' ευχαριστώ, Έιμπ".

"Έμμα, αγάπη μου, έγινες η αγαπημένη μου, όπως η Γκρέις μου. Την αγαπώ, και σε αγαπώ. Δεν τίθεται θέμα για το ποιος θα πρέπει να επιλεγεί, καθώς σας επέλεξα και τις δύο".

"Σ' αγαπώ, Έιμπ."

Η Έμμα αγαπούσε να είναι με τον Έιμπ και δεν ήθελε να της αφαιρέσει το χέρι του. Ας την αγκαλιάσει μέχρι την αιωνιότητα, σκέφτηκε. Η Έμμα δεν μπορούσε ποτέ στη ζωή της να θυμηθεί μια τόσο όμορφη εμπειρία. Σκέφτηκε ότι ήταν σαν τον έρωτα μεταξύ του Κρίσνα και της Ράντα στην όχθη του ποταμού Γιαμούνα.

"Έμμα", φώναξε ο Έιμπ το όνομά της.

"Κρίσνα, αγαπημένε μου Κρίσνα", φώναξε απαλά.

"Ράντι, αγαπημένη μου Ράντι", απάντησε εκείνος.

Στάθηκαν εκεί για πολλή ώρα, απολαμβάνοντας τη συντροφικότητα.

Ο Έιμπ πήγε στο αεροδρόμιο με την Έμμα και για άλλη μια φορά την αγκάλιασε και τη φίλησε στα μάγουλα.

Ο Abe έλαβε μια πρόσκληση από το Μητροπολιτικό Μουσείο Τέχνης της Νέας Υόρκης, μέσα σε τρεις μήνες, για να εκθέσει το Φιλί. Πολλοί άνθρωποι επισκέφθηκαν το Μουσείο για να δουν το Φιλί, και οι κριτικοί τέχνης το εκτίμησαν, και ο Abe έγινε μια διεθνής διασημότητα στον κόσμο της τέχνης. Η Έμμα γνώρισε τον Έιμπ στη Νέα Υόρκη και ταξίδεψαν μαζί σε όλη την Αμερική και επισκέφθηκαν μερικές σχολές και γκαλερί τέχνης- ο Έιμπ έδωσε μερικές διαλέξεις για την επίδραση της TN στη σύγχρονη τέχνη.

Ο Abe προσκάλεσε την Emma να τον επισκεφθεί στην επακόλουθη έκθεση The Kiss στη Βομβάη. Εκείνη όμως εξέφρασε την αδυναμία της να παρευρεθεί, καθώς διοργάνωνε μια σειρά σεμιναρίων για τους Aghori Sadhus στο πανεπιστήμιο. Αντ' αυτού, υποσχέθηκε να τον επισκεφθεί στην Καλκούτα σε τρεις μήνες, αμέσως μετά την έκθεση της Βομβάης τον Ιανουάριο. Ο Abe επέστρεψε στην Καλκούτα από τις ΗΠΑ, όπου διοργανώθηκαν δύο εκθέσεις, κυρίως για νέους καλλιτέχνες

Η έκθεση στη Βομβάη έγινε την πρώτη εβδομάδα του Ιανουαρίου του δύο χιλιάδες είκοσι και ο Άμπε πήρε την προηγούμενη μέρα πτήση για τη Βομβάη. Του άρεσε η Πινακοθήκη, η οποία ήταν διεθνών προδιαγραφών, με εξαιρετικές σύγχρονες εγκαταστάσεις. Υπήρχε μια συνεχής ουρά από γνώστες της τέχνης, γνώστες και ερασιτέχνες για να παρακολουθήσουν το Φιλί. Όλοι θαύμαζαν την απλότητα, τον συμβολισμό, τον βαθύ αντίκτυπο, την απίστευτη ομορφιά, την αιώνια ελκυστικότητα και τη μοναδική αισθητική αίσθηση του πίνακα. Ο Abe ένιωσε ενθουσιασμένος και τηλεφώνησε αρκετές φορές στην Emma για να την ενημερώσει για την ανεμπόδιστη υποδοχή που έτυχε το έργο από το κοινό. Ανέβασε μερικές φωτογραφίες από τις εκφράσεις του προσώπου των θεατών στο WhatsApp για την Emma και της είπε ότι το θέμα που είχε προτείνει δημιούργησε μια αστείρευτη απήχηση.

Όμως η επίσκεψη της Anasuya Jain τάραξε την ηρεμία του Abe. Ένιωσε θλίψη- δεν μπόρεσε να τη συναντήσει πρόσωπο με πρόσωπο όταν ήρθε, αλλά την είδε μόνο φευγαλέα, ενώ έμπαινε στη λιμουζίνα της για να αναχωρήσει. Από τον κατάλογο των βιομηχανιών Jain και άλλες σχετικές πληροφορίες που μπόρεσε να συλλέξει στο διαδίκτυο, ο Abe συμπέρανε ότι η Anasuya Jain ήταν η Grace. Αλλά το να πείσει το μυαλό του ήταν μάλλον κουραστικό, καθώς η Γκρέις, με την οποία έμενε στη φτωχογειτονιά Σινγκουερίμ κοντά στο φρούριο Αγκουάντα στη Γκόα, ήταν ορφανή, χειρωνακτική εργάτρια, παρόλο που ήταν πανέξυπνη.

Ο Έιμπ πέρασε από την επικοινωνία της για άλλη μια φορά. Ήταν ακριβής και είχε εκφράσει την επιθυμία της να αγοράσει τον πίνακα για την ιδιωτική της συλλογή και ήταν έτοιμη να πληρώσει οποιοδήποτε ποσό γι' αυτόν. Ο Abe γνώριζε ήδη ότι η Anasuya Jain ήταν μια πλούσια βιομήχανος στη Βομβάη που είχε κληρονομήσει πολλά πλούτη από τον εκλιπόντα πατέρα της. Δημιούργησε επίσης ένα τεράστιο ποσό περιουσιακών στοιχείων αφού ανέλαβε την προεδρία της βιομηχανίας της. Με μεγάλο σεβασμό για την ειλικρίνεια, την τιμιότητα, τη φιλική προς τους εργαζόμενους στάση και τη μύησή της, η Anasuya Jain θεωρείται κόσμημα της νέας χιλιετίας της Ινδίας.

Η Anasuya Jain είχε κλείσει ραντεβού με τον Abe και η ώρα που της είχε δοθεί ήταν τέσσερις το απόγευμα. Ο Abe προσπάθησε να ηρεμήσει το μυαλό του καθώς σκέφτηκε ότι η Anasuya Jain θα μπορούσε να είναι η Χάρη. Ο Έιμπ θυμήθηκε τον χρόνο που πέρασε με τη Γκρέις στη Γκόα, τις πιο συναρπαστικές μέρες της ζωής του. Τα προηγούμενα είκοσι χρόνια, τη σκεφτόταν συχνά κάθε μέρα. Τα όμορφα μάτια της, το γοητευτικό της πρόσωπο, οι ευγενικές χειρονομίες, τα λόγια αγάπης και οι πράξεις φροντίδας και υποστήριξης γέμιζαν το μυαλό του και έγιναν αναπόσπαστο μέρος της ύπαρξής του. Για τον Έιμπ, η Γκρέις ήταν η φωνή, ο χτύπος της καρδιάς και η συνείδησή του. Ζούσε γι' αυτήν, έχοντας τη διαρκή ελπίδα να τη συναντήσει μια μέρα και να ζήσει μια ζωή μαζί της. Η Γκρέις ήταν τα πάντα για τον Έιμπ- η καρδιά του έκλαιγε γι' αυτήν και η αναζήτησή του ήταν ατελείωτη.

Θυμόταν τα μελιστάλαχτα τραγούδια από ταινίες Χίντι που τραγουδούσε μέρα με τη μέρα προς τιμήν του- τα θυμόταν και τα απαγγέλλει αδιάκοπα από την καρδιά του όταν ένιωθε μοναξιά και θλίψη. Οι ζωντανές αναμνήσεις από το παιχνίδι σκάκι με τη Γκρέις χάιδευαν και αγκάλιαζαν τις σκέψεις του. Μπορούσε να αναπολήσει κάθε κίνηση που έκαναν και οι δύο τους στη σκακιέρα. Το να στέκεται δίπλα στο ντουλάπι και να τρώει από το τηγάνι ήταν παραδεισένιο για τον Έιμπ. Το ευφορικό συναίσθημα του να είσαι ερωτευμένος και να επιθυμείς να έχεις αυτά τα συναισθήματα αμοιβαία, τον παρέσυρε να περιμένει μια νέα αυγή. Η πανταχού παρούσα παρουσία της ήταν η ολότητα της ζωής για τον Έιμπ και απολάμβανε απόλυτα κάθε δευτερόλεπτο που περνούσε μαζί της. Η Γκρέις ήταν η ζωή και η ανάσα του. Και τα τελευταία είκοσι χρόνια, ζούσε για τη Γκρέις, ελπίζοντας ότι μια μέρα θα εμφανιζόταν μπροστά του. Και αυτή η μέρα είχε φτάσει, αλλά υπήρχε μια ακατανόητη ανησυχία στο μυαλό του και τα σημάδια της τον μπέρδευαν.

Η Γκρέις ήταν μπερδεμένη, μπερδεμένη, ανεξιχνίαστη και ταυτόχρονα γοητευτική. Την περίμενε τόσο πολύ καιρό. Αν η Anasuya Jain ήταν η Γκρέις, θα την αγκάλιαζε και θα τη φιλούσε- θα την πίεζε στο στήθος του, καθώς ήθελε να βιώσει τους παλμούς της καρδιάς της. Ήθελε να τη ρωτήσει:

"Γκρέις, πού πήγες;" Και του άρεσε να την κοιτάζει στα μάτια και να της λέει: "Γκρέις, σ' αγαπώ, να είσαι μαζί μου μέχρι την αιωνιότητα". Ήθελε να τη σηκώνει στην αγκαλιά του, να την κουβαλάει για ώρες μαζί, να νιώθει την ύπαρξή της, την ενότητά της μαζί του. Προσπαθούσε να παίξει μια παρτίδα σκάκι μαζί της, και εκείνη του έκανε ματ με τον ίππο ή τον αξιωματικό της. Ήξερε ότι εκείνη ήταν καλύτερη σκακίστρια- υπολόγιζε καλά την κάθε της κίνηση και την έπαιζε κομψά. Το να νικήσει τη Γκρέις ήταν δύσκολο εγχείρημα. Αλλά εκείνη τον άφηνε να κερδίσει για να νιώθει ευτυχισμένος. Το ίδιο θα μπορούσε να είχε κάνει και η Έμμα. Δεν θα μπορούσε ποτέ να κερδίσει μια παρτίδα εναντίον του. Η Έμμα μπορεί να έχασε επίτηδες γι' αυτόν, κάτι που μπορεί να είναι η ψυχολογία μιας ερωτευμένης γυναίκας, καθώς αδειάζει τον εαυτό της για το πρόσωπο που αγαπά. Αλλά αγαπούσε την Γκρέις και αγαπούσε και την Έμμα.

Ήταν συναρπαστικό να αναπτύσσει φιλία με την Έμμα- ήταν σαν τη Γκρέις, και η Γκρέις ήταν σαν την Έμμα. Αλλά και οι δύο τους ήταν μοναδικές, στοργικές, έξυπνες και περίπλοκες. Η Γκρέις τον εγκατέλειψε- η Έμμα παρέμεινε μαζί του.

Ξαφνικά χτύπησε το κινητό του τηλέφωνο. "Κύριε, καλησπέρα σας. Είμαι ο διευθυντής του ξενοδοχείου. Η κυρία Anasuya Jain είναι εδώ. Μπορούμε να περάσουμε;"

"Ναι, παρακαλώ", απάντησε ο Abe. Ένα αίσθημα προσδοκίας κατέκλυσε τον Abe. Τότε, υπήρχε η Anasuya. Φορούσε ένα σαρίκι, ψηλή, λεπτή, γοητευτική και κομψή. Και οι δύο κοιτάχτηκαν μεταξύ τους για μερικά δευτερόλεπτα.

"Έιμπ, εσύ είσαι;" Τα λόγια της γέμισαν με βαθιά συναισθήματα.

"Γκρέις, αγαπητή Γκρέις", της μίλησε απαλά και ευγενικά.

"Έιμπ, αγαπητέ Έιμπ", φώναξε εκείνη σαν πουλί που κελαηδούσε.

Κάθισαν στον καναπέ αντικρίζοντας ο ένας τον άλλον.

"Πού εξαφανίστηκες, Γκρέις;" ρώτησε εκείνος.

"Θέλω να σου κάνω την ίδια ερώτηση, Έιμπ", απάντησε εκείνη.

"Σας έψαξα σε όλο τον κόσμο", είπε.

"Κι εγώ. Επέστρεψα στο Σινγκουερίμ μετά από δύο ημέρες από τη Βομβάη και σκέφτηκα ότι θα ήσουν εκεί. Κανείς από τους γείτονές μας δεν ήξερε πού πήγες. Έψαξα στο φρούριο Aguada, στην παραλία Singuerim, στο Calangute, στο Panaji και σε όλη την Γκόα, ξανά και ξανά. Ταξίδεψα συχνά σε όλη την Ινδία για πολλά χρόνια μαζί. Και με τρέλανες", είπε η Γκρέις, σαν να απαγγέλλει ένα ποίημα.

"Γκρέις, σε έψαχνα εκείνο το βράδυ στην παραλία. Νόμιζα ότι μου έκανες πλάκα. Πέρασα όλη τη νύχτα εκεί".

Η Γκρέις κοίταξε τον Έιμπ με αφανή πόνο, και ο Έιμπ παρατήρησε ότι η Γκρέις έδειχνε το ίδιο. Τα μάτια της έλαμπαν και η φωνή της αντηχούσε από ειλικρίνεια και τιμιότητα.

"Έιμπ, σου το είχα πει πολλές φορές, με διαφορετικά λόγια, διακριτικά ότι έπρεπε να περιμένεις λίγο καιρό, και ότι θα επέστρεφα αν σε είχα αφήσει, και μαζί θα φτιάχναμε ένα μέλλον".

"Ναι, Γκρέις, το μυαλό μου ανυπομονούσε να σε συναντήσει και άρχισα να σε ψάχνω αλλού. Αντί να περιπλανιέμαι σε όλη την Ινδία, θα έπρεπε να είχα μείνει πίσω στο σπίτι μας".

"Σου είπα ότι είχα ονειρευτεί τον καλύτερο φίλο στη ζωή μου, και εσύ ήσουν αυτός ο σύντροφος. Και νόμιζα ότι καταλάβαινες το νόημα των λόγων μου", είπε.

"Γκρέις, αγάπη μου, ο θαυμασμός μου σε σένα με τρέλανε. Δεν μου επέτρεπε να σκέφτομαι λογικά και να αξιολογώ τα γεγονότα στη ζωή μας. Απέτυχα να καταλάβω τα βαθύτερα νοήματα των λόγων, των χειρονομιών και των πράξεών σου", τα λόγια του Έιμπ ήταν ειλικρινή αλλά γεμάτα θλίψη.

"Έιμπ, έπρεπε να πάω στη Βομβάη, καθώς υποσχέθηκα στους γονείς μου ότι θα επέστρεφα στο σπίτι μετά από ένα χρόνο από το πείραμά μου. Στο Wharton, ο καθηγητής μου με ενέπνευσε να περάσω ένα χρόνο εκπαίδευσης στο πεδίο σε μια εξαιρετικά δυσάρεστη κατάσταση, ώστε να γίνω σκληρός, να μάθω την ανθρώπινη συμπεριφορά με σάρκα και οστά, να προετοιμαστώ για να αποκτήσω νέες δεξιότητες και να αναλάβω υψηλότερες ευθύνες. Και αποδέχτηκα την πρόκλησή του. Όταν επέστρεφα από τις ΗΠΑ, είπα στους γονείς μου ότι θα πήγαινα κάπου, θα έμενα με τα φτωχότερα στρώματα της κοινωνίας, θα έκανα χειρωνακτική εργασία κάθε μέρα για ένα χρόνο και θα κέρδιζα τα προς το ζην με τη σκληρή μου εργασία. Το να μην έχω τραπεζικό λογαριασμό, να μην έχω κοινωνική ασφάλιση και προστασία ήταν η απόφασή μου, και το να μείνω σε ένα μέρος χωρίς βασικές εγκαταστάσεις, ήταν μια πρωτόγνωρη ιδέα. Οι γονείς μου δεν ήξεραν ποτέ πού βρισκόμουν, καθώς τους είχα πει να μην με αναζητήσουν και να μην προσπαθήσουν να επικοινωνήσουν μαζί μου".

"Δεν το συνειδητοποίησα ποτέ. Νόμιζα ότι ήσουν ένα κορίτσι από τη φτωχογειτονιά, ορφανή και αμόρφωτη. Παρόλα αυτά, θαύμαζα τη διανοητική σου οξύτητα, την επιτήδευση, την ικανότητα να εκλογικεύεις και να αναλύεις, την ανοιχτότητά σου και την ωριμότητά σου. Αγαπούσα την αγάπη, τη φροντίδα, την παρουσία, το ενδιαφέρον και την ειλικρίνειά σου. Δεν ήθελα κανένα πλούτο- ήθελα μόνο εσάς, και σας ερωτεύτηκα, τη Χάρη της φτωχογειτονιάς του Σινγκουερίμ".

"Αυτή ήταν η πρόθεσή μου- δεν έπρεπε ποτέ να μάθεις ποια ήμουν όταν ήμουν μαζί σου", απάντησε η Γκρέις.

"Γκρέις, ήσουν το πιο ώριμο άτομο που γνώρισα ποτέ, ένα άτομο με ύψιστη αξιοπρέπεια, ύψιστο θάρρος, απόλυτη κομψότητα, αόρατη γοητεία, άπειρη αγάπη και αφάνταστη εμπιστοσύνη".

Η Γκρέις έκλαψε σαν να έσπασε η καρδιά της σε μικρά κομμάτια. Ο Έιμπ την κοίταξε και προσπάθησε με κάθε τρόπο να ελέγξει τα δικά του συναισθήματα.

"Δεν ήθελα να σου πω ανοιχτά ότι σε αγαπούσα. Πάντα σε εμπιστευόμουν και σε θαύμαζα. Ήμουν περήφανη που σε γνώρισα και που θα μπορούσες να γίνεις η σύντροφος της ζωής μου", σκούπισε τα δάκρυά της. Είπε η Γκρέις.

"Γκρέις, ήταν το ίδιο συναίσθημα στην καρδιά μου. Λάτρευα κάθε μικρό πράγμα που κάναμε μαζί στο Σινγκουερίμ από την πρώτη μέρα και μετά".

"Η συνάντησή μας στο σταθμό λεωφορείων του Calangute ήταν μια ευκαιρία. Αλλά ακόμη και με την πρώτη ματιά, ανέπτυξα μια συγγένεια μαζί σου και ήθελα να σε βοηθήσω. Αυτός ήταν ο λόγος για τον οποίο σας κάλεσα στο σπίτι μου για να περάσετε μια νύχτα. Αλλά ξαφνιαστήκατε όταν φτάσατε στην κατοικία μου και αισθανθήκατε τρόμο όταν μάθατε ότι έμενα μόνη μου. Όταν σου ζήτησα να κοιμηθείς στο κρεβάτι μου, σοκαρίστηκες. Αλλά η εμπιστοσύνη μου σε σένα ήταν σαν βράχος. Περίμενα ότι θα έφευγες το πρωί της επόμενης ημέρας. Τότε, θέλησες να μείνεις μαζί μου για τρεις ακόμη ημέρες και να κερδίσεις χρήματα για τα έξοδά σου και τα εισιτήρια του λεωφορείου. Η απόφασή σου με σόκαρε όταν μου είπες ότι ήθελες να μείνεις μαζί μου μετά από τέσσερις ημέρες- ένιωσα φρίκη, παρόλο που σε συμπαθούσα. Προσπάθησα να σε πείσω ότι το να μείνεις μαζί μου δεν ήταν η καλύτερη επιλογή. Υπέθεσα ότι σε περίμενε μια δουλειά στη Βομβάη και θα ήμουν ευτυχής αν είχες ενταχθεί στη δουλειά σου- και όταν επέστρεφα στη Βομβάη, θα μπορούσα να επικοινωνήσω μαζί σου και να συνεχίσουμε τη φιλία μας. Αλλά εσύ ήθελες να συνεχίσεις να μένεις μαζί μου. Abe, εκείνες οι μέρες ήταν οι καλύτερες στη ζωή μου. Πάντα φυλάω την ανάμνηση που βοήθησε την αγάπη μου να μεγαλώσει και την εμπιστοσύνη μου σε σένα να ανθίσει. Και αποφάσισα ότι θα είσαι ο σύντροφος της ζωής μου. Ήθελα να αφαιρέσω τα δαχτυλίδια από τους δείκτες των δαχτύλων μου την ημέρα που με αποδέχτηκες".

"Γκρέις, ήθελα να σου πω πολλές φορές ότι σε αγαπώ και ότι θέλω να ζήσω μαζί σου ως σύντροφος της ζωής μου".

"Αλλά γιατί δεν το είπες; Κάθε μέρα περίμενα να ακούσω νέα σου- ήθελες να περάσεις όλη σου τη ζωή μαζί μου. Ήξερα ότι η καρδιά σου με λαχταρούσε, αλλά εσύ σιωπούσες. Μερικές φορές, οι προφορικές λέξεις μπορούν να υφάνουν μαγεία, τα πιο όμορφα υφάσματα της ζωής. Μπορούν να απομακρύνουν τις αμφιβολίες, τις ανησυχίες, τη θλίψη, τα άγχη και τις αβεβαιότητες και να φέρουν χαρά, ευτυχία και συντροφικότητα. Έιμπ, ήθελα να σε αγκαλιάσω πολλές φορές, να σε φιλήσω στα χείλη και να κάνω σεξ μαζί σου. Ήθελα να σου πω ότι σε αγαπώ και ότι είσαι ευπρόσδεκτος να μείνεις μαζί μου για πάντα. Αλλά ήμουν ανόητος που σου έδωσα μια τελευταία δοκιμασία. Με ξεκάθαρα λόγια, έπρεπε να σου είχα πει ότι θα επέστρεφα από τη Βομβάη, και τότε θα μέναμε μαζί για πάντα". Τα λόγια της Γκρέις ράγισαν. Έκλαιγε με βαθιά οδύνη.

"Γκρέις, ήμουν ανόητη. Έπρεπε να σου είχα πει ότι σε αγαπούσα περισσότερο από την καρδιά μου- ήσουν τα πάντα για μένα".

"Έιμπ, το να σε γνωρίσω ήταν τυχαίο, αλλά το να σε επιλέξω δεν ήταν- ήταν επιλογή. Ακόμα και στην πρώτη σου εμφάνιση, μου άρεσες, και αναδύθηκες μπροστά μου σαν Έλληνας θεός. Ήσουν γοητευτικός για την καρδιά μου και μου δημιουργούσες μυστηριώδη συναισθήματα και μαγευτικούς κυματισμούς. Όταν άρχισες να ζεις μαζί μου, συνειδητοποίησα ότι ήσουν το πρόσωπο που αναζητούσα από την εφηβεία μου. Λάτρευα την εγγύτητά σου και συχνά μου άρεσε να στέκομαι κοντά σου και να βιώνω την υπέροχη μυρωδιά του σώματός σου και τη ζεστασιά της αγκαλιάς σου. Έσπασες επανειλημμένα τον παρθενικό μου υμένα στα όνειρά μου και αγαπούσα αυτόν τον υπέροχο πόνο και την αίσθηση καψίματος. Σε αγάπησα βαθιά και ονειρευόμουν να είμαι μαζί σου για πάντα. Θαύμαζα τη συναισθηματική σου ωριμότητα, την αξιοπρεπή σου συμπεριφορά, τον ακλόνητο σεβασμό που έδειχνες στους άλλους και την αγάπη και την εμπιστοσύνη σου σε μένα. Ήθελα όμως να σε γνωρίσω βαθιά, σε επέλεξα ως σύντροφο της ζωής μου μέσα στην καρδιά μου, αλλά το μυαλό μου μου είπε να σε επανεκτιμήσω, αν μπορούσες να με περιμένεις, να μείνεις μόνη σου και να υποφέρεις για μένα. Κάποιες γυναίκες υποσυνείδητα επιθυμούν να είναι μακριά από τον άντρα που αγαπούν για να βιώσουν τα βάσανα του χωρισμού και να τον συναντήσουν στο μέλλον. Εγώ επιθυμούσα να σε κρατήσω στη μνήμη, στις σκέψεις και στις επιθυμίες μου και να σε αναδείξω ως σύντροφο της ζωής μου κατά την απουσία σου. Αλλά στο τέλος, εγώ απέτυχα, όχι εσύ, αγαπητέ Έιμπ, και έτσι η επιλογή μου εξαφανίστηκε".

Ο Έιμπ αισθάνθηκε ότι η καρδιά της ράγισε και έκλαιγε στο υποσυνείδητό της. Η αγωνία της ήταν απερίγραπτη. Ο Έιμπ διηγήθηκε στη Γκρέις για το ταξίδι του με το φορτηγό μέχρι το Πούνε, τη ζωή του με τους Ιησουίτες και τον όρκο φτώχειας, αγνότητας και υπακοής που είχε δώσει. Μοιράστηκε την εμπειρία του στην κοινοτική εργασία στην Κοινωνία του Ιησού, για τους μουσουλμάνους πρόσφυγες, εκείνες τις γυναίκες και τα παιδιά από το Αχμενταμπάντ, τα θύματα του πογκρόμ που οργάνωσαν φανατικοί. Ανέπτυξε το ταξίδι του στα Ιμαλάια, επισκεπτόμενος πολλούς ναούς και συμμετέχοντας στα Kumbh Melas στο Nashik, Ujjain, Haridwar και Prayag.

Μοιράστηκε με την Grace τις εμπειρίες του με την Emma, τις συναντήσεις με τους Aghori Sadhus και τη βοήθεια που έλαβε από την Emma για να ζωγραφίσει το πορτρέτο ενός γυμνού μοναχού. Της μίλησε για τους πολυάριθμους πίνακές του, Ο γυμνός μοναχός, Η γέφυρα πάνω από το Hooghly, Η θεά του Assam, Η γυναίκα σκακίστρια, Το κορίτσι των λουλουδιών, Μια γυναίκα σε μια βάρκα, Η αγκαλιά και το φιλί, τα εγκαίνια του εργαστηρίου του στην Καλκούτα και την γκαλερί Grace-Emma Art Gallery. Η Γκρέις έδειξε τεράστιο ενθουσιασμό για να μάθει για όλες αυτές τις ιστορίες.

Ο Abe διηγήθηκε πώς ζωγράφισε την Παναγία για τους Ιησουίτες, καλύπτοντας το κεφάλι της Grace με ένα κομμάτι από το μπλε μαντήλι. Εξήγησε με σαφήνεια τις εκθέσεις του στο Άμστερνταμ, τη Μαδρίτη, το Μάντσεστερ, τη Φλωρεντία, το Παρίσι, την Ουάσινγκτον και τη Νέα Υόρκη. Ο Έιμπ μοιράστηκε μαζί της την κατάθλιψη που πέρασε για δύο χρόνια εξαιτίας της απουσίας της Γκρέις στη ζωή του και τη φροντίδα, την αγάπη και την προστασία που έλαβε από την Έμμα. Η Γκρέις τον άκουγε σαν να άκουγε την πιο μαγευτική ιστορία αγάπης που υπήρξε ποτέ.

Σε όλα σχεδόν τα έργα του, τη ζωγράφιζε, είπε ο Έιμπ. Το να αναζητά το υπέροχο πρόσωπό της σε όλες τις γωνιές και τις γωνιές σε όλη την Ινδία έγινε μέρος της ρουτίνας του, και ενώ ζωγράφιζε, κουβαλούσε την όμορφη εικόνα της στην καρδιά του. Ακούγοντάς τον, η Γκρέις χαμογελούσε και γελούσε κατά διαστήματα- μερικές φορές, υπήρχαν δάκρυα στα μάτια της.

Η Γκρέις είπε στον Έιμπ ότι τον έψαχνε κάθε μέρα τα τελευταία είκοσι χρόνια, παρόλο που ήταν απασχολημένη με την Jain Industries. Ο αδελφός της, ο μοναδικός αδελφός, απαρνήθηκε τον κόσμο και έγινε Digambar Sanyasi, ένας γυμνός μοναχός Jain. Αποδέχτηκε τη θέση του διευθύνοντος συμβούλου της Jain Industries, την οποία άδειασε ο αδελφός της. Μετά τον θάνατο του πατέρα της, έγινε πρόεδρος το δύο χιλιάδες δέκα- απέκτησε δύο ακόμη ξενοδοχεία, ένα νοσοκομείο υπερειδικότητας, μια αλυσίδα σούπερ μάρκετ και δύο εταιρείες πληροφορικής.

"Αυτά που έμαθα στο Wharton και στη Γκόα, τα εξάσκησα στην αντιμετώπιση των ανθρώπων ενώ δούλευα. Η επίδρασή σας σε μένα ήταν εκπληκτικά ζωντανή ανά πάσα στιγμή- η ειλικρίνεια και η ακεραιότητά σας με οδηγούσαν σαν πυρσός στις κρίσεις. Η μνήμη με βοήθησε να προχωρήσω μπροστά με δύναμη- η ανάμνηση φώτισε τα μονοπάτια μου και με παρέσυρε να προχωρήσω μπροστά. Θυμάσαι, συνηθίζαμε να περπατάμε στο αμυδρό φως από τη στάση του λεωφορείου Singuerim μέχρι το σπίτι μας. Το ταξίδι μου τα τελευταία είκοσι χρόνια ήταν έτσι, και το φως σας με βοήθησε, έστω κι αν δεν ήταν τόσο φωτεινό μερικές φορές. Η ανάμνησή σου ήταν πηγή ζεστασιάς. Αλλά με διέλυσε, επειδή δεν ήσουν μαζί μου ως πραγματικό πρόσωπο. Έχτισα ένα τείχος γύρω μου από τις αναμνήσεις σου και δεν είχα διέξοδο. Έτσι, μου έφεραν πόνο, θλίψη, οδύνη και σπαραγμούς, όταν το καύσιμο έσβησε εντελώς".

"Γκρέις, μένουμε ζωντανοί εξαιτίας των αναμνήσεων- αν δεν υπάρχουν αναμνήσεις, δεν υπάρχει τίποτα να κάψουμε για να πάρουμε ενέργεια".

"Ο υπολογιστής μου έχει πολλές χιλιάδες μηνύματα ηλεκτρονικού ταχυδρομείου που σου έχουν σταλεί. Κάθε μέρα τα τελευταία δεκαεννιάμισι χρόνια, σου έγραφα και δεν κουράστηκα ποτέ, γιατί ήταν για σένα. Υπήρχε μια άσβεστη δίψα να επικοινωνήσω μαζί σου, να σε συναντήσω, να σε αγκαλιάσω, να σε φιλήσω και να ζήσω μια ζωή μαζί σου. Είχα ακούσει πολλές φορές για τον Κηδεμόνα, αλλά ποτέ δεν ήξερα ότι ήταν ο αγαπημένος μου Έιμπ. Σου έστειλα αναπήδηση στις επικοινωνίες επειδή δεν ήξερα το email ID σου, καθώς όλα ήταν στο abe@mybeloved.com. Παρ' όλα αυτά, είμαι ευτυχής- προσπάθησα να επικοινωνήσω μαζί σου".

"Γκρέις, αγαπητή μου, σκύβω το κεφάλι μου μπροστά σου- η καρδιά μου σπάει και όλο μου το είναι είναι γεμάτο από σένα. Δεν χρειάζομαι τίποτε άλλο, καθώς είμαι ευτυχισμένη".

Μιλούσαν για πολλές ώρες χωρίς να ξέρουν ότι ο χρόνος περνούσε και ήταν τέσσερις το πρωί.

"Σ' αγαπώ, αγαπημένε μου Έιμπ".

"Γκρέις, έχεις μια καρδιά γεμάτη αγάπη, αυτιά ανοιχτά για να ακούσεις και χέρια πρόθυμα για να κρατήσεις. Με κράτησες με άπειρη στοργή, που μου αρκεί".

"Είμαι εσύ, Έιμπ, και εσύ είσαι εγώ."

Ξαφνικά ο Έιμπ πρόσεξε τα δαχτυλίδια στους δείκτες των ποδιών της. "Γκρέις, έχεις ακόμα τα δαχτυλίδια".

"Ναι, Έιμπ, θα είναι εκεί μέχρι το τέλος της ζωής μου".

"Γιατί, Γκρέις;" Παρόλο που υπήρχε μια έκρηξη αγωνίας στο μυαλό του, ο Έιμπ ρώτησε.

"Έιμπ, μόλις έκλεισα τα σαράντα πέντε. Περίμενα την άφιξή σου, καθώς εμφανίστηκες στον σταθμό λεωφορείων του Καλανγκούτε, ο αγαπημένος της ζωής μου, ο αιώνιος φίλος μου, ο πρίγκιπας των ονείρων μου, το ματ μου και ο ήρωας των τραγουδιών των ταινιών Χίντι. Αλλά στη μικρή μας κοινότητα, μια γυναίκα δεν μπορεί να παραμείνει ανύπαντρη μετά τα σαράντα πέντε. Έχει δύο επιλογές: να παντρευτεί έναν χήρο ή να γίνει καλόγρια. Δεν θα μπορούσα να φανταστώ να παντρευτώ κανέναν άλλο εκτός από σένα, Έιμπ. Έξι μήνες πριν συμπληρώσω τα σαράντα πέντε, αποφάσισα να γίνω καλόγρια, καθώς δεν υπήρχαν άλλες επιλογές, και έδωσα όρκο παρθενίας, ο οποίος θα ήταν η φρουρά μου μέχρι το θάνατό μου. Έψαχνα για ένα ισχυρό χέρι για να διευθύνει την Jain Industries ως πρόεδρός της, και την περασμένη εβδομάδα, μπόρεσα να βρω ένα. Η Jain Industries θα είναι μια δημόσια βιομηχανία, καθώς έχω απαρνηθεί τα πάντα. Φορώντας λευκά ρούχα, καλύπτοντας το στόμα και τη μύτη μου, και ζητιανεύοντας για φαγητό και ελεημοσύνη, θα περπατήσω ξυπόλητος σε όλη την Ινδία με μια ομάδα μοναχών. Θα επισκεφτούμε ναούς και μοναστήρια, καθώς έχω αποδεχτεί τον νέο τρόπο ζωής μου. Δεν υπάρχει αγωνία ή θλίψη, ούτε λύπη ή ευτυχία, ούτε προσκόλληση ή απόρριψη. Έχω γίνει ένα με το Σύμπαν. Παρόλο που είμαι άθεος, δεσμεύομαι από ορισμένες ρουμπρίκες και δεν μπορώ να τις παραβώ. Πριν ενωθώ με άλλες μοναχές, θέλω να δημιουργήσω δύο Ιδρύματα, ένα για την εκπαίδευση φτωχών παιδιών από φτωχογειτονιές και το δεύτερο, ένα Ίδρυμα Τέχνης στο όνομά σας. Αποφάσισα να αναπτύξω αυτή την Πινακοθήκη αγοράζοντας μερικούς από τους καλύτερους πίνακες παγκοσμίως. Θα χρησιμοποιήσω τον πλούτο μου για αυτούς τους στόχους. Αν πουλήσετε το Φιλί, θα ήθελα πολύ να το αγοράσω", είπε η Γκρέις κοιτάζοντας τον Έιμπ.

Στο πρόσωπο του Άμπε υπήρχαν σοκ, άγχος και θλίψη. Ήταν ένα καταστροφικό πλήγμα και βίωσε ανεξήγητη συναισθηματική αναταραχή. Ποτέ στη ζωή του δεν είχε νιώσει τέτοιες εκρήξεις εσωτερικών συναισθημάτων, καθώς ήταν χίλιες φορές ισχυρότερες από αυτές που βίωσε όταν η Γκρέις τον εγκατέλειψε εκείνο το μοιραίο πρωινό στο Σινγκουερίμ ή από την κατάθλιψη που πέρασε στο στούντιό του στην Καλκούτα. Ξαφνικά η Γκρέις του έγινε ξένη, απρόσιτη και απρόσιτη. Την έχασε ολοκληρωτικά και δεν υπήρχε καμία πιθανότητα να την ξανακερδίσει.

"Γκρέις, σου χαρίζω το Φιλί", υποσχέθηκε ο Έιμπ. Όμως τα λόγια του ήταν στριγκάτα.

"Έιμπ, είμαι έτοιμη να πληρώσω γι' αυτό, καθώς έχω αρκετά χρήματα, και θέλω να ξοδέψω τον ιδιωτικό μου πλούτο για κάποιο καλό σκοπό, πριν φορέσω το λευκό φόρεμα, τονίσω το κεφάλι μου και βγάλω τα σανδάλια μου".

Ο Έιμπ δεν ήξερε τι άλλο να πει. Ήταν χωρίς κανένα συναίσθημα. "Γκρέις, είναι ένα δώρο. Τα χαρτιά θα είναι έτοιμα μέσα σε έξι ώρες".

"Σ' ευχαριστώ, καλύτερε και αγαπημένε μου φίλε, αγαπημένε μου Έιμπ".

"Γκρέις, ήσουν ικανή να αγαπάς αιώνια, αλλά τώρα έκανες τον εαυτό σου να υποφέρει απύθμενη θλίψη, καθώς το κενό τύλιξε την αγάπη σου".

"Έιμπ, υπέφερες τόσο πολύ τα τελευταία είκοσι χρόνια εξαιτίας μου. Λυπάμαι. Σε παρακαλώ, συγχώρεσέ με. Αντίο, αγαπημένε μου Έιμπ", είπε σηκώνοντας το κεφάλι της η Γκρέις.

"Αντίο, Γκρέις."

Ήταν ήδη επτά το πρωί. Καθ' όλη τη διάρκεια της ημέρας, ο Έιμπ δούλευε για να καταγράψει μια διαθήκη. Ο Abe χάρισε το Φιλί στην Anasuya Jain. Όλους τους άλλους πίνακες, το στούντιο, την γκαλερί Grace-Emma Art Gallery, όλα τα κινητά και ακίνητα περιουσιακά του στοιχεία και τους τραπεζικούς λογαριασμούς ο Έιμπ τα μετέφερε στο όνομα της Έμμα. Ο Abe έβαλε τη διαθήκη σε έναν φάκελο, τον σφράγισε και τον έστειλε στο όνομα της Emma στη διεύθυνσή της στο Άμστερνταμ.

Αφού παρέλαβε τα έγγραφα, η Έμμα έφτασε αμέσως στη Βομβάη και αναζήτησε τον Έιμπ σε όλη την Ινδία για τα επόμενα είκοσι χρόνια. Το έτος δύο χιλιάδες σαράντα, είδε κάποιον που έμοιαζε με τον Έιμπ να ηγείται μιας ομάδας Aghori Sadhus στο Prayag Kumbh Mela. Ήταν γυμνός, είχε μακριά ράστα, φαινόταν πασαλειμμένος με στάχτη και φορούσε ένα κορδόνι

Rudraksha. Μια τρίαινα διαπερνούσε ένα ανθρώπινο κρανίο στο αριστερό του χέρι και μια κόμπρα ήταν γύρω από το λαιμό του.

Η Έμμα φώναξε "Ειμπ" και έτρεξε πίσω του- τον πρόλαβε και στάθηκε μπροστά του, απλώνοντας τα χέρια της. Η καρδιά της χτυπούσε δυνατά, καθώς το Σύμπαν έμεινε ακίνητο, και κοίταξε για ένα δευτερόλεπτο το πρόσωπό του. Ξαφνικά, τον άκουσε να φωνάζει "Εμμα".

Ξέσπασε σε δάκρυα και τον αγκάλιασε με όλη της τη δύναμη για να τον εμποδίσει να ξεγλιστρήσει ξανά. Τράβηξε τον εαυτό της κοντά στην καρδιά του, καθώς η επιθυμία της να τον έχει ήταν τόσο έντονη που ξέχασε τα πάντα και το περιβάλλον. Ήξερε τη μυρωδιά του, οικεία και διεισδυτική, και η γλώσσα της έγλειφε τη στάχτη και τον ιδρώτα που κάλυπτε το σώμα του. Οι μύες του ήταν στιβαροί και το κορμί του εξέπεμπε ένα σπάνιο φως και έλαμπε σαν αστέρι μέσα σε σκοτεινή συζυγία, κάτι που είχε δει εκατοντάδες φορές ενώ του έκανε καθημερινά ντους για πολλούς μήνες κατά τη διάρκεια της κατάθλιψής του. Γνώριζε κάθε σημείο της σωματικής του διάπλασης και ήταν σίγουρη ότι ο άγυμνος μοναχός που αγκάλιαζε δεν ήταν άλλος από τον γυμνό της Ιησού.

Σχετικά με τον συγγραφέα

Varghese V Devasia

Ο Varghese V Devasia είναι ο αποδέκτης του ΒΡΑΒΕΙΟΥ ΣΥΓΓΡΑΦΕΑ ΤΗΣ ΧΡΟΝΙΑΣ 2022 για το ντεμπούτο μυθιστόρημά του, WOMEN OF GOD'S OWN COUNTRY, που παρουσιάστηκε από τις εκδόσεις Ukiyoto Publishing. Είναι πρώην καθηγητής και κοσμήτορας στο Tata Institute of Social Sciences Mumbai και επικεφαλής του Tata Institute of Social Sciences Tuljapur Campus. Διετέλεσε καθηγητής και διευθυντής στο Ινστιτούτο Κοινωνικής Εργασίας MSS του Πανεπιστημίου Nagpur, Nagpur.

Απέκτησε το Certificate of Achievement in Justice από το Χάρβαρντ, δίπλωμα στο Δίκαιο των Ανθρωπίνων Δικαιωμάτων από την Εθνική Νομική Σχολή του Πανεπιστημίου της Ινδίας Bengaluru, πτυχίο φιλοσοφίας από το Sacred Heart College Shenbaganur, μεταπτυχιακό στην Κοινωνική Εργασία από το Tata Institute of Social Sciences, Mumbai, μεταπτυχιακό στην Κοινωνιολογία από το Πανεπιστήμιο Shivaji Kolhapur, LLB, MPhil και διδακτορικό από το Πανεπιστήμιο Nagpur.

Έχει δημοσιεύσει περισσότερα από δέκα ακαδημαϊκά βιβλία αναφοράς στην εγκληματολογία, τη σωφρονιστική διοίκηση, τη θυματολογία, τα ανθρώπινα δικαιώματα, την κοινωνική δικαιοσύνη, τη συμμετοχική έρευνα και πολλά άρθρα σε εθνικά και διεθνή περιοδικά με κριτές. Είναι συγγραφέας μιας ανθολογίας διηγημάτων, A Woman with Large Eyes, που εκδόθηκε από τις εκδόσεις Olympia Publishers, Λονδίνο, και ενός μυθιστορήματος, Amaya The Buddha, που εκδόθηκε από τις εκδόσεις Ukiyoto Publishing,

Hyderabad. Έχει γράψει μια νουβέλα στα Malayalam, Daivathinte Manasum Kurishu Thakarthavante Koodavum, που εκδόθηκε από τις εκδόσεις Mulberry Publishers, Calicut. Ζει στο Kozhikode της Κεράλα.

Ηλεκτρονικό ταχυδρομείο: *vvdevasia@gmail.com*

www.ingramcontent.com/pod-product-compliance
Lightning Source LLC
LaVergne TN
LVHW041700070526
838199LV00045B/1143